# 野性の証明

森村誠一

角川文庫
19032

# 野性の証明　目次

# 空洞の離村

## I

見た目には美しい風景であった。四方にひしめき立つ山々は、いずれも標高千メートルを超え、谷は深く切れ込んでいる。幾重にも重なり合った山ひだを埋める林相は美しく、その間を縫って走る水流は清い。

高原には、規模の大きな白樺(しらかば)の純林が展開し、山の斜面は落葉松(からまつ)の林がうす紫に被(おお)う。谷あいに戸数五、六戸の小さな集落がひらけている。耕地は、平地がきわめて少なく、斜面に段を刻んで稗(ひえ)や豆を蒔(ま)いている。段々畑は、上方へ行くほどに傾斜を強め、丘の頂上のわずかな面積でようやく水平を取り戻す。

見る目には風情のある風景も、またそんな上方まで肥料をかつぎ上げる耕作者の苦労も、通り過ぎていく旅行者には、所詮(しょせん)観念的な推測の域を出ない。

斜面が急すぎて、横に根木(ねき)を入れて支えないと、畑の土が流れ落ちてしまう。傾斜地を耕すには、熟練した鍬(くわ)使いが要る。短い柄(え)の鍬を握って腰を折り、独特の姿勢をとる。

一見、なんでもないようだが、不なれな者がやると、土がみなくずれ落ちてしまう。段々畑で鍬が使えるようになって、ようやく一人前の村人とみなされるほどである。陽当たりのよい土地はすべて畑にされて、家は、低地の日かげや、箸にも棒にもかからない土目の悪い所へ追いやられた。ほとんどが杉皮葺きの屋根の家で、窓が小さい。もともと日光の恵みなど当てにしていないような、窓の取り方である。

家のそばを流れる谷川には、その流水を利用した稗つき機がギー、バッタリと単調な搗き音を反復している。

まるで無住のように人気がないが、杉皮葺きの屋根から、うす青い煙がわずかに立ち昇っているところを見ると、中に人がいるらしい。電線はどの方角からも引かれていない。

このあたりは全国でも人口密度最下位の超過疎地域であった。若者は、電気もこない村に見切りをつけ、次々に離村して、過疎化に年々拍車をかける一方であった。若者たちには、自分たちの力でこの廃れかかった故郷を守り立てて新しい村づくりをしようなどという情熱はない。

青春の夢と可能性をかけるには、村はあまりにも荒廃しており、閉鎖されていた。実際一年の大半を深雪で埋められ、電気も嫁の来手もない村では、どうすることもできない。

そんな貧寒な土地にしがみついていなくとも、都会に飛び出せば、手軽に金を稼げる。

物質文明の恩恵にも浴することができるし、女や酒や、その他もろもろの欲望の対象もきらびやかな衣装をつけてショーウインドウに飾られている。

それが買えるか買えないかはべつにして、それらの色彩や形やにおいを見たり、嗅いだりできる。こうして彼らは、沈没寸前の廃船から、どこへ行くかわからない満員すしづめの「都会」という列車に乗りかえたのである。

郷里の美しい自然や広々とした空間、新鮮な大気と、公害汚染されていない水なども、若者たちを引き留める力をもたなかった。

若者たちが都会へ流出して行ったあとの村には、老人や子供たちだけが残された。この子供たちも成長すれば、村を見捨てることがわかっている。

老人のほとんどすべてが、高血圧、中風、心臓病、胃腸病、肝臓病のどれかの疾患をかかえていた。多年にわたる過労と食生活の悪さが、彼らの日光と大地にまみれた身体を深所から蝕んでいた。

村人が少なくなっても、村が存在するかぎり、維持しなければならない。井堰、水路、橋の補修、道普請、共同建物の雪おろし、農道の雪かき等、地元の共同作業の負担は、残った住人の肩に住人の減った分だけ増大してのしかかってくる。

老いて、病いをかかえた身体を奮い立たせて支えるにしても限度がある。村は速やかに荒廃していった。

作物はもはや村人の生存を維持する程度しかつくられず、日が暮れると、灯油を節約するために、早々と寝てしまう。

現代の爛熟した物質文明も、ここだけは避けて通ってしまったような山間の一角である。それだけ、都会の人間には珍しいらしい。冬期に交通が途絶するとき以外は、「ディスカバー・ジャパン」の潮流に乗って時折都会から旅行者が迷い込んで来る。

彼らには村が直面している深刻な事態はわからない。またわかる必要もない。ただ都会生活に疲れた心身を、瑞々しい自然の中に束の間浸していくだけでよい。

谷川で単調な歌を歌う稗つき機も、杉皮葺きの農家も、段々畑も、夜のランプ生活も、苛酷な生活のしるしとしてではなく、美しい日本の山里の風物詩として、彼らの旅のアルバムを彩る。

紅葉がおおかた終り、山間のおちこちの林から炭を焼くうす紫の煙がのどかに立ち昇っているころ、その山間の村に一人の若い女性ハイカーが立ち寄った。

年齢は二十二、三歳、OLとも学生ともとれる都会的なマスクの女性である。彼女は、谷川から引いた筧の水でのどをうるおすと、ほっとした目をのどかな山里のたたずまいに向けた。澄んだ秋の陽差しの中に村のかかえている深刻なトラブルは影の部分に押しこめられて、村の荒廃感は目立たない。むしろ陽光の弾み立つ中に自然の恵沢のみが強調されていた。

女性ハイカーは一人らしく、連れの姿は見えない。一人旅にはなれているようで、サブザックを肩がらみにかけたハイキング姿は、様になっている。

「きれいな村」

彼女は、うす青い煙を漂わせている杉皮葺きの農家に目を細めて、サブザックを肩にゆすり上げた。地図によると、この村がちょうどコースの真ん中辺に当たる。女性ハイカーは人影もない森閑と静まりかえった村の中を通りぬけていくと、足がなにか柔らかいものを踏みつけた。

ぐしゃっとした軟質の感触に、ぎょっとして足許を見ると、道に捨てられていたキャベツだった。葉が茶色に変色し、葉肉が腐りかけている。いやな臭いが鼻をついた。自然に腐ったものではなく病気によるものらしい。改めて見まわすと、畑の栽培中のキャベツもみな腐っていた。汚ならしく変色し、実が溶けかかっている。

「どうしたのかしら?」

びっくりしてつぶやくと、おもいがけない近くから、

「軟腐病でがんすよ。こいつぬやられたキャベツはみんなこんたなごと腐ってしまうでがんす」

声の方に顔を向けると、いつの間に来たのか腰の曲った白髪の老婆がたたずんでいた。杖を突いて辛うじて立っている背中にはソダが背負われている。腰がまるで畳まれたように折れているので、ソダの重量を直接杖で支えているような感じであった。山で薪を集めての帰りらしい。こんな高齢の老婆まで働かなければならないほど、村の実情は厳しいのである。

だが女性ハイカーには老婆の言った言葉のほうが気にかかった。

「ナンプ病、何ですか、それは」

「キャベツやネギやハクサイの病気でがんす。なんかのバイキンの仕業らしすが、せっかくの作物がこんたなごとなって、村ぬはもう食う物ねえすよ」

老婆は白髪を震わせた。だが老婆の悲痛な表情は、風霜を経た皺(しわ)の中に吸収されてよくわからない。

「そう、それはお気の毒ですわ。でも農薬をまいて予防できなかったのですか」

豊かな都会から来た女性ハイカーは、老婆の言葉に同情はしても実感がわかない。飢(き)饉(きん)などという言葉は、彼女の語彙(ボキャブラリー)にはなかったであろう。

「気がついたときは、もう手遅れでがんした」

老婆は、通りすがりのハイカーにそんなことを訴える無意味さに気がついたように、ソダをゆすり上げると、最も近くに建っているバラックのような家の中へ入っていった。

二人はそれだけの会話を交しただけで別れた。女性ハイカーには村のキャベツや白菜の病気より、後半のコースのほうが気がかりであった。

空は午後にまわってもいっこうに危なげなく晴れ渡り、高所に好天の持続を約束する巻雲が刷毛(はけ)で描いたように数条流れている。

村を出ると、沢沿いの雑木林となった。静かなようでも上方には風があるらしく、梢(こずえ)がさわさわと鳴っている。水音が、風のかげんで、時々人声のように聞こえる。

道は緩い勾配をとって徐々にのぼっていく。空がいくらか狭く感じられるようになったのは、谷が切れて両側から尾根が迫ってきたせいであろう。この道をしばらく進むと、間もなく小さな峠に達するはずである。

時々、枯れ葉の吹きだまりに足が落ちる。このあたりには、まだ紅葉が残っていた。午後の光をうけて、紅や黄に彩られた樹葉は、背後の青空を切り抜いて、目にしみるばかりに浮き立つ。林を分けて歩むほどに、落葉が身体に振りかかってきた。

身体がうすく汗ばみ、息が軽くはずんだ。爽快な気分であった。こんな山中を若い女の身が独りで歩いていることに、まったく不安はなかった。

周囲の人たちは危険だから単独のハイキングは止めるように忠告してくれたが、彼女は山の人間を信じていた。たとえ都会の人間が山へ来ていても、山では悪心をおこさないと、楽観していた。

人間の性格が山へ来たくらいで、変ることはないが、都会で汚れた心身を山へ洗い清めに来ているつもりの彼女は、すべての人間が山では悪性をたとえ一時的にもせよ浄化されると考えていたのである。

これまでそのような危険や不安に遭遇した経験がなかったことも、彼女の楽観を助長していた。時折、ガサと梢や草むらが動いてどきっとさせられることはあったが、たいてい山鳩や小動物であった。木こりや炭焼や猟師に出会うこともあったが、彼らはみな愛想がよく、親切であった。かえって同じハイカー仲間のほうが、彼女を一人と知ると、無遠慮な好奇の視線を向けた。

しかし、それにも不安を感じさせられたことはない。

水声が急に高く耳についた。風がぱたりと止んだのである。水声によって周囲の静寂がいっそう強められている。前方の木立ちでがさっと音がした。兎か猿がはねたのだろうとおもって顔を向けた彼女は、心臓をいきなりわしづかみにされたようなショックをおぼえた。木立ちの中に異形の怪物が突っ立っていた。

全身が青く、黒い顔に、白い目が刃物のように光っている。手に棒のようなものを握っている。怪物は彼女の方をじっとにらんでいた。避けようも躱しようもない鉢合わせだった。

逃げ出したくとも、全身が恐怖のために金縛りにあったように、麻痺している。声も出ない。怪物も、突然彼女と遭遇してびっくりしているらしい。

怪物がよろよろと彼女の方に歩きだした。歩きながら手を出して、

「なにか、なにか食う物をくれ」と言った。

怪物は人間だった。だが彼女がこれまで山中で遭遇したいかなる人間とも異なっていた。全身から凶暴な殺気を放っているようだった。人間の言葉をかけられたために、彼女の恐怖の金縛りが解けた。行動能力を回復して、恐怖だけが持続していた。

「たすけて！」

声帯もよみがえり、無意識のうちに悲鳴がほとばしった。彼女のおもわぬ反応に怪物

のほうが動転した。

「あっ、よせ！」

怪物は仰天して、彼女の方へ殺到して来た。彼女は踵(きびす)を返して逃げ出した。いま通り抜けて来た村へたどり着けばたすかる。

「待て！」背後に怪物の声があり、追跡して来る気配がした。

捕まれば殺されるとおもった。恐怖と必死の保身本能が、彼女の脚力に常ならば考えられない速度をあたえた。沢に沿って雑木林を抜ければ村がある。

そこまで行けば、そこまでたどり着ければ。――

命を懸けたデッドレースがひとしきりつづいた。どこか怪我でもしているのか、怪物の動きが緩慢であったことが彼女に幸いした。

さっきの村がようやく視野の端に入ってきた。だがそれは、彼女の目には絶望的な距離にうつった。背中には、怪物の激しい息づかいが感じ取れるほどに迫って来ている。

「たすけて！　だれかたすけてえ！」

彼女は村に向かって必死に救いを求めた。しかし村に動く人影はなかった。村は人の気配もなく、澄んだ秋の陽差しの中に、世間の喧噪(けんそう)から隔絶された平穏な小宇宙を守っていた。

## 2

岩手県下閉伊(しもへい)郡柿の木村の「風道(ふうどう)」という戸数五戸の集落の住人全員が殺されているという驚くべき通報が、岩手県警宮古警察署へ入ったのは、十一月十一日の午前十一時ごろであった。

発見したのは、巡回の保健婦である。

山犬が群れ集まり、鳥の大群が上空を舞っているのに不審を抱いて村へ入り、異変を発見した。

風道には電気が入っていない。もちろん電話などない。老いた巡回保健婦は、抜けかけた腰をようやく立て、十キロほど隔った所にある柿の木村本村の駐在所へ駆け下りて、変事を報(しら)せたものである。

柿の木村の駐在所警官は、ともかく本署へ報告してから、現場を確認するために、村の消防団と青年団に応援を求めて、風道へ急行した。

保健婦は、ただ殺されているというだけで詳しいことはなにもわからない。風道には、現在十三名の住人がいるはずである。それが全員殺されたとなると、これは途方もない大事件である。

この地域は、日本のチベットと呼ばれる北上山地の中央高地であり、人口密度全国最下位の岩手県下でも、一平方キロあたり数戸という超過疎地域である。

特に風道は、近年挙家離村があいつぎ、過疎化がいちじるしかった。酷しい労働と、貧しい生活だけの村へ嫁に来る女性はまったくない。村の若い娘たちもみな町へ出てしまう。

このままいくと、遠からず風道は廃村となってしまうと憂えた村の若者たちは、一時離村して、町で就職して結婚相手を探そうとした。都会へ出れば、相手は容易に見つかる。結婚して子供でも生まれれば、女性もあきらめて夫に従い村へ来てくれるだろう――という肚で、若者たちは父親と話し合いの上で都会へ出た。

ところがミイラ取りがミイラになって、彼らは首尾よく結婚相手を見つけると、もう都会に落ち着いてしまって、村へ帰って来ない。

都会のきらびやかな洗礼をうけた身には、いまさら、なんの娯楽もなく、貧寒な土地に縛りつけられて食うや食わずの生活だけが待っている郷里に帰る気はしなくなった。その若者たちを頼って、それぞれの家が村を離れていった。

こうして人口が減ってくると、ただでさえも苦しかった村の財政は、ますます逼迫して、医療、福祉、文教、防災、道路などが維持できなくなる。いまや風道においては、住民の健康管理と生命の安全を保障することが難しくなっていた。

急場の医療行政として、月一、二回巡回する保健婦が事件を発見したわけであった。

このあたりの事件といえば、精々牛や馬泥棒であり、あとは都会から入り込んで来た作業人や観光客のけんかぐらいである。

人間の数が少ないだけ、事件も少なく単純であった。それが一集落の住人がみな殺しにされたというのであるから、これは過疎地域でなくとも、驚倒すべき大事件であった。

宮古署では事態を重視し、県警本部に連絡すると同時に、署長以下動員可能の全署員が、現場へ向かった。


一行が現場に着いたのは、午後二時すぎである。すでに柿の木村の駐在所巡査と消防団および青年団員が十名先着していて、現場保存にあたっていた。

「ごくろう様です」

駐在所巡査が挙手の礼をして一行を迎えた。その深刻な表情を見て、署長は、連絡が虚報でないことを悟った。

「生存者はいないのかね」

署長は一縷の望みをそこにつないだ。

「全員殺られています」

「子供もか」

「まんづ、ごらんください」

駐在所巡査は目を伏せた。

風道は大殺戮の場と化していた。風道の住民は、村役場の住民登録によると、五戸十三人である。その内訳は、

長井孫市（五三）、よし（五一）農業兼猟師、正枝（一五）中三、頼子（八）小二
内山増三郎（六七）、ちよ（六三）農業
大沢まさ（七三）農業
瀬川寅男（五九）、とね子（五八）農業、留男（一〇）小五
手塚新平（六五）、すえ（六五）農業兼炭焼、末子（九）小四
以上である。
以前は三十戸八十人ほどの住人がいたのだが、離村があいついでこれだけに減ってしまった。また現在まで残っていた五戸も、成長した子供たちは都会へ出てしまい、老いた両親と幼い子供たちだけが残されていた。
家は、北から長井家、内山家、大沢家、瀬川家、手塚家の順に位置している。この中、沢の上流から下流に向かって、右岸に内山家と大沢家、左岸に長井家、瀬川家、手塚家がある。沢にからみながら北から南へ幅一メートルぐらいの村道がぬけている。風道より北には峠を越えるまで人家はない。
屋内で殺されていたのは、長井家の女二人、内山夫婦、瀬川とね子、同留男、手塚新平の七人である。長井孫市と正枝は家と川の間の畑に、大沢まさは自宅の裏手の谷川に半ば首を突っ込むようにして倒れ、瀬川寅男は、自宅の入口の前で、手塚母子は、沢と家との中間あたりに自生している柿の木の下で死んでいた。

いずれも、顔面、頭部、背中、胴体などに鉞、鉈、斧、薪割のような肉厚の凶器によってめった打ちにされたような傷をつけられていた。餓えた山犬の群が死体の損傷を促していた。

長井家と内山家と瀬川家ではちょうど食事をしていたらしく、稗飯と大根汁やそば団子などの粗末な食物が、ひっくり返された膳部とともに室内に散乱していた。

食事の内容から見て、それは夕食と推測された。昼ならば、子供たちは学校へ行っているであろうし、村の住人全員が家に居るということもないであろう。大沢まさの家を除いて、四戸の家にはランプが出してあった。

一日の仕事が終り、貧しいながらも一家団欒の夕食時に、突然、凶悪な意志をもった魔性の者が、つむじ風のようにこの山里を襲ったのである。ほとんど無抵抗のまま全員虫のように殺されている住人の遺体が、その突風のような襲撃の凄じさを物語っている。

おそらく住人たちは、恐怖をおぼえる間もなく殺されてしまったのであろう。なぜ、なんのためにこんな目にあうのか、認識する間もないうちに、凶器を振われた。

奪うべきなにものもない貧しい寒村に、よもやこのような凶暴な襲撃が行なわれようなどとは、だれも夢にもおもっていない。貧しさも日本一だが、安全度も日本一だと信じきっていたところを襲われた村人たちの動転と混乱を、遺体は如実にしめしていた。

創傷が同一凶器によって形成されているところを見ると、大量の被害者に対して犯人は一人とおもわれた。

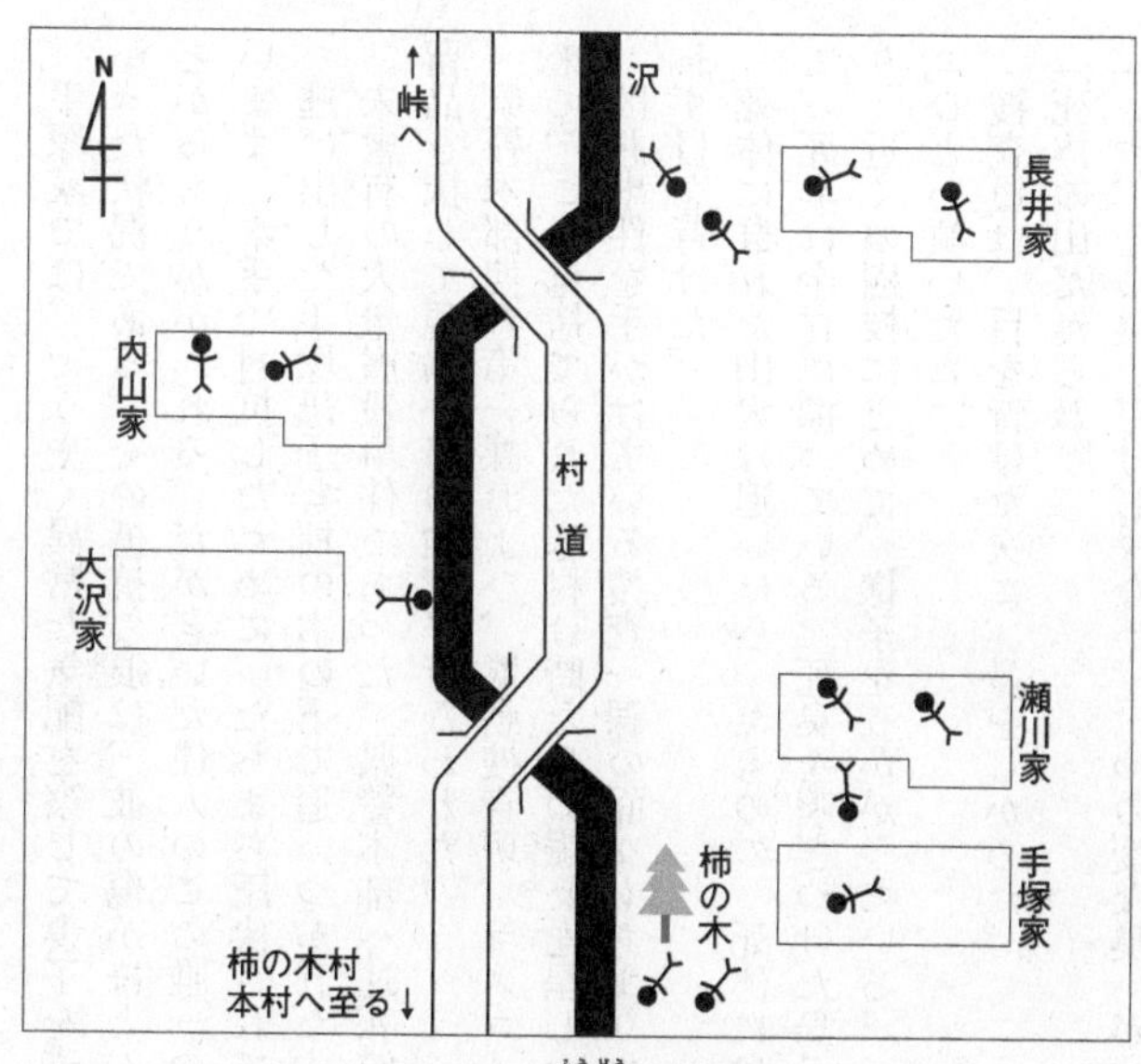


柿の木村「風道(ふうどう)」見取図

犯人はまず、長井家に押し入り、食事中の家族二人をあっという間に鏖殺(おうさつ)した。孫市と正枝は辛うじて戸外へ逃げ出したものの、家の前で追いつかれた。つづいて橋を渡り内山家の二人を殺害。次に大沢まさの家を襲ったところ、彼女はいち早く危険を察知して逃げ出した。それを追って家の裏手で葬った。

さらに瀬川家に向かい、何事かと出て来た戸主の寅男を一撃のもとに倒し、屋内で食事をしていた瀬川母子を凶手にかけ、最後に手塚家へ向かった。

手塚家では、ようやく異常な気配を察して妻子を逃がし、主人の新平が犯人に立ち向かった状況である。その抵抗の痕は、彼の傷がほとんど、腕や顔面など防禦創であることからもうかがわれる。だが老いた住人のこの唯一の抵抗にしても、応戦の準備もしないまま、素手で対抗したために、たちまち圧伏されてしまった。逃げ出した手塚母子も柿の木の下で追いつかれた——という状況である。未曾有の大量虐殺事件であった。県警本部へ速報が送られると同時に凶器や犯人の遺留品を探して現場一帯の検索が行なわれた。

県警本部捜査第一課および、機動捜査班、マスコミ報道陣が続々と風道に乗り込んで来て、この見捨てられた寒村は時ならぬ賑いを呈した。

凶悪事件を手がけている捜査一課の面々もあまりにもむごたらしい凶行の現場におもわず目を背けた。

死体に群れた山犬は追いはらったものの、死体にはすでに小虫が群れ集まって来ていて、死臭は全村に漂っている。死臭を嗅ぎつけた鳥が黒い不吉な姿を上空に旋回させたり、近くの樹枝にとめて、様子をうかがっている。

「ひどい臭いだな」

捜査員は、目を背けた次に、鼻をしかめた。

「死体の山だからね」

「いや、その臭いだけじゃない。べつの変な臭いがするんだ。なにかの植物が腐ったような」

「ああ、そいつの正体はあれだよ」

捜査員の一人が近くの畑を指さした。

「あれは白菜か」

「白菜とキャベツだよ」

「それがどうかしたのか」

「普通の白菜やキャベツと色がちがうだろう。軟腐病といって、キャベツや白菜類の特有の病気なんだ。こいつに取りつかれると、葉に穴があいて変色し、実は腐って溶けてしまう。エルウィニア菌とかいうバクテリアの仕業だそうだよ。うちの親類で高原野菜を栽培していてね、こいつにやられたことがあるんで知っているんだ。軟腐病がこの村の野菜に出たとは、貧しい村にとっては泣きっ面に蜂だったろうな」

「全村みな殺しの村に軟腐病か」

捜査員は、日本の忘れられた村を襲った不幸のダブルパンチに暗然たる顔を見合わせた。

県警本部と宮古署合同の検視によって、死後経過は十七〜二十二時間と推定された。つまり犯行は、昨夜の午後五時から十時ごろの間に演じられたのである。

凶器は、長井家と内山家の間にかかる橋の下の沢の中から発見された。それは、住人の農具の一つとおもわれる斧であった。柄は血糊で汚れ、対照可能の指紋は顕出されなかった。

　死体と現場の観察が進められるうちに、新たな事実が発見された。

「キャップ、どうも、死体が一つ足りません」

　現場の捜査指揮をとっていた本部の村長警部の許へ部下が奇妙な報告をもってきた。

「死体が足りない？　だども、数は揃っているでねえか」

　村長警部は茫洋たる顔を向けた。強面揃いの捜査一課の中で、およそ場ちがいの風貌と朴訥な人柄であるが、捜査に対する粘着力は抜群である。部内ではもっぱら「そんちょう」で通っている。

「たしかに住人の数だけ、十三体ありますが、そのうち一体は、村の住人ではありません」

「住人でね？　んだば、よそ者が入ってるというのがね」

「そうです。数が揃っていたので、見すごされていましたが、服装が明らかにちがいます」

「見てみるべ」

　村長は、部下に案内させてその死体の許へ行った。先刻一通り観察したときは、現場のあまりな酸鼻さに、目をくらまされて被害者の服装まではよく見届けていなかった。

　それは長井家の近くの畑に倒れている女の死体である。最初は長井正枝と目されていた。検視にあたった鑑識チームがそれを取り囲んでいた。

「血と泥に汚れていたので、住人とばかりおもっていたのですが、外からやって来た人間だということがわかりました」

よく観察すると、年齢は二十三、四歳の若い女性である。

白のセーターにこげ茶のジャケットとパンタロンを着けている。

逃げるところを背後から凶器を振われたらしく、後頭部が砕かれ、肩や背中にも裂創があって、血をこびりつかせている。死体は地面にうつぶせに倒れて、血と泥をかぶっていた。そのために住人との判別が遅れたのである。

「これはハイキングにでもやって来たという様子だな」

「ハイカーが巻き添えを食ったんでしょうか」

「ハイカーならなにか荷物をもっているはずだがな」

「こんなものが凶器のあった沢の近くの畑の中に落ちていましたよ」

捜査員の一人が泥まみれのサブザックをもってきた。中身は洗面用具と着替え用の下着が丸めて入っていた。

「中が物色されたようで、蓋が開いていました」

「食物だけ引っ張り出すたんだべ。身許をすめすようなものはないがね」

「ズボンのポケットに財布と定期券が入っていました」

「それで身許が割れるべ。早速、照会してけろ。ハイキングに来たとすっと、連れはいないのがな」

「どうやら一人で来た模様です」

「外から来たハイカーが巻き添えを食ったば、住人の一人がいねえことぬなる。それはだれだべね」

「ただいま調べましたところ、長井頼子という八歳の女の子の姿が見えないようです」

「昨日、学校から帰って来たのがね」

「目下、学校と連絡をとっておりますから、間もなく消息がわかるでしょう」

「なんとか一人でもたすかっていてくれるとええが」

風道の学童たちは、十キロ離れた柿の木村本村の学校へ毎日徒歩で通っている。本村の学校すら児童が減少して、標準学級の編成が困難になっている。風道地区は道が悪くて、スクールバスも入らない。学童たちは、往復二十キロの山道を歩いて通学している。冬期は深雪で通学が困難になる。また冬期以外でも台風や強風などによって、山くずれや倒木で道が閉塞される。

学校へ行っている間に、天候が悪化して帰れなくなることもある。そんなときは、本村の親戚や知人宅へ泊めてもらう。ここ一週間ほど天候が安定していたから、道が通行不能になることはないが、体のぐあいが悪くなって本村へ泊まったかもしれない。

長井頼子にそのような事情が発生して、昨日、風道へ帰らなかったとすれば、文字どおり、怪我の功名で、命拾いしたことになる。

どんな事情でもよいから、犠牲者は一人でも少ないほうがよい。村長は祈るような気持になっていた。

この犯人は、まさに魔性の者としか言いようのない凶暴性を全身にみなぎらせていた。犯人は女子供のべつなく無差別に殺戮(さつりく)の斧(おの)を振っている。もし長井頼子が現場に居合わせたら、その血に餓(う)えた牙(きば)から逃れられなかったはずである。

だが柿の木村小学校に問い合わせた結果、長井頼子は昨日午後二時ごろ、同じく風道から通学している瀬川留男と手塚末子の二人といっしょに下校したことがわかった。彼ら三人はそれぞれ学年も学級も異なるが、通学距離が長いので、登下校をいっしょにしている。

ところが、瀬川留男と手塚末子は凶行の犠牲になっているのに、長井頼子一人が姿を消している。

考えられる可能性としては、長井頼子が下校途中仲間と別れてどこかへ行ったか、あるいは犯人が彼女だけを連れ去った場合がある。

三人の学童の中で最も幼い長井頼子が下校途中一人でどこかへ行ってしまうことは難しいので、犯人連れ去り説が最も有力となった。

なぜ長井頼子だけを連れ去ったかという謎は残るが、ともかく彼女の死体が発見されないかぎり、その生存に一縷(いちる)の望みをつなぐことにした。

## 3

検視のすんだ遺体は、解剖に付すために搬出された。消防団と青年団の手によってひとまず柿の木村本村まで下ろされ、そこから警察の運搬車で盛岡まで運ばれる。

さらに宮古署、捜査一課、機動捜査班、現場鑑識班の混成チームによる現場検索によって、もう一個の哀れな巻き添えが発見された。それは秋田犬の雑種で、村の飼い犬らしい。集落の北方約五百メートルの雑木林に、頭蓋骨を粉砕されて死んでいた。凶器は村人に振われたものと同様の鈍器と推測された。

犬はここまで勇敢にも犯人を追いかけて来て返り討ちにあった状況である。

犬の死骸を子細に検べていた鑑識課員が、血まみれの犬の口中から、人間の指の爪を見つけた。それは人さし指か中指のものとおもわれる爪で、犬によって噛みちぎられたらしく爪の根元には組織がこびりついていた。

爪根に白い半月がくっきりと現われた、厚ぼったく頑丈な爪であった。犯人に追いついた犬が、殺される前に犯人の指に噛みつき、その生爪を食いちぎったものであろう。

これだけが、犯人の遺留品である。それは実に貴重な遺留品であった。忠実な飼い犬が、虐殺された飼い主の怨みを一矢でも報いんものとして、命をかけて噛み取った爪である。

犯人は十三人を鏖殺した後、犬に指の爪を噛みちぎられたのであるから、全身に血を浴びたようになっていたであろう。

捜査員は、この忠犬の死に目頭が熱くなった。その命と引きかえに残してくれた貴重な資料を決して無にすまいと心に誓って保存した。

ここに未曾有の大量虐殺事件として県下いっせいに手配の網が打たれたが、すでに凶行後まる一日を経過しているので、犯人はどんな遠方にも逃げられる余裕があった。

翌十一月十二日午後十一時三十分に、県警本部捜査一課内に刑事部長を本部長として、要員六十一名をもって「柿の木村風道大量殺人事件」の捜査本部が設置され、深更にもかかわらず第一回めの捜査会議が開かれた。刑事部長の訓示の後、早速、今後の捜査方針が検討されたが、最も議論の集中したところは、犯人の動機である。

なにも奪うものもない貧しい寒村を襲っても犯人の得るものはなにもない。事実、屋内に物色された形跡はなく、ただ一つ奪われたと推測されるものは、巻き添えを食ったハイカーのサブザックの中身だけである。

それも、ハイキングに来たのだから、食物をもっていたであろうと推測しただけで、ザックに食物が入っていたかどうかわからない。ザックの中身に物色痕跡はあったが、奪われたものがあるかどうかは確かめようがない。ハイカーは財布の中に、約一万八千円ほどの現金を所持していたが、それが手つかずのまま残されているところを見ても、財物目当ての犯行でないことはわかった。

被害者の中で若い女性はハイカーと十五歳の長井正枝だけで、死体に暴行が加えられた痕跡はない。あとは老人と幼い子供だけである。殺害方法は残虐で、いずれの死体も正視できないほどむごたらしいが、性的ないたずらや凌辱の痕はまったくない。

性的に屈折した犯人の衝動的犯罪ともおもわれない。そこで、巻き添えになったのはハイカーではなく、村人のほうではないかという意見が出された。すなわち、犯人の目的は初めからハイカーの殺害にあり、たまたま犯行を村人に見られたために、全住人を殺したという穿った説である。

しかし、ハイカーが狙いなら、周囲には人気のない山地が豊富にあるのに、わざわざ人のいる所で凶行に及んだのが解せない。それにただ一人を殺すために、十二人の無辜の人間を巻き込むというのも、あまりにも非現実的であるとされた。

こうなると、精神異常者か、一時的に精神錯乱をおこした者の発作的犯行という線が考えられてくる。

犯行動機と長井頼子の行方が検討された後で、所轄署から捜査本部へ投入された北野という若い刑事が新しい意見を出した。

「ちょっと腑に落ちない点があるのですが」

彼は本部のお歴々のいる前で、おずおずと口をきいた。このような場では所轄の若い刑事はなかなか発言し難い。全員の視線を集めて、彼はますます上がってしまった。

「なんだれや、どんたなごとでもいいのでがんすよ」

村長の故意に訛を強調した親しみやすい言葉にうながされて、北野は、言葉をつづけた。

「犬は、村から五百メートルほど北の雑木林の中で殺されていましたね」

「そうでがんすな」

「すると、犯人は、村人を殺したあと北の雑木林へ逃げ、そこで犬に追いつかれて、犬を殺したという状況になります。凶器は、村人に使用したものと同じ斧と考えられています。しかし、凶器は橋の下の沢の中から発見されているのです。すると犯人は村人を殺害の後、いったん北の雑木林へ逃げ、犬を殺してから、ふたたび村へ戻って、橋の下へ凶器を捨てたことになります。この行動は矛盾しているとおもうのですが」

「その考えを逆にしたらどうかね」

べつの方角から声があった。捜査一課の佐竹という捜査員である。部内きっての辣腕で、「鬼竹」とかげで呼ばれる強面刑事であった。

「逆と申しますと？」

北野は、本部の名刑事におずおずと反問した。

「犬が人間の後で殺されたと考えるのは、速断で、犬が先に殺られたのかもしれないよ」

それはたしかに新しい見方であった。犬が後から発見されたために、犯行順序も発見順のように考えられていたが、これは先入観による偏見であったかもしれない。

「すると、犬は仇討ちのためではなく……」

「それも先入観かもしれない。あの犬は、飼い犬だったかどうかも確かめられていないんだ。山の野犬が、犯人に襲いかかって打ち殺されたのかもしれない。だいたい人間の食物すら乏しい貧しい村で、犬など飼う余裕があっただろうか。あの村に犬小屋らしいものは、どこにもなかったじゃないか」

「すると犬を殺した凶器は、どうしたのでしょう？　凶器の斧は、村人の農具でした。犯人はいったん村へ入り、斧を持ち出して、犬を殺し、それから村人を襲ったことになります」

「どうして斧で犬を殺したと言いきれるのかね？」

佐竹は三白眼を北野の方に向けた。こんなときはひどく酷薄な表情になって、まさに「鬼竹」になる。

「と言いますと」

北野は、本部きっての辣腕と謳われる佐竹の眼光に射すくめられて、だんだん自信を失ってきた。

「犬の傷は、村の住人の傷と同種の凶器によって形成された状況と推定されただけで、同一の凶器と断定されたわけじゃないよ。あんな傷は、べつに斧でなくとも、鉈や鉄棒あるいは尖った岩や石を投げつけてもできる。それにだな、犬が先に殺られたと仮定すると、犯人が怒って、村を襲ったとも考えられるじゃないか」

「でも、野良犬だったんじゃありませんか」

「村の飼い犬とおもったんだよ。あるいは本当に村の飼い犬だったのかもしれない。どっちとも確かめられていないんだからな」

北野は沈黙した。佐竹の説に納得したわけではないが、それを論破するだけの強い論拠がなかった。それに佐竹説は、薄弱ながら一つの動機の可能性を呈示してくれた。これは動機の存在が皆無だった時点に比べて、一歩前進にはちがいない。

「すかす、生爪を犬に食いちぎられるほどの怪我をした後、十三人も皆殺しぬするほどの戦闘力を残すていただべか」

村長が疑問を提出した。佐竹が容赦なく押し潰した若い刑事のせっかくの着眼を、多少とも救済したかったのである。

「生爪一枚ぐらいどうということはありませんよ。むしろ犯人の怒りを煽るに絶大の効果があったでしょう」

佐竹はニべもなく言いきった。

第一回の捜査会議において、
①ハイカーの身許調査。
②長井頼子の行方捜索。特に七、八歳の女の子を連れて、人さし指または中指に怪我をしている人間の捜査。
③犬が嚙みちぎった生爪の検査。
④被害者の遺体解剖。

⑤精神異常者、変質者、素行不良者の捜査。
⑥現場付近の地取捜査。
⑦現場付近の行商人、旅行者、登山者、工事関係者、郵便、牛乳、新聞配達等の定期通行者の捜査。
⑧被害者各人の人間関係の捜査。
⑨風道離村者の捜査。

等が決定され、事件の重大性にかんがみ、東北管区刑事課、隣接各県に対する手配が行なわれた。

一方、被害者の遺体は東北大学法医学教室において解剖され、検視の第一所見が悉く裏づけられたのである。また、犬が食いちぎった爪については、右手中指の爪、血液型はAB型、その主は三十〜五十歳の健康な男子の可能性が高いと判定された。

若い女性ハイカーは、F県羽代市からF市までの通勤定期券および、F市本町通五の×、住江通商の社員身分証をもっていた。名前は越智美佐子二十三歳である。

住江通商に照会したところ、彼女は同社の電話交換手で、十一月十日から三日間休暇を取って旅行に出かけたということであった。越智美佐子は会社ではまじめ一方の仕事ぶりで、愛想もよく、上司や同僚から信頼されていた。

ただ自分から心を開いて仲間をつくるタイプではなく、休憩時間には一人でひっそり本を読んだり編物をしたりするのを好んでいたようである。

趣味は旅行やハイキングで、それもグループで出かけることはめったになく、いつも一人でこっそりと行く。会社の趣味のグループにも参加していない。誘われればいちおうつき合うが、それ以外は、自分の殻に閉じこもりがちであった。そのために、社内には男女ともに特に親しい友人はいなかった。

男の中には、彼女の翳のある美貌に惹かれて近づく者があったが、ついに、その殻を打ち破った者はいなかったようである。社歴は三年で、F市内にある地元短大を卒えてから入社した。交換手としては古手のほうに入る。

以上が職場での越智美佐子のアウトラインであった。

越智美佐子の家は、羽代市の西南域にあたる材木町にあり、そこに老母と妹といっしょに住んでいる。父親は、同市で唯一の革新的な新聞社『羽代新報』を創始したジャーナリストで、中央にもその名は聞こえていたが、昨年、交通事故に遭って他界している。

妹の朋子は、姉と同じ短大を昨年卒業して父親の興した羽代新報に入社した。姉と二歳ちがいで、顔は双生児のようによく似ているが、性格は姉よりも激しいという。他の応募者と同等に入社試験をうけて父の新聞社に入ったのも、その性格の一端をしめしているようである。

羽代市からは妹の朋子が姉の遺体の確認に来ることになった。

事件発生後三日めの十一月十三日午前八時ごろ、岩手県岩手郡黒平村蟹沢の集落に七、八歳の少女がぼんやり立っているのを、地元の農民が見つけた。蟹沢は、風道の北方約三十キロのやはり北上山地にある戸数三十ほどの集落である。風道ほどではないにしても、過疎化に悩まされている地域である。

どこから来たかと聞いても、少女はかたくなに黙しているだけであった。衣服は汚れ、身体はかなり衰弱していた。

とにかく家の中へ入れて、食物をあたえると、よほど空腹だったらしく、貪るようによく食べた。腹が充たされると、少女はやっと口をきくようになった。少女のたどたどしい言葉をまとめると、「青い洋服を着た男の人」に連れられて、何日か山の中を歩いた後、この村へ置き去りにされたということらしい。

名前や住所を聞いても、いっこうに要領を得ない。そのとき少女を発見した村人の細君がふと風道の大量殺人事件をおもいだした。

「あんた、このあっぱ、風道から来たのでなかんべか」

「なんだと!」

亭主が愕然として目を剝いた。

「たすか、小学校二年の女の子が犯人にさらわれて行方不明になったとニュースで言ってたど」

行政管轄が異なるので、村人の交流はないが距離的には最も近い。村人の中には風道を襲った殺人鬼がこの村を襲うかもしれないという恐怖と不安で、事件以来、夜も満足に眠れない者もあった。

少女は、自分の名前も住所もおぼえていなかった。「青い洋服を着た男の人」に連れて来られたということ以外、すべてを忘れていた。

長井頼子らしい少女発見の連絡は黒平村の駐在所から直ちに捜査本部へ伝えられた。顔や身体の特徴は完全に一致していた。柿の木村の小学校から長井頼子の担任教師が黒平村まで捜査員に同行して来て、彼女を確認した。

身体にはどこにも怪我をしていないが、長井頼子は衰弱が激しいので、ひとまず黒平村の診療所で手当をしてから、柿の木村へ連れ戻すことにした。風道へ帰ったところで、両親と姉は殺されている。

柿の木村本村にある長井家の遠い親戚にひとまず預けられることになったが、先行きの身の振り方については、まったく当てがなかった。

捜査員は、ようやく元気を取り戻した長井頼子から事情を聴いた。

だが捜査員に対しても「青い洋服を着た男の人」に連れられて蟹沢へ行ったの一点張りで、それ以上具体的なことはなにもわからない。

——夜はどこに寝たんだね——

捜査員は辛抱強く少女に語りかけた。事件発生後、三晩は、その男と山中で過ごしたことになる。

「森の中に寝ただ。とても寒がった」

——何を食べていたんだね——

「青い洋服の人が木の実や柿を取って来てくれただ。とても腹がへった」

——どうして青い洋服の人に従いていったんだね——

「おら、わがんね。いつの間にか、いっしょにいただ」

——お父やお母や姉さはどうしていたね——

質問が肉親のことに触れると、少女は急に顔をこわばらせて、口をつぐんでしまう。診療所の医者は肉親を目の前で惨殺された恐怖が心因となって一時的な記憶の障害をおこしているのだろうと言った。

結局、長井頼子の言葉によって犯人は青い衣服を身に着けていた男であることがわかっただけで、彼がなぜ風道の住人を鏖殺したか、また長井頼子一人だけをたすけたか、まったく不明であった。

頼子は、さらに盛岡の国立病院精神科において精密検査を受けたが、異常な恐怖の体験が契機となって記憶が抑圧されているということであった。これがために、これまでの全生活史に関する記憶を喪失したいわゆる全般健忘をおこしている。ただ過去の生活史の記憶は失っても、習慣やくせは維持されているという。

幼い子供にとって両親を目前で虐殺されるという体験は、想像を超えたショックであったにちがいない。そのショックが少女の記憶を奪ってしまったとすると、回復の可能性はないのであろうか。この少女だけが、惨劇と犯人を目撃しているのである。捜査員はすがりつくように回復の見込みを医師に聞いた。医師は治療を加えることによって、追々、快方に向かうはずだと答えた。またなにかのきっかけですべての記憶を取り戻すことがあるかもしれないが、必ず回復するという断言はしなかった。

精神科の次に、身体が診察されたが、多少の衰弱が残っているだけで、特に疾患はなく、性的ないたずらはまったく加えられていなかった。犯人は、性的な興味から、少女を連れ去ったのでもないらしい。頼子の言葉を総合すると、青衣の人間は、彼女に終始優しかったようである。

長井頼子は発見されたものの、捜査に進展はなかった。一方、越智美佐子の遺体は妹の朋子によって確認された。

「姉は孤独癖があって、お休みの日は、たいてい自分の部屋に閉じこもって、本を読んだり、音楽を聴いたりしていました。そのほかには一年に三、四回一人で旅行するのが、趣味と言えば趣味でした。若い女性の一人旅は危険だからと何度も諫めたのですが、姉は男の人といっしょに行くほうが、よほど危険だわと笑って取り合いませんでした。今度の旅行もずいぶん前から計画していたもので、姉はとても楽しみにしていたのです。だれにも迷惑をかけず、まじめに、ひかえめに生きてきた姉を、いったいだれがこんなむごいめにあわせたのですか」

と、越智美佐子に瓜二つの妹は言って、嗚咽した。妹の証言によって、美佐子には特別に親しい男もいなかったことが確かめられた。

こうして、越智美佐子が哀れな巻き添えになったことは、ほぼ確実になった。

越智美佐子の線からも新展開はなかった。

事件発生後二十日間の「第一期」はまたたく間に過ぎたが、捜査員の足を棒にしての捜査にもかかわらず、めぼしい収穫はなにもなかった。

颶風のように一村を襲って殲滅した犯人は、県下および隣接県に広げた手配の網をくぐり抜けて、その姿形の影を見せずに消えてしまった。

捜査は完全に行きづまってしまった。

## 4

柿の木村風道大量殺人事件は迷宮入りになった。捜査本部の必死の努力にもかかわらず、有力な容疑者は浮かび上がらなかった。何人かの怪しい人物を得たものの、洗っていくうちに次々に白となり、事件につながらない。

未曾有の大量殺人事件なので、捜査本部は維持されていたが、当初の人員は大きく削減されてしまった。マスコミは、警察の無能を叩き、「交通整理しか能のない岩手県警」と罵った。市民の間にも警察に対する不信感が高まっていた。

四面楚歌の苦境の中で専従として残された捜査員は、こつこつと犯人の足跡を探して蟻のような歩みをつづけていた。犯人は風道となんらかの関係をもつ人間にちがいないという想定に基づいて、風道の離村者を一人一人執念深く追っていた。離村者の中には、消息の絶えてしまった者もある。これらの人間を、親戚、知人、あるいは関係者を追って、どんなかすかな手がかりでもあれば、そこから手繰り出していく。ようやく探し出すと、異郷で病死していたり、あるいはホームレスとなって、廃人化している者もあった。廃れた故郷に残った者は殺され、離郷していった者も、幸福になった人間は、きわめて少なかった。

彼らは、貧しい故郷から脱出しても、貧しさからは永久に脱出できない運命にあるようであった。それは貧窮という蟻地獄の中の所詮は虚しいあがきにすぎない。やりきれない捜査であった。

その捜査員の中に、地元署から参加した北野がいた。北野はいっこうに報われない捜査を執念深くつづけながらも、最近、しだいに心の中に凝固してくるものを感じていた。

総体に東北管区の警察は、動きが鈍重だが粘り強い。迷宮入りになった事件でも執念深くくらいついて、犯人を挙げることがある。

北野は、その東北の典型的な捜査員であった。派手なパフォーマンスはないが、目立たないところで、地道な追跡の歩みをつづけている。完全犯罪の成功に酔った犯人が、ある日ふと背後を振り返って見たら、北野が立っているというような感じを抱かせる刑事だった。

その北野の中に静かに固まりつつあった考えとは――それは、第一回の捜査会議で出された「越智美佐子殺害目的説」である。つまり、本命の目的は越智美佐子の殺害にあり、風道の村人が巻き添えにされたのではないかという仮説が出されたのであるが、打ち消された。

北野もいったん納得したものの、時間が経過するにしたがって、ふたたびその仮説が頭をもたげてきたのである。

彼は、ある日、台頭して容積を増やした胸の塊りを、村長警部に打ち明けた。捜査会議で披瀝すると、また「鬼竹」に一笑に付されそうな気がしたからである。

「越智美佐子が巻き添えになったという推定は、もう一度考えなおすべきじゃないでしょうか」

「越智美佐子の捜査は蔑ろにすたわけではねがった。だども、越智の線からはなぬも浮かび上がらながっただべ」

「たしかに越智美佐子の身辺から、事件につながるようなものはなにも出ませんでした。しかし、犯人が人まちがいをしたとしたらどうでしょうか」

「人まぢがいだど？　いったいだれとまぢがっただ」

「妹ですよ。越智美佐子には二歳ちがいの妹がいました。私は、彼女が遺体の確認に来たとき、一度会っただけでしたが、双生児じゃないかとおもったくらいです」

「犯人が、その妹とまぢがっただべか」

村長は、ほとんど飛び上がりそうになった。これは途方もない着眼である。もしこの着眼が的を射ていれば、これまでの捜査はすべて見当ちがいの方角を模索していたことになる。風道の住人が巻き添えにされたのであるから、風道の離村者を追ったところでまったく意味がない。

捜査の方向を分ける重要な岐路であったので越智美佐子の身辺は特に慎重に捜査された。だが妹の代りに誤殺されたという仮説はだれも考えおよばなかった。

「妹を殺そうとして狙っていた犯人が、瓜二つの姉を妹と誤認して殺した可能性も考えるべきだったと最近おもうようになったのです。妹の身辺をまったく洗わなかったのは、盲点ではなかったでしょうか」

「人まぢげえだったとすても、一人を殺すためぬ、いっぺえ村人を道連れぬすたと考えるのは無理だべな。それぬなすて、村の住人が見でるどごで殺すたがどいう謎は残る」

「説明できない点はありますが、越智美佐子の妹の線をまったく無視したのも、手抜かりだったとおもいます。警部、私に越智朋子の身辺を洗わせてくれませんか」

北野は、わずかな可能性にすがりつくように村長を見た。

# 独裁の私市

I

特殊技能もある。身体は筋金入りである。探せばもっと恵まれた仕事があったはずであった。それをわざわざこの仕事を選び取って、しかも二年近くもつづけているのは、前の職業の反動と、そしてたぶんに自虐的な気持が働いたからである。

途中で何度もやめようかとおもった。だがその都度、歯を食い縛るようにして耐えた。べつに、耐えなければならない義務もない。現在の仕事に就くのに、義理のある人間もいない。義理どころか会社も彼らを消耗品として扱い、常に新規人員の募集をしている。

味沢岳史（あじさわたけし）は、羽代市の菱井生命羽代支店の外務員である。生命保険の外務員が、彼の〝第二の人生〟の職業として選んだものであった。就職の契機となった前職の反動とは、前職が生命保険から忌避されていたことである。つまり、前職に就いているかぎり、生命保険に加入できなかった。

それほど生命の危険の高い職業だったが、その反動として選んだいまの仕事は、生命の危険はないかわりに、屈辱が比較にならないくらい増えた。

いまどき生命保険の勧誘訪問に行って歓迎してくれる家は一戸もない。保険という言葉を聞いただけで、「間に合ってます」と門前ばらいを喰わされる。

最近は門前ばらいどころか、玄関ドアに「セールスと押売りお断わり」の〝禁札〟を掲げて〝門外ばらい〟を喰わせる家が増えてきた。こういう家では、ブザーを押すこともできない。

団地やマンションでは、一戸が禁札を出すと、たちまち全戸がまねをする。それだけセールスマンが多い事実をしめしているわけだが、こうなると、セールスマンのほうも禁札にすごすご引き退っていたのでは、商売にならない。

禁札を無視して訪問して、水をひっかけられたこともあった。

保険会社も戦術を変え、ストレートな勧誘法はやめて、アンケートやご意見拝聴の間接的なアプローチを外務員に指導している。しかし、そんな小手先の戦術では、いまどきの客は引っかからない。

だいたい保険の勧誘にあたって、未知の家に行きあたりばったりの〝飛び込み〟は、最も効率が悪いとされている。しかし新米の外務員がまず回る所は、おきまりの縁故である。親戚、友人、知人を回り、義理にからめて保険に入ってもらう。しかし縁故などは、三か月もしないうちに回りつくしてしまう。縁故の紹介が、うまく先々までつながっていけばよいが、たいていは一年ぐらいのうちに、すり切れた草履のようにされて脱落してしまう。

味沢は、もともとその市に縁故者は一人もいなかった。初めから〝飛び込み〟をやらざるを得なかった。だがそのことが彼に耐性を早くつけたのである。縁故を回りきった同期組がぼろぼろ脱落していく中で、とにかく生き残れたのは、初めから〝飛び込み〟の寒流の中へ言葉どおり飛び込んだからであった。あまりの屈辱に、おもわず相手を殺してしまいたいような衝動をおぼえたこともあった。それを怺えられたのは、やはり前職の反動と言えよう。

飛び込んでも飛び込んでも拒ねつけられた。初期の間は縁故をもっている連中のほうがよい成績を上げる。契約ゼロの数字がつづくと、支部長からねちねちといやみを言われる。

――ここでやめたら、自分はだめになる――と味沢は自分を励ました。

ある日、彼は禁札にめげず飛び込んだ家で、奇妙な依頼をうけた。細君が留守らしく、四十前後の男が出て来た。昼寝でもしていたのか、寝巻のまま玄関へ出て来て生命保険の勧誘と知ると、唾を吐きかけんばかりにして罵った。

味沢が恐縮して這う這うの態で退散しかけると、男はなにおもったか背後から呼び止めた。

味沢が振り返ると、男は先刻とは打って変ったテレ笑いを面に浮かべて、

「ちょっと使いを頼まれてくれないか」と言った。

「どんな使いですか」と問うと、男は人さし指と、親指で円をつくり、

「ちょっと薬屋へ行って、これを買って来てもらいたいんだ」

「何ですか、それは」

「薬屋へ行ってこのサインをすればわかる。千円のでいい。金はきみが立て替えておいてくれ」

なんのことかよくわからなかったが、とにかく薬屋へ行って、言われたとおりのサインをすると、薬屋は飲み込み顔にうなずいて、すでに包装してある小箱をよこした。

味沢はそのときになってようやく、自分が何の使いをさせられたかを悟った。彼は避妊用具を買いに走らされたのである。おそらく男は細君と同衾(どうきん)中、例の品が切れていたのを知り、折から訪れて来た味沢をこれ幸いとばかり使ったのだろう。馬鹿馬鹿しくて腹も立たなかった。

注文の品を届けると、相手の男は千五百円と名刺をくれて、自分はもう保険に十分入っているが、会社の方へ来れば、紹介してやってもいいと言った。名刺には羽代市では名の通っているナイトクラブの総務課長の肩書が入っていた。

これがきっかけになって初めて契約が取れた。だがまだこんなことでは酷(きび)しいノルマの達成にはほど遠い。

あるマンションでは囲われ者らしい女がいて、犬を飼っていた。よく吠(ほ)えるスピッツである。保険に入ってくれそうな気配が見えたので、何度か通って行くと、女は意味ありげな笑みを含んで、

「あなたにちょっとおねがいがあるんだけど」

と言った。

「何でしょう。私にできることならなんでもいたしますが」

味沢が精々おせじ笑いを浮かべて答えると、

「本当、その言葉に嘘はないでしょうね」

「私にできることでないと困りますが」

「簡単なことよ、あなたならできるわ」

女はコケッティッシュな流し目を味沢の身体に投げかけた。味沢にはある種の予感があった。閑(ひま)をもてあましている婦人客の中には男の外務員を相手に火遊びをする者があるということを、古い外務員から聞いていた。

たがいに秘密さえ守れれば、客にとっては安全な遊びのパートナーが得られるし、外務員にとっては体のつながった客は、最も手堅い。また味沢のように健康な男には、蓄積された欲望の処理にもなる。実に一石何鳥ものメリットがある。

相手の女は、いかにも男好きのする肉感的な肢体をもっていた。味沢が熱心に通ったのも、純粋に仕事だけのためではなかった。

味沢ならできることだと言われて、彼はますます期待に体を熱くした。

「ジュピターを四、五日預かっていただきたいのよ」

「ジュピター?」

「ええ、私、あの人といっしょに旅行へ出かけるの。でも、まさかジュピターを連れていくわけにはいかないでしょ。と言ってそんなに長い間預かってくれる所はないし。困っていたのよ。あなただったら、ジュピターもなついているようだし、大丈夫だとおもうわ」

味沢はようやく相手の言わんとすることの意味を悟った。ジュピターというご大層な名前の主は、その女のペットの犬である。彼女は旦那（だんな）と旅行へ行っている間、ペットを預かってくれと言っているのであった。味沢は自分の予感とのはなはだしい差に、苦笑いをした。

「ね、おねがいよ。食事は好物のドッグフードをおいていくから、それを一日に二、三度あげてくださるだけでいいのよ。決してそんなに面倒はかけないとおもうわ」

女は、味沢の苦笑を承諾のしるしと釈（と）ったらしく、強引に押しつけてきた。

「それから、一日一回は必ずお散歩に連れていっていただけないかしら。いまペットの排泄（はいせつ）は、市役所や保健所がうるさいから、必ずポリエチレンの袋をもっていってくださいね。そのかわり帰って来たら、保険のこと考えてあげてもいいわ」

女はますますつけ上がった。

女は旅行から帰って来ると、旦那を口説いて百万円の保険に加入させた。災害時二十倍保障で、保険金受取人はもちろん彼女である。味沢は女のがめつさにあきれながらも、とにかく一件の契約を取った。

だがこの契約にはアフターサービスが伴った。女がその後も、旅行や留守をするときペットを預けるようになったのである。

さらに副産物が生じた。彼女があちこちに吹聴したらしく、味沢の許へペットを預けに来る者が増えてきた。中には留守時預けるだけでなく、毎日の散歩まで彼に頼む者が出てきた。

だがそのおかげで彼は徐々に成績を上げていったのである。


味沢は生命保険の仕事に多少の見通しがついたところで、数日の旅へ出た。会社にはどこへ行くとも言わなかったが、帰って来たときは、十歳前後の少女を連れていた。味沢は少女を市内の小学校に編入させると、いっしょに生活をはじめた。

少女は孤児であり、母方の遠い親戚に預けられていた。味沢はその親戚に以前から里子の話をもちかけていた。親戚としても生活は貧窮しており、ほとんど血のつながりもないような遠縁の少女を養うゆとりはなかったから、彼女を里子として引き取りたいという奇特な申し出を歓迎した。味沢が言った父方の親戚だという言葉を疑おうともせず、一人口べらしができることを単純に喜んでいた。

少女は素直に味沢に従いて来た。少女の名は長井頼子、当年十歳、二年前に両親を殺されてから記憶を失ったままであった。

だがその後、自分の名前や住所などは書けるようになっていた。学習的な記憶には障害はなく、知能指数も優秀値をしめして、学校生活に支障はなかった。

少女を引き取り、羽代市での生活がしだいに定着してくると、味沢は密かに一つのアプローチを行なった。いや、すでに虫の歩みのようなアプローチははじめていたのだが、偶然の幸運な機会を利用して一歩踏み込んだのである。

## 2

父の創始した新聞社だが、中身は完全に変質していた。越智朋子から見れば、それは変質ではなく腐敗であった。メタンガスをいっぱいに孕んだ穢土のように腐りきった市政に、ただ一人敢然と立ち向った父の覇気は、社内に一かけらも残っていない。いまや羽代市を牛耳る大場一族の完全な御用新聞と化していた。

また御用新聞となったからこそ、今日まで生きのびて来られたのである。しかも単に生きのびただけでなく、県下有数の地方紙に発展した。

羽代市は、「大場一族の城下町」と言われるほどにその勢力が隅々まで浸透している。一族の当主で現市長大場一成を中心に、市議会、商工会議所、警察、市立病院、市立学校、銀行、新聞、ローカル放送、有力地元企業、交通機関、などの要所はすべて一族とその息のかかった者でかためていた。

羽代市は、山国F県の県央部に位置して、政治、文化、商業、交通の中心地である。四方を高い山に囲まれた環境は閉鎖的な気風を醸成し、独自の文化と自己完結型の経済圏を形成した。

江戸時代初期、羽代氏の城下町として開かれ、代々藩主の経営努力が功を奏して近世の城下町として発展した。また明治初期に生糸輸出開始と共に養蚕、製糸業が興り、大正から昭和にかけて、「羽代生糸」として全国市場で独特の位置を占めた。これが市勢の発展に大いにあずかったのである。

市街は太平洋戦争末期に戦火を被り、その大半を焼失したが、戦後いち早く復興して、近代都市として面目を一新した。

戦後、埋蔵されていた豊富な天然ガス資源が大規模に開発され、鉱工業発展の基礎となった。

そして、機械、化学、製紙、精密機器などの企業を次々に誘致して、近代的工業都市として、生まれ変わった。

県庁所在地は、県南のF市に譲ったが、経済、文化、交通、規模において、県の中枢の位置を占めている。

大場家は、代々、羽代藩の下級武士であった。明治の廃藩置県は、藩主の顔もろくに見たこともない大場家に日のめを見るチャンスをあたえた。

もともと薩長二藩に反感をいだいていた羽代藩は、戊辰戦争において幕府方に与したので、廃藩置県の断行によって、徹底的に解体された。本来は「羽代県」となすべきものが、F県に統合され、県都もF市へもっていかれたのは、そのようないきさつがあったからである。

　この藩政の改革によって、当主大場一成の祖父一隆は、武士をやめて百姓になった。ところが、それから間もなく、彼の土地から天然ガスが出たのである。資源は無尽蔵であった。

　百姓になりきるには山けがありすぎた一隆は、天が彼に偶然微笑んだ機会を逃がさなかった。これを早速企業化し、たちまち市の中心企業としただけでなく、その利潤を蓄えた莫大な財力によって、市政に食い込み、市そのものを支配していったのである。

　市の発展の原動力となった豊富なガス資源を一手に押えているので、関連企業を次々に派生、あるいは誘致し、市の財政をもがっちりと握ってしまった。ために羽代市は藩主が羽代氏から大場家に交代しただけだとかげ口をささやかれたほどである。事実、羽代市で、大場一族ににらまれたら生きていけなかった。市民は、どこかで必ず大場一族とつながりをもっていた。かりに自分自身は直接つながりをもたないとしても、家族や親戚の中に大場一族の息がかかった者がいた。

　学校や病院へ行っても、どこに勤めても、大場の影響があった。大場の威勢は、県都のＦ市にまで及んでおり、その影響から完全に逃れるためには、県外へ脱出する以外にないようであった。

　たとえ県外へ出ても、近隣県だと、彼の威勢が追いかけて来る。現に資金パイプを通じて中央の政界ともつながっている。大場のダミー代議士が、何人も政界の要路を占めていた。

戦争も、大場の威勢に拍車をかける結果となった。軍部に取り入って、軍需産業に食い込み、終戦後はたちまち、平和産業に切り替えた。当時すでに現当主、一成が継いでいたが、その変り身の早さたるや実に見事であった。

戦火にも、天然資源は無傷で残った。大場家の発展を側面から支えたのが、中戸多平である。多平は、羽代藩の足軽で、大場一隆と親しかった。廃藩置県によって失業した中戸多平は、ヤクザになった。羽代市に一家を構え、徐々に子分を養い、勢力を拡張していった。

一家が大きくなり、子分が増えてくると、比例して金がかかるようになる。金がなければ、一家を構えることができない。これを財政面から援助したのが、大場一隆である。大場にしてみれば、一朝事あるときに備えて私兵を養っているようなつもりであった。

戦後、復員軍人くずれや浮浪者が多数、羽代市へ入り込んで来た。彼らは戦災をまぬがれた羽代駅を巣にして、市民や旅行者たちを狙った。

このため、市民や旅行者は安心して市内を歩いたり、列車に乗ったりできなくなった。

警察はまったく無力であった。そこで大場一成が、中戸多平の息子、多一に市の警備を頼んだのである。こうして中戸一家は、公然と羽代市の〝特別自警隊長〟に任命されたのである。

以来、警察は中戸一家に頭が上がらなくなった。復員軍人くずれが市内で暴れても警察は手が出せない。中戸一家が駆けつけると、ぴたりと静かになってしまう。これでは警察の威信も地に堕ちたままである。

名実共に市の城主、大場一成から〝お墨付き〟をもらった中戸一家は、駅前広場にマーケットをつくり、そこを足場にして着々と勢力を伸長した。

一時は市民のガードマンとして喜ばれたヤクザもすぐに本性を現わした。白昼堂々と、マーケットの中で鉄火賭博を開帳する。ヤクザや闇商人が群がり、まったくの無法地帯であった。警察のパトロールもここには近寄らない。もともと親分と警察が裏でつながっているのであるから、公営賭博場と同じである。

この中戸一家が、大場一族の悪行を代行してくれた。大場が直接表に立ち難いようなことは、すべて中戸がダミーになった。鉄砲玉はいくらでもかかえていた。

鉄砲玉に選ばれることを若いヤクザは「男になれる」と喜ぶ。中戸一家が大場一族の私兵であることは歴然としていながら、だれも知らない振りをしていた。

市を私物化した大場一族に対して、稀に抵抗する勇気ある市民が現われる。だが彼らは、間もなく交通事故に遭ったり、ビルから飛び下りて〝自殺〟したり、川に転落して溺死したりしてしまう。警察も事故死としてさっさと処理してしまう。事故死だなどとおもっている者は一人もいないのだが、だれもそれを口にしない。

そんなことを口にすれば、今度は自分が事故死をすることをよく知っているからである。

当時市内で印刷所を経営していた越智朋子の父、茂吉は、マーケットを、羽代市の「暗黒横丁」と呼び、中戸一家と警察の癒着を、容赦なく暴いた記事をタブロイド判二枚建の新聞にして月一、二回市民に配った。

もちまえの強い正義感から黙っていられなくなったのである。初めのうちは、取材、原稿書き、割付け、校正、印刷から配達まで一人でやった。

大場一成は激怒した。大場の名前はまだ明からさまに指摘していないが、暗黒横丁を放任している警察当局に公開質問状を突きつけていた。それは、それらの背後にいる大場市政に対する痛烈な批判であり、敢然として反旗をひるがえしたわけである。

いままでこれほど露骨に大場に抵抗の姿勢を見せた者はいなかった。全国新聞の支社すら、市の記者クラブから締め出されたら、なにも取材できなくなるので、大場関係の報道にあたってはきわめて慎重だったのである。

中戸一家の鉄砲玉が暴れ込んで来た。屋内はめちゃめちゃに荒らされ、印刷機に砂をかけられた。暴力団が引き揚げてから、ようやく警察がやって来た。

だが、越智茂吉は屈しなかった。彼の勇気ある報道は市民の圧倒的な支持をうけた。読者はうなぎ上りに増加して、越智の下に協力したいという市内の若者が集まってきた。市民も、多年の大場の〝圧制〟に反感を蓄えていたのである。輪転機が購入され、人員も増え、新聞社らしい体裁になった。

越智茂吉は、正面きって大場市政を攻撃するようになった。専制政治が強ければ強いほど、反対分子が内攻している。越智の味方はいたる所にいた。羽代新報は、記者クラブからはずされていたが、クラブの公式発表にはない、市政の急所を突いた種がふんだんに盛り込まれていた。

大場側は機密防衛に躍起になったが、どこから漏れるのかわからない。市民はやんやの喝采をおくった。長い間、大場体制に対する憤懣を胸の奥に畳み込んでいた市民にとって、羽代新報の記事はまさに溜飲が下がるおもいであった。

越智茂吉は、市民の支持に励まされて、暴力追放と綱紀粛正の大キャンペーンを張った。それは凶器の下に身体を張ったキャンペーンであった。連日のように襲撃やいやがらせがあった。

越智の自宅はもちろん、社員の家にまでいやがらせや脅迫がいった。家族の生命に不安をおぼえた社員の中には、家族だけべつの土地へ〝疎開〟させる者もあった。

だが市民の支持も確実に増えていた。キャンペーンは中央のジャーナリズムにも聞こえ、主要テレビ局から特別取材班が送り込まれてきた。

越智のキャンペーンがようやく実を結びかけたとき、彼は市内で交通事故に遭ってあっけなく死んでしまったのである。冬の最中で、凍結した路面を横断しかけた越智を、他県から来た車がスリップして轢いてしまったのである。加害者は南の方からこの地方に初めて車で来たために、凍った路面がこんなに滑りやすいとは知らなかったと言った。故意は認定できなかった。加害者は道交法違反と業務上過失致死に問われ、越智茂吉は生命を失った。

越智茂吉の死によって、せっかく盛り上がってきた暴力追放のキャンペーンは、空気の抜けた風船のように自然に萎んでいった。越智茂吉がやられてはもうだめだという救い難い失望と無気力が市民をとらえていた。越智茂吉の気骨のある部下たちも、一人ずつゴボウ抜きにされて、新聞社から去っていった。代って、大場一成の息のかかった者が、その椅子に坐って羽代新報は、速やかに鋭い牙を失っていった。

そしていつの間にか、株の過半数も大場一成に握られて、大場一族の御用新聞に堕ちてしまったのである。

越智朋子が入社したときは、すでに完全に大場に乗っ取られた後であった。大場一族にしてみれば、彼女を採用したのも、〝敵将の娘〟を遇するような優越からであろう。

入社当時は、越智朋子にはまだ夢があった。父が創始し、全情熱とエネルギーを傾けて、不正に立ち対った父の砦に、その余熱と体臭が残っているような気がしたのである。だが、そんなものは、かけらも残さずに駆逐されていた。父が築いた城はとうに陥落し、あとには不正の甘い汁を吸って、肥え太った敵がとぐろを巻いていた。

朋子自身、市民の救い難い無気力に感染しかけていた。姉の死がそれをいっそう助長していた。

姉の死は、大場とは関係なさそうである。姉は妹の朋子とちがって、なにごとにもひかえめで、孤独好きである。外界に興味をもたず、ひたすら自分の殻の中に閉じこもっていた。そんな彼女が他人から怨(うら)みを買ったとはおもえない。姉が勤めていたF市の住江通商は、大場一族とはなんの関係もない会社である。彼女が大場にとってなにか都合の悪いことを知ったので消されたとは考えられない。ともかく姉の死は、朋子の多少とも父の遺志を継ぎたいという気持に止(とど)めを刺した。

朋子は、完全に変質した羽代新報で、毒にも薬にもならない婦人面を担当し、若さを失っていった。姉の死んだときの年齢に近づいていたが、まだこれといった相手は現われない。

朋子の現代的美貌(びぼう)に惹(ひ)かれて近づいて来る男はあったが、彼女のほうが反応しなかった。要するにピンと来る者がいなかったのである。朋子は羽代市にいるかぎり、自分の胸の急所を射る男は現われないとおもっていた。

大場体制に対する唯一の反抗の砦であった羽代新報すら、彼らの出城の一つにされ、父の子飼いの気骨のある社員は、みな追い出されるか去勢されてしまったいま、羽代市内の男たちは、すべて大場体制側の人間とみてよかった。父を支持した読者たちも、いまはひたすら大場に恭順を誓い、その顔色をうかがっている。

朋子の新たな青春の可能性を探りあてるためには、この町から飛び出す以外になかった。しかし、老いた母は、いまさら未知の土地に飛び出したがらない。いまはただ一人の身寄りとなった朋子にしっかりとしがみついて、どこへも行かないでおくれと訴えかける。

こんな母を一人残して、どこへ行けるものでもなかった。それに朋子自身が青春の可能性など、どうでもよくなっていた。このごろは父の生き方すら、むしろ稚いヒロイズムのように滑稽に見えてきた。大場体制に与しているかぎり、生活は保証される。澱んだ腐水に浸ったような生活ではあっても、それはそれなりに定着してみれば居心地がよい。

大場の独裁市政であっても、なにも一般市民に犯罪の片棒を直接かつがせるわけでもないし、彼らにおとなしく服従しているかぎり生命を脅かされることもない。

それを下手に正義感をおこして抵抗したために、父は滅びてしまった。

たとえ大場体制を覆したところで、市がよくなるという保証は少しもない。いやむしろもっと悪くなるかもしれない。大場のような絶対のワンマンが君臨しているほうが、町は平和が保たれるのだ。

大場は羽代にとって、政府であり、天皇であった。彼がいなければ、町は無政府状態になってしまうだろう。

——父は、なんて馬鹿なことをしたのかしら——

朋子は最近そうおもうようになってきた。父という抵抗分子がいなくなったので、町は平和を取り戻したようである。表皮の下にたっぷりと膿汁を孕んだ見せかけの平和であったが、とにかく平和にはちがいなかった。

## 3

朋子は最近、身辺に視線を感じるようになった。視線の主はわからないが、とにかくどこからか見つめられているのがわかった。その視線は、だいぶ前から自分に向けられていたようだが、最近になって意識するようになったのである。

正体不明の視線が常に身体に張りついているのは無気味であった。だが、その視線は決して悪意的なものではなかった。密かな好意をひかえめな視線に託して遠方から見まもっているという感じなのである。

だがいずれにしても正体不明なのは、気になる。朋子は視線の主を突き止めようとしたが、視線と断定するには、あまりにも弱々しく、〝逆探知〟の線が、いつも途中で切れてしまう。

朋子は自意識過剰のおもいすごしかとおもった。だがたしかに見られていると本能的な感覚が告げている。事件はそのようなときに発生した。

その日、インタビューの相手方の都合で、社に上がる（出先から帰社する）のが遅くなった朋子は、帰宅がだいぶ遅れた。彼女の自宅は、市の西南の郊外の新興住宅地である。最初は町中にあった父の印刷所を住居としていたのだが、羽代新報が成長するにしたがって、手狭となり、父が建売り住宅を買ったのである。

現在の羽代新報は、旧建物を取りこわした跡地に堂々たる社屋を構えている。大場一派が乗っ取った後、新たに建て改えたものである。

社の前から拾った車が生憎途中でパンクしてしまった。他の車は通りかからない。運転手はしきりにすまながったが、修理を待っているよりも歩いたほうが早そうであった。

車だとほんの十分程度の距離だが、歩いてみると、意外にあった。この地域は新開地なので、田畑と山林がそのまま残っている。人家の灯が疎らであった。昼間の閑静な環境も、夜になると寂しい。事実、このあたりには痴漢がよく跳梁する。闇の濃いあたりにいかにも痴漢が息を殺して待ち伏せしているような気がした。

歩きだしてから朋子は、車のなおるまで待てばよかったと悔やんだ。しかしそのときは家と車の中間あたりへ来ていた。背後からぴたぴたと足音が尾けて来るような気がする。

歩くのを止めて、気配をうかがうと、ぴたりと静まって、遠方で犬の遠吠えがするだけである。そのことがよけい彼女の恐怖を煽った。

朋子はだれかが自分を尾けているとおもった。

だがまだ人家の灯は、絶望的に遠い。彼女はついに耐えきれずに駆け出した。駆けるという行動の中に疑心暗鬼をまぎらせようとした。

注意が後方へ行って、前方が疎かになった。突然、前方の闇の中に影が動いて、行手を遮った。はっとしてたたらを踏んだとき闇のものかげは、ものも言わずに襲いかかって来た。救いを求めようとしたときは、遅く、分厚い手で口をふさがれた。何本かの腕が身体にからみつき、道路から、雑木林の奥へ遮二無二引きずり込まれた。熱い生臭い息が顔に吹きかかり、欲望を塗りこめた獣の目が闇の中に光っている。

獣たちにとって餌を食べやすい場所まで引きずり込まれた後は、凄じい剝奪がきた。女の力の精一杯の抵抗は、たちまち蹂躙されて、果物の皮を剝かれるように、衣類を剝ぎ取られていく。影は三個あった。

　こういうことによほど手馴れているのか、一人が見張り、一人が足を押え込んでいる間に、他の一人が剝奪役を担当する。いっさいが無言のうちに進行して、行動に無駄がない。

　朋子は、たちまち絶望的な状態にされた。順番も申し合わせてあるらしい。剝奪役をつとめた者が、凌虐の姿勢をとった。その順序が最も能率的であった。

依然として虚しい抵抗をつづける朋子の頰に火の出るような平手打ちが走った。

抵抗をつづけると殺されそうな気がした。恐怖が彼女の抵抗を弱めた。

（もうだめ！）彼女は観念の眼を閉じた。べつに処女を虎の子のように大切に抱え込んでいたわけではなく、これまでに喜んで捧げられる相手にめぐり合わなかっただけである。処女そのものに執着はないが、このような形で獣欲の犠牲となって食いちぎられるのは悔しかった。

獣は、焦っていた。朋子はすでに抵抗を放棄していたが、初めての躰の生硬さが、獣欲の侵犯を拒んでいるのである。

「ちくしょう！」

暴漢は初めて声をもらした。

「もたもたすんな、あとがつかえているんだ」

二番手がうながした。どちらも若い声であった。暴漢の焦燥が不自然な動きになって、朋子の口をふさいでいた手がはずれた。その間隙をとらえて彼女は精一杯悲鳴をあげた。

奇蹟はその瞬間におきた。彼女の身体にかけられていた暴漢の体重が急に取り除けられて、怒声と凄じい闘争の気配が彼女の身体を中心にして渦巻いた。

闘いの均衡はたちまち破れて、逃げる者と追う者の気配が闇のかなたへ移動して行った。

とりあえずの危機が去ってからも、朋子は恐怖に竦みあがって、しばらくその場から動けなかった。いや、恐怖そのものも麻痺していた。ただ茫然として自分を見失っていた。

なにが起きたのかよくわからない。暴漢たちの間に、犯す順番を争って内ゲバが起きたのかもしれない。とにかくこれは危機から逃げるための絶好の機会であった。暴漢が引き返してくる前に逃げ出さなければと、ようやく我に返ったとき、闇の中から足音が走って来て、彼女の前で止まった。

茫然として時間を失っている間に、ライバルを追いはらった最強の獣が舞い戻って来てしまった。よみがえった恐怖で、朋子はもはや声も出ない。

「もう大丈夫ですよ。逃げ足の速いやつらだ。お怪我はありませんか」

闇の中の人影が声をかけてきた。先刻の暴漢とはちがうようであった。朋子がすぐには信じられないまま、警戒の構えを解かずにいると、「悲鳴が聞こえたので駆けつけて来たのです。本当にどこもお怪我はありませんか」

とさらに問いかけてきた。相手の言う「怪我」の意味はわかった。彼女は、ようやく救われたことを悟った。

「大丈夫です」

と答えると同時に、恐怖にまぎれていた羞恥がよみがえった。幸い、闇に隠されているが、下半身は完全に無防備である。

「まったくひどいやつらだ。あ、ここに衣服がありますよ」

相手は、地面に散乱していた彼女の衣服の在所を指さした。その中に下着もある。それらを直接手に取って拾い集めてくれないところに、相手の繊細な配慮が感じ取れた。ずたずたに破られていたが、着ないよりはましだった。

「医者に行かなくて大丈夫ですか」

相手は心配そうにたずねた。

「大丈夫です。被害はなにもありませんから」

と言ったものの、相手は素直に信じられないらしい。このような被害をうけた女性は、ひたすら隠したがるものである。

「それならよろしいのですが、あとになって被害が表に出てくることもありますから、十分用心なさったほうがよろしいですよ」

相手は、病気を恐れている様子であった。

「本当に危ないところを有難うございました」

朋子は心から感謝した。一人で三人の暴漢を追いはらったのだから、よほど腕っ節の強い人にちがいない。いやそれよりも勇気のある人だろう。闇の中におぼろげに浮かぶ輪郭も、いかにもたくましそうである。

「お宅はここから遠いのですか」

たくましい体の輪郭に比較して、声は優しい。

「この先の材木町です」

「材木町では、まだだいぶあります。先刻の不心得者がまた舞い戻って来るかもしれない。お宅までお送りしましょう」

相手は押しつけがましくなく申し出た。

「そうしていただければたすかりますわ」

歩こうとしたはずみに、膝(ひざ)に激痛が走り、足許(あしもと)がふらついた。暴漢に襲われたとき、膝を木の根か石にでも打ちつけたらしい。

「危ない！」

相手は素早く肩で支えてくれた。がっしりした男の肩であった。

「どうぞ遠慮なく、つかまってください」

言われるままに、その肩にすがって、道路へ出た。ようやく遠方から来るうす明かりの中に朋子は救いの神を見ることができた。角張った武骨な顔と、戦車のように頑丈で骨太の身体をもった三十前後の男である。これでは、か弱い女ばかりを狙っている痴漢が三人がかりでもかなわないだろう。

頰から血が流れていた。先刻の暴漢との格闘で怪我をしたらしい。

「あら、血が出ていますわ」

朋子に言われて、男は無造作に手の甲で拭った。

「黴菌が入ると、いけませんわ。ちょっと、家にお寄りになって手当をしていってください」

「なあに、こんな傷、ほんのかすり傷ですよ。相手の歯を叩き折ってやったので、返り血かもしれません」

笑うと、目が見えなくなるほどに小さくなり、意外に稚い顔になる。闇に歯が皓く鮮やかに浮いた。

二人は朋子の家の前に着いた。

「あの、どうぞ、ちょっとお寄りになって」

「いえ、もう遅いですから」

「このままお帰しできませんわ。せめてお怪我の手当だけでもなさって」

「こんな傷、ほっといてもなおります。これからは夜の一人歩きはなさらないように。それではおやすみなさい」

「ほんのちょっとでもけっこうですからお寄りになって。私の気持がすみませんもの」

そのまま立ち去ろうとする男を、朋子は精一杯の力で引きとめた。二人が小さな争いをしている間に、家の中から気配を聞きつけたらしく、朋子の母親が玄関口へ出て来た。

「朋子かい」

「そうよ、お母様この方を家にお通しして」

「あら、お客様だったの。朋子がいつもおせわになりまして」

と男に挨拶をしかけて、朋子の惨憺たる様子に気がついた母親は、ぎょっとした声で、

「まあ、朋子。その格好はいったいどうしたのよ」

「痴漢に襲われたのよ。危ないところをこの方に救けられたの」

「おまえ、本当になんでもなかったのかい」

老母は、救助者の存在も忘れて、娘の凄じい姿にうろたえた。

「大丈夫よ。服を破られただけなの。それよりお母様、この方を早くお通しして」

朋子は家の明るい灯の前に立って、羞恥を急速によみがえらせていた。早く着替えをして、まともな格好に戻りたかった。特に若い救助者の前で、食いちぎられる直前の格好を晒しているのは、恥ずかしかった。

## 4

男は朋子母子に乞われるままに身許を明らかにした。彼の名は味沢岳史、菱井生命の羽代支店に勤めていた。

「生命保険会社に勤めているからといって、朋子さんには決して保険の勧誘なんかしませんからね」

味沢は、白い健康な歯を出して笑った。笑顔が爽やかな男である。

それを契機にして二人の間に交際が生じた。朋子には、味沢に救われたという意識がある。味沢はハンサムというタイプではないが、筋肉労働者のようなたくましい身体と、いかにも男っぽい雰囲気を身辺に漂わせている。三人の痴漢をたちまちのうちに追いはらった腕っ節も尋常のものではない。

それでいて、そのタイプの男に多い動物的なにおいがない。諸事ひかえめに、世間に目立たないように姿勢をかがめて暮しているようなところがある。

彼は過去を話したがらない。地元の人間でないことは明らかだが、この土地へ来る前は、どこで何をやっていたのか、またどのような理由で羽代へ来たのか、いっさい語らない。

彼は市内に借りたアパートに十歳ぐらいの少女と住んでいた。少女は味沢の遠縁で、両親を強盗に殺されて他に身寄りがないので、彼が引き取ったそうである。味沢に結婚歴はないという。その言葉を鵜呑みにはできないが、少女との間に血のつながりをしめすような相似は、まったく認められない。

もし彼が、現在まで本当に独身をつづけてきたのであれば、少女の存在が結婚の障害になったのかもしれない。それは不思議な少女であった。色白の下脹れの顔をした可愛らしい少女だったが、ほとんど口をきかない。話しかければはきはきと返事をするが、目はいつも遠方を見ている。たしかにこちらを見ていながら、焦点は話相手を越えて途方もない遠方にさまよっているようであった。

少女と話していると、身体だけ対話者に向けて、精神はどこか自分一人の宇宙で遊んでいるようなもどかしさをおぼえる。

そのことを味沢に話すと、両親を殺されたショックでそれ以前の記憶を失っているという。しかし、習慣や、学習した記憶は失っていないので、日常生活に支障はない。少女が記憶を失うほどの原因となった両親の最期について詳しく知りたかったが、味沢は、それ以上語らなかった。

――私、いつの間にか味沢さんに興味をもっているわ――

朋子は、はっとして頰を押えた。味沢の過去や、少女の記憶喪失の原因など、本来朋子にとって関係ないことであった。それがいつの間にか熱心に詮索している。

そのとき彼女は、自分が味沢を異性として意識していることを悟ったのである。

味沢に異性を感じるようになってから、もう一つ気になることが生じた。それは味沢の目の表情である。彼は朋子をまぶしそうに、ある一定の距離をおくようにして眺めた。近くで相対していても、距離感があった。彼女のほうで近づいても、近づいた分だけ味沢はおずおずと距離をあける。

彼女を嫌ったり敬遠してのことではない。味沢のおく距離には、まばゆい憧憬（どうけい）の対象から目をそらすようなためらいと、罪人が許しを乞うような訴願があった。

その距離感をおいた視線に記憶があった。以前どこかでその目に出会ったことがある。それもごく最近のことである。

――そうだわ。あの視線だわ――

朋子はようやく気がついた。それは、最近どこからか彼女の身辺に張りつくようになった例の視線である。痴漢に襲われて以来、視線を意識しなくなったのは、なくなったのではなく、遠方から密（ひそ）かに注がれていたものが身近に来すぎたからである。

――味沢さんが私を見つめていた――

ということは彼が朋子を以前からマークしていたことになる。それはいつごろからか？　そしてなぜ？

疑問は、さらに新たな疑問を誘発した。味沢が朋子を救うために駆けつけてくれたのも、偶然通り合わせてのことではなかったのかもしれない。

味沢はあのとき、「悲鳴を聞いたので駆けつけた」と言ったが、よくおもいおこしてみると、朋子が悲鳴をあげたのとほとんど同時に駆けつけて来たような気がする。

道路から森の奥まで、だいたいの目測だが三十メートルくらいあった。途中樹木や藪などの障害物があるから、どんなに早く駆けつけても悲鳴と同時に現場へ着くのは不可能ではないか？　それを可能にした味沢は、痴漢に森の中へ引きずり込まれた朋子をずっと尾けて来たのではあるまいか。

そしてあわやというところで飛び出した。

救われていながらこのような想像をするのは、味沢に対して失礼だが、三人の痴漢は、彼に雇われたのではなかっただろうか？　いくら味沢が腕っ節が強くとも、一人で三人をあっという間に撃退した手並みは見事すぎる。

安手の映画や小説で、ヒロインに近づくきっかけをつくるために、サクラの暴漢を仕掛けさせたところを救うという手口がよく使われるが、味沢も朋子にアプローチするためにその手を用いたのだろうか。

——いいえそんなことは決してないわ——

朋子は慌てて自分の脹らました想像を打ち消した。三人の痴漢の襲撃には、お芝居ではない迫力があった。ほんのあと一歩、味沢の駆けつけるのが遅れたならば、彼女は確実に犯されていたであろう。

味沢のうけた傷も、芝居ではないリアリティがある。出血した頰の傷だけでなく、腕や肩や背中に打撲傷があった。それは一人で三人を向うにまわして必死に戦った証拠だ。三対一の絶望的な劣勢にもめげず、朋子を救うために身体を張ってくれた味沢に対して、そのような疑惑の一片でもさしはさむべきではない。朋子は、自責し、自戒した。

ただ、味沢が朋子をなんらかの理由でマークして、秘かに尾行していたのは、確かなようであった。遠方から寄せられた暖かなまなざし。あのまなざしの持ち主が、サクラの痴漢を仕掛けるような策を弄するのは矛盾している。一歩遅れれば、間に合わなかったきわどい救出も、必死に駆けつけてくれてのことであろう。

一定の距離をおいたまま、朋子と味沢の間は進行した。そしてその距離は確実に狭まっていた。

## 5

北野は、越智朋子の住んでいる羽代市を訪れた。まず、羽代署へ挨拶に寄った。捜査員が管轄の異なる地域へ出向いたときは、なにはともあれ、地元署へ挨拶するのが慣習である。勝手に管轄ちがいの場所を捜査したことがわかると、感情的にもまずいし、それに地元署の協力を取り付けたほうが、捜査がやりやすい。

「越智朋子ですか、ああ、越智茂吉の娘ですな」

北野が、対象の名前をあげると、羽代署の竹村という捜査課長は即座に反応した。その表情に複雑な屈託があるのを北野は敏感に見て取った。

「越智茂吉は、ご当地の羽代新報の創始者で初代社長と聞きましたが、たしか三年前に死んでいますね」

北野は竹村の表情に含まれたものを手探りするように聞いた。三年も前に死んだ一地方ジャーナリストに、捜査課長のしめした反応は、生ま生ましすぎたように感じた。

竹村は、越智茂吉になにか屈託をもっている——北野は咄嗟に悟った。

「なかなかうるさい男でしたがね、その娘のことで何か……」

竹村は、越智茂吉の名前を自分から持ち出しておきながら、あまり彼について話したくない様子だった。

「例の柿の木村大量殺人事件の関連で、越智朋子の身辺をちょっと探りたいのですが、ご協力をいただけると幸いです」

北野は、あくまで低姿勢に出た。

「越智の娘なら、羽代新報に勤めていますよ。なかなか美い女ですが、もういい齢のはずなのに、まだ独り身ですな。きっと敬遠されているのでしょう」

「敬遠？　それはまたどういう理由で？」

「いや、そのう、まあそれはいろいろとね」

竹村は口をにごした。竹村だけでなく、羽代署全体が越智一家に対してなんとなく屈折した感情を抱いている様子だった。それは越智茂吉を原因としているらしい。三年前に死んだ越智茂吉がいまだに羽代署に投げかけている屈託とは何か？

北野は、羽代署の反応から、彼らが越智朋子の身辺を探られるのをあまり喜んでいないことに気づいた。表面は協力を装いながら、実際は妨害する雰囲気が感じ取れるのである。

竹村が付けてくれた応援の刑事も、北野の動きを監視するのが実際の役目のようであった。

（これは羽代署に協力してもらうと、かえってやり難くなる）と悟った北野は、捜査に満足していったん引き返す振りをした。そして羽代署の刑事を撒いてから、ふたたび捜査にとりかかった。

羽代署に知られると、気まずいことになるので、隠密行動をとらざるを得ない。それは地を這うような捜査であった。北野はここで意外な新事実を発見した。その新事実が事件全体にどのような関わりをもってくるのか、まだ予測がつかない。しかし、決して見過ごしにできない事実であった。

彼は、キャップに報告するために、捜査本部へひとまず帰った。

「越智朋子には、事件当時特に親しくしていた男や、怨みを含んでいたような人間はありませんでした」

「やっぱすいねがったが」

村長は正直に落胆の色を浮かべた。越智朋子は、膠着した捜査が最後の希望をつないだ細い線であった。

「それが最近になって、一人、男が近づきはじめています」

い。
「つかごろじゃ、すかたねえべさ」
　姉殺しの動機を当時に溯って調べているのだから、事件後生じた人間関係は意味がな
い。
「越智朋子も二十三歳ですから、男の一人や二人いても、どうということはないのです
が、実はその男というのが、柿の木村とつながりがあるのです」
「柿の木村とつながりが……おめえ、本当だべがね？」
　村長の目が少し鋭くなった。
「正確には、事件の後からつながりが生じたのです。風道の被害者の子供でただ一人生
存者がいたでしょう。あの子供を養っているのです」
「長井頼子という子だ。たすか遠縁の家ぬ預けられたはずだべ」
「そうです。その長井頼子を養っている男が、越智朋子の身辺に、最近チラチラしてい
るのです」
「そいづはただごとでね、どんな男だべな」
「味沢岳史といいます。このように書きます」
「何をやってる男だべな」
「菱井生命羽代支店の外務員です。年齢は三十前後の筋肉質のなかなか男っぽいやつで
す。ところがまだ戸籍謄本も提出せず、住民登録などしていないので、どこから来たの
か、どんな身許なのか、さっぱりわからんのです。この名前ももしかすると偽名かもし

れません。菱井生命でも謄本や身上書を提出するように促しているのですが、仕事はきちんとするので、ついそのままになっているそうです。前科も味沢名義ではありません」

「指の爪はどんなだべ」

「指は一応マークするつもりですが、あれから二年たっていますので、当然生えかわっていると思います」

「指紋が取れるといがべがな」

「いまの段階では無理です。まあほかにも身許を調べる方法は、いろいろと残されていますが、キャップ、この味沢をどう見ます？」

北野は、獲物を啣えてきた猟犬が、その価値を主人に問うように、村長の顔を覗き込んだ。

「すこす、アタリがあるがな。長井頼子を養っている男が、越智美佐子の妹ぬ近づいだ。どっつも風道に関係があるべ。おめえぬは、当分味沢岳史の身辺を徹底的に洗ってもらうべ。手が足りなげれば、応援を出すべ」

「いや、当分一人で動いたほうがよいと思います。羽代署の手前、あまり目立ちたくないので」

「羽代署となぬかあったのが？」

急に歯切れの悪くなった北野の口調に、村長は底に含まれたものを感じ取ったらしい。

「これは私のカンにすぎないのですが」

「かまわね、言ってみろ」

「羽代署の雰囲気がどうもおもしろくないのです。越智朋子の身辺をいじられるのを喜んでいない様子なのです」

「それはまたなしてだべ」

「まだよくわからないのですが、朋子の父親の越智茂吉は、現在羽代市では最も大きい羽代新報の創始者です」

「三年前に死んだね、たすか交通事故だった」

「羽代市は大場という一族が明治以来ずっと市政を握っています。市域に産する天然ガス資源を独占して、代々、城主のようにあの町を支配しています。現当主は三代目だそうですが、戦後は暴力団と裏でつながって、その支配体制をさらに強固にかためてしまいました。これに反抗して立ち上がったのが越智茂吉で、当時一人で羽代新報を発行して、大場体制の打破と、暴力追放のキャンペーンを張ったのです」

「その話は、すこす聞いたごどあるな」

「これが市民の支持を得て大きく盛り上がろうとした矢先に、越智は、交通事故に遭ってあっけなく死んでしまったのです」

「その背後に大場一族の力が働いたというべがな」

村長の表情はあいかわらず茫洋（ぼうよう）としているが、眼窠（がんか）の奥の光が強まった。

「断定はできませんが、その疑いは濃厚です」

「すかす、警察は交通事故と認めたべ」

「その警察が越智茂吉の娘の身辺をいじられるのを喜んでいないんですよ」

「すたら羽代署も大場と……」

「羽代署と大場一族とはつながっています。私の調べたところでは、羽代署は、大場一族の私警察ですね」

「すかす、越智茂吉の交通事故と美佐子殺すは関係ねえだべ」

「いちおう無関係とされていますが、もし事実無関係なら、我々が美佐子殺しに関連して朋子の身辺調査をするのに、そんなに神経質になる必要はないはずです」

「越智茂吉の事故ば殺人ならば、羽代署は、その娘を探られるのは、気味悪いべな」

「他県の警察が別件を調べるのに、それほど神経をとがらせるのは、やはりなにか後ろ暗いところがある証拠です」

「越智茂吉の一件については、手ばつけられねじえ」

「美佐子殺しと関係ない限りにおいてはですね。しかしもし二つの事件がつながったら……」

　北野は、語尾をのみ込んだ。見合わせた二人の顔が面倒なことになると言っていた。

　東北の過疎村に発した殺人事件が、はしなくも、羽代市のボスと警察の癒着を暴き出しかけていた。その癒着の瘢痕の下に巧妙に仕組まれたべつの殺人事件が隠されているかもしれない。

北野が咥えてきた獲物は、大きかった。そしてさらに大きな獲物につながる気配が濃厚であった。

## 6

「味沢さんにおうかがいしたいことがあるのよ」

朋子はおもいきって言った。彼がどんなに過去を語るのを避けたがっていても、それは聞かなければならないことである。愛がスタートした瞬間から女は相手のすべてを知りたがる。いや知る権利があるとおもった。

つまるところ恋愛は、対象をあらゆる意味で独占しなければ成就されたとは言えない。朋子の味沢に向ける詮索心に彼女の愛の傾斜度がしめされている。

「何でしょう？」

味沢は、いつものように距離をおいた目で彼女を見た。意志の力でおいた距離である。

「味沢さんのことを聞きたいのよ。あなたはちっともご自分のことを話さないんですもの」

「話すことなんてなんにもありません。ごらんのようになんの取柄もない平凡な人間です」

彼は当惑したような笑いを浮かべた。いつもこの笑いでごまかされてしまう。

「どんな人にも、生活の歴史というものがあるわ。味沢さんは、この町の人じゃないでしょう。どこで生まれて、ここへ来るまで、どこで何をしていたか知りたいのよ」

「そんなことを話してもしかたがありませんよ。ごくありふれた人生ですから」

「大多数の人の人生なんて、ごくありふれたものでしょ。私、味沢さんのこれまでの人生にすごく興味があるの。私、あなたのすべてを知りたいわ」

それはすでに、愛の告白であった。

「弱ったな」

味沢は、本当に当惑しているようであった。

「なにも弱ることなんかないでしょ、べつにお尋ね者でもあるまいし」

朋子が冗談半分に言ったとき、味沢の表情を狼狽の影が一瞬よぎったようであったが、曖昧な笑いの中にまぎれて、朋子は気がつかなかった。

「いや、案外、お尋ね者かもしれませんよ」

味沢は咄嗟に調子を合わせた。

「お尋ね者でも私はかまわないわ。ねえ、決して密告なんかしないからおしえて」

「どうしてそんなに私に興味をもつのですか」

「それを私の口から言わせるつもり?」

朋子は怨ずるような視線を投げて、

「それじゃあ、私も同じ質問をお返しするわ。味沢さんはどうして私を尾けていたの?」

と言った。

「尾けたなんて!」

虚を突かれてうろたえたところへ、すかさず、

「とぼけてもだめよ! あなたが私のあとをずっと尾けていたことはわかっていたわ。痴漢から救ってくださったときも、私を尾けていたんでしょ。どうしてそんなに見ず知らずの私をマークしたの?」

「そ、それは……」

「この際、男らしくみんな白状しちゃいなさい」

と問いつめられて、味沢はとうとう逃げきれなくなってしまった。

「実は似ていたんですよ」

「似ていた?」

「ここへ来る前、私は東京でサラリーマンをしていました。同じ会社に勤めていた女性ですが、彼女と将来を約束していたんです」

「愛してらしたのね」

「すみません」

「なにもあやまることはないわ。その女性に私が似ているの?」

「瓜二つです。初めてあなたを見たときは、彼女の生まれ変りかとおもいました」

「生まれ変りというと……」

「二年前に死にました。交通事故です。それで、彼女のおもかげを忘れるために、会社を辞めて、この町へやって来たのです。忘れるために来たつもりが、彼女の再来のようなあなたにめぐり合ったので、実は困っていました」

「私、いやよ」

朋子は急に強い声を出した。味沢は、彼女の突然の〝変調〟に少し驚いた目を向けた。

「私、その女の身代りなんていやよ。どんなに似ていても、私は私だわ」

「身代りなんておもっていませんよ」

「だったら、困ることなんかないでしょ」

いま怒っていた朋子の目が、もう媚を含んでいる。

「いえ、あなた自身として見つめるようになったので、困っていたのです」

「私って鈍いのかしら？　それどういう意味？」

「彼女が死んだとき、自分も死んだようにおもったほどなのに、もうあなたというべつの女性に、心を奪われてしまったからです」

「その言葉、信じてもいいの？」

「信じてください」

「嬉しいわ」

朋子は、素直に味沢の腕の中に身体を預けた。味沢は、まるで脆れものでも扱うように、そっと朋子の身体を抱いた。朋子は男の腕力でもっと乱暴に扱って欲しかったが、それを言うのは、もう少し時間が経過してからだと思った。

味沢の生活史に関するデテールはまだなにも具体的に話されていないが、朋子はいちおう満足した。この際、彼の過去をしつこく詮索することは、せっかく訣別(けつべつ)しようとしている過去の女性のおもかげをよみがえらせることになる。

その女性の身代りはいやだと言ったが、彼が過去を引きずっているかぎり、身代りにならざるを得なくなるだろう。

もし味沢が知られたくない過去を闇に封じこめるためだけに、悲恋話を創作したとしたら、それは女心を計算した巧妙な工夫と言うべきである。

味沢に過去を振り切らせるために、当分の間、朋子は、その詮索をしないはずであった。

味沢の〝悲恋〟にはもう一つの効果があった。朋子は、味沢の幻の恋人と瓜二つと言われたことによって、無意識のうちに彼女と競い合うようになった。なにかにつけて彼女と比較されている。競争者の意識は、競い合う目的物への傾斜を深める。ライバルを排除し、競争対象を独占することによって、初めて勝利したと言える。

朋子は、幻のライバルを相手に、競争の心理機制(メカニズム)の中に誘導されていった。

## 7

羽代市は、城を中心にしてつくられている。羽代市の原点とも言うべき羽代城は慶長(けいちょう)

年間に築かれ、完成時は五層の天守閣を有する壮大なものであったが、明治初期に解体されて、現在は内堀と城壁だけが残っている。

城の形式は、町の東北端にある低い丘陵を取り入れた平山城である。城に最も近い高台が、「堀の内」と呼ばれる上級武士の武家屋敷町で、次いで上町、中町、下町と呼ばれる中級武士と下級武士の居宅がある。さらにその下手に寺町、細工人町、魚菜町、鍛冶町、塩屋町、呉服町、米屋町、駕籠屋町等の商人町がある。

これらの町名からも偲ばれるように、羽代の城下町経営は、職能べつに区画整備して、城を中心とした完全分業による自給自足型経済圏の完成を目標としていた。それはいずれの城下町でも見られる共通の現象であるが、羽代の場合は、それがさらに徹底され、城下に住む市民の転居は認められなかった。

下町に生まれた者は永代、下町から脱出できず、商人町の者は、勝手に転職を認められない。住む場所が、その人間の身分と職業を永代拘束する仕組となっていた。結婚すら同職仲間のあいだで行なわれる。

その点で「ギルド」に似ているが、ギルドが自由な身分の人々がその人権的自由と財産の保護のために結成した団体であるのに対して、〝羽代式職能別区画整備〟は、城主の専制政治を保証することを目的としていた。

家臣や町民に自由はなかったが、職業が永代世襲されるために、各職業に歴史と伝統の磨きがかかり、羽代特有の町人文化を生んだ。

それだけに市民の気風は保守的で、なかなか革新の風が入り込めない。羽代市の歴史における唯一の革命は、明治初期に藩政が廃止されたとき、下級武士から出た大場一隆が藩主になり代って市の支配権を握ったときである。それ以来、大場一族は、絶対的な経済力を基盤に、勢力を着実に伸ばし、その支配体制を不動のものにした。

現在城山公園となった城址と、羽代市一等地の「堀の内」には、大場一族の邸宅が集まり、上町には、それに準ずる幹部が住んでいる。

堀の内、上町の住人ということは、羽代市の支配階級の身分証になった。一般市民はもちろん、大場体制に対する反感を内攻させている。しかし彼らは三百年を越える被支配の歴史に馴れていた。要するに、それは支配者が変っただけのことで、支配される事実に変化はない。市民にとっては、城主がだれになろうと、自分の生活が保証されていればよいのである。

越智茂吉が立ち上がったとき、市民は彼を支持した。だが支持しただけで、自ら先頭に立って革命の旗を振りまわしたわけではない。猫に鈴をつけるのは大賛成だが、自らがつけ役になるのは、まっぴらごめんである。とにかくこの町で大場一族ににらまれたら、生きていけない。

堀の内から上町一帯には大場一族および幹部がでんと居坐り、駅のある駕籠屋町から、市の繁華街の呉服町にかけては、中戸一家の縄張りであった。もっとも中戸一家も、大場一族に雇われた用心棒であるから、このあたりはさしずめ、大場城下の兵隊町というところである。

市内には中戸一家に対抗する暴力団もなく、広域組織暴力団も、ガードが固くて進出できないでいる。大場一族の独裁下なりに、市内は安定していた。

中戸一家の暴力に対しては、警察も見て見ぬ振りをし、市民はいつも泣寝入りをさせられていた。


朋子と味沢は、呉服町の喫茶店でよく逢った。その日の夕方誘い合わせて食事を共にし、別れ難いまま、喫茶店で話し合った。朋子は、すでに味沢から需められればいつ許してもよいような心身の姿勢をとっていた。だが味沢がいっこうに需めないだけである。

味沢が彼女を欲しがっていることは、目の色を見ればわかる。吹きつけるような強い欲望を意志の力で抑えている。なにかが彼の心の中で葛藤をしている。若い男の健康な生理と、朋子の渦へ引き込むような引力をも抑制し得る強い歯止めが働いていた。

その歯止めは、いったい何だろう？——と訝かりながらも、朋子は、近い将来に必ず歯止めをはずす自信があった。それは愛される者の自信と言ってもよい。

歯止めがはずされた先に何があるか、それははずしてみなければわからない。ただ澱んだ腐水に浸ったような現状に、なにかの波紋がおこるかもしれない。

いや、波紋はすでにおきていた。味沢と知り合って、彼女の生活に確実に波紋が生じている。周囲から、最近とみに美しくなったといわれ、自分でも表情が生き生きしてきたのを感じる。恋人ができたねとひやかされても、あえて否定しない。

波紋が生じた後、澱んだ水が流れ出すかどうか、それが問題であった。波紋だけで終ってしまうかもしれない。それでもいいではないか。これが自分の人生の転機になる可能性はあるのだ。

朋子の、味沢に向ける感情の中には、新たな人生を開くドアの模索があった。

別れ難いままに話し合った。話し疲れても、たがいの顔を見つめ合っているだけで、時を過ごせた。

味沢が、朋子のために時間を気にして、腕時計を覗いたときである。味沢たちの隣のボックスにいた客が勢いよく席を立った。そこへオーダーの品を盆に載せたウエイターが通りかかった。

ウエイターが慌てて避けたはずみに、手に乗ったトレイのバランスが崩れた。コーヒーを入れたカップや、ウォーターグラスが盛大な音を立てて、通路に飛び散った。その飛沫が味沢たちのボックスにも飛んできたが、多少の距離があったので、躱せた。

席を立った客は、体が接触したわけでもないので、そのままレジスターで金を払って出て行った。

ウエイターはうろたえて、飛び散ったカップ類を拾い集めた。グラスが何個か砕けていた。

幸い、通路に落としたので、客に迷惑はかけなかったようである。ようやくガラス片を拾い集めたウェイターが周囲の客に一礼して立ち去ろうとすると、「待て」と呼びとめた声があった。

振り返ったウェイターを、朋子と味沢の席と通路をはさんだはす向いのボックスにいた目つきの鋭い若い男たちが手まねきした。一目でチンピラと知れる三人連れであった。

「何かご用で？」

小腰をかがめたウェイターに、

「何かご用だと!?　この野郎、とぼけやがって」

中で最も悪相なのが、指をパチッと鳴らした。小指の第一関節から先が欠けている。ウエイターは蒼ざめて立ちすくんだ。中戸一家のチンピラであった。

「これを見ろ、どうしてくれる」

チンピラが指さしたズボンの裾に、コーヒーの飛沫が少しかかっていた。

「あ、これは大変申しわけないことをいたしました」

ウエイターは頭を下げた。

「どうしてくれると聞いてるんだよ」

「早速、お絞りをもってまいります」

「お絞りだと、ふざけるんじゃねえよ」

チンピラは格好な獲物を見つけて、舌なめずりをしていた。

「あのう、それではどうすればよろしいので」

チンピラに凄まれて、ウエイターは震えあがってしまった。どうやら学生アルバイトらしく、場なれしていない。生憎、周辺にベテランのウエイターや責任者の姿がなかった。近くの客たちは、どうなることかと息を殺して様子をうかがっている。

「どうすればいいだと？　野郎！　いよいよもってかんべんならねえ」

指をつめたのが、ウエイターの胸ぐらをつかんだ。ウエイターは、恐怖のあまり舌をもつれさせながらも、

「お客様、どうかごかんべんを。いま出て行かれたお客様がぶつかりそうになったものですから」

と言い訳したのが、ますますチンピラをいきり立たせた。

「てめえ、自分の落度を客のせいにするつもりか」

「いえ、決してそんなつもりはございません」

「じゃあ、どんなつもりだ！」

チンピラは、いきなり拳をかためて、ウエイターにストレートを叩き込んだ。無防備のウエイターは、たまらず床にくずおれた。

連れの二人が、それを足蹴にした。ウエイターは床に踏みつぶされた蛙のように這いつくばって許しを乞うた。その様をおもしろがってチンピラたちはなおも嬲りつづけた。ウエイターの唇が切れた。血の色は、ますますチンピラたちの残忍な興奮を煽り立てた。

「味沢さん、なんとかしてあげて。あの人、殺されちゃうわ」

　見かねた朋子が味沢に訴えた。味沢の腕っ節なら、こんなチンピラは手もなく叩き伏せてくれるだろうとおもった。

「警察を呼びましょう」

「間に合わないわ。それに警察は当てにならないわ」

「とにかくここを出ましょう」

　味沢は、朋子を引き立てるようにして、喫茶店から出た。周囲に居合わせた客もみなこそこそと逃げ出している。味沢は喫茶店から出ても、警察に電話する気配はなかった。

「電話しないの？」

「ぼくらがしなくとも、だれかがします」

　味沢は、平然と答えた。

「どうして味沢さんはあの人を救ってあげなかったの？」

　朋子は不満だった。チンピラに暴行されているウエイターを見て見ぬ振りをして逃げて来た味沢が、朋子を救うために身を挺してくれた彼と別人のように見えた。

「関係ないことには、かかり合わないことです。あいつら危険ですからね。まさか殺しはしませんよ」

「私、味沢さんにがっかりしたわ」

　朋子は、はっきりと言った。

「私だって命は惜しいですからね」

味沢は、少しも悪びれていない。

「でも私のときは三人の痴漢を相手に闘ってくださったわ」

「いまの三人はちがいますよ。あいつらはヤクザだ。どんな凶器をもっているかわからない」

「でも痴漢だって、凶器をもっていたかもしれないわ」

「あなたを救うために夢中だったんです。でも縁もゆかりもない人間には夢中になれませんよ」

デートの楽しいムードは、完全にシラケてしまった。二人は白々とした雰囲気のまま別れた。

――やっぱりあのときの痴漢は、味沢さんが雇ったサクラじゃなかったのかしら――

朋子は、いったん打ち消したはずの疑惑をよみがえらせた。あの夜、自分を救うために見せた味沢の強さと勇気があれば、ウエイターを決して見捨てなかったはずである。味沢の悲恋話も信用できなくなってきた。プレイボーイが女の気を引くために作りだしたセンチメンタルな身の上話にまんまと引っかかってしまったとおもった。

## 8

「あの姉さん、どこかで見たことある」

遠方にさまよわせていた長井頼子の視線がふと、宙の一点に据えられて、少女の唇から独り言のようなつぶやきが漏れた。

「いまなんと言った？」

味沢は愕然として、少女に問いかけた。

「あの姉さん、見だごどある」

頼子は、霧の中に形象として凝固しつつある輪郭を見つめていた。味沢には、彼女の言う「姉さん」が、だれを意味しているのかわかった。混沌とした彼女の記憶の中にしだいにある形象が浮かび上がりつつある。

戦慄の体験が奪った少女の記憶が、時間の経過とさまざまな医学的療法によって、ゆっくりと蘇りつつある。

「そうだよ。おまえはあのお姉さんにたしかに会ったことがある。どこで会ったか、よくおもいだしてごらん」

味沢は少女の抑圧された記憶の薄皮を一枚一枚、辛抱強く剝ぎ取ろうとした。

「村の道を歩いで来たよ」

「そうだ、村の道を歩いて来た。だれかいっしょにいたか？」

誘導の糸を引く味沢の面に不安と期待が揺れている。

「わがらねえ」

「わからないことはないだろう。そのとき、お姉さんはだれかといっしょにいたかい」

「頭が痛いよ」

無理に記憶の抑圧を排除しようとすると、頼子は苦痛を訴え、せっかく記憶の表皮に浮かびつつあったものが、ふたたび、混沌の霧の海の底へ沈んでしまうのである。

味沢は、彼女の記憶にかかる抑圧を無理に排除しようとしなかった。

医者は治療さえつづけていれば、記憶は戻るはずだと言っていた。治療以外にも、なにかの外因、たとえば、頭をなにかにぶつけたり階段に足をかけたり、だれかに肩を叩かれたりした瞬間に記憶を取り戻した実例があるという。

味沢は少女が、「姉さん」といっしょに見た（かもしれない）ものに興味をもっていた。その正体を確かめないことには、味沢は落ち着けない。

「よしよし、無理におもいだすことはないんだよ。少しずつ少しずつおもいだせばいい。そしておもいだしたことは、必ずお義父さんにいちばん先に話すんだよ」

味沢は、頼子の頭を撫でた。頼子はこっくりとうなずいたが、その視線はすでに焦点を失って、遠方をさまよっていた。

早熟な同年輩の少女は、そろそろ初潮を見るというが、貧しい村に生まれ育ち、家族を眼前で惨殺されるという苛酷な体験が、彼女の成長を停めてしまったのか、身長体格ともに小学校低学年のように稚い。

味沢に養なわれているものの、彼と自分との関係もよく認識していないようであった。

# 転落した疑惑

## I

折から一件の交通事故が市域で発生した。市の北方には、市内を流れる羽代川をせき止めてつくった人造湖羽代湖があり、市の奥庭とされている。湖の南岸は、道もよく整備されており、ホテル、ドライヴイン、レストランなどの観光施設が行き届いているが、北岸にいくと、舗装は切れて、切り立った崖を屈曲の激しい悪路が危うく走っている。北岸のほうが自然の中に深く分け入った観があるが、運転に自信のある者以外は入り込めない。特に冬期が危険で、道が凍結して、不用意に乗り入れたよその土地の車が、にっちもさっちも行かなくなって、救いを求めて来たり、事故をおこしたりする。

この北岸で最も難所とされるのが、最北端にあるオイラン淵と呼ばれるあたりである。ここは湖水と崖がリアス式に複雑に入り組み、道は百メートルほど崖上をヘアピンカーヴを連続して心細く伝っている。湖水と、道路の高低差が最もある個所でもあった。

羽代の遊郭から逃げ出した遊女が追手にここで追いつかれそうになって、身を投げたところから名づけられたという伝説があるが、当時はまだダムによる湖水ができていなかったはずだから、どうやら観光用につくられた話らしい。

ともあれこのあたりから身を投げると、湖の伏流に引き込まれて、死体が浮かび上がらないと言われている。

事実、二年ほど前このオイラン淵で運転を誤って、転落した車があったが、引き上げた車体の中にドライバーの死体はなく、いまだに発見されていない。

五月二十四日午後十時ごろオイラン淵でふたたび落ちた車があった。市内に住む井崎照夫と妻の明美が乗ったコロナマークⅡで、井崎のみ転落途中の車から放り出されて助かった。妻の明美は脱出できず、車といっしょにオイラン淵に沈んだ。井崎が救いを求めてきたレークサイドホテルからの通報により、警察と消防救急隊が駆けつけたが、車が落ちた個所は、水深が深く、車体の確認ができないので、まず潜水夫を潜らせて、車の位置を探すことになった。この深さでは、アクアラングをつけての即成ダイバーの及ぶ所ではない。

しかし内陸の都市なので、すぐには潜水夫を連れて来られない。ようやく呼び寄せた潜水夫がまる二日にわたって湖底捜索をつづけて、ようやく湖底の泥の中に半ばめり込んでいた車体を見つけた。しかし車内に明美の死体はなかったのである。

潜水夫は、なおも車体を中心に湖底の捜索を行なったが、結局明美の死体は発見できなかった。ドアや窓ガラスは転落ショックと水圧によって破損しており、死体は車内に閉じこめられることなく、湖の伏流に引きずり込まれたものとみられた。死体は発見されなかったが、その死は確定的であった。

井崎は「妻といっしょにドライヴに来たが、湖の風景に見とれて、つい運転を誤ってしまった。転落するショックでドアが開き、自分だけ車外に放り出された。車は崖に二、三度バウンドして湖の中に落ちた。あっという間の出来事だった。夢中で湖まで下りて行って妻の名を呼んだが、妻は浮かんでこなかった。自分も妻といっしょに死ねばよかった」と言って男泣きに泣いた。

井崎は、中戸一家の幹部であり、妻は同じく中戸が経営している市内随一の高級クラブ「ゴールデンゲート」のナンバーワンであった。

車は数日後、ウインチで引き揚げられたが、車内には明美の持ち物のかけらも残されていなかった。警察は、井崎の申立てを受け入れて、〝交通事故〟として処理した。井崎は道路交通法違反と過失致死の責任を問われただけにとどまった。

問題はこの後に発生した。井崎照夫は、妻を被保険者として二百万、災害三十倍保障の生命保険をかけていたのである。しかもその保険金受取人は井崎照夫になっている。保険契約をしたのは本年の一月末であるから、まだ六か月経っていない。

この保険を担当したのが、味沢であった。それも彼が勧誘して契約にこぎつけたものではない。ゴールデンゲートの顔見知りのホステス、奈良岡咲枝から井崎を紹介されて、訪ねていくと、待ちかねていたように、その場で契約に応じた。

そのとき味沢は迂闊(うかつ)にも井崎が中戸一家の幹部だとは知らなかった。市内のゲームセンターの専務の肩書をもつ彼は、人あたりの柔らかい洗練されたサービス業者の仮面をつけていて、ヤクザの片鱗すらも覗かせなかった。

ゲームセンターが、大場系の資本であることはわかっていたが、市内のめぼしい企業にはすべて大場資本がからんでいるので、大して気にもとめなかったのである。

味沢は契約時に、井崎が妻を被保険者とすることに疑問をおぼえなかったわけではない。本来、生命保険をかける人間（被保険者）は、一家の生計の中心となる者である。自分が不慮の事故によっていなくなっても、保険金によって家族の生活の安定をはかるのが目的であるから、夫や父が被保険者となって、妻や子を保険金受取人に指定するのが、普通である。

この点を味沢が問うと、井崎は苦笑して、「女房のほうが稼ぎがいいもんでね、うちではあいつが一家の主のようなもんなんだ。あいつがいなくなったら、おれはたちまち路頭に迷ってしまうよ」と答えた。そして自分はすでに十分に保険に入っているとつけ加えた。

その言葉を全面的に信じたわけではないが、細君のほうが一家の中心となっている家庭では、細君に保険をかける例も決して珍しくないので、味沢はいちおう納得した。

ゲームセンターの専務より、市内随一のナイトクラブのナンバーワンのほうが、いかにも収入がよさそうであり、事実彼女の所得は、井崎の数倍あったのである。

## 2

井崎明美の死体は発見されなかったが、オイラン淵に車とともに落ちた彼女の死は確定的であるとして、警察は事故証明を出した。生命保険は、警察の事故証明に基づいてほとんど自動的に支払われる。

保険金支払いの段階に至って、菱井生命社内より疑問が出された。

「契約してから、六か月以内に保険金支払いの原因になる事故をおこすのは、過去の事例を見ても保険金目的の殺人が多いが、井崎にはその疑いはないか」

というものである。

「警察が交通事故と認定して、事故証明を出している以上、保険会社としては、不払いの理由はない」

「井崎は、中戸一家の幹部だ。警察と中戸一家はもともと癒着している」

「しかし、井崎以外に目撃者がいないのだから、井崎本人が事故だと主張する以上、どうすることもできない」

「怪しい状況はまだ他にもある。井崎は自分から持ちかけて保険に入ったそうじゃないか。それに、自分ではなく女房を被保険者にしてオイラン淵に女房だけが落っこちて死んでしまった」

「その点は、井崎自身は十分に保険に入っていて女房のほうが稼ぎがよかったからだと言ってるそうだ」

「わが社の保険でないことはたしかだな。しかし他社の保険となると、本人のプライバシーに属することになるから、調べようがない」

「解せないことがもう一つある。もし井崎が保険金目的で細君を殺したのであれば、死体が浮かばないと言われるオイラン淵なんかにどうして飛び込んだんだろう？　死体が現われなければ、保険金が下りない場合だってある」

「その死亡が確定的なら、たとえ死体が出てこなくとも、保険金は支払われる。彼は警察が事故証明を出すのを見越していたのかもしれない。警察と癒着している証拠と見ていいんじゃないか」

「しかし、オイラン淵に運転中の車を落として自分だけたすかるというのは、井崎自身も命を賭けているね」

「命を賭けずに、車を落とせる場合があります」

隅の方から遠慮がちに発言した者があった。

一同の視線が声の方角に集まった。担当者として幹部会議に列席を許された味沢である。

「それはどういうことかね」

議長の支店長が代表して質ねた。

「たとえば、被保険者に睡眠薬でも服ませて眠らせていた場合です。被保険者が薬効で昏睡していたとすれば、犯人は車から降りて、被保険者もろとも車を突き落とすだけでよい。車と被保険者が湖の底に沈んだのを確かめてから、故意に自分の身体を、いかにも転落途上の車からはじき出されたように傷をつけて、救いを求めます。そうすれば、犯人は完全な安全圏に身を置いたまま、車と被保険者を突き落とせます」

一同は新しい窓を開かれたような顔をした。

「なかなかおもしろい着想だが、一つ難点があるよ」

支店長が口を開いた。全員の視線が彼の方へ移った。

「睡眠薬などを服ませれば、死体を解剖されたとき、たちまちバレてしまうよ」

「ですから、オイラン淵を選んだのではないでしょうか。犯人、つまり井崎には、細君の死体を発見されては都合の悪い事情があった。死体が発見されてはまずい。さりとて死体が出ないことには保険金が下りない。そこで、その死が確定的に認められるような場所であると同時に、死体が現われ難い場所として、オイラン淵が選ばれた」

「きみ、そりゃ重大な発見だぞ」

支店長はじめ一同は、味沢の着眼によって現われかけた巧妙な完全犯罪の輪郭に息をのんだ。

「この犯罪の巧妙な点は、細君を必ずしもオイラン淵に突き落とす必要のない点にあります」

味沢はまた奇妙なことを言いだした。

「突き落とす必要がないとは?」

「死体が出ないということは、必ずしもオイラン淵で死んだのではないことを意味しないでしょうか」

「きみは、井崎明美がオイラン淵に沈んでいないというのか」

「その可能性もあるとおもいます。死体が出ないのですから。海へ沈めても、山中に埋めても、オイラン淵に落ちた状況さえつくればよいのです。警察の事故証明さえ取れれば、保険金は支払われます」

一同は、味沢が示唆した完全犯罪の可能性に茫然(ぼうぜん)となった。

だがそれをいかにして証明するか？　警察の事故証明を覆すためには、計画殺人の証拠をつかまなければならない。警察と中戸一家およびその背後にいる大場一族が癒着している羽代市で、それをするのは、大場体制に反旗をひるがえすのと同じである。

「大場一族を敵に回しては、この市で仕事ができなくなる。この際、多少の疑惑には目をつむって、保険金を支払ったほうが得策ではないか」

という意見が大勢を占めた。

「そんなことをしたら、これから先、真似をする者が続出するおそれがあります。疑惑だらけなのに保険金を払うのは、保険会社の堕落ではないでしょうか」

味沢一人が大勢意見に反対した。

「しかし、警察を向うにまわして事故証明を覆すだけの証拠をつかめるかね」

支店長が、すでに投げた声で聞いた。

「それはたしかに大変な仕事になります。しかし、疑惑に目をつむり黙って支払う手はないでしょう。とにかく死体は出ていないのです。事故証明が出ていても、死体が現われるまで支払いを引きのばす口実はつくれるでしょう」

「きみが調べるつもりかね」

「私が担当者ですから」

「中戸一家が妨害するかもしれないよ」

「それは覚悟しております」

「万一の場合、会社としてはきみを庇えないよ。とにかくこの町では大場一族に楯つけないのだ」

「それも覚悟しております」

「成算はあるのかね」

「一つだけ心当たりがありますので、その線を追いかけてみたいとおもいます」

「あまり危険なことはしないでくれたまえ。それからきみは、わが社の社員ではなく、会社と契約した外務員だということを忘れないでくれよ」

支店長はぬけめなく保身のための釘を打った。

3

味沢の心当たりとは、井崎を彼に紹介してくれた奈良岡咲枝である。彼女もゴールデンゲートのトップクラスのホステスである。年齢は二十一歳で、その都会的な美貌と、日本人離れしたプロポーションで入店一年にもならないうちにぐんぐんと頭角を現わしてきた。

最近では、多年、同店のナンバーワンを維持してきた井崎明美を抜いてトップに躍り出たという話も聞いた。

明美がどんなにベテランで、その道の手れん手くだに長けていても、若さにはかなわない。よい客をどんどん、咲枝に奪われていたというのが、味沢の聞込みで得た情報である。

味沢はここで咲枝が客だけでなく、明美の夫の井崎までも奪ったのではないかと、推測を一歩押し進めた。

井崎と咲枝に関係が生じて、邪魔になるのは明美の存在である。咲枝にとっては明美は恋敵であるだけでなく、商売敵でもある。井崎も若くぴちぴちした咲枝を得て、容色の衰えかけてきた明美が鼻についてきた。

そこで邪魔者を排除するにあたって、保険をかけ、一石二鳥の〝廃物利用〟を考えた。

――井崎と咲枝の間には関係があるにちがいない。そして二人の関係を証明できれば、それを突破口にして井崎の完全犯罪をくずせるかもしれない――

井崎照夫と奈良岡咲枝の行動をしばらくマークしたものの、警戒しているとみえて、彼らの接触は認められなかった。

六千万の保険金のために、逢いたいのを必死に怺えているにちがいないと味沢はおもった。味沢の抵抗も虚しく後難を恐れた会社は保険金を支払ってしまった。保険金目的の犯罪の存在を一日も早く証明しないと金を使われてしまう。金を費消された後に犯罪を証明したところで、保険会社としては、意味がないのである。

二人の行動から探るのを一時保留した味沢は、彼らの身辺に聞込みをかけることにした。

最も手っ取り早い方法としてゴールデンゲートのホステスに当たる手がある。井崎明美とトップ争いをしていた咲枝だから、必ず他にも敵がいるはずである。〝女の闘い〟のライバルに当たれば、咲枝の隠されたプライバシーが現われるかもしれない。

味沢は、ゴールデンゲートの客となった。

羽代市随一の高級ナイトクラブで、料金も銀座の一流バー並みである。生命保険会社の一外務員風情が出入りできる場所ではないが、もはや乗りかけた船であった。

調査費は一円も会社から出ない。すべて自腹の手弁当調査である。貧弱な懐中は、ゴールデンゲートの一夜の費用を捻出するのも苦しかった。

味沢は、土曜の夜に出かけて行った。最近は週休二日制の所が増えてきて、「花の土曜日」が金曜に移行している。土曜日の夜は、客も少ない。主力ホステスたちが休みを取り、売れない下位ホステスだけが出勤している店が多い。ゴールデンゲートでも、平日の三分の一ぐらいしかホステスが出勤していない。

こういう夜こそ、反主流派のホステスたちから日ごろ花形ホステスに対して蓄えた不満や反感を引っ張り出しやすいだろうと考えた。

味沢の狙いは的中した。午後八時ごろゴールデンゲートへ行ったときは、いかにも、売れなそうなホステスばかりが所在なさをもてあました顔を並べていた。

「いらっしゃいませ」と迎えた声も、なんとなく空々しい。店内はまだガランとしており、味沢に集中した視線が値踏みをしている。

ボーイが、「ご指名は？」とたずねた。

「べつにないけど、なるべく古い人がいいな」

と答えて、案内されたボックスに就いた。一見のしかも単独の客には、どうせ大したホステスはつけないだろう。古くからいて、あまり売れていないホステス、そういう女が彼の目的にとっては都合がいい。

「いらっしゃいませ」

と小腰をかがめて味沢の席に来たホステスは、四十前後のいかにもくたびれたような女だった。「古い人」と言ったら、おもいきって古いのを付けやがったなと、味沢は内心苦笑した。子供の二、三人はかかえているかもしれない。ボーイは古いを年寄りと解釈したのであろうか。そうだとすれば、味沢はなけなしの金を失っただけになってしまう。

女は、よっこらしょといった様子で味沢の隣に坐った。

「お飲み物は？」と聞いた口が、小さいあくびを噛み殺した。

「こちら様、初めてね」

女は、味沢がオーダーした水割りをつくりながら、言った。

「なかなか我々サラリーマンにはこんな豪華な場所には来られないよ」

「土曜の夜はこんな所へ来なくとも、あなたならもっと楽しい場所がいくらでもあるでしょうに」

水割りをつくって、グラスを差し出したホステスの目が意外に優しい。年下の男を無理するなと諭しているようなところがあった。店にとってはあまり熱心と言えないが、客の身になって考えてくれているようである。

味沢は、案外いい相手にぶつかったのかもしれないとおもいなおした。

「シングルで恋人もいないような男には、どこにも行く所なんてありませんよ」

「あら、こちらさん、まだお独りなの」

女が驚いた表情をした。味沢がうなずくと、

「信じられないわ。とても落ち着いていらっしゃるし、あなたなら、どこへ行ったってモテるわよ。わざわざこんなお婆ちゃんを呼ばなくとも」

「女性は年齢じゃありませんよ」

「あら嬉しいことをおっしゃるわね、じゃあなんなの？」

「優しさと年齢相応の美しさです。男には大きく分類して二種類あります」

「どんな種類？」

女が、味沢の話にいつの間にか引き込まれてきた。話術は保険の勧誘で大いに鍛えてあった。どちらが客かわからないような話しぶりだが、味沢も、客を勧誘しているような気分になっていた。

「女性を上半身と下半身に分けて、下半身にしか興味をもたない者と、総体を愛する者の二種です」

「上半身と下半身ね、うまいことをおっしゃるのね。それであなたはどちら？　あら、私って馬鹿みたい。下半身派だったら、私なんか呼んでくださらないはずだわね」

女は苦笑した。二人の間にだいぶ打ち解けたムードが漂ってきた。店にも客の姿が増えて、ようやくナイトクラブらしい雰囲気が盛り上がりかけている。

「ところであなたは、このお店は古いのですか？」

ころあいよしと見て、味沢は切り出した。

「そうね、そろそろ三年になるかしら」

この業界で三年といえば古いほうだろう。

「いちばん古い人はどのくらいですか」

「五年くらいかしら。古い人は三年から五年くらいだけど、あとはほとんど半年か一年くらいしかつづかないわね。短い人は一日でやめちゃうわ」

「するとあなたは、古手（ベテラン）ですね」

「そうね、十番手ぐらいかしら。もっとも水揚げは最低十番に入るわね。店のほうじゃ早くやめてもらいたいんでしょうけど、他に行き場所もないでしょ。馘になるまで居坐るつもりよ」

「いまナンバーワンはどなたですか」

「咲枝ちゃんね、あの人は調子がいいからね」

女の言葉には、反感が含まれている。味沢は理想的な相手に当たったのを悟った。

「前に友人からちょっと聞いたことがあるんだけど、井崎明美さんという人がナンバーワンじゃなかったんですか」

味沢はそれとなく水を向けてみた。

「ああ、明美ちゃんね。あの人、可哀想なことをしたわ。オイラン淵に車ごと落ちたんですってね、びっくりしたわ。明美ちゃんが咲枝ちゃんの来る前は、断然トップだったわよ」

「すると咲枝さんのほうが新しいのですか」

「ええ、まだ一年そこそこだわ」

「明美さんは古いのですか」

「三年くらいね。私とほぼ同じ時期に入ったのよ」

「そんなベテランの位置を奪った咲枝という人は、よほど腕がいいんですね、今夜来てますか」

「売れっ子は、土曜の夜なんか出ないわよ。またいいカモを咥え込んでいるんでしょうね。とにかくあの人、体を張るからね、まともにやっていたのでは、とてもかなわないわよ」

「すると下半身でナンバーワンを獲得したわけですか」

「そうよ、そのとおりよ。あなた本当にうまいことおっしゃるわね。あの人には下半身しかないのよ。もっとも男の人にはそれで十分なんでしょうけれどね。そうでなければ、わざわざ高いお金を出してこんな所へお酒を飲みに来ないわよね」

女は、急に疑わしそうな目つきをして、味沢のたくましい身体を見た。

「いや、ぼくは決して、そのう、そんないやらしい野心なんかありませんよ、ぼくはただそのう……」

「言いわけなんかなさらなくともいいのよ。案外純情なのね」

味沢のうろたえた様子を、女は笑った。

「でもね、そういう野心をもったほうがいいのよ。男と女は、はずみだから、最初のきっかけをはずしちゃうと、たがいに好意をもっていても、チャンスを失ってしまうことが多いのよ。最初から野心をぎたぎた剝き出しにしたほうが女をモノにできるわよ」

くたびれていたような女の視線に、味沢に対する成熟した女の好奇心がこもってきたようであった。その種の好奇心をもたれすぎても聞込みがやり難くなる。

「ナンバーワンの座を維持するために、いちいち体を張るのも重労働だな」

「初めのうちはね、でも大物を咥え込んでしまえばあとは楽だわよ」

「それじゃあもう大物を咥え込んじゃったんですね」

「まあね、最近はどうやらスポンサーが定まったらしいわね」

「ゴールデンゲートのナンバーワンのスポンサーとなると、よほどの大物でしょうね」

「ナンバーワンばかり狙うのがいるのよ。男って馬鹿みたい。クラブのナンバーワンなんてなんの権威もないのにね。ナンバーワンをモノにして、自分もなにかのナンバーワンになったような気がするのかしら」

「だれなんですか、その咲枝さんのスポンサーという人は……」

「それがね……」

女は、周囲をちょっとうかがうようにして味沢の耳に口を近づけようとしたが、ふと表情を改めて、

「でもあなた、いやに咲枝ちゃんのことに興味をもつわね」と急に警戒の構えをとった。

「いや、べつに興味をもったわけじゃありませんが、ナンバーワンのスポンサーがどんな人か、男ならだれでも、知りたいとおもいますよ」

「そうかしら？　でも、あまり、咲枝ちゃんには興味をもたないほうがいいわよ」

「それはまたどうして？」

「それも知らないほうが、身のためよ」

女は含み笑いをした。そのときボーイが彼女を呼びに来た。どうやら彼女にもべつの

指名がかかったらしい。ようやく店内はゴールデンアワーにかかり、全席がほぼふさがっている。女性不足で一見の一人の客などに、いつまでもつき合っていられなくなったようである。一人でも一つのボックスを占領する。ホステスをはずして一人で放り出してしまえば、帰らざるを得なくなるだろうと、店が追い立てている気配が露骨に感じ取れた。

「それじゃあちょっと出稼ぎに行って来るわね。ゆっくりしていらしてね」

女は、重そうに立ち上がった。その去り難い様子を、せめてものサービスとおもって、味沢もそれを潮時に、腰を上げることにした。

ゴールデンゲートを出た味沢は、そこが羽代新報から近いことをおもいだした。土曜日の夜九時すぎに朋子が社にいるとはおもえないが、足は自然にその方角へ向いた。

彼女とは、例の喫茶店でのボーイ暴行事件以来、なんとなく気まずくなって逢っていない。連絡もしていない。もちろん彼女からなんの連絡もない。彼女がなにも言ってこないのに、こちらから連絡するのは、もの欲しそうなのでひかえていた。

せめて社屋の外から朋子のおもかげでも偲ぼうとおもって、歩きだした。逢えないとなると、むしょうに逢いたくなった。

羽代新報の社屋が見えてきたところで、背後から声をかけられた。ヤクザっぽいもの言いだったので、ちょっと振りかえっただけで、そのまま歩きつづけた。ヤクザ風体の男が四人追って来た。味沢は、酔っぱらいがからんできたとおもい、相手にならないことにした。

「おい、待てと言ってるのがわからんかい」

ふたたび、ドスのきいた声が浴びせかけられた。

「あのう、私のことで？」

これ以上、知らん顔はできない。

「あんたのほかにだれもいねえだろ」

相手の声がうすい笑いを含んだようであった。

土曜の夜なので、通りは閑散としている。みな早々と家へ帰って家族と週末の団欒(だんらん)をしているのだろう。味沢は、彼の帰りを一人で待っている頼子の心細そうな顔を、ふと瞼(まぶた)に浮かべた。

「なにかご用で？」

「あんた、さっき奈良岡咲枝のことをいろいろと聞いていたな」

「そ、それではゴールデンゲートで」

味沢は、この男たちがそこからずっと尾(つ)けて来たのを悟った。

「いったいどんな魂胆から、咲枝のことを詮索(せんさく)したんだ」

男たちから発する凶暴な殺気が身体に迫った。彼らはいずれも中戸一家のヤクザらしい。

「べつに詮索なんかしていません。ゴールデンゲートのナンバーワンがどんな女(ひと)か、話題になっただけです」

「生命保険の外交野郎が、どうして咲枝のまわりを嗅ぎまわるんだ」

相手は、味沢の身許を知っている。味沢は全身を緊張させて、

「あわよくば生命保険に入ってもらおうとおもったんです。ゴールデンゲートのナンバーワンなら、よいお客になってくれると考えたのです。職業意識から、だれにも興味をもちます。もしよろしかったら、あなた方もいかがですか」

と言った。

「うるせえ！　余計なことを言うんじゃねえ」

同時に痛烈なアッパーがきて、味沢は路面に吹っ飛ばされた。よほどけんか馴れしている連中とみえて、倒れた味沢に立ち直る隙もあたえず、押し包んで、追い打ちをかける。まったく無抵抗の味沢を四人がかりでボロ布のように叩きのめした。

ようやく動かなくなった味沢を見て、四人組は攻撃を止めた。

「いいか、命が惜しかったら、これからつまらねえことを穿りまわすんじゃねえ」

「この次は、こんなことじゃあすまねえぞ」

四人組は、捨てぜりふと唾を吐きかけて、立ち去った。味沢は、彼らの去って行く足音を歩道の鋪石の上に聞きながら、自分が正しい方角を追跡して来たことを胸の奥で確かめていた。

彼らは、生命保険の外交がなぜ咲枝の身辺を詮索するかと詰った。つまり初めから、

生命保険と奈良岡咲枝を結びつけていたのである。

味沢がゴールデンゲートへ行っただけではこの二つを結びつけるべきいかなる根拠もないはずである。それをあえて結びつけた彼らは語るに落ちた形であった。

味沢が探っていたことを、はからずも先方から晒（さら）してしまった。咲枝と、井崎の間に関係がなければ、中戸一家の鉄砲玉が味沢を襲ってくるはずがなかった。

「ひどい血だ」

「警察を呼べ」

「救急車だ」

味沢の身辺が騒がしくなった。いつの間にか、通行人や弥次馬（やじうま）が集まって来ていた。彼らは、暴行の嵐が通りすぎるのを、息を殺してじっと待っていたのであろう。暴行中に下手に警察へ連絡しようものなら、今度は自分たちが返礼をうける。この町では、警察も暴力団の味方である。できるだけ姿勢を低くして逆らわないようにすることが、自分の身を護（まも）る最良の方法であることを多年の経験から市民は知っていた。

味沢は立ち上がろうとして、胸部に鋭い痛みが走るのをおぼえた。鍛えた身体だが、四人がかりの暴力をうけて、肋骨（ろっこつ）にひびが入ったのかもしれない。通行人をおどろかせた血は、鼻や唇が切れたもので大したことはない。

「味沢さん、まあひどい怪我！」

懐かしい声が聞こえて、朋子が味沢の身体にすがりついた。まだ社にいたらしい。

「やあ朋子さん、やられましたよ」

味沢は、彼女の顔を見てホッとすると同時に、いたずらを見つけられた子供のように笑った。

「どうして、どうしてこんなひどいめにあったの」

朋子は半べその声で言った。

「中戸一家ですよ。なに怪我は大したことはありません。一、二日寝ていれば癒ります。すみませんが車を呼んでくれませんか」

「だめよ、病院へ行って手当をしなければ。救急車を呼ぶわ」

「もう呼びましたよ」

通行人が言った。間もなく救急車が来た。朋子は病院までいっしょに従いて来てくれた。

幸いに怪我は大したことはなかった。味沢が自分で診断したとおり、右の第五肋骨に軽いひびが入っていたので、数日静かにしているように医者に言われただけで、深刻な傷害はなかった。

この襲撃をきっかけにして、味沢と朋子の交際が復活した。味沢が危険を冒して、井崎明美の交通事故を調査していることが、朋子の心証をよくしたらしい。

「私の推理では、明美は井崎に殺されたにちがいありません。彼はホトボリが冷めるのを待って、いずれ奈良岡咲枝と結婚するでしょう」

味沢は、朋子におおかたの事情を話して聞かせた。

「でも、井崎と咲枝の関係を突き止めたところで、殺人を証明したことにはならないでしょう」

「咲枝が私を井崎に紹介してくれたのです。そのころから彼らの間に関係があったとわかれば、かなり強い情況証拠になります。私はもしかすると、オイラン淵に落としたのは車だけで、明美はどこか他の場所で殺して死体を隠してしまったのではないかと考えているのです。警察の事故証明さえ下りれば、死体が現われなくとも、保険金は支払われますからね。現に保険金は支払われました」

「すると、奈良岡咲枝も明美の死体がどこにあるか知っているわね」

朋子の頰が白く緊張した。

「まずね、明美の死体がどこかべつの場所から出て来れば、動かぬ証拠になります」

「でも、もし井崎が明美の死体をどこかに隠したとすれば、簡単には発見されないような場所を選んだでしょうね」

殺人の痕跡（こんせき）の残る死体を発見されたら、この犯罪の意味がまったく失われてしまうのであるから、死体の隠し場所は犯人にとって絶対安全な場所を選んだはずである。

「もう一つ冒険をしてみようとおもっています」

「冒険ですって？　どんな」

「明美は自動車事故の前日までゴールデンゲートに出ていたことがわかっていますから、

殺されたとすれば、翌日の事故発生までの二十数時間のあいだです。どこかべつの場所で殺して隠したとしても、そんなに遠くへ行けません。犯行には、湖へ落としたのと同じ車を使ったとおもいます」

「車を検べるの？」

朋子は、いち早く話の先を察した。

「そのとおりです。あの車は引き揚げられて警察で検証された後、まだ、警察の裏庭におかれたままです。あの車を検べれば、なにかわかるかもしれない」

「でもそんなものがあれば、警察が見つけ出したはずだわ」

いかに暴力団と癒着していても、殺人の犯跡は見逃さないだろうとおもった。

「いや警察は、明美の死体が湖に沈んだと信じ込んで車を検べていますから、最初から視点がちがいます。警察が見落としたというより、観察の対象からはずしたものが残っているかもしれません」

「奈良岡咲枝について聞込みしていただけであんなひどいことを仕掛けてきた中戸一家だから、井崎の車を検べたことがわかったら、今度はなにをするかわからないわよ」

朋子の面が不安に塗りこめられた。味沢の身を、親身になって案じてくれている様子であった。

「まさか警察の中でこの間のようなことは仕掛けてこないでしょう」

「わからないわ。みんな一つ穴のむじななんだから。でも味沢さんて、仕事に対して責任感が強いのね」

朋子は味沢をいささか見直した目で見ていた。警察も事故として認め、会社もそれを信じて保険金を支払った後も、味沢一人が危険を冒して手弁当の調査をつづけている。外務員でここまでやる者はないだろう。

「仕事の責任感だけじゃああありませんよ」

「それじゃあ何なの？」

「あいつらのやり方ががまんならなくなったのです」

「あいつら？」

「中戸一家と、そのバックにいる大場一族です」

「それじゃあ……」

朋子の目が輝いた。

「保険金目的の殺人を暴いて、やつらに一矢報いてやりたいとおもっています。もちろんそのくらいのことでは、大場一族はびくともしないでしょう。しかし、これが保険金目的の殺人であれば、これを手がかりに中戸一家の余罪を引っ張り出せるかもしれません。今度の計画には、中戸一家も必ずからんでいます」

「私もできるだけ協力するわ」

「有難うございます。しかし、あなたを危険な目にあわせたくありません」

「私は大丈夫だわ。もし犯罪の証拠をつかんだら、なんとか新聞に載せるわ」

「えっ、そんなことができますか」

現在の羽代新報は、完全な大場一族の御用新聞と化していて、彼らにとって不利な記事が紙面に載ることはまず考えられない。

「デスクが帰った後で、突っ込むという手があるのよ。デスクがいなければ、チェックする者がいないから、ボツにされることはないわ」

「羽代新報に、中戸一家幹部の保険金目的の殺人のスクープが載ったら痛快ですね」

「味沢さん、やってみてくれない。ぜひ証拠をつかんで。二人でやってみましょうよ」

朋子は父から受け継いだ血が久しぶりに熱く沸き立ってくるのを感じた。

# 犯行現場の破片

I

羽代署は、市の南のはずれにある。それまでは市の中心街にあたる呉服町にあったが、建物が手狭になったので、新たに庁舎を建てて移転したのである。

だが市民には、呉服町が中戸一家の縄張りの根拠地なので、警察が〝疎開〟して行ったと見る者が多かった。いくら馴れ合いとは言っても、警察と暴力団が隣り合わせでは、見て見ぬ振りのできないこともある。

警察の引越しのときは、市民の臆測を裏書きするように、中戸一家の組員が多数手伝いに来た。新庁舎完成祝いに中戸一家から全職員に外国製の高級ボールペンが贈られた。郊外へ〝疎開〟してから警察は、市中に事件が発生しても、ますます駆けつけて来るのが遅くなった。

まだ開発の手が十分に及んでいない町はずれの畑の真ん中に忽然と出現した形の警察の建物は、建物を見るかぎり、旧庁舎より格段に規模も設備も優れている。

鉄筋コンクリート四階建の近代的建物の中には、ホテル並みの設備をもった食堂や浴室や、泥酔者保護室などもある。

庭も十分取ってあり、パトカーや職員の車や、外来車を駐めても、まだふんだんに余地がある。この駐車場の片すみに、オイラン淵から引き揚げた井崎の車の残骸が放置されていた。

庭といっても、外界との垣や柵があるわけではない。新庁舎のほうに工事が集中していて、まだ庭にまで手がまわっていなかった。

それだけに、どこからでも警察の敷地の中に入れる。だが車を検べなければならないので、白昼堂々と侵入するわけにはいかない。

味沢は夜更けるのを待って庭の中に侵り込んだ。庁舎の窓の灯はあらかた消えて、当直の者だけを残して寝静まっている様子であった。

大場一族の独裁政治が行き届いているので、市内はいちおう平穏である。警察にも癒着した瘢痕のような平和があった。大場一族と中戸一家の圧力に封じられて、大した事件の起きるはずもない。

警察の平和は、この市の堕落を意味していた。引き揚げ後、警察の検査をうけた井崎の車は、近いうちに屑鉄業者に払い下げられることになっていた。

百メートルの崖を転落したショックで車体はかなり損傷をうけていた。フロントグラスは完全に砕け散って、前部右ドアは破断消失している。またボディ前部の機関部の圧潰がいちじるしい。前部バンパー、前照灯、フェンダー、ラジエーターグリル、エンジンフードなどはことごとく、破断、圧潰、変形していた。それに比較して後部は比較的原形を留めている。

庁舎の方の気配をうかがいながら味沢はたずさえてきたペン型のライトで子細に検べた。

しかし、特に殺人の痕跡のようなものは見つけられない。たとえあったとしても、数日間湖底に放置されていた間に消えてしまったのであろう。

暗い中でわずかなペンライトの光を頼りに、周囲をうかがいながらの観察では、隈なく目が行き届いたとは言えない。

味沢はあきらめて、立ち去ろうとした。そのとき、彼の足は、車の残骸のかたわらに堆く盛り上げてある泥の山につまずいた。

――なんでこんな所に盛り土がしてあるのか？――

と不審の目を向けた彼は、それが車を検査するにあたって、車内からかき出した湖底の泥であることを悟った。車体が湖底の軟土にめり込んだために、内部に湖泥がいっぱい詰まってしまったのである。

警察はたして、その泥も検べたであろうか。おそらく検べたであろう。だがもし検べていなかったら？　検査対象の車の中に入っていた湖泥は、探す資料をその中にくるみ込んでしまった可能性がある。

味沢は、家で待機している朋子に電話した。

「何かわかって？」

彼女の声が期待に弾んでいる。味沢と手をたずさえて出帆した冒険の海の航海に興奮している口調であった。

「泥があるんです」

「泥？」

味沢は〝泥〟の由来を説明した。

「それで、いい所へ目を着けたわよ」

「それで、その泥を全部盗んで検べようとおもうのですが、かなりの量になります。車があるとトランクに入るのですが、生憎私は車をもっていません。朋子さん、だれか口の固い人で、車を貸してくれる人を知りませんか。なにしろ警察の庭から盗み出すんですからね」

「社にジープがあるわよ。それを取材の口実で借り出すわ」

「ジープなら理想的ですが、私が社まで戻るのに少し時間がかかります」

「私が転がして行ってはいけない？」

「えっ、あなたは運転できるのですか」

「最近免許を取ったばかりなのよ。新聞記者で車ぐらい転がせないと、おもうように動けないでしょ」

「それはたすかります。私も免許はもっていましたが、期限切れのまま更新をせずに放棄してしまったのです。まあ無免許でもめったに捕まりませんがね、免許があれば、それにこしたことはありません」

「待ってて。これからすぐに行くわ」

「お宅から社までは必ずタクシーを使ってくださいね。またこの間のようなことになると困りますから」

「大丈夫よ。だいいち歩いていったら夜が明けちゃうわ。三十分で行きます」

間もなく朋子が羽代新報のジープに乗って駆けつけて来た。社旗ははずしてある。

「これなら警察に駐めてあっても怪しまれない。泥はあそこにあります。野天に放り出されていたので、よく乾いています」

「シャベルと袋をもってきたわ」

「よかった。それを言い忘れたとおもっていたのです」

「私も手伝うわ」

「あなたはジープに乗ってすぐ車を出せるようにスタンバイしていてください。泥は私一人で十分です」

味沢は、朋子をジープに待機させて、シャベルで泥の山を袋に移した。中の方は少ししめっている。三袋に入れたところで、泥の山はなくなった。袋を味沢はジープへ運び込んだ。庁舎の方にはなんの気配も生じない。

「うまくいきました。行きましょう」

「これが本当の泥棒ね」

「それはうまい！　警察から泥棒したのは、我々ぐらいなものでしょう」

「捕まれば、やはり窃盗罪になるかしら」

「そうですね、泥でも資料にはちがいありませんからね」

二人は顔を見合わせて笑った。このささやかな〝泥棒〟が二人の連帯感を深めていた。だが敵にとってはこの泥棒が深刻な脅威になったのである。

## 2

捜査課長の竹村は出勤して来ると、おや？　と首を傾けた。どうもいつもと署の様子が変っている感じなのである。どこがどう変っているのかすぐにはわからない。留守の間に家の中の家具が少し移動したような気がする。

「おかしいな？」

彼がその違和感の原因について首をひねっていると、部下の宇野刑事が、

「どうかしましたか」と声をかけた。

「署をどこか模様がえしたかね」

竹村は窓から外を見た。違和感はどうも庭の方角から来るようだ。

「模様がえ？　そんなことしませんよ」

「どうも昨日と様子がちがうような気がするんだが」

「そうですか、私にはどこも変ったように見えませんがね」

「気のせいかな」

「きっとそうですよ」

ちょうどそのとき作業服を着た二人の男がおずおずと署内に入って来た。

「あのう、××古鉄再生会社ですが、車のスクラップをいただきにまいりました」

「ああ、古鉄屋（スクラップ）さんか、待っていたんだ。庭にあるからもっていってくれ」

宇野刑事が言った。

「古鉄屋（スクラップ）？」

竹村は、チカと目を光らして、ふたたび視線を庭へ向けた。

「そうだ！　宇野君」

竹村は急に高い声をあげた。呼ばれた宇野より、二人の古鉄屋がびくりと首をすくめた。

「泥がなくなっているが、だれか片づけさせたのか」

「泥？」

「ほら、井崎の車につまっていた湖底の泥だよ。車のそばに小山になっていただろう」

「ああ、そう言われればなくなっていますね。だれが片づけたんだろう」

「ちょっと聞いてみてくれないか。たしか昨日の夜まであったはずだ」

「泥がどうかしたんですか」

「ちょっと気になるんだよ」

宇野は部屋を出ていったが、間もなく戻って来て、

「おかしいな、だれも片づけた者はいませんよ」

と報告した。

竹村は部屋を飛び出した。車のかたわらに立った彼は、

「宇野君、いっしょに来てくれ」

「やっぱり、だれかが昨夜のうちに泥を持ち去ったんだ。宇野君見ろ。泥がここから敷地の外へつづいている」

竹村は、地面を指さした。そこには昨夜まであった泥の山の残りが汚ならしく散らかっている。

「あんなものをだれがなぜ持ち去ったんでしょうね。こっちはきれいになってたすかったようなもんだが」

宇野が首をひねった。

「だれかがこの泥に関心をもったんだ。なぜだとおもう？　井崎の車につまっていた泥に関心をもって、持ち去ったとすれば、そいつは、井崎の車自体に関心をもったのかもしれない」

「だったら、なぜ車そのものを持っていかなかったんでしょう」

「車を持っていけば目立つよ。テキは密かに調べていることを知られたくなかったんだろう。それにコロナのスクラップとなると、トラックでももってこなければ、持ってい

けない、泥だけなら、乗用車のトランクにでも容れられる程度だった」

「いったい、だれがそんなまねをしたんでしょうね。そうだ、井崎でしょうか」

「井崎が、自ら疑いをまねくようなことをするはずがない」

「泥は庭の外へつづいてます」

こぼれ落ちた泥が犯人の足跡となって、敷地の外へ筋を引いている。二人はその跡を尾けた。

「ここでなくなっています」

「ここから車へ積んだんだ」

「ここにタイヤの痕がありますよ」

宇野が指さした地面には、こぼれ落ちた軟土を踏みつけたタイヤの痕がはっきりと刻まれていた。

「これを鑑識に頼んで採取させてくれ。これだけはっきりしていれば、車種を割り出せるかもしれない」

「旦那、持っていってもいいですか」

途中で放り出された古鉄屋が、事故車のまわりをうろうろしながら尋ねてきた。

「事情が変った。すまんが、この車はもう少し警察においておくことにする」

竹村は、古鉄屋にニべもなく言った。

事故車の引きとりを一時保留した竹村は、一つの番号をダイヤルした。応答した先方に、

「ああ井崎か。警察の竹村だが、ちょっと聞きたいことがあるんだ」

警察と聞いて、相手の声が緊張した。

「あんた、オイラン淵に落っことした車だがね、あれを昨夜いじくらなかったかい？」

「車をいじくる？　……だって、あのスクラップは警察においてあるんでしょう」

井崎は、竹村の言葉の意味が咄嗟に理解できないらしい。

「警察の庭は入るつもりなら出入り自由だからな」

「竹村さんはっきり言ってくださいよ。いったい何がおっしゃりたいんで？」

「昨夜、あんたの車をいじくったやつがいるんだよ」

「それが私の仕業だというんですか。私はもう放棄したんですよ。あんなスクラップをいじくるはずがないじゃありませんか」

「正確にはあんたの車につまっていた湖の泥だよ。それを車のそばに取り出しておいたんだが、そいつを持っていったやつがいるんだ。それじゃあ、あんたではないんだね」

「車の中の泥ですって？　そんなものを私がもっていくはずがないでしょう」

「おれもそう思うよ。事故証明が下りた後で、そんなきな臭い真似をあんたがするはずはないものな」

「そんな泥を持っていって何になるんです？」

「そいつはおれにもよくわからない。しかし、あんたの車に興味をもっているやつの仕業であることは確かだね。あんたの車に興味をもっということは、あんたの交通事故をきな臭くおもっている人間がいるということさ」

「いやだなあ、竹村さんまでが、私に疑いをもっているような口ぶりですよ」

「事故証明は出したがね、細君の死体は出ていないんだからな。とにかくあんたはあの事故で六千万円儲けたんだ」

「儲けたなんて人聞きの悪いことを言わないでくださいよ。それでなくても、白い目で見ている連中が多いんです」

「まあ、六千万円手に入れたんだ。多少のことはがまんするんだ。べつに恩に着せるわけじゃないが、よその警察ならあんなに簡単に事故証明は出さないぜ」

「その点は、大いに感謝してます。ですから、六千万も決して一人じめにするつもりはありません」

「まあその話はそれくらいにして、じゃあ本当にあんたではないんだね」

「絶対に私ではありませんよ」

「それじゃああんたの事故を嗅ぎまわっているやつがいる。精々用心したほうがいいな」

「もしかするとあいつかな」

「心当たりでもあるのか」

「生命保険会社の外交が私のことを嗅ぎまわっているらしいんです」

「まあ保険屋とすれば、いちおう調べるだろうな。死体がないんだから」

「そんなに死体死体と言わないでくださいよ。べつに隠しているわけじゃないんですから」

「だったら、保険屋が嗅ぎまわったくらいで、そんなに神経質になることはないだろう」

「神経質になっているわけじゃないんですが。保険屋が疑っているようで、気分悪いですよ」

「まあ、当分はおとなしくしているんだな。女のほうもほどほどにしておけよ」

竹村は釘をさすように言って電話を切った。

3

見事に盗み出した泥は、とりあえず朋子の家の庭においた。アパート暮らしの味沢の所へは運び込めない。朋子の家は庭をわりあい広く取っていて、あまり目立たない。突然、大量に運び込まれた泥に、彼女の老母はびっくりしたが、庭に盛り土をするのだという朋子の説明にうなずいた。夫と娘の一人を失ってからなにものにも興味をもたなくなっている。

二人は手分けしてその土を検べたが、特に怪しげなものは混じっていないようである。

もともと湖ではなく、山林や畑地だった所に人工的に水を蓄えたのであるから、泥の種類は樹林地や畑土壌である。泥の間に砂利や石や木の根などが混じっていて、湖底の前身をおもい出させてくれる。

しかし水草や藻類はなく、その泥が水深の深い所から来たことをしめしている。乾からびた小魚の死骸が数尾泥にまみれていた。

「なんにも怪しいものはないわねえ」

朋子が失望を盛った声で言った。せっかく張り切って警察から〝泥棒〟してきただけに、収穫がないとなると失望も大きい。

「まだ、あきらめるのは早いですよ。たとえばこの泥や魚にしてもはたしてオイラン淵に在ったものかどうか断定されていないのです」

「よそから運ばれて来たというの？」

「その可能性もなきにしもあらずです」

「そうかもしれないけれど、たとえそうだと仮定しても、みんな同じ様な泥に見えるわ。魚にしても、これはたぶんフナよ。羽代湖にはフナが棲みついているわよ」

「まだ泥は残っています。最後の一粒までよく調べましょう」

味沢は、しだいに傾斜を深めていく失望に耐えて、泥を篩にかけるようにして検べていった。彼とて自信があるわけではないが、とりあえずこれ以外に取り付くものがなかった。

未検査の泥の山がいよいよ残り少なくなった。

「おや？」

味沢はつぶやいて、泥の中からころころと転がり出た小石を指の間につまみ上げた。

これまでにも砂利状の石はあった。

「また石が混じっていたのね」

朋子が疲労の色濃い目を向けた。

「いや、これは石じゃありません」

味沢は指の間の異物をすかし見るようにした。灰白色の塊りで、表面のきめが粗い。

「何かしら？」

朋子の目が興味をもった。

「コンクリートのかけらみたいだな」

味沢は半ば独り言のようにつぶやいて首を傾けた。

「コンクリート？　そんなものがオイラン淵の底にあるのかしら？」

「だから不思議におもったんですよ。朋子さん、オイラン淵に水が来る前は何だったのですか」

「よくおぼえていないけれど、山林か畑だったとおもうわ」

「あのあたりに、コンクリートを使った橋や道路や建物はありませんでしたか」

「そんなものはないとおもうわよ。あのあたりは、羽代でも最も過疎地域だったんですもの」

「するとこのコンクリートのかけらのようなものは、よそから運ばれて来たことになる。それにこのかけらの色調は、いかにも新しいとおもいませんか。長い間水中や土中に放置されていたら、もっと古い色になるとおもいますが」

「そうねえ」

二人の目はしだいに熱っぽくなってきた。

「でも、井崎の車の中に走行中にこのかけらが飛び込んでもべつにおかしくないでしょ」

朋子がべつの可能性を出した。

「そう。おかしくはありません。しかし、普通は、走行中の車にはじかれた石や破片は、車体の外側へ向かって飛びます」

「なにかにぶつかってはねかえってくれば……」

「窓ガラスは破れていましたが、転落時はすべて閉まっていたと発表されています」

「すると、どうやってこのかけらは車内に入ったのかしら」

「こんな小さなものですから入り込む機会はいくらでもあります。衣服の端に引っかけたり、あるいは、いっしょに持ち込んだ袋や布に入って」

「そんな袋や布は車内に残っていなかったわ」

「オイラン淵に飛び込む前に始末したのです。不注意で転落する車内には、できるだけ

〝異物〟を積んでおきたくないでしょうからね」

彼らはいま、その異物の使用法について共通の想像を働かせていた。暗夜、死体を包んだ袋か布を、車から下ろして死体だけ捨てる。袋か布は後日の証拠になるのを恐れて、持ち帰る。ところがそれに小さな破片が引っかかっていたことに犯人は気がつかなかった。袋や布を始末した後にも、破片だけは車内に残った。すると破片は、死体を捨てるか隠すかした場所から来たことになる。

――つまり〝犯行現場の破片〟だ――

「とにかくこのかけらの出所を検べてみます。東京の友人にその方面の専門家がいますから、そんなに手間はかかりませんよ」

味沢は自信ありげに言った。

# 国有の人柱

## I

湖泥に刻まれたタイヤのトレッドパターンを検べた結果、そのタイヤは、横溝型(ラグパターン)で牽(けん)引(いん)力と制動力にすぐれた山間悪路の走行に適する種類であることがわかった。タイヤサイズは7・60~15~6PRで、ジープに取り付けられるという。ジープは特に性能向上のためタイヤを変更し、七×年型以降のM社の車にのみ、このサイズのタイヤが取付け可能である。

七×年型以降のM社のジープとなると、この地方では数が限られてくる。しかもタイヤの溝の深さは十二・八㎜である。このサイズのタイヤ溝の深さは十三・三㎜であり、一㎜あたり約三、〇〇〇㎞~五、〇〇〇㎞走ると言われるから、一、五〇〇㎞~二、五〇〇〇㎞走行していることになる。七×年型以降に装着されているタイヤだというから、おそらく交換されたものではなく、新車に装備されていたものであろう。

井崎照夫の車に関心をもつ人間は、そう遠方から来たとはおもわれない。すると羽代市およびその周辺の溝の深さ十二・八㎜のタイヤを装備した七×年型以降のジープを所有する者は、ますます限定されてくる。

竹村は、所轄の陸運事務所に照会した。

味沢は、湖泥の中からつまみ上げたコンクリートの破片のようなものを、東京の友人の許(もと)へ送って鑑定を頼んだ。その友人は、味沢の高校時代の同窓で、大学の工学部応用化学科で高分子化学を専攻し、現在ある化学工業会社の高分子研究所に勤めている。何年か前に同窓会でその友人に会ったとき、接着剤の研究をしているると話しているのをおもいだしたのである。コンクリートやセメントも、接着剤に似たような点がなきにしもあらずだとおもったのだ。

数日後、友人から電話がきた。

「いや驚いたよ、いきなり変な物の鑑定を頼まれて」友人は苦笑していた。

「突然変なことを頼んですまない。きみ以外に、頼む人間がいなかったんだ」

味沢は詫(わ)びてから、

「それで正体はわかったのか?」

「ああ、だいたいね」

「いったい何だった?」

「きみが言っていたようにコンクリートの一種だ」

「やはりコンクリートか」

「それがちょっと特殊なコンクリートでね、プラスチックコンクリートというんだがね」

「プラスチック？」

「まあ接着剤の一種だな。普通コンクリートは、砂利と砂の骨材を水とセメントで練り合わせて硬化させたものを言うんだが、これは骨材をセメントを併用せずにプラスチックだけで硬化させたものだ。成分は、エポキシ変性タールピッチ、ポリクロロプレン、クロルスルホン化ポリエチレンなどの樹脂が、結合材として使われている」

「それでそのプラスチックコンクリートはどういう所に使われるんだ？」

「コンクリートの仕上げ塗装に使われて、コンクリート下地に対する接着強度は従来のセメントよりはるかに強い」

「いや、そのうつまり、どういう場所に使われるんだね」

「用途は広いよ。高層建築、高速道路、工場、橋梁などの特殊な所で使われる。とにかく硬化時間が速く、圧縮、引っ張り、硬度、接着力等は樹脂使用量を増やすことによっていちじるしく高められる。プラスチックコンクリートで接着すると、接着層で剝離することはなく、無理に離そうとすると、被着体のほうが壊れてしまうくらいに強力だ。そうだ、最近、ダムやトンネル工事で崖くずれ事故が少なくなったろう。あれは事故の原因となる漏水や亀裂をこれらの接着剤が塞いでしまうからなんだよ」

「ダムか」

味沢の頭の中でなにかがチカッと光ったようであった。

「そうそうダムと言えば、きみの送ってきたブロックには中庸熱ポルトランドセメントのかけらも少しあったよ」

「何だい、そのちゅうようなんとかいうのは」

味沢は、いきなり飛び出した耳なれない言葉に面喰(めんくら)った。

「セメントの一種だがね、セメントは水と混練されて硬化する過程に、水和熱という熱を発生する。この熱がダムや堰堤(えんてい)工事において放散されずに内にこもって亀裂の原因となる。このためダム工事等においては水和熱の低いセメントが要求されるんだ。それが中庸熱ポルトランドセメントだ」

「それがいっしょにくっついていたのか」

「量は中庸熱ポルトランドセメントのほうが少ないが、これを下地にしてプラスチックコンクリートを塗りつけたか注入したもののかけらといった感じだな」

「するとこのかけらはダムや堰堤工事の作業場から来た可能性が最も高いね」

「そうだよ。地下や岩盤の割れ目などに注入すると最も効果的だ。ところでこんなものを検(しら)べていったいどうするつもりだね」

「いや、ちょっと必要があってね、いろいろと世話をかけた」

聞くべきことをすべて聞きだした味沢は、現金に電話を切った。

所轄陸運事務所からジープの所有者が割り出された。

「羽代新報か」

竹村は意外な所有者(オーナー)に少なからず驚いた。羽代新報は、いまや大場一族の完全な御用新聞である。それがなぜ井崎の車などに興味をもったのか？　だが御用新聞であれ、新聞社が警察が事故と断定した事件を嗅(か)ぎまわっている気配は、はなはだおもしろくなかった。

羽代新報は記者クラブに入っている。サツまわりの記者がそんなことをするとは考えられない。記者クラブからしめ出されたら、今後の取材活動が事実上不可能になることを彼らは知っている。動いている人間がいるとすれば、べつの線だとおもった。

竹村は記者クラブの記者を使って、該当する日の、特に夜間羽代新報のジープを使った者を調べさせた。社の車を使うものは、自動車部に申し出なければならないので記録が残っている。

「越智朋子――越智茂吉の娘か」

ついに使用者の名前を探り当てた竹村は、おもわず唇を嚙(か)んだ。

――そうだ、越智の娘が羽代新報に生き残っていたのをすっかり忘れていた。越智は羽代新報を創始し、そこを根城にして、大場一族に反旗をひるがえした。力及ばず、その反乱は志半ばにして挫折してしまったが、娘にしてみれば、敵手に陥(お)ちた父親の城で働くことは、毎日、怨念(おんねん)を全身に刻みつけているようなものだったろう。その怨念を体の中に蓄えて、父親の遺志を継ぎ、反旗を翻す機会をじっとうかがっていたのかもしれない——

越智の娘に気がつかなかったのは、迂闊(うかつ)だった。そして彼女ならば、井崎の交通事故からその車に関心をもってもおかしくない。

竹村は、ようやく一個のターゲットを見出した目を、じっと宙に据えた。

2

「すると、そのコンクリートのかけらは、ダムか堰堤工事の現場から運ばれてきた可能性が強いのね」

「そうです。プラスチックコンクリートだけなら、用途は広いのですが、中庸熱ポルトランドセメントと組み合わされると、場所が限定されてきます。どうでしょう。この近くでそんな工事を現在進めている所はありませんか」

「社で調べれば、すぐにわかると思うわ。それで味沢さんは、井崎明美がその工事現場の近くにいるとおもってらっしゃるの?」

「もちろんです。ダムか堰堤にセメント詰めにして埋めてしまえば、それが決壊でもしないかぎり絶対に見つかるおそれはありません。死体の隠し場所としては実に理想的じゃありませんか」

「恐ろしい想像だわ」

朋子は蒼(あお)ざめた。

「十分、根拠のある想像です」

「でももし想像のとおりだったら、死体は見つけられないわね」

「たとえ死体を見つけられなくとも、死体を埋めた痕跡でも探り当てられたら我々の勝ちですよ」

「とにかく調べてみるわ」

朋子は、新たな目的に向かって、行動をおこした。

「越智朋子の身辺を密かに監視していたところ、最近しきりに連絡を取り合っている人物が浮かんできました」

越智朋子の張り込みを命じた宇野刑事から早速報告がきた。

「何者だね、そいつは」

竹村は身を乗り出した。警察の庭から〝泥棒〟したのは、女一人の芸当としては大胆なので、共犯の存在を考えたのが、見事的中したらしい。

「味沢岳史という菱井生命保険の外交員です」

「なに菱井生命だと！」

竹村は、目を剝いた。菱井生命こそ、井崎明美の保険金支払人である。

——そうか、菱井生命がバックで動いていたのか——

竹村はテキの筋書と配役がどうやら読めてきたとおもった。

しかし菱井生命もうまい所に目を着けたものである。越智の娘に頼めば、進んで協力してくれるだろう。しかも羽代新報の調査網や取材力をそのまま利用できる。

竹村は内心感嘆した。しかしいつまでも感嘆していられない立場であった。井崎照夫に事故証明を出してやったのは、彼である。その報酬としてかなりの割り前をもらっている。もし事故証明を覆えされれば、竹村の立場はなくなる。

いかに大場体制下の警察であっても、杜撰な事故証明の反証を挙げられたら、竹村としても責任を取らざるを得ない。それを突破口にして警察と中戸一家の癒着まで暴かれるかもしれない。

「しかし菱井生命は、事故証明に基づいて、保険金を支払っているのにな」

「保険会社としては、六千万円も払ったのですから、事後調査をしているんでしょう」

「事故証明を疑っているというのか」

「それほどの認識はないでしょう。事務的な調べじゃないですか」

「事務的な調べにしては、警察から泥を盗むのはやりすぎとおもわないかね」

「窃盗罪で、越智朋子を引っくくってみましょうか」

「いや、まだ早いよ。そいつをやると彼らの真の意図を黙秘されるおそれがある。当分二人を見張っててくれ」

「承知しました」

「工事の場所がわかったわよ」

朋子が息を弾ませてやって来た。

「わかりましたか」

「羽代川の下流に『河童流れ』というよく水害の発生する所があるでしょう。あそこでいま堤防工事が進められているわ」


羽代川は、羽代湖より発し、市域の東端をかすめて南方へ流下する。下流へ行くほどに、川幅が広がり、市域の最南端に至って、低湿地帯となる。流域も屈曲していて、例年多雨期になると水害を発生させる。特に「河童流れ」と呼ばれるあたりは、直線的に流下してきた流路がほぼ直角に曲がり、増水の水力が屈曲部分に激突して毎年のように破堤する。河童も流されるほどの出水があるというところから、この名を地元民からたてまつられたいわくつきの水害多発地帯であった。

ところが行政管轄上は羽代市に属しながら水害の被害は、市域外の下流のほうが広範かつ甚大であるために、羽代市としては精々増水を緩和させる旧式の洗堤や雁金堤を一時しのぎに築いてお茶をにごしていたが、今年に入って本格的な連続堤を築く工事が進められていた。


「河童流れか」

「しかも工事施工者をだれだとおもって。中戸建設なのよ」

「中戸建設が！」

味沢の前に新たな窓が開かれかけていた。中戸建設は、名前からも察せられるように中戸一家の完全私有会社である。

「他にもいくつか業者が入っているけど、みんな中戸一家や大場の関連会社やダミー会社だわ」

「河童流れの人柱にされたな」

味沢は独り言のようにつぶやいた。

「いま何とおっしゃって？」

「人柱ですよ。昔の水防工事などで、水の神の怒りを静めるために、生きながら人身を沈めたのです。井崎明美が河童流れの人柱にされたことはまずまちがいないでしょう」

「河童流れの堤防に埋められたというの？」

「セメント詰めにされてです」

「そんななんでもないことのようにおっしゃらないで。考えただけでも恐ろしいわ」

「これからは我々も十分注意しなければなりません」

「それどういうこと？」

含んだような味沢の口調に、朋子は不安を厚く塗った目を向けた。

「彼らが我々に対して同じ手を使わないという保証はないということです」

「まさか！　私、恐いわ」

朋子は、おもわず味沢にすがりついた。

「はは、冗談です。敵はまだ我々が動いていることを知らないはずです。また我々を殺しても一円の得にもなりません。ただそのくらい用心をして行動してちょうどいいのです」

味沢は、暖かくふくよかな朋子の身体をそっと抱きかかえて耳許にささやいた。彼の健康な身体の芯にうずくものがある。そのうずきが、味沢をしてゴールデンゲートで聞込みをした帰途襲撃された事実と、交通事故偽装殺人の暴露が、そのまま警察と中戸一家の癒着の剔抉につながる可能性を、忘れさせてしまった。

「越智朋子と味沢岳史の行動を見張っておりましたところ、このごろちょっと気になる動きをしているのですが」

「気になる動き？　何だね、それは」

宇野の報告に、竹村は早速強い興味をしめした。

「河童流れをご存じですか、羽代川の例年出水する地域ですが」

「それがどうかしたのか」

「あの二人、最近しきりにあの辺をほっつき歩いているのです。人目を忍んでなにかを探している様子ですね」

「人目を忍んで探しているだと？　いったい何を探しているんだ」

「堤防の土をかき取ったり、石を拾い集めたりしているようです。とにかく工事人に見つからないように、夜半あの辺をこそこそ動きまわっているのです」

「工事人？」

「いま、河童流れで堤防工事が進行しています」

「そうだったな、今度は本格的な連続堤を築くという話を聞いたよ」

「あいつらはいったい何のために堤防の土をかき取ったり、石を拾ったりしているんでしょうね」

「土や石か」

「はい」

「おい！」

竹村が急に大きな声を発して、宇野を驚かせた。

「二人が警察から盗んでいったものも、井崎の車から出た泥じゃないか。つまり土や石だ」

「あっ」

今度は宇野が高い声を出した。

「あいつら、井崎の泥からなにかを嗅ぎつけたらしい。そうだ！　もしかすると、河童流れの工事施工には、中戸一家がからんでいるんじゃないか」

「そのとおりです。施工者中戸建設と看板が立っていましたよ」

「井崎の細君の死体は現われていない。あの転落事故には大いにきな臭いところがあったが、日ごろのよしみからあまりうるさいことは言わずにおいた。しかし、こいつは井崎のやつに一杯食わされたかもしれない」

「というと、井崎が事故に偽装して細君を殺したと……」

「その疑いは最初からもっていたさ。しかし、オイラン淵に死体が沈んで出て来ない以上、事故か殺人か見分けられない。いや出て来たところで見分けは難しいだろう。保険金目当てなんだから、はっきり殺人とわかる痕跡(こんせき)を死体に残すはずはないだろうからな。警察としては本人の申し立てと、車体の検査によって事故と断定せざるを得ない。またそうしても我々の落ち度にはならない」

「では、何を一杯食わされたので？」

「いいか、オイラン淵に落ちたからこそ、事故か犯罪かの区別が難しいのだ。我々が事故証明を出しても、まずそれをひっくり返すことはできない。しかし、事故証明を出したのは、井崎の細君がオイラン淵に沈んでいるという前提があるからだ」

「オイラン淵に落ちて死体が現われないのですから、あそこに沈んでいるんでしょう」

「どうしてそう断定できるんだね。死体が現われないということは、どこにあるかわからないということじゃないか」

「そ、それでは、べつの場所に！」

宇野の顔が蒼(あお)くなった。

「べつの場所にはないと言いきれないだろう。とにかく死体は発見されていないんだ」

「オイラン淵でなければ、いったいどこにあるので?」

「越智朋子と味沢岳史は何のために、河童流れをうろつき回っているとおもう」

「それではあそこに井崎の細君が!」

「朋子と味沢は、井崎の車から出た泥をかっさらっていった。その泥の中から、オイラン淵にはない土や石を見つけたのかもしれない。そして河童流れに目を着けた。あそこは、いま護岸工事の最中で、死体の隠し場所にはこと欠かない。しかも中戸一家が工事の采配を振っている。死体の一つや二つ簡単に隠せるだろう」

「もし、井崎明美の死体がそんな所から出てきたらコトですね」

「我々は真っ先にこれだね」

竹村は、自分の首を手刀で打つジェスチャーをして、

「首だけじゃおさまらない。きみも私も、井崎からリベートをもらっているからな。いちおう事故証明とは無関係の形にしてあるが、調べられたら、逃げきれないだろう」

と言った。

「そんな他人事みたいに言わないでくださいよ。私にはまだ養わなければならない家族がいるのです」

宇野の顔から血の気が完全に退いていた。オイラン淵に死体があると信じていたからこそ、安んじて事故証明を出した。それがべつの場所に在ったとなると、警察の失態は隠しようがない。

警察と暴力団幹部がグルになって保険金目的の殺人を実行し、見事に保険会社から金を騙し取ったと言われても申し開きができない。

まずいことに菱井生命は、大場資本の及ばない、財閥系の保険会社であり、内から手をまわしてもみ消すことはできない。警察が事故証明を出した死体が、現場から離れたべつの場所に在るとわかれば、たとえ、部内的なつながりがあっても、もみ消しきれないだろう。

「事情は、私も同じだよ。もし推測のとおりだったら、私たちだけではなく、署全体に影響する。まず井崎を呼んで、真相を吐かせるんだ。そのうえで打つべき手を考える」

日頃は泰然と構えている竹村も、表情がこわばっていた。

3

「湖の泥から出てきたコンクリートブロックと、河童流れの工事現場で使用している建設資材の成分は完全に一致しましたよ。井崎明美の死体があのへんに隠されていることは、ほぼ確実ですね」

「河童流れのどのあたりかしら?」

朋子は恐ろしい想像の矢が、まさに的の真芯に向かって近づいていくのを息を殺して見つめていた。

「明美は五月二十三日の夜十二時ごろ、ゴールデンゲートを出たのが、生きている最後の姿でした。そして翌二十四日の夜、オイラン淵に転落したことになっています。ですから、この二十数時間の間に殺されたことになります。その時間帯に行なわれた河童流れの工事区分が、彼女の〝埋葬場所〟でしょう。オイラン淵へいく所要時間や、昼間の人目の多い時間を除けば、犯行時間帯は限定され、その分だけ埋葬場所は狭くなります」

「でもセメント詰めにされて、堤体の中へ埋めこまれたとすると、簡単には発見できないわね」

「そこに埋められた証拠を見つけられれば、堤を壊して捜索できます」

味沢は自信ありそうだった。


「井崎、本当のことを言ってくれ」

緊張した竹村と宇野の前にいきなり呼び出されて問いつめられた井崎は、一瞬きょとんとして、

「本当のことって、いったい何のことですか」

「とぼけるな！ きさまのおかげで、羽代署全体が危いことになっているんだ」

竹村は、デスクをどんと叩いた。そのかたわらに宇野がいまにも嚙みつきそうな表情で井崎をにらんでいる。ここは被疑者と見える取調室である。ドアを閉めきって、他の者は寄せつけない。いつもとちがう雰囲気というより、初めからなにかの犯人扱いであった。

「いやんなっちゃうなあ、いったいお二人とも今日はどうなさったのです。私が何をしたというんですか」

井崎は、当惑したように曖昧な笑いを顔に浮かべて、もみ手をした。

「まだとぼけるのか、よし、それなら言ってやろう。おまえ明美は本当にオイラン淵に沈んでいるのか」

「いきなり何を言いだされるんです⁉」

井崎の顔が一瞬こわばったようである。

「細君は、オイラン淵ではなくて、どこかべつの場所に眠っているんじゃないのかね」

「そ、そ、それはどういうことですか」

こわばった顔が擲りつけられたようになった。

「それをあんたに聞いてるんだよ」

「竹村さん、私を疑ってるんですか」

「ああ、大いに疑っているね。いいか、警察を甘く見るんじゃないぞ。ここの警察と中戸一家は腐れ縁だ。もちつもたれつでやってきた。おれたちもたいていのことには目をつむってきたんだ。だからといって、あまり増長するんじゃない。目をつむれる限界というものがあるんだ」

「そのことはわかっています。だから我々も限界はわきまえているつもりですよ」

井崎は、なんとか構えを立てなおそうとして必死にあがいている様子である。

「あんたがどこまでもシラを切り通すつもりなら、こちらにも覚悟があるぞ。警察の全力をあげて、河童流れのあたりを捜索してみようか」

「河童流れを!」

井崎の顔が紙のように白くなった。張り通していた虚勢が完全にくずれたようである。

「どうやら心当たりがありそうじゃないか。あの辺を越智朋子と味沢岳史がうろつきまわっているぜ。死体の臭いを嗅ぎつけた蠅のようにな」

「…………」

「越智茂吉の娘と、生命保険の外交だよ」

「ああ、あの二人が!」

「ことの深刻さがわかったか。いいか、あんたと細君がオイラン淵に落っこちたとき、おれたちはきな臭いとおもったよ。まあだれだってそうおもうだろう。しかし、あんたがオイラン淵に落っこちたと言い張る以上、事故か作為か見分けられない。だからおれたちは日ごろのよしみで多少きな臭くとも、事故証明を出したんだ。いいか、ここまでが目をつむれる限界だというんだ。事故証明を出したのは、明美の死体がオイラン淵に在ると信じているからだよ。死体が出ようと、出まいと、どうでもいい。そこに在りさえすれば、警察の立場は保たれる。まさか死体の在所についてまで、あんたが嘘をつくとはおもっていない。もし後になって、べつの場所から死体が出てきたら、どういうことになる。おれたちの首が飛ぶどころか、羽代署の立場はなくなるんだ。あんたはそれを承知でおれたちをペテンにかけたのか！」

「私は、ただ、ただ……」

竹村にたたみかけられて、井崎は言葉につまった。

「ただどうしたというんだ！」

「竹村さんに迷惑をかけるつもりはなかった」

「迷惑なんてもんじゃない！　死体はやっぱりオイラン淵にはないのか」

「それはもう少し待ってくれ」

「何を待てというんだ。越智の娘が死体を捜し出してからじゃ遅いんだぞ」

「そんなことは絶対にさせない」

「そんなことはさせないと言っても、現に彼らは動きまわっている。こうしている間も見つけ出すかもしれないんだぞ」

「竹村さん」

一方的に押しまくられていた井崎の口調が、ふと変って、

「ご心配なく、私どもはそんなヘマはしませんよ。この件で竹村さんや、警察にご迷惑をかけるようなまねは絶対にいたしません」

如才ない接客業者のマスクがヤクザに豹変していた。

いまのいままで竹村の詰問の前で竦み上がっていた小心な中年男が、凶悪な自信に支えられた悪の貫禄をずしりと身にまとっている。それは闇の世界を生きぬいてきた者の

悪にきたえられた自信である。まことに見事としか言いようのない変貌であった。

## 4

羽代市水窪大字砂畑、それが河童流れ付近の行政上の土地表示である。古くからの地名も水から縁が切れないところを見ても、いかにこの土地が水に悩まされているかがうかがえる。毎年、水が出て、砂が多いところから「砂畑」の地名もできたのであろう。

だが、水に運ばれてくる養分によってこの地域の地味が豊かなのは皮肉であった。治水さえよければ、この土地が県下の穀倉になることは、まちがいなかった。その計算があったので、羽代市も市の予算を大幅に割いて、堤防工事に本格的に取り組んだのである。

砂畑の住人も、連続堤が完成すれば、毎年悩まされた水害の恐怖から免れられるので、積極的に工事に協力した。盛り土の運搬、地均し、杭打ち、などの単純作業には、勤労奉仕的に使役を申し出た。

この地元の住民の間を、味沢は井崎明美の写真をもってこつこつと聞込みに歩きまわっていた。

「五月二十三日前後の工事は、堤のどのあたりに行なわれていたか」

「井崎明美の姿をその前後に見かけなかったか」の二点が質問の要点である。井崎明美の顔写真は新聞に載ったものを切り抜いた。

当日前後の河童流れの工事区分は、おおよそわかったが、明美の姿を見かけた者は現われなかった。もともと人目の少ない所で、犯行は深夜密かに演じられたであろうから、目撃者がいなくとも不思議はない。

工事はおおむね、盛り土の輾圧と、水に接する「のり面」を固める土羽打ちと仕上げた斜面の芝付けの三つに分けられている。砂利や、セメントやプラスチックコンクリートなどが使用されており、作業場には、中戸建設はじめ業者のコンクリートミキサー、ダンプカー、資材運搬トラックなどが忙しく頻繁に出入りしている。

これらの中に死体が一個積まれて運び込まれても、まず発見困難であろう。

業者は、ほとんど中戸建設の影響下にあるので、彼らに直接聞くのは危険であった。いや工事の完成は、地元民全部が待望していることなので、その施工者中戸建設の不利益になることとわかれば、地元民も口を噤んでしまうだろう。その意味で彼らに聞込みをかけるのもかなり危険な行為であった。砂畑地区は言わば〝敵地〟なのである。冒す危険を少しでも少なくするために、聞込みは味沢単独で行なった。朋子が知れば必ず従いて来たがるだろう。

聞込みをはじめて、一週間ほどして、味沢は一つの有力な情報を聞き込んだ。

それはつい最近、堤防工事の使役に出て、落下した資材の下敷きになって死んだ農民の父親からである。

その農民の父親豊原浩三郎は、憎しみを面に露に浮かべて、

「ふん、なにが村のためだ。あいつらみんな自分が甘い汁を吸うためにやっているだ」

「甘い汁を吸うというと、汚職でもやっているのですか」

「そうだ。工事は中戸建設がいっさい取り仕切っているだろう。ありゃあ中戸建設が市の土木課に賄賂(わいろ)をやって請け負ったんだよ。土木課の連中は、ヒラまでが毎晩ゴールデンゲートちゅう町一番のキャバレーで豪遊してるよ」

「もともと中戸一家は大場市長の私設ガードマンみたいなものだから、そのくらいのことはやっているでしょうね」

　豊原の話は、味沢もおおかた想像していたことである。

「まあ土木の連中の賄賂なんざあほんのおこぼれだね」

「おこぼれというと、もっとがっぽり取り込んでいる悪の大物がいるのですか」

「いるともね。これは市が河童流れを舞台に打った大芝居なんだ。中戸建設の棒心（現場監督）が酒に酔ってちょろりと口から漏らしたことだからまちがいねえ。村の連中は毎年の水害がなくなると喜んでいるが、みんな騙(だま)されているんだ」

「その大芝居とは何ですか」

「人に言うでねえぞ」

　豊原は、改めて周囲をうかがうと、だれもいないのに声を低めて、

「もともと河童流れのあたりには、洪水になったとき増えた水を遊水池に流れ込ませる霞堤(かすみてい)があった。これを本堤防にしようとしてはじめられたのがいまの工事だけどよ、本堤防が完成したらよ、これまで出水のたびに水を冠(かぶ)っていた河川敷は、水のこない普通

の土地になるだべ」

「そういうわけですね」

「こいつを市のおえら方は、ゴルフ場にするつもりだ」

「ゴルフ場に！　本当ですか」

「まちがいねえ。村の連中は河川敷の権利を只同様の値段で中戸一家がやっている不動産会社に売り渡しているだ」

「河川敷がゴルフ場に化けたら大変な儲けになりますね」

「村の連中は騙されていることに気がつかねえんだ。せがれ一人が河川敷の権利を売るのはいやだと頑張っていたら、作業場で資材が落ちて死んじまった。ありゃ殺されただ」

「それを警察に言ったんですか」

「そんなこと言ったって取り上げてくれるもんかね。証拠はねえし、もともと警察もやつらと一つ穴のむじなだからね」

「それで息子さんの河川敷の権利は、どうなりましたか」

「相続権のあるせがれの女房が、さっさと不動産屋へ売っぱらっちまっただよ。あんなボロ土地もっていたところで仕方なかんべと言って、せがれの命と引き換えにしたことがわからねえ馬鹿女だ、あいつは」

「他にもご子息さんのように反対して亡くなられた村の人はいませんか」

「あの工事じゃ何人も死んでるだ。死ぬのはみんな村の衆か、さもなくば出稼ぎの人だ。

その度に中戸建設から人が来て、五十万円ほどの見舞金をおいて、村のためだ、がまんしろと言う。少しでも不満の色を見せると、今度は得意のおどしにかかる。新聞には出ないけど大黒柱に死なれて泣寝入りした家が何軒もあるよ」

「その人たちも河川敷の権利を売ることに反対していましたか」

「反対していた人間もいたし、すぐに売っぱらった者もいたな。でも証拠は絶対につかめねえな。下手なことを漏らせば、今度は自分がやられる。だれもしゃべらないよ。おれは老い先短いし、せがれのいないこの世になんの未練もねえからな。ところであんたは何で、そんなことを調べているのかね」

「私も知人を中戸一家に殺されたらしいんですよ」

「さっきの写真の女かね」

「そうです」

「そんな女は、見かけたことはねえが、セメント詰めにされて人柱にでもされたら、どうしようもねえな。あんたも調べまわっていることをやつらに悟られたら、何をされるかわからないよ。十分気をつけることだね」

「ありがとうございます。おじいさんも気をつけて」

「わしは大丈夫さ。こんな年寄りに手を出しても、やつらが得することはなにもねえ。その点、やつらは計算高いからな」

豊原浩三郎は、歯のぬけた口を開いて笑った。

# 深夜のクーデター

## 1

おもわぬ大獲物に気をよくしての帰途、味沢は人影のない畑の真ん中でいきなり五、六人の目つきの鋭い屈強な男たちに取り囲まれた。

「味沢岳史だな」

リーダー株の最も凶相なのが、ドスのきいた声をかけた。味沢が黙していると、

「きさま、この辺をしきりに嗅ぎまわっているが、いったい何のまねだ」

「…………」

「耳はねえのか」

「…………」

「井崎さんのことでこれ以上うろつきまわると、ただじゃすまねえぞ」

「中戸一家の人たちだな」

「いいか、井崎さんの事件は終ったんだ。素人がよけいな詮索をするんじゃねえ」

「詮索をされては困ることでもあるのか」

「よけいなことは言わず、この件から手を引くんだ。そのほうが身のためだよ」

「手を引くもなにも、私は仕事としてやっているだけだ。そちらに疚しいところがなければ、そちらこそ口を出すべき筋合いじゃないだろう」

「これだけ言ってわからなければ、体に言って聞かせる以外になさそうだな」

リーダーがにやりと凶悪な笑いを顔に刻んで、顎をしゃくった。男たちが殺気をみなぎらせて、輪をじりっとちぢめた。

「よせ!」

味沢は身体を一歩引いて言った。

「痛い目にあいたくなかったら、これかぎり犬のように嗅ぎまわるのは、やめろ」

「怪我はさせたくない」

味沢の態度ががらりと変った。猫の群に取り囲まれていた鼠のようだったのが、弱者の仮装をかなぐり捨てて、猫よりもはるかに凶暴な爪と牙を剝き出したようであった。

中戸一家のヤクザは味沢の豹変にとまどいながらも、彼の言葉のもつ重大な侮辱に、頭に血を上らせた。中戸一家の暴れ者五人を向うにまわして、たとえ強がりにもせよ、こんな侮辱を浴びせかけた者は、いまだかつてない。

「なんだと!」

「怪我はさせたくないんだ」

「言ってることの意味がわかってるのか」

「とにかく無駄な争いはやめよう」

五人のヤクザに囲まれて顔色一つ変えずに、むしろリラックスしているような声音であったが、全身は一個の凶器と化したように、強力な殺傷力を蓄えていた。それが目も向けられないような殺気となって数の上で絶対的に優勢なヤクザを圧倒した。ヤクザたちもいちおう場数を踏んできた者ばかりである。

味沢の殺気が窮鼠のそれではなく、鍛えぬかれたプロのものであることがわかった。肉食の猛獣の牙を、おとなしい草食動物の擬態で隠していたのである。ヤクザたちは、一瞬たじたじとなった。そのとき遠方で子供の声がした。幼い女の子がだれかを呼んでいるらしい。味沢はその声に、長井頼子の声を重ねた。全然べつの子供の声であったが、彼には頼子が呼びかけたようにおもえたのだ。

味沢の身体から風船が萎むように殺気が抜けていった。たちまち肉食の猛獣から草食の動物に戻った。中戸一家のヤクザたちはその機を逃さなかった。

「やっちまえ！」

リーダーの命令一下、五人がいっせいに躍りかかってきた。それに対して味沢はまったくの無抵抗であった。ただ撲られるにまかせている。あまりに無抵抗なので、ヤクザたちが撲る張合いがなくなってしまうほどだった。

地上に倒れた味沢を泥靴が蹴り、踏みにじった。泥の塊のようになって横たわった彼に、唾が吐かれた。

「もういい、そのくらいでやめておけ」

リーダーがようやく声をかけた。一瞬爪を剝き出したときの味沢の殺気が尋常でないと悟っただけに、あきれるほどの無抵抗に彼もいささか拍子抜けの体であった。

「ちぇっ、口ほどにもねえ野郎だ」

「これからはあまりえらそうな口を叩くんじゃねえ」

ヤクザたちは、味沢の無抵抗ぶりに、ますます増長していた。彼らにとって、無抵抗の弱い者を嬲ることほど、楽しい仕事はなかった。

「今日はこの程度ですんだが、言われたとおりにしないと、今度は命も保障しない」

リーダーは捨てぜりふを残して、立ち去った。

味沢は集団暴行を一身にうけた痛みで朦朧としかかる意識を奮い立てて、この襲撃の意味を考えた。

敵は、はっきりと正体を晒して挑戦してきたのである。前回の襲撃では、その理由を明らかにしなかった。しかし今回は、はっきりと、「井崎の事件から手を引け」と言った。ということは、その事件の背後に探られては都合の悪い事情のあることを自ら表明したのである。しかも敵は表明することに自信をもっている。自らあの事件に後ろ暗いことがあるぞと表明して、挑戦してきた。

その自信は、死体が絶対に発見されないという安心感と、味沢に対するみくびりの上に成り立っているのだろう。警察も味方だという驕りもあるかもしれない。

「あんた、大丈夫かね」

かけられた声に、腫れ上がった瞼を無理に開くと、先刻の老いた農民の顔が上から心配そうに覗き込んでいた。

朋子が飛んで来た。彼女は味沢の惨憺たる様に一瞬立ち竦んだ。

「傷は表だけで大したことはありませんよ」

味沢は安心させるために無理に笑いを作った。瞼が腫れ上がり、歯の根が浮いている。

「ずいぶんひどいことをするのね」

「しかし敵は、はっきりと宣戦布告をしてきました」

味沢は襲撃の一部始終を語った。

「彼らはよほど自信があるのね」

「そうです。と同時に、探られるのを恐れている。河童流れの工事に不正があることがわかれば、捜索しやすくなります」

「その件は、私のほうで探ってみるわ」

「いや危険です。敵は私を二度襲って来た。今度はあなたを狙うかもしれない」

「私は新聞記者よ。取材を妨害して暴行でもしたら、いくら癒着している警察でも知らん顔はできなくなるわ」

「そんなことわかるもんですか。私の場合は名乗ったが、闇討ちという手もあります」

「名乗らなければ、なんのための襲撃か、あなたにわからせることができないでしょ」

「しかし、敵はすでに名乗ったから、今度もしあなたを襲うとしたら、名乗らなくともなんのための襲撃か、私たちにはわかります」

「わかったわ。十分に気をつけます。でも、味沢さんは、どうしてまったく無抵抗なの？」

「は？」

「私には、あなたの無抵抗がどうしても信じられないのよ。あなたは強いわ。あなたが本気で抵抗すれば、むざむざとそんなひどい目にはあわなかったはずだわ」

「はは、腕力なんて、たかが知れたものです。多少、腕っ節に自信があっても、相手が二人いたら、かないません。空手や柔道の達人でも、飛道具の前には手も足も出ませんよ。映画やテレビの冒険活劇の主人公のようなわけにはいかないのです」

「虫だって、潰されそうになれば、歯向かうわよ。あなたは、虫ほどの抵抗もしないわ。なにか理由があるの？」

朋子を救うために三人の痴漢を一瞬の間に叩き伏せた腕力が、その後再三にわたる中戸一家の暴力の前に完全に沈黙している。その中の一度は、他人が犠牲者であったが、朋子の要請にもかかわらず、現場からこそこそ逃げ出してしまった。

「べつに理由なんかありません。暴力に対して先天的な恐怖と嫌悪があるんです。今度もまったく無抵抗を通したからこそ、この程度ですみましたが、下手に抵抗していたら、殺されていたかもしれません」

「…………」

「あなたには、あの夜のイメージが強く残っているんでしょう。何度も言うように、あの晩は、あなたを救うために夢中だったのです。あのときは例外です。人間は夢中になると、別人のような力を出すことがあります」

「私は、そうはおもわないわ。あの夜のあなたも、まぎれもないあなた自身だわ。決して別人なんかじゃない。味沢さんは何かの理由があって、自分の本当の力を隠しているのよ」

「困ったな」

「でもいいわ。私を救うために、本当の力を出してくださったんですもの。また私が危機に陥るようなことがあったら救ってくださるわね」

「いつも身近にいるとは限りませんよ」

「それは身近にいたら、救ってくださるということでしょ。あなたはやはり力を隠しているわ」

誘導されて、語るに落ちた形の味沢は、言葉に詰まった。

2

「お義父(とう)さん、まだ帰らないの?」

味沢の部屋を訪ねた朋子は、一人で留守番をしていた頼子に聞いた。

「うん」とうなずいて頼子は、つぶらな瞳を朋子に向けた。相も変らず、視線はたしかにこちらに向けられておりながら、焦点は朋子を越えて遠方にさまよっているようなとらえどころのない目であった。

「はい、おみやげよ」

途中で買ってきたケーキの箱を差し出すと、その一時だけは子供らしく目を輝かしたが、ケーキを食べている間に、また遠くを見る目に戻ってしまった。

「あまりたくさん食べてはだめよ。お夕食が食べられなくなるからね」

「うん」

頼子は素直にうなずいて箱をしまった。そんなしぐさはひどく稚(おさな)い。知能指数は高いが、記憶の障害が成長に多少影響をしているのであろう。

味沢から聞いたところによると、失われた記憶を徐々に回復しつつあるそうである。味沢にはよくなついているようであった。学校から帰って来ると、こうして家の中に閉じこもり、味沢の帰宅をじっと待っている。その間少女は自分一人の想念の世界の中に漂っているのだろう。たちこめる濃い霧をかき分けて、失われた記憶の道しるべを必死に探しているのであろうか。

朋子は腕時計を覗いて、

「少し待たせていただくわ」と言った。

味沢の部屋には、すでに何度か来ていた。

二ＤＫほどの広さで、いちおうの設備はある。だが十歳の少女との二人暮らしの寂しさは隠せない。小ぎれいにかたづいてはいるが、それがそのまま、ガランとした広さにうつる。核家族にすらならない義理の親子にとっては、二ＤＫでも広すぎるのである。

朋子は、この家の欠損家庭を埋める自分の姿をふと想像して顔を赧らめた。味沢との間には、将来に対する暗黙の約束が成立していた。あとは実行するばかりになっている。

頼子も、朋子が嫌いではないらしい。

「学校、おもしろい？」

朋子は質ねかけた。

「おもしろいよ」

頼子の学校の成績も中の上位だそうである。言葉づかいも標準語に近くなっている。

「もうすぐ中学ね」

「うん」

うなずいて、頼子は、朋子の方角に例の遠方をさまよう視線を向けている。朋子を見ているのだろうが、焦点が定まらないのである。

「頼子ちゃん、何を見ているの？」

「私、お姉さんに会ったことある」

「あら、この間もそんなこと言ったわね」

「お姉さんの顔がだんだんはっきりしてくるの」

頼子の焦点が、朋子の面に結ばれていた。朋子ははっとした。

「頼子ちゃん！　あなたおもいだしたんじゃないの」

「少しずつ、少しずつ浮かび上がってくるのよ。お姉さんのそばにだれかいるわ」

「お父さんやお母さんでしょう」

「ううん、ちがうの。だれか知らない人よ」

「お父さんやお母さんの顔はおもいだしたの」

「ううん、でも、お父やお母じゃないの。よそから来た人なの」

「よそから!?　もしかしたら」

朋子は固唾をのんだ。頼子は犯人の顔を見ているのではあるまいか。

「頼子ちゃん、おもいだすのよ。その人、どんな人なの」

「顔が白いわ、のっぺらぼうのように、目も口もないの」

「よく考えて。その人、男の人、それとも女の人？」

「男の人よ」

「どんな洋服を着ていたの？」

「青い洋服」

「青い洋服を着ていた男の人が、お姉さんといっしょにいたの？」

頼子はうなずいた。

「青い洋服の男」が彼女の両親を殺した強盗なのであろうか？

「その青い洋服を着た人は、背は大きかった、小さかった？」

「大きかったと思う」

「肥(ふと)っていた、やせていた？」

「やせていたみたい」

「手に何かもっていた？」

「わからない」

「頼子ちゃんにどんな話をしたの？」

「わからない」

「でも、何日もその人といっしょにいたんでしょ」

「わからないよ」

「さあ、その人の顔をじっと見つめてごらんなさい。きっとなにかおもいだしてくるはずだわ。その人、お姉さんのそばにいて、何をしていたの？」

背後に気配があって、頼子の表情が動いた。

「お義父さん！」

いつの間に帰って来たのか、味沢が立っていた。

「あら、お帰りなさい。気がつかなくてごめんなさい。お留守の間にお邪魔していたのよ」

朋子が慌てて立ち上がりかけるのに、目もくれず、味沢は、頼子の方へ向かって、

「勉強しなければ、だめじゃないか。そんなことでは中学浪人になるぞ」

と、きつい顔をした。味沢がふだん見せたことのない険しい表情であった。朋子はそのとき味沢から吹きつけるような凶悪な気配をおぼえた。

頼子を隣の部屋へ追いやった彼は、いつものような優しい面を朋子の方に向けた。だが、朋子はいま味沢が束の間見せた険悪な顔が、彼の素顔であることを悟っていた。

「どうもお待たせしましたね。ちょっと得意先を回っていたものですから。いまお茶を淹れます」

「お茶なら私が淹れます。勝手にお台所に入りたくなかったものだから」

朋子は慌てて立ち上がった。

「どうか、自分の家と同じ様にしてください」

味沢はいくぶん怨めしげに言った。

——他人行儀はどちらのこと？——と言おうとして、朋子はのど元に抑えた。それを女の口から言うのは、はしたないとおもった。

夕食にはまだ少し早い時間だった。二人は朋子がもってきたケーキをはさんで向かい合った。

「わかりかけてきたわ」

茶を一喫して、朋子は話の口火を切った。

「河童流れの不正の件ですか」

「そうよ、あなたが聞き込んできたことは、やっぱり噂だけじゃなかったわ」

「すると市ぐるみで河童流れの河川敷を取り込むつもりで……」

「市だけじゃないわ。この一件には建設省もからんでいるのよ」

「建設省が！」

「いまの建設大臣は、大場と資金パイプでつながっているし、羽代市の建設局は、大場一族の息のかかった者で固めているわ」

「建設省が、河童流れの工事にどのようにからんでいるのですか」

「河童流れの河川敷は、約六十ヘクタールあって、そのうち四十ヘクタールが国有地で、残りの二十ヘクタールが民有地になっているの。この国有地も明治二十九年までは民有地だったのが、旧河川法が施行されて国が無償で没収した土地なのよ。没収した後も旧地主は占有耕作権を認められていたけれど、肥沃な土地にもかかわらず、毎年の出水で、精々桑畑にしていた程度だったわ。それが、いま進行中の本堤防工事が完成すると、河川敷ではなくなって、建設省の廃川処分が行なわれるのよ」

「廃川処分によって、どんな効果が発生するのですか」

「河川法によるさまざまな制限、土地の占用や土地の形状の変更、工作物の新築などの禁止が解かれるのよ」

「廃川処分になった河川敷は、本来、だれのものになるはずなのですか」

「耕作権を認めていた旧地主に、払い下げることになっているのよ。ところが建設省はそのことを地元農民に知らせず、大場一族のトンネル会社、平安興業に払い下げることを内々で取り決めていたらしいのよ。そこで平安興業は早手まわしに耕作権をもっている旧地主を言葉巧みに説いてまわり、民有地部分の所有権と、国有地部分の耕作権を、廃川処分の後に譲渡する契約を終えてしまったの。買収価格は民有地の所有権が一坪三百円、国有地の耕作権が百円だったそうだわ」

「三百円と百円！　そりゃひどいな」

「ひどい話でしょ。平安興業がこの買収に投じた資金は五千万円前後で、本堤防工事が完成すると、約二百億円にはね上がるそうだわ」

「五千万から二百億か。いったい何倍になるだろう」

その巨額な急騰に暗算がすぐに追いつかない。

「四百倍よ。まるで泥棒だわ」

「農民はそのことをまったく知らないのだろうか」

「それが、本堤防工事がはじまる前に、平安興業は買い占めているのよ」

「すると最初から建設省と共謀（グル）で、堤防工事をはじめたのですか」

「そうとしか考えられないわね。河川改修工事は建設省の所管で、羽代川の治水工事では、羽代市を指導、監督、助成する立場にあるわ。河川敷の返還にあたって、当然それを旧地主に予告しなければならない。そのとき、本堤防工事を近く開始することを告げれば、地主は土地の値打が上がるのを知って、買収に応じようとしなくなるでしょう。

建設省がその工事を知らないことはあり得ないのだから、グルとおもわれても仕方がないわね」

「だいたい国有地を返還するということは、河川敷に本堤防が築かれて廃川処分になるという認識があったからでしょう」

「そのとおりよ。河川敷のままだったら、当然河川法の適用をうけてみだりに返還できないはずだわ。だから建設省は返還予告を出したとき、本堤防の築造を知りながら、平安興業の利益のために黙っていたのよ」

「本堤防工事がはじまってから、騙されたと知って騒いだ地主もいたでしょう」

「反対派のリーダー株が、豊原浩三郎の息子よ。他にも何人かいた様子だけど、中戸一家に脅かされて黙ってしまったようだわね」

「朋子さん、それでどうします」

「もう少し裏づけをしてから、新聞に書くわ」

「ボツにされませんか」

「もちろん正面からいったのでは、デスクににぎりつぶされるわね。デスクにも派閥があるの。最終版のしめ切り間際に、父のころの生き残りデスクに出稿すれば、紙面に載るチャンスはあるわ。最終版は、部数も多いし、県央部全域に配達されるから、影響力も大きいわよ」

「これが羽代新報にスクープされたら、大変な騒ぎになるでしょうね」

「いまからその様が目に浮かぶようだわ」

「河童流れの堤防工事に不正が証明されれば井崎明美も捜索しやすくなります」

「明美以外の死体も出てくるかもしれないわよ」

その想像を恐ろしがっていた朋子が、国と市共謀の不正の摘発に興奮して、恐怖を忘れていた。

3

「浦川さん、ちょっとお話が」

社会部デスクの浦川悟郎は、越智朋子から声をかけられて、咄嗟に社内では話し難いことだなと了解した。

「ちょっと出ましょう」

と彼は顎をしゃくった。社から離れた喫茶店に向かい合うと、

「ここならいいでしょう」

「すみません、お忙しいところを」

「いやいいんです。ちょうど一段落したところで、お茶でも飲もうかとおもっていたところです」

浦川は、父が社長をしていたころからいる社員である。おとなしくあまり自己主張をしないために、越智派の〝残党狩り〟の中で今日まで生き残ってきた。

浦川は、大場一族の植民地と化した羽代新報の中で去勢されたようになっているが、無念さを完全に風化させていないことは、朋子に対する密かな言動でわかった。

「あなたのお父さんがこんなぼくの姿を見たら、さぞ情けながるでしょうね」

大場派の目が離れた隙などに、浦川は朋子にそっと漏らした。

「実際、私は前社長に合わす顔がない。社長子飼いの社員がどんどん去っていく中で、ぼく一人が敵の禄を食んで余命を永らえている。ぼくは飛び出す機会を失ってしまったんだ」

浦川は、越智の反骨の部下たちが去っていった中で、生き残ったことを、「死に遅れた」と考えているようであった。サラリーマンは、一度機会を逸するとなかなかやめれないものである。先行き見込みのない乗物でも、それから降りたら、とりあえず乗りかえるべき乗物がないので、ずるずると乗っている。

「そんなにご自分を責めることはないわよ。私だって、こうやって、敵のお情けで雇ってもらっているのですもの」と朋子は慰めた。

二人はいつの間にか敵城の中の捕虜同士のような連帯感をもっていた。

――浦川なら、この原稿をなんとか生かしてくれるにちがいない――

朋子は密かに彼に希望を託していた。

もちろん、これを掲載するからには、浦川も当番デスクとして覚悟を定めなければならない。おそらく彼は社にいられなくなるだろう。だが朋子は、浦川が〝死に場所〟を探しているのを知っていた。これは彼にその機会を提供することになるだろう。問題は、浦川が編集局長や整理部の目をどう潜るかであった。

地方新聞社は、全国紙より最終版のしめ切り時間が遅い。これは全国紙が輸送されてくるまでの時間差に、全国紙に載らないニュースをすくい取るためである。チャンスは浦川がデスクを担当する夜である。

オーダーしたコーヒーが来たところで、

「ところで改まってお話とは何ですか」と浦川がうながした。

「おねがいがありますの」

「ぼくのできることですか」

「はい」

と言ったものの、朋子はここまできて、言ったものかどうかためらっていた。

「なんだか難しいことらしいですね」

浦川は、コーヒーを一口飲んで表情を引きしめた。朋子は周囲の気配を改めてうかがってから、用意してきた原稿を差し出した。

「これは？」

訝（いぶか）しげに顔を上げるのへ、

「ちょっと、お読みになってください」

朋子の気配にただならぬものを感じた浦川は姿勢を改めて原稿に目を落とした。読み進むうちに浦川の顔色が変ってきた。

だいたい、文化部の彼女が社会部デスクの浦川の許に原稿をもってくること自体が異例であった。ようやく読み終った彼は、しばらく口もきけないほどに驚いていた。裏づけも行き届いていて、説得力がある。

「朋子さん、これは……」

ようやく浦川は口を開いた。

「すべて事実です。私が調べてきました」

「そしてこれをどうするつもりです？」

「紙面に載せてもらいたいのです。文化部の私が筋ちがいですけど、浦川さんなら、なんとか生かしてくださるとおもってもってきたんです」

「ぼく一人の力では無理ですよ。局長もいるし、整理部や校閲もいる」

「そこをなんとか」

朋子は必死にすがりついた。

「これが報道されたら、大騒ぎになりますよ」

「覚悟はしています」

朋子は眉宇に堅い決意を見せた。浦川は改めて原稿を読みなおした。最初の驚愕が鎮まり、代って感嘆の色が浮かんできた。

「しかし、よくこれだけのネタをつかみましたね。社会部顔色なしだ」

「古風ですが、父の無念を一矢でも報いたいのです」

「朋子さん、どんな危難が身におよぶかわかりませんよ」

「もちろん、覚悟のうえですわ」

「この町にいられなくなります」

「私は、自分のことより、浦川さんにかけるご迷惑のほうを考えています」

「ぼくのことはご心配なく。これはぼくにとって死に花を咲かす絶好の機会かもしれない」

「ご家族がお気の毒ですわ」

「いや、家族は女房だけです。子供は巣立ってよその土地に行ってますから、身軽です。朋子さん、やりましょう！」

　浦川は決断したように言った。

「えっ、ご協力してくださいます」

「羽代新報のぼくの最後の仕事としてやらせてもらいますよ。ぼくも、大場に乗っ取られた羽代新報に今日まで余命を永らえてきましたが、新聞記者としてはもう死んだも同然です。このままだとぼくは魂から朽ちてしまう。朋子さん、あなたのつかんできたネタは、ぼくを生き返らせてくれますよ。このまま、息をひそめるようにして生きていても、大場の下ではいずれ、元越智社長の残党として刈り取られてしまうのです。どうせ刈られることがわかっているのなら、ここで一本反旗を翻してみましょう」

「ありがとう！　浦川さん」

朋子の胸に熱いものがこみ上げてきた。

「しかし、ぼく一人ではどうにもなりません。幸い、まだ社内には、先代社長の部下が生き残っていますから、彼らを糾合して、その力を借りなければなりません」

「どういう風にするのですか」

「まずぼくが当番デスクのとき、最終版のしめ切り間際に出稿します。これが整理部に回されて紙面上の扱いが決められます。ここで〝反大場的〟な記事ははずされます。まずこれが第一関門ですね」

「整理部は何人ぐらいいるのかしら」

「デスクの下に部員が少なくとも二人付きます。整理部には先代に可愛がられた野中君がいます。整理部の次は活版へまわされます。活版では文選工、植字工、大組などがいますから、これらの者の目にも記事は触れます」

「すると、かなり大勢の協力が必要ですわね」

朋子はやや肩を落とした。これらの工程の中に一人でも大場派がいれば、記事は差し止められる。活版のほうとなると、朋子にはまったくなじみがない。

「活版は、流れ作業的に工程を消化していくだけですから、いちいち記事の内容まで読まないでしょう。問題は紙面完成前の大組の段階でゲラを取り、これを編集局長が見た後、紙型を取って鉛版を鋳造し、それを輪転機にかけるまでです」

「局長がゲラを見るのですか」

局長は、大場派の親衛隊長である。ここで発覚したら、整理部や印刷を越智派の残党でかためても、クーデターは失敗する。失望が水に落ちた墨のようにじわっと胸の中に広がった。

「一ついい手がありますよ」

落ちた墨の滴をすくいとるように、浦川が言った。

「どんな手ですの？」

朋子は現金に顔色を明るくした。

「問題の記事を箱組にして、局長に見せるゲラには、さしさわりのない偽記事を入れておいて、紙型を取る段階で本物の記事とすりかえてしまうのです」

「局長は偽のゲラを読ませられるわけね」

「そうです。これならきっとうまくいきます」

「刷り上がった段階でまた目を通さないかしら」

「局長はゲラを見ると、帰宅します。ましていまは平穏無事ですから、刷り出しまで社にいませんよ。大丈夫、ぼくがゲラの段階で帰宅させるようにします」

浦川は話しているうちに次第に自信をつけてきたらしい。

機会はなかなか巡ってこなかった。浦川がデスクを担当しても整理部に大場派がいたり、デスクと整理部をかためても印刷のほうがどうもおもしろくなかったりした。印刷工が記事の内容まで読む可能性は少ないが、コトがコトだけに万全を期したい。敵の目はいたる所に張りめぐらされている。

その間、浦川も動いて、さらに裏づけに万全を期した。敵は油断しきっていた。自分の足許に大きな穴が掘られつつあることも知らずに、多年の支配に安心しきっている。

九月二日夜、チャンスはきた。浦川から明日の朝刊でやると連絡がきた。

「整理部、校閲、印刷すべて、先代社長の生き残りでかためました。まあ明日の朝刊を楽しみにしていてください。明日の朝、羽代市が引っくりかえりますよ」

浦川の声が弾んでいた。朋子は直ちに味沢に連絡しようとした。ところが彼は外出していて連絡がつかない。伝言できるような内容ではなかった。

「どうせ明日の朝になればわかることだわ。黙っていて、びっくりさせてやろうかしら」

朋子は、朝刊を見て味沢の驚く顔を想像して、独り笑いをした。

社を出ると朋子は、重荷を下ろしたような解放された気分になった。局長がゲラを見るまでは安心できなかった。ゲラは無事局長をパスした。あとは朝刊を待つのみである。

羽代川改修工事の不正と、廃川処分による河川敷の取込みが暴露された場合の大場一族の被るダメージは、はかり知れないほど大きい。建設省も一枚嚙んでいるだけに、当然、他紙も追随して動くだろう。羽代新報に記事にされたら、もはやもみ消しはできない。

大場一族の根本を揺るがす〝爆弾〟が販売店に回され、仕分けされて、あと数時間もすると、県央部の各戸に配達される。

大場一族の築いた巨大な堤が、わずかな一穴から確実に崩れていく音が聞こえるようであった。

——お父さん、やったわ——

朋子は、夜の更けた空に向かってつぶやいた。星は見えない。空は厚い雲に塗りこめられている模様である。闇の奥から父のよくやったと言う声が聞こえてくるようであった。

朋子は、むしょうに味沢に会いたくなった。これはもともと味沢が見つけた材料である。なによりも先に彼に報告しなければならないことであった。味沢は出先から帰宅したらしく、結局、連絡は取れずじまいであった。

味沢の部屋に電話はない。深夜なので、家主に呼び出してもらうのは気が引けた。

「今夜は、特別だわ」

朋子はつぶやいて、彼のアパートへ行く決心をした。社の運命を覆すような作戦を密かに進めている最中なので社の車を使うのは憚った。歩いても大した距離ではなかった。

## 4

九月三日午前一時三十分、浦川は最終版の出稿をした。これが気脈を通じている整理部デスクの野中の手を経由して文選の方へ回された。普通の記事だと、紙テープに鑽孔され、自動モノタイプで活字を打つのであるが、こちらへ行くと細工が難しくなるので、昔ながらの〝手拾い〟の文選の方へ送られる。「箱物」と呼ばれる囲み記事などは、いまでも文選工によって活字が拾われる。文選ももちろん、越智茂吉の息のかかった者で固めてあった。文選と植字の小組を終った組版は、小刷と呼ばれる各記事ごとの小さなゲラを取られて、校閲へ回される。

校閲をパスした小刷は、いよいよ新聞紙面の原版を組む大組に集められる。大組作業では編集（整理）立会者と大組作業者が協力してできあがっている組版、写真版、凸版などを紙面の体裁を考えながら鉄枠の中に組むのである。大組が終ると、大刷が取られる。これが新聞紙面と同じ大きさの全体の校正刷で、局長の最終チェックをうける。

旧越智派の大組係が、ここで偽ネタの箱組で埋めた、偽の大刷をつくって局長に提出した。

局長はチラと一瞥しただけで、いとも簡単にオーケーを出した。ここで活版工程は終った。

オーケーされた大刷は、降版されていよいよ紙型をとられる。最終降版はほとんど第一面か社会面である。

紙型をとる段階で大組担当者は、鉄枠の周囲をしめつけ、版の汚れを落とすために、活字を洗い、その浮きを均らす。ここに立ち会うのは整理部と、大組担当者とそのアシスタントの三名である。この作業の間に、本命記事とすり替えなければならない。

本命記事は、パッキングに使われた囲み記事とまったく同じ大きさにまとめられて用意されていた。

浦川から意を含められた整理部の野中と、当夜の大組担当者木村は目配せをした。二人とも、越智社長時代の生き残りである。ちょうどそのとき活版部の電話が鳴った。

「田岡君、ちょっと電話に出てくれ」

木村がアシスタントの田岡に命じた。その電話が浦川からであることはわかっている。田岡だけが旧越智派ではないので、浦川が囮の電話をかけて、その場をはずさせたのだ。

すり替えは、一瞬の間に完了した。

「さあ、こちらには来てません。えっ、よく聞き取れないんですが、さあ、ちょっとわかりませんね」

電話の方からそんなやりとりが聞こえてくる。田岡が戻って来たときは、すり替え作業は完全に了っていた。紙型係が組版を取りに来た。

そのとき田岡はふと首をかしげた。第一面の囲み記事の部分がなんとなく全体の中から浮き上がっているような気がしたからである。

だが、よく見ると、そんなことはない。

——気のせいかな——とおもいなおして、二、三行記事を追った彼の目の色が変った。

深夜、大場一成の電話が草むらで息も絶え絶えに鳴く冬を迎える虫のように鳴った。

彼の枕元には三本の電話機がおいてある。いずれも彼の懐ろ刀の秘書との直通であり、そのナンバーはごく限られた人間しか知らない。ベルに細工がしてあって、音が抑えてあるが、大場は、即座に目ざめて、受話器を耳に当てた。

「夜分お邪魔いたします」

時間を考えて相手は声に抑制をかけている。

「何だ？」

大場の声に、熟睡から叩き起こされたにもかかわらず、眠けのにごりがいささかも含まれていないのはさすがであった。

「会長、一大事です」

声はかろうじて平静を保っているようであった。大場は黙したまま、言葉の先をうながしていた。

「羽代川の河川敷買収を嗅ぎつけた者がいます」

「なんだと！」

抑揚のない声がわずかに動揺した。

「羽代新報の印刷工が密かに連絡してきたのですが、羽代川河川敷の買占め問題を記事にした人間がおります」

「どうしてそんな記事が送られたのだ？」

「目下密かに調べておりますが、たまたまチェックポイントを潜り抜けてしまったようです」

「それで記事はもちろん差し止めたのだろうな」

「それが最終版が輪転機にかけられてから連絡がきたものですから」

「即刻、輪転機を停めろ」

「すると、最終版を出せなくなります」

「馬鹿者！　どんなことをしても、その記事は差し止めるんだ。そのために新聞が遅れてもかまわん」

いきなり雷が落ちた。

「それが記事になって流れてみろ。もうもみ消しはきかん。記事の出所の詮索はあとまわしにして、差し止めに全力をつくせ。だいたいそんな一刻を争うことをわしの指示を待つまでもない。すぐやれ」

大場一成は、恐懼する秘書を叱咤した。秘書からの電話を切った一成は、次に何本かのナンバーをダイヤルした。いずれも大場一族の重鎮であった。彼は、深夜にもかかわらず一族の者を非常呼集してこの非常事態の発生に対処しようとしていた。

「パパア、どうなさったの、こんな真夜中に」

かたわらでいぎたなく眠っていた若い女が、ようやくもぞもぞと身体を動かした。知性はないが、男を愉しませるためだけに生まれてきたような絶妙の躰を賞されて、最近、大場の寝間に侍るようになった「美代」という芸者上がりの女だった。愛人というより、彼の性玩具である。大場にはこのようなセックス・トイが他にも三人いたが、現在彼女を最も寵愛していた。

「おまえはいいから寝ていなさい」

と大場は寝ぼけ眼の美代を制しながら、彼女の寝乱れた姿に、ふと疼くものをおぼえた。

――これはややこしいことになりそうだな――

大場は体芯に脹れかかった欲望に舌打ちした。これまでにも事件が発生して出がけに性欲をおぼえたことがある。そんなときは、必ず事件が複雑な展開をした。

性欲は、彼の本能の発する警報のようなものであった。そして、これから当分その欲望を存分に追求できなくなることも、これまでの例からわかっていた。

# 発色せざる証拠

## 1

「お義父さん、おとうさんたらっ」

夢のうちに頼子に呼ばれて、味沢は眠りの底から急速に意識の水面へ浮上してきた。頼子がしきりに味沢の身体を揺すっていた。

「頼子、どうしたんだい」

枕元においた腕時計を見ると午前三時をすぎたところである。頼子の顔は異常に緊張していた。

「朋子お姉さんが呼んでいたの」

「朋子さんが？　はは、夢でも見たんじゃないのか。こんな真夜中に来るはずないじゃないか」

「でも聞こえたのよ。お姉さんの声が」

頼子は、遠方にじっと耳を澄まして言い張った。だが、頼子が話し止めると周囲には物音一つしない。

「なにも聞こえないじゃないか。おまえの気のせいだよ。さあ、早く寝ないと、明日、

「眠くてしかたがないぞ」

「気のせいじゃないよ。お姉さんが呼んでいたよ」

　いつもは素直に味沢の言うことをきく頼子が強情に言い張った。

「それじゃあ、いったい何と呼んでいたんだい？」

　あまりに言い張るので、味沢は一歩譲った。

「たすけてって言っていたよ」

「たすけてだって⁉」

「お姉さん、悪い人につかまっていじめられているんじゃないかしら。私、心配だ」

　頼子の面は不安と恐怖にこわばっている。記憶を失ってから頼子は、カンが鋭くなった。欠落した記憶の分だけ、精神のある部位が研ぎすまされたのか、彼女の予感がよく当たるようになっていた。

　未熟な心身にとって苛酷な体験が、一時的に精神の感応力を増したのであろうか。それがあるだけに、味沢も再三訴える頼子の言葉を黙殺できなくなった。

「おまえがそれほど言うんなら、ちょっと見て来よう」

「お義父さん、私も行く」

「おまえは家で待っていなさい、風邪を引くといけない」

「連れてって！」

　頼子はまた執拗に言い張った。

「しかたのない子だ。それじゃあ暖かくしておいで」

外へ出ると、冷気が身体を刺した。まだ九月の初めだが、山に囲まれた盆地だけに夜間は気温が下がる。〝父子〟は外に出たものの、路上に動くものの気配もない。車も通らず、犬の声も聞こえず、ものみなが深い眠りに落ちているようであった。雲が重くたれこめているのか、空には一点の光もない。

「やっぱりなにもいないじゃないか」

「でも聞こえたのよ、たしかに」

「どちらの方から」

「わかんない」

「困ったな、それじゃあ探しようがない」

立ちすくんだ二人を押し包むようにして、うすい霧が流れている。ちょうどそのとき遠方で犬が吠え、人の走るような気配がした。

「あっちだ！」

味沢は、本能的にその方角に異変が起きたのを悟った。道からはずれた雑木林の奥で、犬が騒いでいる。味沢は走った。味沢の全力疾走に、頼子は従いてこられない。

「おまえは、家へ帰って待っていなさい」

呼吸がつづかなくなって地面にうずくまってしまった頼子に言葉を残すと、味沢はひたすら走った。彼もいま、朋子の身になにかが起きたのを確信していた。

なにが起きたのかわからないが、とにかく異常事態が発生した。味沢は頼子の直感を信じていた。犬の気配が近くなった。クヌギの木の根本に、人が倒れていた。彼の駆けつける気配に犬が逃げた。暗くてよく見定められないが、女のようであった。

「朋子さん！」

声をかけたが、答えはない。闇の中に横たわった人影にぴくりとも反応は起きない。墨のように胸の内に広がる不安に耐えて、味沢は倒れている人影を抱き上げた。暗い闇夜の樹木の下であったが、抱き上げた瞬間に朋子とわかった。だがその肉体は人形のように弛緩して生気がない。

動揺を意志の力で抑えた味沢は、胸に耳を当てた。心臓は鼓動を停めていた。朋子は何者かにこの場所まで引きずり込まれて、命を奪われたのである。それもごく間近のことである。死体は体温を留めているほどに新しい。まだ犯人は遠方へ逃れていまい。

うすい光が木の間から射し込んできた。雲間から月が顔を覗かせたらしい。月光は微弱ながら、闇を駆逐して、その場の状況を露わにした。朋子の衣服の乱れが奪われたものが命だけでないことを教えた。

――だれが、なぜ？――

熱い怒りが胸にあふれた。おそらく、朋子は、味沢の家へ来る途中を襲われたのであろう。この、ときならぬ時間に、味沢の家へ来ようとしたからには、なにか急用が発生したにちがいない。

なぜ来る前に電話をしてくれなかったのか。夜の一人歩きは絶対に慎むようにとあれほどかたく言っておいたのに、電話をかける時間もないほど急迫の用件が発生したのか。

そして敵は、それを事前に察知して、朋子を襲い、その口を封じた。ということは、朋子の急用が、味沢に知られては、都合の悪いことだったのであろうか。

それにしても、朋子がこの時間、自分にどんな用件があったのだろう？

混乱する頭で、味沢は必死に朋子を呼びつづけた。呼んでも無駄なことはわかっていても呼ばずにはいられなかった。

最初の動転と驚愕(きょうがく)の波がひとまずおさまると、味沢は、これから取るべき行動を考えた。まず警察に報(しら)せなければならない。羽代の警察が頼りにならないことはわかっているが、このまま報せずにおくわけにはいかない。

敵は警察と通じているかもしれない。犯人を捜査すべき警察が、犯人の側に立って、事件のもみ消しを図らないという保証はないのである。

だが、警察の介入を拒否するわけにはいかない。だから警察が来る前に、できるだけ、現場の原形を把握しておく必要があった。頼子の直感のおかげで、味沢が現場に一番乗りをした。事件発生後まだいくらも経っていないようだから、犯人の遺留品や資料が、オリジナルの形のまま残っている可能性がある。

味沢は乏しい月光の下で、悲嘆に耐えて朋子の遺体を観察した。首のまわりに扼痕(やくこん)が残っている。犯人は、朋子を犯す前後、手で首を扼した模様である。表情が苦しげに歪(ゆが)

んだまま硬直し、衣類はその上を通りすぎた凌辱の嵐と抵抗の凄じさを物語るようにずたずたに破られている。

乏しい光量のせいで、断末魔の苦悶の表情をよく読み取れないのがせめてもの救いであったが、味沢は、朋子の無惨な死体を観ているうちに、視野がぼやけた。驚愕と動転に麻痺していた感傷が、いまごろになってようやくよみがえってきた。

朋子は犯人に犯され、殺されかかりながら、必死に味沢を呼んだのであろう。その絶望の声が、頼子の異常に発達した聴覚にとらえられた。それがもう少し早く届いていたなら。

涙があとからあとから湧き出て、朋子の死体の上に降りかかった。朋子の表情の歪みは、断末魔の苦悶によるものばかりではあるまい。理不尽な凌辱に、純白の貴いものを根本からむしり取られる怒りと悔しさに、表情が歪み、抑圧された抵抗の下で、精一杯の憎悪を犯人に向かって剝き出したものであろう。

その初めてのものは、味沢に捧げられるべきものであった。味沢のために二十何年、大切に慈しんできたのである。

朋子の抵抗の凄じさを物語るように特に下半身の衣服の乱れが激しい。スカートは鉤裂きに引き裂かれ、下着は紙のように千切り取られている。犯人の遺留品を探すための観察であったが、味沢は正視できなかった。

朋子の抵抗が、犯人の殺意を引き出したのかもしれない。それだけ彼女は誇り高い女性であり、味沢のためにかかえてきたものを生命を賭しても守ろうとしたのである。

「朋子さん、いったいだれがこんなむごいことを？　教えてくれ」

味沢は、もの言わぬ彼女にふたたび語りかけた。なんの資料もつかまないまま警察へ渡せば、もはや犯人の痕跡（こんせき）は永久に隠蔽（いんぺい）されてしまうような気がした。

しかし、深夜の雑木林の中での観察では、手がかりなどつかむべくもない。

「犯人はだれだ、教えてくれ」

味沢がかき口説くように繰り返したとき、足先に軟らかいものが触れた。なにか？　と視線を地上に向けると、一個の茄子（なす）が落ちていた。なぜそんな所に茄子が落ちているのか？　それは明らかにそこに初めからあったものではない。一帯はクヌギが主体の雑木林で、茄子畑などはない。朋子がそんなものをもっているはずがなかった。とすれば、犯人が持ち込んできたものか。

味沢は、その茄子を犯人の手がかりとして朋子が残したような気がした。周辺をうす明るく浮き上がらせていた月光が消えて、また深い闇が帳（とばり）を下ろした。月が雲間に隠れたらしい。

味沢は事件を警察に報せることにした。そしてその後には、朋子の母親に悲報を伝えるという最も辛い仕事があった。

## 2

味沢の通報によって羽代署の捜査係が駆けつけてきた。捜査キャップは竹村警部である。竹村は第一発見者の味沢を最初から、先入観の色眼鏡で見ていた。

現場も、味沢の家に近い雑木林の中である。二人連係して、井崎明美の事故死をこそ探っていた気配であったが、なんらかの原因で仲違いして、味沢が越智朋子を殺したのではないかとおもった。

だいいち味沢の事件発見の端緒がどうも曖昧なのである。味沢にしてみれば、頼子の超能力とも言うべき、異常聴覚が朋子の悲鳴を聞きつけたので駆けつけたとは言えない。

「それではあんたは真夜中の三時ごろ偶然ここを通りかかって死体を発見したというのかね」

竹村の語気は、犯人に対するように厳しかった。

「だから、犬が騒いでいたので見に行ったと言っているでしょう」

「犬がね、このあたりには野犬が多いんだ。ほら聞こえるだろう、現にいま遠吠えしている。野犬が吠える度にあんたはいちいち見に行くのかね」

「いつもの啼き方とちがっていたんですよ」

「おれが聞いているのは、犬のことじゃない。ここはあんたの家からだいぶ離れている。犬が啼いたくらいでわざわざ見に出て来る所じゃない。あんた、そんな時間にどうしてこんな所をうろついていたんだ」

「そ、それは、朋子さんが来るというので迎えに出たんです」

「最初はそうは言ってなかったよ。それに、こんな深夜、彼女が何の用があったのかね」

「どんな用だっていいでしょ。私たちは会いたければいつだって会います」

「まあいい。調べればわかることだ。いいと言うまでここから離れちゃいけないよ」

竹村は、すぐに化けの皮を引っ剝がしてやるぞというような顔をした。東の空が白みかかっていたが、検視と現場の観察は、夜が完全に明けてから行なうことになった。

竹村も最初は味沢を強く疑ったようだが、被害者の激しい抵抗の形跡に対応するものが味沢にないので、警官の監視つきでいったん帰宅を許した。

味沢は現場で拾った茄子を秘匿しとおした。家に帰ると、頼子が寝ずに待っていた。

「お義父さん、お姉さんは?」

頼子は、不安を小さな胸に精一杯耐えていたらしい。味沢は、彼女に真実を話すことができなかった。どうせわかることにしても、いまは、眠らせてやるべきだと判断した。

「ちょっと怪我をしてね、いま病院へ行っている。大したことはないから安心してお寝み」

味沢は、苦しい嘘をついた。だが頼子のつぶらな瞳は、越智朋子の身上に起きた異変を正確に感じ取っているらしい。頼子はおとなしくうなずいた。賢い彼女は、味沢の嘘をあばくと、彼を苦しめることを悟ったのであろう。

頼子を寝床へ入れてから、味沢は現場から拾い取ってきた茄子を改めて観察した。もしこの茄子が犯人の遺していったものだとしたら、犯人はなぜこんなものをもっていたのか?

つぶさに茄子を見ていた味沢の目が緊張した。彼は茄子の表皮にかすかな血を見つけたのである。紙で拭き取ってみると、だいぶ変色しているが、たしかに血のようである。

味沢は、茄子の用途を理解した。それは犯人が持ってきたものであった。犯人は単に朋子を凌辱しただけでなく、茄子によって朋子の体を玩んだのである。朋子の霊は汚辱と恥に耐えながら、犯人の唯一の遺留品として茄子の存在を暗示してきたのであろう。激しい怒りが味沢の胸の深所から吹きつけてきた。この茄子には朋子の怨みがこめられている。彼女は茄子を媒体にして何かを味沢に語りかけようとしている。

これは彼女の怨念の結晶だけではなく、言葉を失った彼女が犯人の正体を告げる物証でもある。

朋子は茄子に託して、何を語ろうとしているのか？

その茄子は最もありふれた卵形である。形はポピュラーだが、色つやが悪かった。特に皮の側面だけが茄子らしい濃紫色をしており、反対側は淡色である。ちょうど人間が片側だけ日灼けしたような感じである。

おそらく日当たりの偏頗な場所に生育したため、こんな着色異常を呈したのであろう。茄子の詮索は、それ以上は進まなかった。その方面の専門家の助けを借りれば、もっと新しいことがわかるかもしれない。

味沢は茄子の詮索を一時保留して、少し寝ておくことにした。明日は、いやすでに今日になっているが、確実に厳しい一日になることがわかっている。部屋の中が明るくなり、鶏鳴が聞こえていた。眠れないことはわかっていたが、味沢はともかく寝床にもぐり込んだ。

検視と現場見分は、午前八時三十分からはじめられた。もちろん味沢も第一発見者として現場に呼び出された。現場は、味沢の家から約三百メートルほど離れた雑木林の中で、道路から三十メートルほど入った所である。被害者はかなり抵抗したらしく、足跡が乱れ、木の枝や草が折れていた。足跡も複数のものが入り乱れている。

「あんたが勝手に立ち入るから、現場の原状をこわしてしまったじゃないか」

竹村が味沢に嚙みついた。

「私が現場へ来たから、発見できたんですよ、私は必要以外に歩きまわっていません」

「とにかく、この足跡は、あんたを除いても一人じゃなさそうだ」

「犯人は複数なのですか」

「まだ断定できないが、その可能性は強いね」

と言いかけてから、竹村は余計なことを言ったのに気がついたように、

「あんたには、これからいろいろと聞かなければならないことがある。邪魔にならないように、その辺でおとなしく待っていてもらおうか」と命じた。

越智朋子の死体の状況は、――頭部を東北に向けて、顔面を正面から背けるように右の地上に向け、上体を右へねじった仰向けの姿勢で、右手は虚空をかきむしったような形のまま、肘を曲げ、掌を上にして、右耳の横へ、左手は上体に沿って下方へのばし、

足は無理矢理にこじ開けられたように膝から下を開いている。

ブラウス、スカートは至る所破られ、下穿きはむしり取られて、足元に捨てられている。顔面は紫暗色を呈し、両眼は閉じられている。両眼瞼を検すると、両眼瞼膜に著しい溢血点が認められた。

首の両側に指と爪の痕が残っている。右側に上から拇指と四指、左側に四指と拇指の痕が歴然と残っている。これは右手を上にして両手で頸部を圧迫して死に至らしめたものである。

竹村が、味沢を呼んだ。

「あんた、手を見せてくれないかね」

味沢は、瞬時にその意味を了解した。指の痕から犯人の手のサイズや身長が割り出せる。

「まだ私を疑っているのですか」

「犯人を早く捕まえたかったら、協力してくれてもいいだろう」

「しかし、これはまるっきり犯人扱いじゃありませんか」

「対照検査だよ。犯人の指紋や足跡を割り出すときは、現場に出入りする可能性のあったすべての人間からもれなく資料を取って引き算をする。残ったのが犯人のものだ」

竹村は強引に押しつけて、味沢の指のサイズを測った。幸いなことに、味沢の指は、犯人の指跡より一回り大きかった。

「これでぴたりと合ったら、私が犯人にされてしまうところでしょう」

「まだあんたの疑いは晴れたわけじゃないぞ。犯人は複数の形跡があるんだからな」

「いいかげんにしてください。私は朋子さんが殺されてだれよりも打ちのめされているのです。あなたは私を犯人扱いしているが、私がここにいるのは、参考人として警察から呼ばれたからじゃあないのです」

「じゃあ何のためにいるんだ？」

竹村の目に軽い不審の色が浮かんだ。

「監視しているんですよ、あなた方を」

「監視だと？」

「そうです。いまの警察は、市民の味方か犯人の味方かわかりませんからね」

「なんだと！」

竹村の顔色が変った。

「朋子さんは新聞記者としていま調べていることがあったんです。それを公表されると犯人に都合が悪かった。だから、こんなむごい方法で彼女の口を封じたのです。これは単なる殺人ではなく、背後に大物の意志が働いています。どうか、大物の意志に左右されないように警察はしっかり捜査をしていただきたいですね」

「おれたちが大物の傀儡だというのか」

「そうでないように心から祈りますよ」

「その大物ってだれだ？」

竹村の顔面が紅潮してきた。

「それを私が言うと、今度は私が命を狙われます」

「臆測だけでいいかげんなことを言うと許さんぞ」

竹村はどなったが、それ以上追及してこなかった。どうやら味沢の言葉は、彼の痛い所を突いた様子である。


越智朋子の死体は、羽代市立病院で司法解剖に付された。解剖の所見は次のとおりであった。
①死因、手で頸部を圧迫しての窒息。
②自他殺の別、他殺。
③死亡推定時刻、九月三日午前二時より三時の間。
④姦淫の有無、膣内に少なくとも二人以上の混合精液の滞留を認める。処女膜破綻、外陰部に裂傷、大腿内部に圧痕および擦過傷。少なくとも二人以上が暴力をもって被害者の抵抗を抑圧して輪姦したものと認められる。混合精液の血液型の判定不能。
⑤死体の血液型、O型。
⑥その他の参考事項、被害者の右手拇指および示指の爪に加害者を掻きむしったとみられる皮膚片（B型）が付着していた。

結局、指のサイズや血液型も一致しなかった味沢（O型）は、容疑対象からはずされた。

味沢は、朋子が殺された動機は、羽代川河川敷問題にあるとにらんだ。反乱の企みが敵方に露顕したのだ。そして先制攻撃をかけられたのである。朋子を凌辱、それも複数で犯したのは、味沢に対する恫喝もあるだろう。

となると犯人はわかったようなものだ。大場一族が犯人である。朋子に実際に手を下したのは中戸一家の鉄砲玉であろうが、真犯人は大場一成である。

羽代川河川敷の不正は、新聞紙上で糾弾してこそ、効果があるし、証拠価値が生じてくる。

いまの段階では、単なる臆測の域を出ない。河川敷を巻き上げられた豊原浩三郎の証言だけでは弱い。それにその土地は豊原の死んだ息子のものであり、相続した妻が表面は法律的に有効に中戸一家の不動産会社に譲渡した。

――朋子の身になにが起きたのか――味沢は、まず、彼女が言っていた越智茂吉の子飼いの部下である社会部のデスクに会ってみることにした。だが、羽代新報に電話してみると、彼は出社していない。明けか、それとも病気で欠んでいるのかと聞いても、いっこう要領を得ない。

ようやく自宅の住所を聞き出して訪ねていくと、浦川は憔悴しきった顔を出して、

「ああ、あなたが味沢さんですか、朋子さんからお噂は聞いておりましたよ」

「その件でうかがったのですが、朋子さんがあんな無惨なめにあったので、なんとか私

なりに犯人の輪郭だけでもつかもうと歩きまわっているのです。あの夜、社から帰宅途中、襲われた模様ですが、帰宅前に何かあったのでしょうか。彼女は、社を退けてから、家へ帰らず、どうやら私のアパートへ足を向けた様子なのです」

「クーデターが失敗したのですよ。あの夜、先代派が揃ったので、羽代川河川敷の不正記事を最終版の紙面に載せるべく、紙型までとったのですが、間際に大場側に知られてしまいました。私は、反社的な行為をとったかどで即刻デスクからおろされて自宅謹慎を命じられ、他の与した者もすべて処分をうけました。間もなく最後通牒が来るでしょう。朋子さんは、大場側の報復にあったのですよ」

「やっぱりそうだったのですか。すると彼女はあの夜、私にクーデターの失敗を報せに来ようとしたのですね。ちょうどあの日は一日出歩いていたものですから、彼女と連絡がつかなかったのです」

「いや朋子さんが退社した段階ではまだバレていなかったはずです。彼女が退社したのは午前二時ごろで、ゲラが局長をパスしたと聞いてからです」

「クーデターが発覚したのは、何時ごろですか」

「午前三時ごろだとおもいます。大組に大場派がいて、最終版の降版後に密告んだのです」

「すると、朋子さんを襲った犯人は、クーデターの報復ではありませんね」

「と言いますと？」

「解剖による死亡推定時刻も、午前二時から三時の間となっていますし、私が駆けつけたときも、まだ体温が残っていたほどでした。敵は午前三時ごろにクーデターを知って直ちに行動をおこしたとしても、彼女を襲うには時間が不足しています」

「なるほど、そういうことになりますね」

「朋子さんは、クーデターとは関係なく殺されたのではないでしょうか」

「するとだれがなぜ？」

「わかりません。浦川さんには同じ職場にいた仲間として彼女に怨みや特別の関心を寄せていた人間の心当たりはありませんか」

「同じ社といっても、部署がちがいましたからね。むしろ彼女のプライベートな生活なら、あなたのほうが詳しいでしょう」

浦川は、目に新聞記者らしい詮索の光を浮かべた。

「いや、私にもまったく見当がつきません。それに彼女の私生活に秘密があったとはおもえません」

味沢は、公表はされないが、解剖によって朋子が処女と認められたらしいことを、竹村の口ぶりから察していた。特に味沢と知り合ってからは、彼女は味沢一筋であった。彼はそのことに自信があった。

味沢と力を合わせて、父を非業の死に追いやり父の新聞社を乗っ取った大場一派に一矢を報いようとしていた彼女に、味沢に言えないような秘密などとうてい入り込む余裕はなかったはずである。

「味沢さん、クーデターと無関係と断定するのは、まだ早すぎるかもしれませんよ」

浦川が、ふとなにかに気がついたように言った。

「早すぎる？」

「そうです。朋子さんが、羽代川河川敷の不正を探っていたことは、敵の知るところだったのでしょう」

味沢はうなずいた。元々、羽代川河川敷の不正は、井崎照夫の保険金目的殺人容疑調査の副産物として浮かび上がったものである。

中戸一家が味沢を襲って来た。彼らはその時点ではまだ味沢と朋子が〝副産物〟を得たことを知らなかったはずであるが、その後、朋子が裏づけ調査をしたことから、知ったかもしれない。

あるいは、――味沢はもう一つの可能性があることに気がついた。敵は、味沢に保険金目的殺人の調査を止めさせようとして朋子を殺したのかもしれない。

河川敷の問題は保留するとしても、味沢と朋子が協力して、井崎明美の死体を探していた状況は、敵の知るところだったであろう。

朋子は新聞記者だけに恐い。まして父親の怨みがあるだけに、敵方にはうるさい存在にうつったかもしれない。そして朋子を襲った夜が、たまたま、クーデターの露顕した夜に重なってしまった。

ともあれ、浦川に会ったおかげで、朋子がクーデターの直接的な報復によって殺されたのではない状況がわかったのである。

3

「井崎、きさまなんという馬鹿なことをやってくれたんだ」

いきなり呼び出されて竹村からどなりつけられた井崎照夫は、自分がなんのことで怒られているのかわからず、茫として突っ立っていた。それが竹村の目には、とぼけているように見える。

「おれたちが庇うにも限界がある。今度は県警本部が出張って来てるんだ」

「竹村さん、いったい何のために県警が出て来たんです?」

井崎は、ようやく反問するきっかけをとらえた。

「とぼけるな!」

「いや、本当に、なにがなんだかさっぱりわかりません。私が何をしたっていうんですか」

「あんたも大した役者だね、それだけの役者がどうしてあんな馬鹿なことをやったんだ。今度は逃れようがないぞ」

「だからいったい私が何をやったので……」

「それをおれに言わせるのか。まさか越智朋子を殺すほど、おまえが血迷っていたとはおもわなかったぜ」

「な、なんだって、私が越智朋子を……!」

今度は、井崎が顔色を失った。

「いまさらとぼけてみせても遅いぞ」

「ま、待ってくれ！ 竹村さん、あんた本気でおれが越智朋子を殺ったとおもってるのか」

「ああ、本気も本気、大本気でおもってるね」

「冗談じゃないよ、おれは越智の娘を殺すほど馬鹿じゃない」

「おまえが殺らなければ、だれが殺ったというんだ。つい先日、おれはおまえに越智の娘と生命保険の外交野郎が組んで、おまえの細君の事故を嗅ぎまわっていると注意したばかりだ。越智の娘はおまえの逃れぬ証拠をつかんだんだろう。そこでその口を塞いだ。なにがおれに迷惑をかけないだ。殺しとなれば県警が出てくるのはわかりきっているだろう。こうやっておまえと会っているだけで、おれにしてみれば首をかけてるんだ」

「竹村さん、待ってくれ。おれは本当に殺ってない。信じてくれ。考えてもくれよ、越智朋子を殺ったところで、相棒というより肝腎の生命保険野郎がいるんだぜ。あの娘を殺したところでなんにもならない。おれはそんな馬鹿じゃない」

「口はなんとでも言えるからな、女を殺して保険屋に脅しをかけたんだろう」

「まいったなあ、おれは本当に殺ってないって。ここで殺しなんかやったら、せっかくの保険金がパアになっちゃうじゃないか」

「ふん、どうせ危い橋を渡って手に入れた金だろう。金を守るために、その橋をもう一本渡りついでに渡った」

「かんべんしてくださいよ、竹村さん。おれもあの殺しは新聞で読んだが、犯人は複数だというじゃないか。しかも輪姦(まわ)している。女は余ってる。おれがそんなことをやるはずがないだろう」

「あんたの下には餓(う)えた鉄砲玉がゴマンといるからね」

「竹村さんのほうこそ、少し逆上(のぼ)せてるんじゃないのか」

「何だと⁉」

「だってそうだろう。もしおれが犯人なら、女を強姦(つっこ)んで、逃れられぬ証拠を女の体の中に残してくるようなヘマはしない。子分にやらせるにしてもそうだ。とにかく六千万円がかかっているんだ。すぐ捕まるようなへマな殺し方はしないよ。竹村さんとは、ずいぶん長いつき合いになるが、これまでにそんなへマな仕事をしたことが一度でもあったかね」

「そ、それは……」

「あの殺しは、おれたちの仕業じゃない。少なくとも組の者じゃない。それは断言できるよ。鉄砲玉にも、いざというときに未練が残らないように、金と女は十分にあてがってあるんだ。一人の女を数人でまわすようなさもしい真似は絶対にしないよ」

「あんたらの仕業でなければ、いったいだれがやったとおもう」

竹村の初めの激昂はだいぶ鎮まってきた。井崎に言われて、彼を犯人とするには不自然な状況がわかってきたのである。

「さあ、それはおれにもわからないが、この町には女に餓えた若い野郎はいくらでもいるだろう。そっちの方面を当たってみたらどうですか」

「それは言われるまでもなくやってるよ。しかし、あんたの疑いを解いたわけじゃないぞ。当分はおとなしくしてるんだな」

「私はいつだっておとなしいですよ。善良なる市民の一人です」

## 4

越智朋子を失った味沢は、自分の精神の支柱を失った。この羽代に来たのも、彼女がいたからである。彼はいまや、羽代にいる意義も失った。つまり新しい土地で新しくスタートさせたつもりの人生の意義を、彼女の死とともに喪失したのである。

だが、味沢は当分羽代を離れないつもりであった。朋子と同時に、魂の支柱を失った彼は、彼女を犯し殺した犯人の追及を、当座の生きる支えにしたのである。

当面、容疑者として四つの線が考えられた。

一は、羽代川河川敷不正にからむ中戸一家と大場一族。

二は、保険金目的殺人の隠蔽（いんぺい）を図る井崎照夫。

三は、以前に朋子を襲い、味沢の介入で失敗した痴漢。

四は、流しの犯行、――である。

一は、羽代新報の社会部デスク浦川によって当面嫌疑の対象からはずされた。

二は、一より有力であるが、味沢に保険の調査を中止させるために朋子を殺したというのは、迂遠であり、危険が大きすぎる。

三は、最初、朋子を襲ったところを味沢に介入されて劣情の遂行を阻まれた痴漢が、阻止されたことによって劣情を強くして、隙を狙っていた可能性はある。一、二よりも有力な線であった。四は、三と同じくらいに有力であるが、捜査権と組織的な捜査力をもたない味沢が追及するには、雲をつかむように漠然としている。

味沢の手許に残された唯一の手がかりは茄子である。この茄子だけが犯人を知っている。茄子には朋子の怨みと被った屈辱が刻みつけられているのだ。

味沢は、腐らないように茄子を冷凍して保存し、しかるべき専門家を探していた。たまたま客の一人が、県都のF市にジャガイモの権威がいると教えてくれた。

「農林省の出先機関でね、農業技術研究所の室長だがね、主としてジャガイモの疾病の研究をしている先生でその方面では権威だそうだ。ジャガイモに限らず広く植物の病気も研究しているというから、きっと茄子についても詳しいとおもうよ。スキーが上手な先生でね、若いころ直滑降の選手だったそうだ。スキー場で知り合ったんだが、なんだったら紹介状を書いてやろうか」

前島というその客は親切に言ってくれた。

「ぜひおねがいします」

味沢は渡りに船とばかりに頼んだ。F市ならば、大場一族の影響が少ないので、その意味からも、願ったり叶ったりである。

「ただし、保険の勧誘はいけないよ」といちおう釘をさして、

「しかし保険屋のきみが茄子とは、おもしろいものに興味をもつねえ」

事情を知らない前島は、不思議そうに言った。


保険の外交員は、デスクに縛られずに飛び回れる。私用でも、仕事に託けられる。まして朋子殺しの犯人追及は、保険金詐欺につながるかもしれない。

味沢は、その足でF市へ飛んだ。あらかじめ約束を取ることもしなかった。無駄足を覚悟で、まず相手にぶつかってみようとおもったのである。

前島の紹介状が効いて、先方の酒田隆介博士は快く会ってくれた。差し出された名刺には、農業技術研究所植物病理部糸状菌第一研究室長、農学博士とある。五十前後の厚味のあるまだスキーのシーズンではないが、真っ黒に日灼けしている。

温厚な紳士である。

「前島さんのご紹介ですか。あの人ともしばらく会っていないが、お元気ですかな」

酒田博士は、味沢の突然の訪問に不快げな様子も見せずに磊落に話しかけてきた。こういうときのために味沢は、社名を入れない名刺をもっている。「保険」と聞いただけで拒絶反応をしめす人が多いからである。

「突然お邪魔いたしまして、ご無礼はお許しください。実は、先生のお力添えをいただ

きたいことがございまして」

味沢は初対面の挨拶(あいさつ)がすむと、単刀直入に切り出した。

「どんなことですかな」

「実はこれですが」

味沢は、プラスチックの容器の中に入れてきた茄子を、酒田博士の前に差し出した。

冷凍はすっかり解けている。

「この茄子がどうかしましたか」

博士は、不審の目を向けた。

「形はよく見かけるようですが、色艶(いろつや)がよくありません。病気になってるんじゃないかとおもうんです。もしそうだとしたらどんな病気か。その病気によってこの茄子の栽培された場所はどこか。そのようなことがわかるものであれば、ご教示にあずかりたいとおもいまして、失礼をかえりみず、参上いたしました」

「ほほう、この茄子のねえ」

酒田博士は、びっくりしたように、味沢の顔と茄子を半々に見比べながら、

「茄子の栽培をお仕事とされているのですか」

と問いかけてきた。

「いいえ、実は保険関係の仕事をしております」

「保険関係のお仕事の方が、茄子に……?」

博士の顔に好奇の色が浮かんだ。

「私の婚約者が犯されて殺されたのです」

「犯されて殺された」

博士は唖然とした。突然飛び出した、この研究所に最も縁遠い凶悪な猟奇的な言葉に、すぐに対応できなかったらしい。

味沢は、必要最小限に事情を話した。それを話さずには、博士の協力を取りつけられない。

「なるほど、そういうご事情がおありになったのですか」

聞き終ると、博士は長い息を吐いてから、

「しかし、そういうことであれば、茄子は警察に提出すべきではありませんかな」

と穏やかに諭すように言葉を追加した。

「ただいま申し上げましたように、私は羽代市の警察を信用しておりません。それに、私の婚約者を辱める道具に使った茄子を警察の情容赦のない観察の下におきたくなかったのです。この気持をわかっていただけませんでしょうか」

「なるほど」

博士はうなずいて、

「しかし、私も託された以上、容赦のない観察をしますよ」

「ぜひおねがいいたします。先生は警察のように彼女に対する先入観がありません」

「一つだけ確認しておきますが、もしかりにあなたが警察より先に犯人を突き止めたとしたらどうしますか」

酒田博士は味沢の面に眼を据えた。

「そのときは……」

味沢は、一呼吸おいてから、

「警察へ届け出ます」

と言った
「それでしたら、及ばずながら協力いたしましょう」

酒田博士の言葉に味沢は顔色を明るくした。やっぱり当たってみてよかったとおもった。


「それで先生、この茄子から、生育した場所を割り出せるでしょうか」

味沢は、すがりつくように聞いた。

「ある程度は可能です。植物に影響をあたえる原因は、まことに多種多様です。大きく分けて、まず非生物的原因として、土壌、気象、たとえば光の不足や、風雪雨雷などの害、農作業、たとえば農薬禍、工業、たとえば鉱毒、煙害、汚水、次に生物性原因として動植物、たとえばネズミ、ダニ、カビ、藻類の害、三番めにウイルスがあります。これらの原因が一つだけで影響をあたえる場合は、むしろ稀で、二つ以上の原因が複雑に重なっていることが多いのです。その総合的な影響をうけた植物から生育した土地を割り出すのは、複合した原因を完全に分析することが難しいだけに、かなり難事ではありますね」

「ずいぶんたくさんの原因があるものですね、その中で、土壌の及ぼす影響はいかがでしょう？」

味沢が知りたいのは茄子が来た土地だけである。

「それはなんといっても土壌は、植物が根を下ろして栄養を吸収する言葉どおりの地盤ですからね。土地の肥瘦は植物の生育に直接影響します。したがって植物の栄養状態からその生育した土地がある程度推測できます。植物の生育に欠かせない必須要素、その中でも肥料三要素と言われる窒素、リン酸、カリなどは植物が最も要求するもので、不足しがちな元素です。この他にもマグネシウム、ホウ素、鉄、マンガン、亜鉛、銅、モリブデンなどの欠乏症が畑で増えています。しかし、これらの要素は多すぎてもいけません。たとえばトマトの生育がどうも悪くて葉が黄色っぽいのは窒素欠乏ですが、硫安を追肥しすぎると、枝葉ばかり繁って、実が生りません」

「そのことから窒素の不足している土地か多い土地かわかるわけですね」

「そうです。植物の生育する土地に必要なある要素の過不足があると、当然、平常な代謝サイクルが乱れて、栄養障害が現われます。しかし、同じ食生活をしている同一家族でも、一人一人体格が異なるように、同一土地の植物の栄養障害だからといって、原因は単純ではありません。ちょっと推察しただけでも、肥料要素の不足、他の要素と量的に不均等、土壌の反応の不適当、土壌の物理的性質が悪い場合などが考えられるのです」

「そのう、土の物理的性質が悪いというのは、どういうことでしょう？」

「たとえば砂地で、肥料分が下の方へ逃げてしまって、肝腎の植物の根に留まらないような場合を言います」

「その土壌の条件の他に、先ほど先生がおっしゃった気象や動植物やウィルスなどの影響をうけるわけですね」

「そうです。まあ我々は、諸原因によって植物がうける影響を、病気と障害に分けておりますが」

「とおっしゃいますと？」

「たとえばジャガイモの葉が黒くなって枯れたり、キャベツが腐っていやな臭いを発するように植物が病原に対してしめした反応を病気と呼び、風で枝が折れたり、葉を虫に食われたりしたような場合は障害と言っています」

「それでは先生、この茄子はいかがでしょうか」

味沢は、ころ合い良しと見て、いよいよ質問の核心に入った。酒田博士は、ルーペで慎重に茄子を観察していたが、

「この茄子は、卵形小形種という品種ですね。一見したところ色艶は悪いが、特に病気はなさそうです。茄子は、果菜としては病害虫の少ないほうで、ニジュウヤホシテントウ

ウというジャガイモの害虫が移って来たり、ノミハムシという小さい甲虫が発生するくらいです。主たる病気としては、青枯病、立枯病、綿疫病、褐色円星病、褐紋病などがありますが、それらのいずれにも取りつかれていないようです」

「両側の色が偏頗なのはどういうわけでしょうか」

「これは明らかに茄子の着色異常ですね。茄子は、西瓜、トマト、メロンなどに次いで光飽和値の高い作物ですから、日照不足で生理障害をおこしたのです」

「光ほうわちと言いますと？」

味沢はまた耳なれない言葉が飛び出して来て面喰った。

「ああ、それはですね、光がそれ以上強くなっても光の養分を取り入れられない限界をしめす値のことです。これの低い作物は、光がどんなに多い場所にあっても、それを十分に利用できません。つまり、光飽和値の高い植物ほど光を好むわけです。この茄子は光が足りなかったのですね」

「それでは日陰に生育したということで……」

「いや日陰ということはないでしょう。両側の着色がアンバランスでしょう。これは側面だけに光が当たっていた証拠です」

「するとどういう場所が考えられるでしょうか」

「晴天時、夏の野外では十万ルックスを超える日があります。茄子の光飽和値は四万ルックスですから、野外に栽培されていれば、着色異常をおこすことはありません」

「とおっしゃいますと、野外ではないと……」

「たぶんね、ガラスやビニールの温室では、光を吸収したり、反射したりするので、室内の光量は六十から九十パーセントも減少します。被覆材が汚れていると、さらに減ってしまいます。このため日照不足の温室内では光飽和値以下になって、栽培植物におもわぬ生理障害をおこすことがあるのです」

「すると、この茄子は温室の中で栽培されて太陽光不足による着色異常をおこしたのでしょうか」

「そう考えてよろしいでしょう。しかもこれは温室の入口付近にあったものですね」

「どうしてそんなことがわかるのですか」

「片側がふつうの濃紫色を呈しているのに、反対側が白茶けているでしょう。これは入口付近に栽培されたので片側だけ自然光を浴びたのです。埼玉の園芸試験場で茄子の果実の着色と温室の被覆材の光の質との関係を調べたところ、三百六十から三百八十ミリミクロンの近紫外線の光の透過率が茄子の色の素になる果皮のアントシアン含量に大きな影響をあたえていることが明らかになりました。私は以前にもあるビニールハウスで栽培した茄子でこれとよく似た着色異常をおこしたものを見たことがあります」

「それはどんなビニールハウスですか」

「ポリエステル樹脂が主材料のガラス繊維強化板を用いたハウスで、近紫外線をほとんど透過しなかったのです」

「それと同じ様なハウスを探せばよいわけですね」味沢は気負い込んだ。

「いまはこの被覆材が紫外線を透過しないことがわかったので、この種のハウスは少ないはずですよ」

「ポリエステル樹脂を使った温室ですか」

味沢は、ようやく敵の尾を捉えたような気がした。

「一般に植物体がうけた影響は、同じ地域にある同一種類、あるいはべつの種類の植物を観察して原因を突き止めるのですが、茄子は一個しかないので、これから見当をつける以外にありません。これをもう少しお預りしてよろしいですか」

「はい、そのためにもってまいったのですから」

「あるいは目に見えない病気が潜んでいるかもしれません。植物の病気は、赤ん坊の病気に似ていましてね、自分で症状を訴えることができません。肉眼で見た後、顕微鏡で検べ、場合によっては病原菌の培養検査や理化学的検査や血清学的診断をしなければなりません」

「人間と同じですね」

「そうです、ほとんど変りません。それだけにあなたの婚約者にもお気の毒ですが、植物をそのような邪なことに使った犯人が憎いですね」

博士は、植物学者として、犯人に怒りをおぼえた様子であった。

# 過去から来る異能

## I

「お嬢さんのことでちょっとお話が」と味沢が頼子の担任教師から学校へ呼ばれたのは、越智朋子が殺されてから約一か月後であった。

教師から父兄に呼出しがかかるのは、尋常なことではない。まして頼子は普通の子ではない。学校生活に支障はなかったが、学校側には頼子が記憶の障害児であることは伝えてある。味沢はそのことでなにかトラブルが生じたのかと恐る恐る出頭すると、

「頼子君のおとうさんですね、お忙しいところをお呼び立ていたしまして」

「娘がいつもおせわになっております。つい仕事にかまけてごぶさたしてしまいまして。頼子が何か……？」

「いやこれはむしろ喜ぶべきことかもしれないのですが、どうも私一人の判断に余ることなので、おとうさんにご相談申し上げようとおもったのです」

教師は、やや当惑の表情で言った。

「喜ぶべきこと……と申しますと」

「最近、頼子君はお宅では変った様子はありませんか」

変ったといえば元々、変っている子であるが、朋子の危難を感じ取ったように、最近カンが鋭くなったことは確かである。味沢がそのことを伝えると、教師はやっぱりと言うようにうなずいて、

「頼子君は、最近お宅でよく勉強をしていますか」

「ご承知のように母親がいないので、私がいつも見ているわけではありませんが、まあ普通にやっているようですね」

「特に最近猛勉強するようになったということは？」

「さあ、そんな風にも見えませんが」

「そうですか」

教師はいちおううなずいて、あらかじめ用意しておいたらしい一束の紙片を味沢の前においた。

「これは？」

「頼子君のこの一年のテスト答案用紙です」

「頼子のテスト答案……」

「ごらんください。最近に至って非常に成績がよくなっているでしょう。特に、この一束は、最新の単元テストですが、六科目中、なんと満点が四つもあります。その他もすべて九十点以上です。各テストの平均点六十二点に比べるとこれは大変な上昇です。もちろんクラスでトップです。こちらの学校へ転入してきたころは最下位に近かったので

すから、信じられないような進歩ですね」

「トップですか！」

味沢もトップと聞いてびっくりした。カンは鋭くなったものの、相変らず過去が剝落したまま意識の表面にうすい膜が張られているような、わけのわからないところのある頼子である。普通の状態でも岩手県の超過疎地域の小学校から、F県最大の都会羽代の学校へ転入して来てかなりの学力の遅れは防げなかった。

味沢は、いっしょに生活していながら、頼子がどういう勉強をしてそのハンディを克服し、トップへ跳躍したのかわからない。

「私も正直言いまして、最初の答案を見たとき信じられませんでした。授業では特に最近進歩がいちじるしいようにも見えなかったものですから。むしろ授業中も自分の世界の中に閉じこもっていて、こちらが指さなければ、自分から発言したり、手を挙げたりすることはありませんでした」

「すると、カンニングでもしたので？」

「いえいえ、カンニングなんかしていませんよ。カンニングでは全科にわたってこれだけよい成績は取れません」

カンニングなら、教師が喜ぶべきことかもしれないとは言わなかったはずである。

「すると、どういうことなんでしょう」

「頼子君に聞いたところ、答えが見えるんだそうです」

「答えが見える？」

「ええ。問題をじっと見つめていると、その下に答えの文字が見えてくるというんです。それをそのまま写して書くと、たいてい当たっているというんですね」

「解答を暗記していたんでしょうか」

「まあ、そうとしか考えられませんが、かけた山がみんな当たるはずがありませんから、出題範囲を全部暗記したとすれば、凄い記憶力ですね。それに算数などは応用問題が出ますから、暗記力だけではどうにもなりません」

「…………」

「まあ、成績がよくなったのですから、喜ぶべきことで、わざわざお呼び立てしてご相談する必要もなかったのですが、最近、他にも気になることがありましたので」

「まだ、何かあったのですか」

教師の含みのある口調が気になった。

「月に一度お楽しみ会という、生徒主催のパーティをクラスで開いているのですが、そこで仲良しが五、六人ずつグループをつくって劇をやるのです。まあミニ学芸会ですね。各グループとも幕を開けるまで劇の内容を内緒にしていて、あっと驚かそうという趣向です。いまの子供は進んでいましてね、おとな顔負けの劇を考えだします。とにかく小学生がロッキード汚職を諷刺した寸劇なんかをやるんですから。ところが子供たちが頼子君がいると、お楽しみ会がシラケるといって爪はじきするのです」

「それはまたどうして？」

「劇のクライマックスやおもしろいところの直前に頼子君一人が拍手したり、笑ったりするのですよ。一呼吸遅れて、みんなが手を叩く。そんなことがつづくので、他の生徒たちがシラケてしまったのです」

「頼子が、劇の内容を知っていたのでしょうか」

「初めはみんなもそうおもったらしいのですが、各グループのプログラムは絶対秘密で外へ漏れるはずがないというのです。頼子君に聞いてみると、劇を見ているうちに、おもしろいところが先にわかってしまうというんですね」

「先にわかる！」

「昨日お気づきになったとおもいますが、午前十一時ごろ、体にぐらッと感じる程度の地震があったでしょう」

「そう言えばありましたね」

「そのときも、頼子君は、その少し前に机の下へ潜り込んだのです。ちょうど授業中だったので、私がどうしてそんなことをするのかと叱りますと、地震がくるというのです。先生はなにも感じていない、授業中にそんな隠れんぼうの真似なんかしてないで机の下から出なさいと言ってる最中にぐらりときたのです」

「頼子が地震を予知したのですか」

「そうです。クラスのどの生徒も感じないうちに、頼子君はそれを予知していたのです。

あの子には未来を感じ取る一種の異能、つまり超能力のようなものがあるんじゃないでしょうか。それも、最近になってその能力が異常に亢進してきたようにおもえるのです。過去の記憶に障害のあるお子さんとも聞いておりますので、そのこととも関係があるかもしれません。そこで、おとうさんにもご相談しておいたほうがよろしいかとおもいましてご足労いただいたのです。もし事実、そのような超能力があるとすれば、世間が変に騒ぎたてて、せっかくの素晴しい能力を変に歪めたりすることのないように、正しい方向へ育ててあげたいとおもいます」

担任教師の言葉を聞いているうちに、味沢は、はっとおもい当たったことがあった。

「先生、このテストはいつ行なわれたのですか」

「九月の中旬以降です」

それは越智朋子が殺された直後である。あの夜、頼子は、味沢には聞こえなかった朋子の救いを求める声を聞いた。あの夜から、頼子の異能は異常に亢進したのかもしれない。

「なにかお心当たりがありますか」

教師が、味沢の顔色の動きを敏感に見て取った。

「先生、あの子の異常能力は、記憶の障害と関係があるとお考えですか」

その質問の底には、味沢にとってもう一つ気がかりなことが含まれている。

「さあ、その点については、私も専門家でないのでなんとも申し上げられませんが、記憶喪失後に、その能力が亢進したのであれば、なんらかの関係があるかもしれませんね」

「先生、その逆の可能性は考えられないでしょうか」

「逆と申しますと？」

「失った記憶の補償としてカンが鋭くなったのではなく、記憶の回復がもたらした現象ではないかと……」

「頼子君の記憶が回復したのですか」

「はっきりとはわからないのですが、最近ちょっとそんな節が感じられるのです」

頼子は時々味沢の顔を凝視する。彼の顔に視線を当てながら、その奥にもう一つのべつの顔を探しているような目で見つめる。味沢が見つめ返すと、はっと我に返ったようになって、目をそらしてしまう。

「ああ、そう言えば……」

教師がなにかおもいだした顔をした。

「何か先生のほうでもお気づきのことがございましたか」

「それが記憶の回復している証拠かどうかわかりませんが、最近、目つきが変ったようです」

「目つきが？」

「以前には、授業中にも、焦点の放散した目で漠然と遠くの方を見ていましたが、このごろ一点を凝視するようになったのです。なにかをしきりにおもいだそうとしているかのように」

同じ目だとおもった。頼子は、味沢の顔からだれかをおもいだそうとしているのだ。

「それで学校では実際になにかをおもいだしたような素振りはありませんか」

「おもいだせば、なんとか言うでしょう。はっきりと記憶を回復したという素振りは、まだ見せませんね」

「徐々に記憶を回復しているのに、本人が黙っているというようなことはないでしょうか」

「どうして黙っているのですか。失われた過去を取り戻したら、ぱっと目が覚めたようになるんじゃありませんか。映画やテレビでもよくそんなシーンがあるでしょう。崖から落ちたり、頭を何かにぶつけたりしたはずみに、夢から覚めたように記憶を取り戻すという場面が。しかし徐々に回復してくる場合もあるんでしょうね、専門家ではないのでなんとも言えませんが」

だが味沢は、頼子が記憶を回復していながら、それを彼に隠している可能性を考えていた。

「そうだ。いまふとおもいだしたのですが、いい人がいますよ」

教師が言葉を追加した。

「いい人とおっしゃいますと」

「私の母校の大学の教授ですが、記憶の障害とカンの関係を研究している先生がいるのです。その先生に聞けば、あるいは、頼子君の超能力と記憶障害の関係がわかるかもしれません」

「そういう方がおられたのですか、それはぜひご紹介していただきたいですね」

味沢は、担任教師から一人の人物を教えてもらった。

味沢は頼子をこれまでとはべつの目で見るようになった。もしかすると、彼女は記憶を回復しているのかもしれない。回復していながら、依然として、障害が持続しているような演技をしている？　異能の亢進がその演技を露わした。

なぜ、そんなことをするのか？　それは、味沢に回復した事実を悟られると都合の悪いことがあるからだろう。その都合の悪いこととは何か？

味沢はそこまで自分の思考を追って背筋に冷寒をおぼえた。しかし十歳の少女に果してそんな演技ができるだろうか？　それはわからない。とにかく彼女は、普通の家庭の少女が絶対に経験しないような惨劇を通り抜けてきている。それが幼い無地の心をどのように歪めているかわからない。

味沢は、担任教師に呼ばれてから、頼子の目を感じるようになった。それは背中に張りついていたり、夜中、眠っている自分を密かに見下ろしていたりした。それに気づいて振りむくか目を開いてみても、頼子は無心に他の方角を見ているか、味沢のかたわらですやすやと健康な寝息をたてていた。

その朝、味沢と頼子はいっしょに家を出た。頼子の登校時間のほうがやや早いのであるが、その朝は、客の一人が早い時間を指定したので、二人は連れ立って出かける形になった。

頼子は、一見、味沢によくなついている。頼子の目の奥にもう一つの冷たい目があって、それがいつも自分を見つめていると感じたのは、味沢の疑心暗鬼のようであった。

味沢の話しかけにもよく答える。

「頼子はこのごろ成績が凄いな」

味沢はそれとなく触れた。デリケートな子供だから、下手に詮索すると心を閉ざされてしまう。

「うん、先生も驚いているよ」

頼子はほめられて嬉しいらしい。

「なにか秘密の勉強法でもあるのかい」

「秘密なんかないよ。試験の前に教科書や参考書をじっと見ておくと、答案用紙に答えが見えてくるの」

担任教師の言ったとおりであった。

「いいなあ、お義父さんはいくら本を読んでもなにも見えてこないよ」

「読むんじゃないわよ、見るんだよ」

「見る？」

「字をじっと見るんだよ。そうすると、その字が目の中に残っているよ。ほら、太陽なんか見たりすると、目の中にいつまでも残っているでしょ、ああいう風に字が残っているのよ」

「ああ、あれは残像というんだが、字の残像なんて初めて聞いたな」

「ざんぞう？」

「目の中に残る光さ。光だけでなく、明るい所でものを見ると物の形が目に残るだろう」

頼子は、味沢の話を聞いていなかった。二人は歩道を歩いていた。頼子の視線は、前方にひたと据えられている。

「頼子、何を見ているんだ？」

味沢は、彼女の視線の先が気になった。

「お義父さん、あのトラックのそばにいかないほうがいいよ」

十メートルほど先に十字路があり、折から赤信号で一台の大型トラックが最前列に停まっていた。

「トラックがどうかしたのかい」

妙なことを言うとおもいながらも、足を進めているので、たちまち十字路に近づく。

「そっちへ行っちゃだめ！」

頼子が味沢の手を強く引いた。

「だって十字路を渡らなければ、会社へ行けないよ」

「だめったら、だめ！」

幼い力だが、強く引かれたので、味沢の歩度が鈍った。その瞬間、信号が青になった。トラックは鎖を解かれた猛獣のように猛烈な勢いでダッシュすると、いきなり左折した。左折した勢いが強すぎて、ハンドルを切り返せない。そのまま歩道に乗り上げ、道端の石垣に激突した。

味沢がペースを落とさずに歩いていったら、トラックと石垣の間にはさまれて押し潰されるところであった。

トラックに削られた石垣の破片が身体をかすめたほどの至近距離であった。足がすくみ上がり、しばらくその場に茫然と突っ立ったまま、身動きできない。人がわらわらと駆けつけて来た。

「あなた、大丈夫ですか」

「ずいぶん無茶するやつだなあ。もう少し近づいていたらペッチャンコだ」

「救急車を呼べ。運転手が怪我をしてるぞ」

駆けつけて来た通行人や弥次馬が口々に叫んだ。最初のショックが去ると、全身から冷汗が噴き出した。

ともかく怪我がなかったので、後は駆けつけた人たちにまかせて味沢は先を急いだ。

こちらにはまったく落ち度はないのだから、乱暴運転の結果の面倒までみられない。危うく殺されかかったのだから、むしろ文句の一つも言いたいところであった。

「頼子、どうしてわかったんだい」

彼女と別れる四つ角に来てから、味沢は大切なことを聞き忘れていたのに気がついた。それだけ動転していたのである。

「見えたのよ」

「見えた、何が?」

「トラックが石垣にぶつかるところが」

「だっておまえ、おまえがお義父さんの手を引っ張ったときは、トラックはまだ停まっていたんだよ」

「だって見えたんだもの」

頼子は言い張った。

「すると、おまえは未来を……」

言いかけて、味沢は絶句した。頼子はまぎれもなく未来の危険を事前に察知したのである。

「じゃあお義父さんバイバイ。なるべく早く帰って来てね」

頼子は別れ道に立って、味沢に無邪気に笑いかけた。味沢はそのときはっきりと見た。笑顔の中から少しも笑っていない目が一直線に自分に向けられているのを。

ともかく頼子の異能のおかげで生命を救われた味沢は、その日の夕方、彼女の異能の有難味を改めて知らされることになった。

その日の各紙夕刊はトラックの暴走事故を報じた。怪我人は運転手だけなので、いずれの新聞も扱いは小さかったが、味沢は、その記事に凝然として目を吸いつけられた。暴走トラックは、平安興業のものだった。平安興業は、中戸一家のトンネル会社で、羽代川河川敷の買占めを正面に立って進めている会社である。

――やつら、いよいよおれに手をのばしてきた――

味沢は、身体の芯から悪寒が這い上がってくるのをおぼえた。

いや、凶手は前から伸びていた。これまでは、味沢の干渉を止めさせるための脅しであったが、ついにはっきりと抹殺の意志をしめしたのである。

頼子のおかげで、ともかく攻撃の第一波は躱せた。だが、敵がこれであきらめるとはおもえない。

第一次攻撃が失敗したので、ますます襲撃は苛烈に、執拗になってくるにちがいない。

しかし敵がこのように明らかに凶悪な意志を剝き出しにしたということは、やはり、朋子殺しは、大場の線からであろうか？

どちらにしても大場は、はっきりと味沢に対して宣戦布告をしてきた。完全な大場体制下の羽代で、大場から手袋を投げつけられては、とうてい勝ち目はない。大場側の第一次攻撃を見ても、その巧妙さがわかる。もし、味沢があの仕掛けにはまっていたら、だれの目にも交通事故に映じる。そしてそれを調べる警察は、大場の私兵のようなものだ。事故と認定するのに、なんの妨げもあるまい。

味沢は重大な判断の岐路に立たされた。越智朋子も死んだ。これ以上、生命を賭けて、羽代に留まる理由はない。井崎照夫の保険金目的殺人容疑の調査にしても、もともと味沢が言いだしてはじめたことであって、会社は初めから乗り気ではなかった。そんな調査を途中で止めても、いっこうに不都合はない。自分一人が社会悪や不正と戦うなどと強がるのは所詮稚いヒロイズムにすぎない。

逃げ出すなら、いまのうちだ。どうする？　味沢は自問した。彼の瞼に、朋子の無惨な死にざまが浮かび上がった。彼女を殺した犯人をそのままにして、尾を巻いてこそこそ逃げ出すのか？　井崎明美殺しも、羽代川河川敷の不正も中途半端のままにして弱気と妥協し、小さな保身の中へ逃避しようというのか。

それはたしかに安全であり、生命を脅かす者はいなくなるだろう。大場も、抵抗の姿勢を捨てて、その王国から逃げ出した者を追いかけては来まい。

だが、無条件降伏をして得た安全は、捕虜の安全ではないのか。大場の捕虜ではなく、人生の捕虜だ。大場の影響下から逃れてどこへ行こうと、怖気と妥協して得た安全は、卑怯のレッテルを貼られて、人生の捕虜として一生鎖につながれる。

味沢がいずれとも判断をつけかねているとき、F市から彼宛に一本の電話がきた。

「やあ、味沢さんですか。例のお預りしている茄子についてまた新しいことがわかりましたので、いちおうご連絡いたします」

受話器から聞きおぼえのある温厚な声が話しかけてきた。農業技術研究所の酒田博士であった。

「これはわざわざ恐縮です」

味沢は、頼子の異能問題とトラック暴走事件に気を取られて、自分から依頼しておきながら、茄子の件をすっかり忘れていたのである。

「あの茄子を後で詳しく調べましたところ、新たな付着物が見つかったのです」

「新たな付着物が？」

「そうです。一つは微小なアブラムシですがね」

「アブラムシは、植物によく寄生するんでしょう」

「アブラムシは各種植物から栄養を摂取し、植物ウイルスを媒介します。しかしこの茄子はべつにウイルスには感染していませんでした。ただアブラムシといっしょにべつの物質が付着しておりましてね」

「それは何ですか」

「シュウ酸ナトリウムと重曹と黒色火薬です」

「それは化学肥料ですか」

「いや化学肥料ではありません。もともとシュウ酸は塩の形で植物中にきわめて広く分布しております。特にナトリウム塩はオカヒジキ、マツナ属中に含まれています。しかし茄子に発見されたシュウ酸ナトリウムや重曹は、分離されて付着していたのです。しかもアブラムシの体にもそれが大量についていました。むしろまみれているという感じでしたね」

「それはいったいどういうことなのでしょう?」

「畑に翔んで来る有翅、つまり羽のあるアブラムシは、黄色に引きつけられるという性質をもっております。この好黄色性を利用して、黄色水盤によってアブラムシを捕える方法も研究されています。ところでこれは私の専門外ですが、ナトリウムは空気中で黄色の炎を発して燃え、過酸化ナトリウムに変化します」

「すると空中で燃えるナトリウムを目指してアブラムシは翔んで行き、この茄子に落ちたというのですか」

「黒色火薬と結びついて大いに可能性はありますね。炎の中に突っ込めば、それこそ言葉どおりの飛んで火に入る夏の虫ですが、炎に飛び込む前に、飛翔力を失い、茄子の上に落ちたのでしょう」

「ナトリウムや黒色火薬が空中で燃えるのは、どんな場合でしょうか」

「私も専門外のことですぐにはわからなかったのですが、その方面の専門家に聞いたところ、シュウ酸ナトリウムと重曹は花火の発色用に、黒色火薬は花火の割薬に利用されはないがこの地方では最も規模の大きなものとして有名ですね」
「たしか羽代の花火大会といえば、例年八月下旬に行なわれますな。私は見物したこと
るそうです」

酒田博士の言うとおり、羽代の花火は、この地方の夏の最大の行事として伝統があり、当夜は近隣県だけでなく、東京方面からも見物客が十数万人も押しかける。それが今年は八月三十日に開かれた。
「すると先生、この茄子は花火の打上げ点の近くにあったというわけですか」
「打上げ花火ならば、火薬材料がかなり広範囲に飛散するでしょうが、ビニールハウスの中の一個の茄子に密度濃く付着するということはないでしょう。仕掛花火の材料が一部不発のまま周辺に飛び散れば、近くの作物にかたまって振りかかることも考えられます。まあこのナトリウム塩が、花火の材料とは断定できませんが、アブラムシとにらみ合わせて、その可能性を考えてみたのです。アブラムシは夜間あまり行動しません。時ならぬ花火に昼間と錯覚し、黄色い炎に惹かれて飛び立ったのか、あるいは、昼間から花火は上がっていたのかもしれません。いずれにしても、花火の打上げ基地付近のビニールハウスを探せば、茄子の来た場所がわかるかもしれません。そうおもってご一報したのです」

酒田博士の言葉を聞いているうちに味沢は動揺していた自分の心がしだいに固まって

くるのを感じた。

## 3

柿の木村大量殺人事件の捜査本部は、細々と維持されていた。当初は未曾有の大量殺害とあって県警本部も多数の人間を投入し、熱っぽい捜査の姿勢を見せたが、徒らに時間ばかりが経過して、いっこうにはかばかしい進捗を見せない捜査に、少しずつ人員を抜き取り、いまや捜査本部は息も絶えだえの形骸になったと言ってよかった。

だが、完全な骸にはなりきっていない。細々ながら、執拗に生きていることも確かであった。

その生きている部分の中核に北野刑事がいた。彼は捜査本部が設置された当初の大陣容が大幅に縮小された中で、専従捜査員として残された。それは彼がこの捜査にしめした並々ならぬ情熱を認められたせいでもある。

北野は、容疑線上に浮かんだ味沢岳史に、執拗な監視の目を光らせていた。

これは忍耐の捜査であった。完全犯罪の成功者も長い時間の経過のあとには必ず心身の構えを解くときがくる。犯行そのものにはミスはない。だがその後、時間の経過によって、犯人が犯行と切り放されたと安心した時期に、油断から表出する犯罪の証拠、つまり犯人でなければ為さないような言動をつかむのである。

仕掛けた網の中に獲物が入って来るのをじっと待つ。それはこちらの気配をぴくりとも相手に悟らせてはならない。追跡の足音が絶えたと安心した犯人自らの動きの中に、完全犯罪の破綻をつかもうとする捜査は、年が単位になる張り込みと言ってよかった。

味沢は監視されているとも知らずに独自の動きをはじめていた。越智朋子に近づき、どうやら彼女の歓心をつかんだとおもったら、羽代市域で発生した交通事故を協力して調べはじめた。その調べから発展して、羽代川の河童流れ付近を嗅ぎまわっている模様であったが、そのうちに越智朋子が何者かに殺害されてしまった。

当初、北野はしまったと唇を噛んだ。彼はてっきり味沢が犯人だとおもったのである。味沢が朋子に接近したのも、その姉、越智美佐子殺しになんらかの関連があるとにらんでいた。だがまさか朋子まで殺そうとはおもっていなかった。

彼らは、愛し合っているように見えたのである。味沢が犯人なら、なんのために朋子を殺したのか？　姉殺害の証拠を妹に握られたのか？　しかし朋子に近づいたのは味沢のほうである。彼が近づきさえしなければ、味沢の存在は朋子に知られなかったはずだ。自ら姿を晒して、犯人であることを知らせたうえで、被害者の妹を新たに消すというのもまことに奇っ怪である。

北野は、迷い当惑した。朋子殺しは羽代署の管轄で、北野は口を出せない。もし味沢が朋子殺しの容疑線上に浮かべば、北野も合同捜査の形で参加できる。だが、北野はあえて後方に身を潜めて、羽代署の捜査の行方をじっと見まもっていた。心のどこかに羽代署に対する拭い難い不信があった。羽代署には胡散臭いところがある。待ち伏せの網を仕掛けている間にその臭いは、濃くなる一方である。

いまや、北野は、羽代署をも網に引き込む獲物に数えていた。彼らにこちらの気配を悟らせてはならない。

幸か不幸か、味沢は朋子殺しの嫌疑の対象からはずされた。そのこと自体に羽代署のミスは感じられなかった。羽代署はどうやら味沢を敵視している様子である。羽代署としては、味沢を犯人にでっち上げたいところだったかもしれない。

だが殺人事件の捜査となれば、県警もからんでくる。羽代署の恣意は通らない。いちおう容疑の晴れた味沢は奇妙な動きをはじめた。彼自身が朋子殺しの犯人を探しはじめた様子である。

一つの殺人事件の容疑者が、べつの殺人事件に巻き込まれて、その犯人探しをするというのは珍しい。北野の経験にもなかった。

味沢はカモフラージュではなく、本気で犯人を追っているらしい。だいいち味沢は、自分自身が北野の追跡をうけているという認識がないはずである。するとカモフラージュする必要がない。

北野は、味沢の歩いたあとを忠実にたどっていた。羽代新報の浦川に会い、朋子と味沢が、中戸一家幹部の保険金目的殺人の疑いの調べから、羽代川河川敷の不正を嗅ぎ出した事実や、F市の農業技術研究所の酒田博士から「花火の基地近くのビニールハウスから来た茄子」の存在なども教えられた。北野の仕掛けた網に、予想もしなかった大獲物が引っかかろうとしていた。

彼らは、北野が羽代署の刑事でないと知って好意的に協力してくれた。奇妙な心理の倒錯であるが、長期間、監視していると、その対象に感情移入が行なわれる。

風道の残虐な殺人事件の犯人に対する憎しみは、少しも消えていないが、それだけにマークした容疑者は「自分の獲物」という意識が強くなる。自分の手でしっかりととらえるまでは、第三者の介入を許したくない。味沢を敵視している中戸一家や、羽代署、つまりは羽代の大場体制から守ってやりたい気持になっていた。

その気持が、素直に浦川や酒田博士に伝わったので、味沢に好意的な彼らが、警察官の北野に協力してくれたのであろう。

ともあれ、しばらく鳴りをひそめていた味沢が、ようやく活発に動きはじめた。彼の朋子殺しの犯人追跡が、北野の本命事件にどうつながるか、いまのところわからない。だが静止しているときにはない局面の展開があることは確かである。

羽代での捜査の経緯は、逐一、村長警部に報告されていた。担当殺人事件の捜査が、他県警管轄の事件に関わり合ってくるケースは珍しくないが、警察自体の腐敗につながってくるとなると、扱いが難しくなる。村長も慎重な構えをとった。

いまや羽代署と中戸一家の癒着は、明白である。羽代署は中戸一家の背後にいる大場一成の雇兵と言ってよいくらいだ。

だが警察内部の不祥事は、警察庁でも部外秘として処理され、発生件数なども表沙汰（おもてざた）

にされない。F県下における大場の影響は大きい。F県警でも警察内部のお目付け役「監察官」をおいている。だが監察官室長は警視を一時的に警視正に格上げしただけである。室長が署長となって転任すると、また警視に逆戻りさせた。これは県警自体が監察官制度をさして重要視していない証拠と言えた。

また監察官が調査して、同僚の不祥事を突き止めても、よほどの不正でも犯していないかぎり、その処置はきわめて寛大である。監察は同僚が同僚を監視する、「内部スパイ」として、警察内部でも白眼視されやすい。徹底的に監察すれば、総すかんを食ってしまう。こんな素地の上にできている監察室だから、「もみ消し室」と酷評されるほどである。

もともと警察内部の不祥事は、難しい問題をかかえているだけに、他県警となると、これはお手上げに近い。

「これはややこしいごとぬなったなあ」

村長警部は、頭をかかえた。

「これは私の推測ですが、味沢は井崎明美の交通事故に疑惑を抱き、その死体を探している間に、羽代川河川敷の不正を嗅ぎ出した模様であります。そのことは近くの農民豊原浩三郎からもうらづけが取れました。ということは井崎明美の死体が、羽代川の河童流れの近くに隠されているという間接の証拠になります」

「すかすだな、井崎明美の死体ば引っ張り出すたところで、こっつの事件さつながらねえべ？」

「直接はつながりません。しかし、越智朋子は羽代川河川敷の不正を新聞で暴こうとして殺されたと私はおもいます。すると、犯人を一人で追及する味沢は、大場一派にとって非常にうるさい存在になるとはおもいませんか。もともと彼は不正を嗅ぎつけた張本人で、朋子のパートナーだったのです」

「大場が、味沢をどうがするというのがね」

「現に、しかけていますよ」

「えっ、もうなんがすたのがね」

「平安興業という中戸一家のトンネル会社のトラックが、味沢を交通事故に見せかけて轢殺しようとしたのです。味沢が一瞬早く気がついて、危うく難を逃れましたが」

「それはたすかに大場の意志が働いでいだのがね」

「確認はできませんが、周囲の状況と照らし合わせて、大場の意志があったと考えてもさしつかえありませんね」

「こりゃあえれえごったな」

「最初が失敗したので、第二次第三次としかけてくるでしょう。大場や中戸一家と癒着している羽代署に、味沢の保護など求められません。むしろ羽代署が先頭に立って、味沢を消したいところでしょうね」

「どうすたらよがんべ？」

担当殺人事件の本命容疑者を泳がせている間に他県所轄署の殺人事件と、警察がらみの不祥事に今度は被害者の形で巻き込まれ、そちらの警察から消されかかるというケースは前代未聞であろう。ここで味沢を抹殺されたら、これまでの長い間息を潜めるようにして待ち伏せした意味がまったくなくなってしまう。普通の場合ならば、先方の所轄署と合同捜査態勢を敷けるところであるが、所轄署が敵方に与しているので、うっかりした動きは取れない。

村長ほどのベテランもさすがに、困惑の体であった。

「待った甲斐あって、味沢はようやく泳ぎだしたところです。味沢を泳がせつづけている間に越智美佐子とのつながりが必ずはっきりするはずです」

「その間に大場に消されじまったら、なんにもならねえべ？」

「だから、我々が守ってやったらどうでしょう」

「守る⁉ 味沢をがね」

「そうです。他に方法がありますか」

「警察が容疑者を他の警察から守るっつうのは、前代未聞だべな」

「それもかげながらです。我々が動いていることを味沢に知られたら、待ち伏せの意味がなくなりますからね。もちろん羽代署にも知らせられません」

「すかす守りきれるがね。そったらに人数は出せねえよ」

「もちろん、大勢でいったら、悟られてしまいます。私一人でやるつもりです」

「できるがね」

「とにかくやってみる以外にありません。まあ羽代署としても、朋子殺しの捜査は、県警からも来ているので、あまりえげつない真似はできないでしょう。味沢に手を貸してやって羽代川河川敷不正を暴いてやるのもいいでしょう」

「あんまり本命の捜査から逸脱しねえようにしてけろ」

「いや、それは徹底的にやるべきですな」

横の方から声が入った。佐竹刑事である。一同の視線が佐竹に集まった。

「もし羽代川の堤防から井崎明美とかいうホステスの死体が出れば、天下の耳目はそこに集まります。羽代新報の先代社長派のデスクは、越智朋子から渡されたネタをまだ握っているのでしょう。いまの状態では、そのネタは弱いが、ホステスの死体発見と呼応して、ネタをよその新聞に流せば、必ず飛びついてくる。説得力もある。河川敷の不正が明らかになれば、朋子殺しの犯人もおのずから割れてくるでしょう。味沢は、羽代の英雄になる。そこが我々の付け目ですな」

佐竹は例の三白眼でみんなを見回した。

「少し回り道すぎねべが」

村長がやんわりと反駁した。

「北野君の言葉ですが、北野君一人で味沢を守り通せるとは考えられません。こちらから大量のガードマンを送り込むことも、事実上不可能です。しかしここで羽代川からホステスの死体を出して、世間の耳目をそこに集めてしまえば、敵は味沢を消すどころではなくなるでしょう。また、味沢を消そうというのは、羽代川の不正をもみ消すのが目的でしょうから、それが露見しかけてから、彼を消しても意味がありません。我々の捜査には直接関係ありませんが、この際、そうすることが、味沢を守る最良の方法だと考えます」

「なあるほどなあ」

村長は感心したようにうなずいてから、

「そったらに簡単ぬホステスの死体が見つかるべが」

「それについて、一ついい方法がありますよ」

佐竹はニヤリと笑った。

「どったら方法だべ？」

村長はじめ全員の視線が佐竹に集まった。

「我々の手で羽代川の堤防を探すのです。死体を隠したとすれば、井崎明美が行方不明になった前後に行なわれた工事区分でしょう。そこを重点的に穿(ほじく)ってみるんですよ」

佐竹はなんでもないことのように言った。

「穿ってみるっておめえ……」

村長が口をあんぐりと開けた。びっくりしてあとの言葉がつづかないといった表情である。

こちらの管轄区域ならばともかく、他県警察の管内を、まったく関係ない別件の容疑で勝手に穿りまわれるものではない。

「こちらの事件のつながりのように装うのです」

佐竹は村長の疑問に答えるように言葉を追加した。

「すかすだな、捜索するんだば、令状取らねばならねえべ」

捜査のための強制処分として捜索、検証するためには、裁判官の発する令状を必要とする。

　これらの令状は、人権に重大な関わりのあるものであるから、犯罪捜査のために必要であり、被疑者が罪を犯したと思料すべき事情が存し、被疑者以外の者の身体、物、または住宅その他の場所についての捜索は、押収すべき物の存在を認めるに足りる状況のある場合にかぎってできる等と、厳しい条件がつけられている。また捜索、検証すべき対象はなるべく具体的に特定することが望ましいとされている。

　しかし、井崎明美の死体が羽代川堤防に隠されているという推測は、味沢岳史の行動から導き出したにすぎず、かりにその場に死体があったとしても、彼らの捜査にまったく関係ない。これでは管轄区域内でも令状は下りない。

「令状なんか要りません」

佐竹はこともなげに答えた。

「令状が要らねえって！」

村長が目を剝いた。

「これまでにも令状なしで、捜索や検証をやったことはあるでしょう」

「そりゃあまあ、山ん中とか荒れ地をあっちこっち捜索すっときは令状のねえごどもあるんべえが……」

最近は、殺して埋めたり、ばらばらにして捨てる「死体隠蔽事件」が激増している。「死体なき殺人事件」は成立しない。被害者の死体発見が犯人検挙の最大のポイントとなるので、警察庁では捜査強化月間をもうけて、各都道府県警はそれぞれ専従捜査班を編成し、現在殺されている疑いの強い行方不明者を徹底的に捜査していた。

「ちょうどいまが〝行方不明者発見捜査強化月間〟にあたっています。うちの管内にも何人か殺されたまま行方不明になった恐れの強い者がいます。それに引っかけて探すのですよ。たしか山梨県警では、暴力団に殺された保険屋の遺体発掘のために有料道路を壊したことがあったでしょう」

「だども、おらほの管内じゃねがべ」

「容疑者が、羽代川堤防に埋めたと吐いたことにすればいいじゃないですか」

「そったら容疑者はいねえべ」

「いなけりゃ作るのです」

「作るだってえ」

村長がまた目を剝いた。

「そうです。ホシの口車に乗せられて何度も空振り捜索をしたり、ホシ自身が埋めた場所を忘れてしまって特定できない場合があるでしょう。そんなときいちいち令状取っていたら、仕事にならない。そんなホシを架空に作って、捜しに行けば羽代署じゃ令状見せろなんて絶対に言いませんよ。羽代署にはこちらの捜査内容なんかわかりゃしません。共助捜査の建前から拒否もできない。裁判官自らが公判期日に行なう検証なら令状もいりません。我々はその補助役ということになります」

「やったら荒っぽいやり方だな」

「それにうまくすると、捜索する必要もなくなるかもしれませんよ」

「そりゃどういうわけだね？」

「もし羽代署が井崎と気脈を通じていれば、――その可能性は大いにありますが――羽代川堤防からホステスの死体が出てくれれば、面目を失墜します。事故証明を出しているから、面目失墜どころか、共謀と見られるかもしれない。つまり羽代署としては、井崎明美の死体が堤防から現われてはまことに具合が悪い。犯人に連絡して、我々の捜索前に死体をどこかへ移そうとするでしょう。そこを押えれば……」

「なあるほど、その可能性は大いにあるべ」

　村長が膝を打った。

「これで死体が出てきたら儲け物ですよ」

「その手で行くべえか」

村長は、ついに折れた。

井崎明美の行方不明になった五月二十三日前後に行なわれた羽代川堤防工事区分が密(ひそ)かに調べられた。すでに、味沢が動きまわっていた河童流れ付近と当たりがついているので、この調べはその確認作業である。

捜索場所の目星をつけたところで、羽代署に対して「貴管内の羽代川堤防水窪大字砂畑付近に殺人事件の被害者になっている恐れの強い遺体が埋められている可能性が強いので捜索したい」旨の申し入れをした。羽代署は、他県警からのいわゆる〝挨拶〟ぐらいに考えていた。まさか「柿の木村大量殺人事件」の捜査本部が井崎明美の死体探しに来たとは、夢にもおもっていない。

それに羽代署では、井崎明美はオイラン淵に車ごと転落して死んだと信じていた。だがここに愕然(がくぜん)として顔色を失った者がいた。羽代署の捜査課長竹村警部は、直ちに部下の宇野刑事を呼んだ。

「きみ、えらいことになったぞ」

「しかし、井崎がまさかあそこに……」

「いや、この間、河童流れを捜索してみようかとカマシたときの井崎の反応を見たろう。やつはあそこに必ず弱みがあるよ」

「そうだとすると、まずいことになりますね」

「まずい、大いにまずい。もし向うの連中に井崎の細君の死体でも掘り出されてみろ。事故証明を出したおれの立場はなくなる」

「なんとか捜索を阻止できませんか」

「それは無理だよ。行方不明の死体が埋まっている可能性があると言われてはね。ましていまは捜査強化月間だ」

「しかしまたなんだってあんな所に埋めたんでしょうね。別件の二つの死体が、たまたま同じ場所に埋められたなんて、前代未聞だ」

「いまさらそんなこと言ったってはじまらないよ」

「堤防を壊すとなると、大がかりになります」

「死体が埋められているとすれば、堤防だろうと道路だろうと壊さなければなるまい。なんでも、先様のホシは堤防工事の前に埋めたんだそうだよ」

「当然、そういうことでしょうね。それでどうしましょう？」

「こうなったら、おれたちの首がかかってくる。井崎に死体を移動させる以外にあるまい」

「やっこさん本当にあそこに女房を埋めたんでしょうか」

「とにかくやっこさんにあそこが捜索されることを教えてやらなければなるまい。もしやつがあそこに死体を隠していれば、捜索がはじまる前になんとか手を打つだろう」

「いつ捜索がはじまるんです？」

「明日にもはじめるような口ぶりだったよ」

「それじゃあ急がなければ」

二人は足許(あしもと)に火がついたのを感じた。


井崎照夫は竹村から話を聞いて仰天した。

「ど、どうして岩手県の警察が羽代川の堤防なんかを掘りおこすんですか」

「だから、死体捜索のためだと言ったろう。向うで捕まった犯人(ホシ)が、あそこに被害者を埋めたと自供したんだそうだ」

「いくら自供したからといって、こちらの警察の縄張りをよその土地の警察が捜しまわれるのですか」

「捜せるよ。担当警察が事件を全部処理する。我々は共助するにすぎない」

「あの堤防は巨額の金をかけて築いたばかりです。それを黙って壊させるんですか」

「死体が埋まっていると言われてはね。一体の発見に、一千万円以上かけることもある」

「そんなことは先方の一方的な言い分だ」

「井崎！」

竹村の鋭い声が笞(むち)のように飛んだ。井崎が身体をすくめた。

「おまえ、どうしてそんなに羽代川堤防が捜索されるのを嫌がるんだ」

井崎は唇を嚙んだ。

「やっぱりおまえ女房を殺したな」

「いや、私は……べつに」

「この期におよんでとぼけても無駄だ。それより岩手の連中に尻尾をつかまれないように、早いこと手を打て。やつら明日にも捜索をはじめるぞ。掘りおこした痕はわからないように、元どおりになおすんだ」

「竹村さん、見逃してくれるんですか」

「おれはなにも知らない。ただおまえの女房が事故証明のとおりに死んだと信じているだけだ」

「すまない。この恩は忘れないよ。竹村さんには迷惑をかけない」

「もう十分迷惑をうけている。さあ早く行け。失う時間は一分もないんだ。ただし目立たないようにやれよ」

竹村は、井崎を追いたてながらも、黒い積乱雲のように発達してくる不安を抑えられなかった。このことが取り返しのつかない破綻につながりそうな気配を動物的な直感で感じ取っていたのである。

4

月のない暗い夜であった。川面を渡って来る風が冷たい。山国の羽代の秋は早い。冷たい風には凶器のような鋭さがある。時刻は午前二時をすぎている。遠方の疎らな人家の灯もすべて消えて、水声だけが塗りつぶしたような闇の中に高く聞こえる。

その闇に同化したようないくつかの人影があった。彼らは気配を消したまま、闇が落ちてからの長い時間をじっと待っていた。

張り込みには馴れている。寒さにも鍛えられていた。だが今夜の張り込みはどうもいままでと勝手がちがった。たとえ獲物が引っかかったとしても、彼らの担当事件にはなんの関係ももたない。本命の獲物を守るために、その獲物の敵を引っかけようというのであるから、捜査員たちも待っている間に、ふと自分がいま何を待っているのかわからなくなりかけた。

「やつら、本当に来るのだろうか?」

闇の底で一人がささやいた。

「やつらが動くとすれば今夜だね。明日から捜索を開始すると、羽代署に通告したんだから」

もう一人の声が答えた。

「しかし、羽代署と中戸一家が癒着しているとしても、警察が殺しの片棒をかつぐだろうかね」

「今夜来なければ、我々が明日捜すことになるさ」

「それにしても、別件のヤマに首を突っ込みすぎてるんじゃないかな」

　捜査員の押し殺した声はうんざりしていた。

「しかたがないさ、そのように決まったんだから。それにしてもどうせ出るんなら、早く出てくれないかな」

　一人が水っ洟をすすり上げた。そのとき遠方から忍びやかなエンジンの音が近づいて来た。

「おい、車が来るぞ」

「やつらかな」

「わからない。様子を見よう」

　捜査員は緊張して、闇のかなたから近づいて来た一台の車の方に目を凝らした。それは一台の小型トラックであった。堤防上の道を、アクセルを絞ってゆっくりと走って来たトラックは、捜査員たちが潜んでいる草むらの少し手前に停まった。ライトを消すと、運転席から二個の人影が降り立った。

「よしこのあたりだ」

　人影の一方がささやいた。声を殺しているが、静かなのでよく聞こえる。

「コンクリートをうまく剝がせるかしら？」

　もう一方が聞く。その声と影の輪郭から推して一人は女らしい。

「大丈夫だ。昼間のうちに腐蝕剤をたっぷり流し込んでおいたから、砂のように脆くなっているよ。それより掘り返した跡を元通りにしておくのが大変だ」

「初めからこんなことになるような気がしたのよ。だから私、殺すのには反対だったのよ」

「いまさらそんなこと言ったってはじまらない。他に方法はなかったんだ。大丈夫だよ、死体さえ移しちまえば。もともと別件で捜索に来たんだから」

男は、女をしきりになだめている気配である。二人は、堤の斜面を下り、増水時には水面下になる、〝表小段〟と呼ばれる堤防の中腹にあるテラスに立った。

「私、恐いわ」

「あとはおれが一人でやる。きみは堤の上で見張っていてくれ」

男と女は分かれて、男の影が表小段の一角をツルハシで掘りはじめた。間もなく目ざす物体を掘り当てたらしい。

男の影がツルハシをおいて地上にうずくまった。

「よし、今だ！」

草むらの中で佐竹が言った。息を殺して身を潜めていた捜査員が弾かれたように立ち上がり、ライトの光束を人影の方へ浴びせた。

「そこで何をしている⁉」

北野の声が矢のように射込まれた。突然、闇の遮蔽を取り除けられ、数条のライトの中心に引き据えられて、男はあっとうめいたまま立ちすくんだ。

まったく張り込みを予期していなかったので、茫然として咄嗟に逃げようとする気もおきないらしい。その間に、張り込みの一手は、トラックの退路をふさいでいた。

「咲枝、逃げろ！」

と男がパートナーに声をかけたときは、すでに遅かった。

井崎照夫と奈良岡咲枝は、井崎明美の死体を羽代川の堤防から掘り出したところを、岩手県警の張込班に押えられた。もはや言い逃れはきかなかった。

井崎は、かたくなに黙秘していたが、奈良岡咲枝のほうが自供した。それによると、彼らが結婚するために井崎明美が邪魔になったので、生命保険をかけて色と欲との二股かけた殺人を計画し実行したということである。

「最初は、車といっしょにオイラン淵に落とすつもりだったが、明美が途中から不審を抱いて騒ぎだしたので、止むを得ず首を絞めて殺した。死体に明瞭な殺人の痕跡が残ったので、折から工事中の河童流れ付近の堤防に埋め、車だけをオイラン淵に落とした」

――そのとき、おまえ（奈良岡咲枝）もいっしょにいたのか？――

「明美が私と井崎との仲を知って私の所にどなり込んできたので、三人で話し合おうと、偽わってあの夜誘いだした」

――井崎と共同して殺したのか？――

「殺人の実行は、井崎が一人でやった。死体を埋める作業と、井崎が車をオイラン淵に突き落とすのを手伝った。車を突き落とした後、井崎を私の車に乗せ、レークサイドホテルに救いを求めさせた。その後疑いをまねかないように、当分会うのをひかえていた」

被保険者の死体が現われないのに、いとも簡単に事故証明を下した羽代署の面目はまるつぶれであった。事故の調査を指揮した竹村警部と、井崎照夫のつながりは証明されていないが、だれの目にも癒着は明らかである。

村長たちは予期せざる副産物（実はそれを初めから狙っていた）に、羽代署の事故調査の手ぬるさについては批評をひかえていたが、彼らが本気で再調査をはじめたら、羽代署全署の存否にかかわってくる。

だが、このハプニングに羽代署以上に仰天した者があった。大場一成である。彼は早速一族の主だった者を集めて鳩首協議した。

「井崎の馬鹿が、また何を血迷って女房の死体を羽代川の堤防なんかに埋めたんだ」

大場は怒りに身を震わせながら一族のリーダーたちの前でどなった。彼の怒りに触れたら、羽代ではいずれも一方の旗頭たる彼らといえどもこの町では生きていけない。特に恐懼しているのは、中戸一家の組長中戸多助（多平の孫）である。

大場を守るべき親衛隊の幹部が、主人の足許に火を放った形になったのであるから、その隊長の責任は大きい。

「羽代川がいま、我々にとってどんなに重要なところか、わかっているだろう」

大場は苦りきっていた。

「まことになんとも申しわけございません。私もまったく知らなかったものですから」

中戸はただひたすら低頭するばかりである。

「たった六千万ほどの保険金に目がくらみおって、羽代川の河川敷に世間の耳目を集めてしまったではないか。こんなことから、あそこの買収が表沙汰になったら、わしの命取りにもなりかねない」

「しかし、女房の死体を埋めていただけですから、河川敷の買収にはつながらないかと……」

「馬鹿者！」

雷が落ちた。一座の者が首をすくめた。

「あの河川敷の買収には一族の浮沈がかかっている。世間の注目を集めるようなことはどんな小さなことでも避けなければならない。死体を埋める場所は、羽代にはいくらでもある。おまえの子分が、女房を殺そうと、生かそうと、わしの知ったことではない。だが、その死体を選りに選って、羽代川の堤防に埋めさせるとは、なんたることか！それも羽代の警察が見つけたのであればとにかく、よその土地の警察に見つけられたというのでは、救いようがないわ」

「そのことでちょっと気になることがあるのですが」

羽代新報社長の島岡良之がようやく言葉をはさむ機会をとらえた。

「何だ、気になることとは」

「岩手県警は別件の行方不明者の死体が羽代川堤防に埋められた疑いがあるので捜索したいと申し入れてきたそうですが、彼らが井崎を捕えたときは、待ち伏せていたのです」

「待ち伏せ？　それはどういうことだ？」

「別件の行方不明死体を捜索するのに、どうして待ち伏せする必要があったのでしょう？　彼らが井崎を待ち伏せたということは、最初から、井崎を狙っていたことにならないでしょうか」

「岩手の警察がなぜ井崎を狙うんだ」

「わかりません。しかし別件の死体捜索に来たのなら、待ち伏せなどせずにさっさと捜せばいいはずでしょう」

「どうして井崎を狙っていたとわかるんだ。他の獲物を狙っていた網にたまたま井崎が引っかかったんじゃないのかね」

「井崎を捕まえてしまうと、それ以後捜索をしないのです。井崎が、たまたま彼らの張った網に飛び込んできた副産物であるなら、その後、本命の捜索をつづけるはずでしょう」

「…………」

「それからタイミングもよすぎるのです。羽代署に明日から捜索をすると申し入れて、その夜に井崎が引っかかったのですから」

「すると、岩手側が罠を仕掛けたというのか」

「罠かどうかわかりません。また罠だとすれば岩手県警がなぜ井崎を狙ったのかかいもく見当がつきませんが、彼らが羽代署に通告した夜、待ち伏せの網を張ったということがひっかかります」

「もし岩手側が井崎に網を張ったとすれば、岩手側はなんらかの理由で、井崎の女房の死体が羽代川堤防に埋められていることを知って、井崎をおびき出したことになるな」

「そういうことでございます」

「羽代署は、井崎の女房の保険に事故証明を出している。すると、岩手側は羽代署と井崎の共謀関係も疑っていたことになるぞ。そうでなければ、羽代署に捜索を事前通告しても、井崎をおびき出す罠にならない」

大場一成の眼光はますます鋭くなった。

「まあ羽代署としては、井崎から交通事故で女房が死んだと届け出られれば、日ごろのよしみから、形式的な調査だけで証明を出すでしょう」

「羽代署は、井崎の女房の死体が羽代川堤防に埋まっていたことを知っていたんだろう。そうでなければ、岩手が罠を仕掛ける意味はない」

「いくら羽代署でも最初から殺しとわかっていたら、事故証明を出さなかったでしょう。後から知ったのだとおもいます」

「どうやって？」

「調べるのは、彼らのお手のものですからね。事故証明を出した後、どうも井崎の態度がおかしいので密かに調べたか、あるいは井崎を問いつめて、死体を堤防に埋めたことを知った。そのときは事故証明を出した後なので、表沙汰にできなかった。ところがここに他県警から堤防を捜索したいと言われて、慌てて、井崎にどこかよそへ死体を移せと命じたんじゃないでしょうか。そんな場所から事故証明を出した死体が出てきては、羽代署の信用と権威は地に墜ちます」

「それはあり得ることだな。しかし、どうして、その裏の事情を岩手側が知ったんだ？」

「それが不思議なのです。岩手側が待ち伏せていて井崎を捕えたのですから、彼らが井崎を狙っていたことはほぼ確かでしょう」

「岩手が井崎を捕えてどんな利益があるのかね。どんな線から、そんな場ちがいの警察が出て来たんだ」

「それはいっさいわかりません」

「羽代署は、そんなよそ者の警察にどうして羽代川の捜索を許したんだ」

「それは止むを得ないでしょう。共助捜査の建前から、協力を申し入れられれば、表面上拒否できません。それに羽代署は羽代川河川敷のからくりを知りません。まあ我々の私警察のようなものですが、いちおう警察ですからからくりを知れば、まったく知らん顔もできなくなるでしょう」

「おまえまでが、からくりなどと言うな」

「はい、つい口が滑りまして」

島岡が慌てて口をつぐんだ。

「気になるな」

大場一成が目を宙に据えた。

「岩手の動きですか」

「そうだ。やつらは河川敷の買収に目をつけたのではあるまいな」

「まさか」

「この間、危うく羽代新報に載りそうになっただろう。輪転機を停めてきわどいところで記事を差し止めた」

「申しわけありませんでした。私の油断でした」

「あの記事の出所は調べているんだろうな」

「越智茂吉子飼いの浦川という社会部のデスクが出稿したことまではわかったのですが、彼がどこから嗅ぎつけたのか、完黙をつづけておりますので。しかし近いうちに、必ず記事の出所を突き止めます」

「その越智の子飼いから外に漏れる危険はないか」

島岡は虚をつかれたように、

「いま出勤停止を命じてありますし、彼個人がどこへ持ち込んでも相手にされないとおもいますが」

としどろもどろに答えた。

「さあどうかな。子飼いの言葉に岩手側が興味をもったかもしれん」

「河川敷の買収と、井崎の事件とは関係ありません」

「我々だから関係ないと言える。だが、第三者から見れば、当然関係づけるだろう。もし岩手が、河川敷買収がらみのおもわくで動きだしたとなると、面倒なことになるぞ」

「岩手県警が、どうしてまったく見当ちがいの羽代川なんかに興味をもつんですか」

「そんなことがわしにわかるか」

質疑の位置が逆転して、会議は重くるしい雰囲気に塗りこめられた。

## 5

味沢は頼子を連れて久しぶりに東京へ出て来た。東京の変貌の凄じさは味沢をして〝浦島太郎〟になったように感じさせた。

今回の上京目的は、頼子の小学校の教師の相沢から紹介してもらった大学教授に、彼女の〝異能〟を診てもらうためである。

頼子は、そそり立つ超高層ビル群や路面を埋めつくす洪水のような車の大群に目を見張ったが、さしてものおじもせずに、味沢に従いて来た。

「気をつけるんだぞ。ここは羽代とはちがうんだ」

と言いかけて味沢は、羽代で危うくトラックの下敷きにされるところを頼子に救われたことをおもいだした。

彼女が初めての東京で、べつにものおじもせずに歩いているのは、その異能のせいかもしれない。気をつけなければならないのは、むしろ自分のほうだな。――味沢は一人苦笑した。

相沢に紹介してもらった大学は、都下三鷹市にあった。新宿から中央線に乗って三鷹まで来て、駅前で車を拾う。車が進むにつれて、武蔵野のおもかげが車窓のあちこちに見られるようになり、東京の圧倒的な機械化に窒息しそうになっていた味沢は、ようやく人心地を取り戻した。

大学のキャンパスは、いっそう濃い緑に包まれていた。正門の受付で教授の名前を告げると、通行証をくれて西の七号館へ行けと言われた。

学園闘争の影響か、部外者の立ち入りにことのほか厳しい雰囲気である。構内に学生の数は疎らであった。

探し当てた西の七号館は、キャンパスの最も西のはずれの古色蒼然たる洋館である。二階建の煉瓦積の建物の壁に蔦が一面にからまり、大学の学棟というより、隠者の棲み家といったおもむきがある。

紹介された古橋圭介教授は、二人の来るのを待っていてくれた。

通された部屋は、古めかしい外観に似合わない近代的な洋室であった。スチール製のデスクやキャビネットやロッカーがそれぞれ工夫した位置にうまく配置されていて、機能的なオフィスといった感じである。壁に貼られたさまざまな図表やグラフは、売上表や月間ノルマの表示のように見えないこともない。

「やあ、相沢君からお話をうかがいましてね、お出でをお待ちしておりました」

古橋教授はにこやかな笑みを浮かべて姿を現わした。閉ざされた象牙(ぞうげ)の塔の中での研究三昧(ざんまい)の気むずかしい学者を想像していた味沢は、銀行の重役のように重厚で温顔の教授を見て意外さと安堵(あんど)を同時におぼえた。

年輩は六十前後か、見事な白髪である。だが皮膚は艶々(つやつや)として若々しい。

「こちらのお子さんですか」

初対面の挨拶(あいさつ)がすむと、温和な目を頼子に向けた。一通りの話は、相沢から聞いているらしい。古橋教授の目は穏やかであったが、その底に学究心が燃えている。それはやはり学者の目以外のなにものでもなかった。

古橋教授は、味沢からさらに詳しく話を聞くと、頼子にいくつかの簡単な質問をした後、

「それでは検査をしてみましょう」

と部屋の隅に立ててある衝立(ついたて)の方へ頼子を引っ張っていった。

頼子は、チラと味沢の方に不安げな視線をむけたが、彼が大丈夫だと言うようにうな

ずいて見せると、おとなしく教授の後に従いて行った。

衝立と見たのは、スクリーンで、カバーをはぐると、犬が餌の容器から少し離れた所にうずくまっている絵が描いてある。

「頼子君、この絵を見なさい。何が描いてある？」

教授は、絵を指ししめして聞いた。頼子は怪訝な表情で、

「犬が描いてあります」

と答える。

「そう、犬が描いてあるね。それではこの絵をよく見なさい。じっと見つめるんだ、私がいいと言うまで。そう、その調子。よろしい。それでは、この犬はいま非常にお腹が空いている。少し離れた所に餌がおいてあるよ。さあ、もう一度絵を見なさい。今度は何が見える？」

教授に言われてスクリーンを見つめなおした頼子は、あっと驚愕の声をもらして、二、三歩後じさった。

「どうしたのかね？」

教授が質ねると、震える指でスクリーンを指しながら、

「犬が立ち上がって、餌の所まで歩いて行って餌を食べています」と言った。

今度は味沢がびっくりした。絵の犬が動くはずはない。だが、頼子は本当に驚いている。味沢は、彼女がとうとう発狂して幻覚を見るようになったかとおもった。

古橋教授は平然たる表情で、さらに絵をめくった。次は、海水浴風景である。

「さあ今度は何が描いてある？」

「海です。人が泳いでいます」

「そうだね。それではこの人をよく見てごらん」

教授は沖の方で泳いでいる一人を指さして、

「この人は本当は泳げないんだよ。さあ今度はどうだね」

絵を凝視していた頼子の顔色がたちまち変って、

「あ、溺れてるわ、早く救けてあげないと、溺れ死んじゃう。だれか、だれか早く救けてあげて！　大変だ、どうしよう」

と、まるで溺れている人を眼前においたかのようにうろたえだした。教授は頼子のしゃべるにまかせたまま、海水浴の絵をめくり上げた。その後はなにも描かれていない白いスクリーンである。だが頼子は、そこに絵を見つづけているようにしゃべるのを止めない。

「あんなに苦しそうにしてる。波が白く立ってる。あっまた水を飲んだ。もうだめだ。頭が水の下に沈んで、手だけが水の上でもがいている。あ、今度は大きな魚が近寄って来た。早く救けないと食べられちゃう。魚はギザギザの歯がいっぱい生えてるよ。凄い大きな口をしてる。口の中が真っ赤よ」

頼子は、あたかもスクリーン上に人喰魚を見ているかのように、細かな特徴まで描写した。味沢は、その光景を茫然として見まもっているばかりである。

教授はようやく頼子をスクリーンの前から引き離した。放っておけば際限もなく〝幻の動画〟を語りつづけるだろう。

絵から引き離された頼子は、いかにも残念そうな顔をしている。教授は、助手らしい一人を呼んで、

「きみ、このお嬢さんを連れて行って研究室でも見せてあげたまえ。私たちはちょっと話があるから」と頼子を託した。

二人だけになると、古橋教授は、べつの助手に新たに淹れさせた茶をすすりながら、

「だいたいわかりましたよ」と言った。

「先生、いまの絵を見ての幻覚も、超能力なのでしょうか」

味沢は、目のあたりに頼子の不可解な〝絵物語〟を見せられて、驚きから醒めやらない。

「あれは幻覚や幻視ではありませんね」

古橋教授は茶碗をデスクに戻すと、言った。

「とおっしゃいますと？」

「まだおおざっぱな検査をしただけですから断定できませんが、頼子君の未来予知能力のようなものは、私は直観像の一種ではないかと考えます」

「ちょっかんぞう？」

味沢は耳なれない言葉に面喰った。

「過去に見たことのある事物を、後日になって実物を見るように細部にわたって忠実におもいうかべ、鮮明に目のあたりにする像のことです。直観像は幻覚のように鮮明ですが、実在の意識を伴わないので、幻覚とも異なります」

「すると、頼子が見たものは、未来の像ではなく、過去見たものの残像のようなものだということでしょうか」

古橋教授の言葉は、学術的用語が多くて分り難かったが、味沢はそんな風に釈った。

「残像そのものとはちがっておりますが、かなりの相似性があります。残像も直観像も原刺戟撤去直後に強く現われるという点においては相似性を想定させますが、直観像の場合は網膜上の残留刺戟の直接的残効に由来するだけではあり得ず、長期間の記憶に似て、数週間あるいは数か月後に再現が可能です。それも、だれにでも現われるものではなく、ごく限られた直観像素質者とも言うべき人にしか現われない比較的稀な現象ですから、異能力の一種ではあるでしょうね」

「頼子は直観像素質者なのですか」

「児童期には大部分の者が強弱の差はあっても直観像を見ます。直観像の原刺戟は、当人にとって、おもしろいもの、楽しいもの、珍奇なもの、悲しいもの、恐ろしいことなどでなければなりません。直観像は成長するにつれて上級学校や、日常生活を通しての抽象的思考が堆み重ねられてきますと、急速に減退する現象です。直観像が消失するから抽象的思考ができるようになるのか、それとも抽象的思考が直観像を衰退させるのか、まだ明らかにされていませんが、概念や言語の形成に遅れをとった精神遅滞児により多く見出せる現象ではなかろうかと考える学者もおります。こうした学問的想定は脳損傷児標本に多く検出されるという報告によって確かめられ、これをうけた生理学者ヘッブが直観像の現出を脳損傷が皮質の制止的ニューロンの活動を抑えるように作用することに起因するのではないかとする理論を唱えました」

「あらかじめ申し上げておりますように、あの子は眼前で両親を殺されるという悲惨な体験をして、それ以後の記憶を喪失しております。そのことが直観像に関係しているのでしょうか」

「それを原因とするのは、早計です。記憶障害にも、いろいろなタイプと原因が考えられます。お話をうかがったところでは、頼子君の場合は、すでに保持されていた記憶を想起できない逆行性健忘症で、特にある事件に関して記憶を喪失している選択性健忘症であるとおもわれます。その後、脳損傷児に直観像が必ずしも多く見られるわけではないとする研究も提出され、学問的にもまだ確定されていないのです。だいたい脳損傷がその部位によって、さまざまな症状を現わし、脳損傷を確定することは、特に顕著なものでないかぎり簡単にはいきません。一貫した結論を出すためには、損傷部位を確定したうえでの、さらなる調査が必要です」

「しかしすでにお話しいたしましたように、頼子は試験問題や地震を予知したり、トラックの事故を予告して私を救ってくれたのです。これも過去見た事物の直観像なのでしょうか」

味沢にはまだ古橋教授の言葉が納得できない。あれは明らかに未来の予知であった。過去にうけた視覚的な印象であるなら、未来の事件とどうしてつながりをもっていたのか？

「直観像には静止型と変化型の二つがあることが認められています。静止型は直観像が見た実物のままに静止し、稀に変化することがあっても、色が黒かそれに近い変化をするだけです。それに対して変化型は、実物から激しく変化し、時には際限もなく運動発展していくもので、頼子君はどちらかと言えばこのタイプだと考えられます。まず試験問題を予知したということですが、それは予知ではなく、見たものを、忠実に再現したのでしょう。頼子君は本を読むのではなく見ると言ったそうですね。これは静止型の直観像に属します。試験という精神的緊張がこの種の直観像を形成する土壌となっております。もっとも直観像を試験に利用できません。利用しようとする下心があると直観像は出てこないのです。またただいまの検査において、初めの絵では犬と餌が離れて描かれていました。そこに犬は空腹だという暗示があたえられたものだから、犬が餌に向かって歩きだしたのです。これは実物、つまり絵と直観像の間に回路がつくられ、原因から結果に至る機能を調節し、メッセージを修正するフィードバックが行なわれて、像に対して実物が働きかけ、見える物に次々に構成的解釈が加えられていくと考えられております。また一方、この種のフィードバックが相対的に生じ難いか、あるいはほとんど行なわれない場合、静止型の直観像が見られるわけです」

「頼子が予知した地震や危険も、フィードバックされた変化型の直観像だったのですか」

味沢は、自分の知りたいことをなかなか答えてくれない教授に少しいらだたしさをおぼえていた。しかし教授にしてみればそれは省くことのできない〝講義〟なのであろう。

「まあ、お聞きください」と教授はあまり結論を急ぐなと言うように手をあげて、

「実物と像の間におけるフィードバックを経て、それは直観像とか、残像というより、想像心象に等しい特性をもつものに転化していると言えるでしょう」

「そうぞうしんしょう？」

またまた新しい言葉の登場に、味沢は面喰った。

「先刻、頼子君が犬や海水浴の絵から発展、想像したような心象です。直観像や残像はさらに想像心象の展開を引き出す引き金となって作用することが明らかにされております。変化型においては直観像と想像心象が分ち難くなっています。と言っても、日常生活において形成されるすべての想像心象が直観像や残像の延長上にあるとは言えませんが、頼子君の場合、日常生活の上で実際に生じているようでありますから、それがどんな条件下で現われ、日常行動においてどんな役割を果たしているのか、さらに詳しく追究してみなければなりません。また直観像素質者としての性格との関係も明らかにしな

ければなりません。変化型の直観像は、原刺戟ないし、刺戟に触発された想像と実物との間にフィードバックが頻繁に行なわれて、想像が多彩に変化移行するタイプであり、非常に想像力にすぐれているけれども、自閉の世界で勝手な空想を発展させ、事物を他の事柄に関連づけて理解するくせがあります。頼子君はこのタイプに入るわけです」

「勝手な空想で未来の地震や危険を予知したのですか」

「頼子君はきわめて強い直観像素質者で、想像力が非常に盛んです。地震の場合は、おそらく彼女は人よりも地震を恐がっているのでしょう。そのためにふだんでも揺れていないのに、地面や家が揺れているように感じてしまう。だから本当の地震が来る前に、身体がそれを予感してしまう。これは直観像がある種の異能力を引き出したのでしょうね」

「トラックの交通事故はどういうことですか」

「それは自分がかねがねトラックに轢かれるかもしれないという恐怖があったことと、もう一つ……」

古橋教授が、ふと言葉を滞らせた。

「もう一つ何ですか」

味沢は、渋滞した先の言葉が気になった。

「これは、当たっているかどうかわかりませんが、頼子君の心の深奥に、あなたに対する憎しみが潜んでいて、あなたがトラックに轢かれればよいという潜在願望のあったことが、直観像を引き出す動機となったとおもいます」

「頼子が私を憎んでいる……」

味沢は絶句した。

「保護者を憎むということはないとおもいますが、そういう前例が現にありますのでね。しかし実際には、頼子君は警告を発してあなたを救っているのですから、そのような潜在願望がかりにあったとしても、直ちに後悔したのでしょう」

教授の言葉は慰め調になった。だが味沢は頼子の心に潜んでいるかもしれない願望の存在を示唆されてショックをうけていた。もしあのとき、その願望のほうが大きかったら、頼子は警告を発せず、自分は……――と考えたとき、背筋が寒くなった。

「前例に徴しても、地震や危険を予知したというより、直観像によって見た人は、音や匂いに対して、一般の人にはない敏感さをもっていました。ともかくこのような恐怖、不安、緊張、憎悪などが、直観像の出現をうながす引き金として作用し、その引き金には直観像素質者の固有傾向の一つと言える刺戟への過敏性があると考えています。頼子君は、音や匂いに対して特に過敏なところはありませんか」

言われて、味沢は越智朋子が殺された夜をおもいだした。あの夜頼子は味沢の耳がなんの物音も聞かないのに、味沢の家から三百メートル離れた雑木林の奥から救いを求める朋子の声をとらえたのである。味沢の聴覚は正常である。頼子の嗅覚についても、同じアパートのべつの部屋で煙草の火が畳に落ちてくすぶりはじめたのを、はるかに離れた所から嗅ぎつけて大事に至る前に未然に防いで感謝されたことがあった。

「どうやらお心当たりがありそうですね」

味沢の反応に古橋教授は満足げにうなずいた。

「ともあれ、直観像としてもきわめて珍しいタイプです。おおむね変化型ですが、静止型の要素も多少あります。また、記憶の障害と関連ありとすれば、原刺戟が撤去されてから数年後に現出している。これは直観像としては、原刺戟後の現出までに異常に長い時間が経過しています。あるいはべつの原刺戟があったのかもしれません。

それから最近、記憶回復の萌しがあるそうですが、学習的な記憶に障害はなく、学校生活を支障なくすごしております。これは、学校生活を通して注入される抽象的思考によって、むしろ直観像を減退させるはずなのですが、頼子君の場合は、逆に働いています。まあ直観像の内容というものは決して一様に律せられるものではなく、見る人によって異なります。見たものによって分類されたそれぞれの直観像の在り方は、直観像素質者をつくったさまざまな要因と結びついています。頼子君の場合、その要因を一つ一つ探し出さないことには、彼女の直観像は解明できません。まだ学問的に未知の部分の多い分野ですが、頼子君の異能は、直観像、それもきわめて特異な直観像素質者の見るものだと私は考えます」

「それで先生、頼子の直観像も、いずれ消えてしまうでしょうか」

「直観とは、眼前にある具体的対象についての直覚的思考です。成長するにつれて抽象的思考が外から注ぎ込まれて、直観像は消退していきますが、中には成人しても直観像素質を失わない人もいます。優れた芸術家などに多いですね」

古橋教授は断定を避けた。

6

羽代市の大場邸では大場一成を中心にして会議がつづけられていた。

「これは私の見当ちがいの推測かとおもいますが」

中戸多助がまた口を開いた。大場一成が言ってみろというように顎をしゃくった。

「先日、越智の娘がレイプされて殺されましたね」

「おまえの所の飢えた狼がやったんじゃないのか」

大場の目が皮肉な笑いを浮かべた。

「とんでもありません。私の子分、いや部下にはそんな狂犬のような者はおりませんよ」

中戸は、真顔で抗議した。

「わかった、わかった。そんなにむきになることはあるまい。それで越智の娘がどうしたんだ」

「あの娘が殺されたことと、岩手の警察の動きとは関係ないでしょうか」

「越智の娘がどうして岩手の警察なんかと関わりをもつのかね」

「お忘れですか。越智には二人の娘がいました。先日殺されたのは妹のほうです。そして姉のほうはたしか、二、三年前に岩手県の山の中で殺されたはずです」

「な、なんだって⁉」

大場一成はじめ、一座の者が驚きの声をあげた。

「岩手の山奥の過疎村で、全村みな殺しになった事件がありました。当時は、マスコミにずいぶん派手に報道されましたから、おぼえておられるでしょう。姉のほうはたまたまハイキングであの村を通りかかって巻き添えになったのです」

「そう言えばおもいだしたよ。姉が岩手県で殺されていた。それで岩手県警が洗っていたというのか」

「それ以外に、岩手県警と越智の妹娘を結ぶ線はないでしょう」

「すると、岩手県警が姉殺しの犯人を追って妹に目をつけたために、妹まで殺されたというのか」

「妹は、なんらかの理由で姉を殺した犯人を知っていた。そのために口を封じられたのかもしれません」

「かりに姉殺しの犯人が妹も殺したとしても、それがどうして、岩手の警察が井崎に罠をかけたことにつながるのかね」

「これはさしたることではないとおもいまして、まだご報告していませんが、井崎の女房にかけた保険の担当外務員が味沢という男でございます」

「あじさわ？」

「はい、この男が、死んだ越智の妹の方の男だった形跡があります。そして妹と味沢は、協力して井崎の女房の交通事故を調べていた模様です」

「馬鹿者！」

ふたたび大場の雷が落ちた。一座の者が一様に首をすくめた。だがなぜ怒鳴られたのかわからない。

「きさまら、ここは何のためにある。ただ帽子をかぶるためにだけ、がん首をつけているのか」

「は、はい」

一同は、大場の前でひたすら身をすくめるばかりであった。

「いいか、六千万もの保険金をかけていた女が曖昧な死に方をして、しかも死体が出てこなければ、保険屋としては当然調査するだろう。これが羽代の警察だから事故証明を出したが、よその警察だったら、殺人容疑者として引っ張るところだ。この保険屋に新聞記者の越智の娘がくっついていたのだぞ。きさまらにはまだわからないのか」

「そ、それでは、この間の河川敷買収問題のすっぱ抜きも……」

島岡がようやく配役を悟った表情をした。

「あたりまえだよ。保険屋とその娘は手をつないで井崎の女房の死体探しをやっていたんだ。そして羽代川の堤防に埋められていることを嗅ぎつけた。それと同時に新聞記者の妹娘が河川敷の買収を嗅ぎ出した。出所はここだったんだよ。保険屋がかげで糸を引いていたんだ」

「妹はだれが殺したので……？」

「そんなことをわしが知るか！　とにかく保険屋のあじなんとかいうやつ、こいつから目を離せないぞ」

「味沢岳史です。しかし、味沢と越智の娘が組んで井崎の女房の死体探しをしているうちに河川敷買収を嗅ぎつけたとしても、それが、どうして岩手県警に筒抜けになったのでしょうか？」

「彼らが岩手県警に話したんだろう」

「岩手県警が、関係のない井崎の女房殺しや河川敷買収に興味をもつはずはないのですが」

「どこかで、越智の姉娘殺しとつながっているのかもしれんぞ。とにかくあじさわと、岩手県警の動きから目を離すな」

大場一成の言葉が、その日の会議の結論となった。

# 旋回する犯人

## Ｉ

　頼子の異能が直観像を土壌としているかもしれないという古橋教授の示唆は、味沢の頼子を見る目を改めさせた。特に直観像には、潜在意識下の憎悪が底流となっているという教授の言葉には、心当たりがあった。

　彼が感じていた頼子の〝目〟は、やはり気のせいではなかった。背中に張りついていたり、夜中、密かに自分を見下ろしていた頼子の目。それは錯覚ではなくやはり実際に在ったのである。

　味沢は、いま一つの重大な決心をしていた。羽代市に留まり、朋子を殺した犯人を独力で追うつもりであった。それは大場からの挑戦に対して、はっきりと抵抗の意思を表明することである。

　すでに第一次攻撃を仕掛けて失敗した敵は、ますます苛烈な攻撃をかけてくるだろう。味方は一人もいない。羽代市において徒手空拳で大場に歯向かうなど、「蟷螂の斧」よりも勝ちめがない。

　だが味沢は、いま一人の強い味方を得たかもしれないとおもった。それは頼子である。

直観像であれ、超能力であれ、頼子には、危険を予知する能力がある。これをうまく使えば、これから仕掛けられる敵の攻撃を躱せる。

味方としても、それはいつ寝返るかわからない心を許せぬ味方であり、自分を傷つけるかもしれない両刃の剣である。とにかく、頼子の心の中には、味沢に対する憎しみが潜在している可能性がある。それがいつどんな形で爆発するかわからない。彼女が、憎しみを味沢に対して実行するのは、いとも簡単である。予知した危険を味沢に知らせなければよいのだ。

その意味ではまことに危険きわまりない味方であり、武器であった。だが、味沢はあえて頼子を唯一の味方として戦おうと決心した。

朋子の仇を討つには、それ以外に方法がない。味沢は東京から帰って来ると、頼子に聞いた。

「頼子、おまえこの間トラックが突っかけてくるのが見えたって言ったね」

「うん」

「もしもう一度、あんな危ないことがお義父さんの身の上にふりかかってきたら、おしえてくれるかい」

頼子は味沢の質問の真意を探るようにじっとつぶらな視線を向けていたが、

「そのときになってみなければ、わかんないよ」

と言った。

「必ずおしえてもらいたいんだよ、朋子姉さんを殺した犯人を捕まえるためにね」

「朋子お姉さんの犯人？」

「そうだ。だれかが朋子姉さんを殺した。犯人はどこかで笑っている。お義父さんはそいつを捕まえてやりたい。けれども犯人も捕まりたくないからいろいろ妨害をしてくるだろう。この間のトラックも犯人が差し向けてきたのだ。だから、また必ず妨害してくる。それを頼子におしえてもらいたいのだよ」

「頼子、わかったら、必ずおしえてあげるわ」

「本当かい」

「本当よ。約束する」

頼子と約束を交しながら、味沢はこんな少女の学問的にもまだ十分解明されていない曖昧な能力に頼って、強大な大場体制に対して戦端を開こうとしている自分が、ひどく滑稽に見えた。

しかしいかに滑稽に見えても犯人探しは、ゲームではない。もし犯人が羽代川河川敷にからんでいれば、敵の阻止も真剣であろう。

――頼むぞ、頼子――

弱小でかつどの程度頼れるかはなはだ心もとない唯一の味方に、味沢は祈りかけるようにつぶやいていた。

## 2

羽代市の花火大会は、例年八月末羽代川の河原で開かれる。その花火打上げのベース（基地）は河原の中州におかれる。毎年、川の流れが移動するために、中州の位置も変る。今年は、市街地寄りの堤防に主流が接近したので中州もぐんと市街に近づいた。このため、羽代花火大会準備委員会では、万一の事故をおもんぱかって今年は中州でなく対岸に基地を置くことを検討したが、それではせっかくの花火が観衆から遠ざかりすぎるという大勢意見に押されて、結局例年どおり、中州に基地をおいた。

羽代川と市街地の間には、二重の堤防が築かれ、川寄りを内堤、市街寄りを外堤と呼び、その間はりんご畑や蔬菜（そさい）の畑となっている。この区域を市民は堤外新開（ていがいしんかい）と呼んでいる。外堤は、羽代川の度々の氾濫（はんらん）に不安をおぼえた市が、もともと一本しかなかった堤の外側に数年前、新たに築造したもので、市民の意識では、内堤の外は堤外なのであった。

味沢は、花火の火薬や発色剤が大量に降りかかるとすれば、この地域だとおもった。羽代川の河原には野菜畑やビニールハウスはないのである。

見当をつけてきた味沢は、すぐにそれらしきビニールハウスを見つけた。それは外堤のすぐそばの、左右に同じ長さの屋根をさしかけた両屋根式の、温室としては最もポピュラーな型のものである。

温室材料もガラスではなく、プラスチック製品のようであった。そしてなによりの証拠を味沢はそこに見つけた。ビニールハウスの入口付近に朋子の死体のかたわらに残されていた茄子（なす）とまったく同様の着色異常の茄子を見出したのである。品種も同じ卵形小形種である。入口の扉がこわれていて入口付近に栽培されている茄子は、片側のみ自然光を直接浴びせられ、両面の着色アンバランスをおこしていた。

その地域に茄子を栽培しているビニールハウスはこれ一つしかない。味沢はビニールハウスに近づき、入口近くにあった茄子を一つ捥（も）ぎ取って子細に観察した。彼の目には火薬材料や、アブラムシは認められない。しかし、彼は茄子がここから来た確信をもった。

犯人は、このビニールハウスから捥ぎ取った茄子で朋子を玩弄（がんろう）したのである。そのとき朋子は生きていたか、死んでいたかわからない。

ともかく茄子の出所を突き止めた。だが、多数の協力を得て、ようやくここまで来たものの、犯人の正体はかいもくわからなかった。ビニールハウスの茄子は、通りかかった者なら、だれでも捥ぎ取れる。茄子の出所は、少しも犯人につながらないのである。

「そこで何をやってるんだ」

突然、とがった声が背後から浴びせられた。

声の方を振り向くと、六十前後の農民体の男で胡散（うさん）臭げな視線を向けている。

「いやべつに、そのなにも」

味沢は、無防備なところを衝かれてへどもどした。

「手にしているものは何だ？ それはそこから捥ぎ取った茄子だろう」

しまったとおもったが遅かった。まずいところをビニールハウスのオーナーに見つかってしまったらしい。茄子一個でも丹精して育てている身には、許せないのだろう。

「どうも申しわけありません。ちょっと調べていることがあったものですから」

味沢は平謝りに謝ることにした。この場合一方的に彼のほうが悪い。

「調べてるだと？ ふざけたことをぬかしおって」

農民はますます居丈高になった。

「茄子の代金は払いますから、許してください」

「代金を払う？ おもしれえ。それじゃあこれまでのいたずらの分も全部弁償してもらおう」

農民は妙なことを言いだした。

「ちょっと待ってください。これまでのいたずらって何ですか」

「とぼけるんじゃないよ。これまでさんざんハウスを荒らしたろ。栽培植物を荒らしただけでなく、女をハウスに連れ込んで乱痴気騒ぎをしおって。入口のドアをこわしたのもきさまだな」

「じょ、冗談じゃない。私はこの茄子を一個捥いだだけです。ここへ来たのもいまが初めてなんですよ」

「盗っ人たけだけしいこと言うな。きさまだろう、山田ンとこの娘を無理に手ごめにしたのも」

農民は、さらに容易ならないことを言いだした。

「さあ、おれといっしょに警察へ来い。今度こそ逃がさねえぞ」

農民は、つかみかかりそうな勢いで追ってきた。

「本当に待ってくださいよ。そのやまだとかいう娘さんは乱暴されたのですか」

「てめえでやっておきながらとぼけやがってこの野郎！」

農民の本当に怒っている形相を見て、味沢はようやくひどい勘ちがいをされているのを悟った。だが、農民の怒りの真の対象は、味沢が追い求めているものと同じかもしれない。

「おじいさん、誤解だ。私も実はハウス荒らしの犯人を探している者なんだ」

「なんだと？」

農民の表情がふとためらった。

「実は私の婚約者が殺されたんです。死体のそばにこのハウスに生(な)っている茄子と同じ様な茄子が転がっていたので、茄子が来た所に犯人がいるかもしれないとおもって探していたのです」

「婚約者が殺されたとは穏やかじゃねえな」

警戒はまだ完全に解かないながらも、農民の表情が興味をもった。

「本当です。九月二日の夜です。新聞に出ていますよ。そのときそばに転がっていた茄子はたぶん、いやほとんどまちがいなくここから来ています」

「どうしてそんなことがわかるんだ？」

味沢は酒田博士から得た知識をかみ砕いて説明した。

「茄子一つで大変なことがわかるもんだな」

農民はその説明でだいぶ疑惑を解いた様子であった。

「そんな事情で私も犯人を探しているのですが、お宅のビニールハウスを荒らした人間が、もしかすると私の婚約者を殺した犯人かもしれないのです」

「そうだな、同じ茄子をもって悪いことをするやつはそうあちこちにはいねえだろうからな」

「いかがでしょう、あなたには、その犯人の心当たりはありませんか」

「それが一度とっつかまえてぎゅうというめにあわせてやりたいとおもっているんだが、なかなかめぐり合わねえんだ」

「乱暴されたとかいう娘さんは犯人を見ているんでしょう」

「たまたま通りかかった人がハウスの中に悲鳴を聞いて駆けつけたときは、やられちゃった後で、犯人も逃げてしまった。逃げ足の早いやつらだったそうだ」

「でも娘さんが犯人を……」

「ところが娘はおびえていて犯人の名を言わねえのさ。よっぽど脅かされたらしいな」

「警察には届けたんでしょう」

「そんなことをすれば、うちの娘はやられたと広告するようなもんだよ」

「しかしそれでは……」

「まあ娘と親の身になってみれば、無理のない話だあね、おれもこのハウスさえなければ強姦されなかったんじゃないかとおもうと、なんだか責任感じてね、近々取りこわそうとおもっていたんだよ」

「それはいつごろのことですか」

「八月の二十日ごろだったかな」

「ハウスの中に犯人が遺したようなものはありませんでしたか」

「おれもひょっとしてなにか証拠が残っているかもしれないとおもってよく探したんだが、なにもなかったな」

「私にもう一度探させてくれませんか」

「それはかまわねえけど、なんにもねえとおもうよ」

「それから山田さんの家をおしえていただけませんか」

「おしえてやってもいいけど、娘はそっとしておいてやったほうがいいよ。だいぶショックだったらしいから」

「大丈夫です。傷つけないようにいたします。その娘さんは、何か仕事をしていますか」

「たしか羽代シネマに勤めてるはずだ。やられたときも、ナイトショーがはねて遅くなった帰り道のことだ」

「それでは、ハウスの中を見せてください。あ、申し遅れましたが、私はこういう者です」

味沢は、身分を証明するために名刺を出した。これで農民は完全に疑惑を解いた。ビニールハウスの中を隈なく探してみたが、犯人が持ち込んだり残したりしたようなものは見つからなかった。味沢は、「山田の娘」だけが、残された唯一人の〝証人〟であることを悟った。

当人にまともにぶつかっていっても、ますます口をかたく閉ざさせてしまうことはわかっていた。狂犬に噛まれたような事件は、当人としても一刻も早く忘れたがっているであろうし、家族も伏せたがっているだろう。

だがその娘だけが犯人を見ている。強制されたものだが、犯人と〝接触〟している。娘を犯した犯人と、朋子を殺した犯人が同一人物である可能性はきわめて大きいと味沢は見ていた。性犯罪というものは累犯化する傾向がある。被害者の女性や家族が羞恥や世間体から届け出をためらうために犯人を増長させる。

両性の合意と愛情によってのみ達成されるべき性行為が、性犯罪の場合は、男の一方的欲望を満たすために暴力的に遂行され、性犯罪者は、ついには美味な獲物を狙う肉食動物のように、女性の抵抗をねじ伏せ、暴力をもって犯す形でしか悦びを得られない変態性色情者に陥ってしまう。同一のビニールハウスを〝基地〟とする性犯罪者が何人もいるともおもわれない。

味沢が密かに探ったところ、その女性は、山田道子、二十歳で、高校を卒業後、羽代市の洋画専門の映画館、羽代シネマに勤めている。おとなしい内向的な性格だが、まじめな仕事熱心で、上司や朋輩たちの信用も厚いらしい。特定のボーイフレンドはなく、週一回の休日は家で音楽を聴いたり、本を読んだりしている。勤め先が映画館なので、友達と誘い合わせて映画を観に行くということもない。

彼女が勤めの帰りにレイプされたことを知る者は、幸いに近所のごく一部の範囲にとどめられていた。

地方都市でありながら、羽代はその点都会的で、一つブロックが異なると、まったく付き合いがない。羽代氏の職能別の城下町経営がおもわぬ形で被害女性を世間の好奇心から守ったのは、皮肉であった。

味沢は、まず本人を観察するために、羽代シネマへ行ってみた。山田道子はもぎり嬢をやっていた。あまり入口付近に留まっていられないので束の間の観察であったが、色白のおとなしそうな娘である。身体はよく発達していて、プロポーションがよい。意識しない身のこなしの中に、男をそそる色気がある。勤めがら夜が遅くなるのを犯人は知っていて、その帰途を襲ったのであろう。

味沢は、羽代シネマの勤めが、早番と遅番の二交代制になっていることを聞き出した。山田道子の父親は、市のバス会社の運転手をしている。母親は家で小さな雑貨屋をしている。妹と弟が一人ずついて、それぞれ高二と、中二である。家庭はあまり豊かではないらしい。

以上の本人およびその家庭環境を探り出してから、おもいきって本人にぶつかってみることにした。味沢は、山田道子の早番の日を狙ってその帰途を待ち伏せた。

早番の日は午後第二回めがはねた五時ごろに帰れる。山田道子は、午後五時半ごろ勤め先を退けた。幸いに連れはいない。

味沢はしばらく後を尾けた後、彼女がどこにも立ち寄る気配がないのを確かめて、声をかけた。いきなり見知らぬ男から声をかけられて道子は警戒の鎧を全身にまとって身構えた。その様子から、彼女のうけた傷の深さが察せられた。まだその傷は癒えていない。

「私は味沢と申します。ちょっとおたずねしたいことがございまして」

「どういうことですか」

味沢が名刺を差し出しても、少しも警戒をゆるめない。全身に男性に向ける不信というより敵意の刺を逆立てているようであった。

「妹さんのことで、ご忠告したいことがありまして」

味沢は、あらかじめ考えておいたせりふを言った。

「妹のことで？」

案の定、道子の面に怪訝な表情が生まれた。

「立ち話も何ですから、ちょっとお越しいただけませんでしょうか。お手間は取らせません」

「私、ここでうかがいます」

道子は固執した。

「実は、過日、あなたを襲った不良のことですが」

「そのことでしたら、もう過ぎたことです。お話しすることなんかありません」

山田道子は顔色を変えて、味沢をにらみつけた。しかし、とぼけなかっただけ、取りつきやすくなった。

「どうかもう少し話を聞いてください」

「失礼します」

道子は味沢に背を向けて歩きだした。その背中が、拒絶している。だがここで引きさがるわけにはいかなかった。

「待ってください。犯人が、妹さんを狙っていてもかまわないのですか」

味沢は切り札を突きつけた。道子の足がぴたりと停まった。その機を逃さず、

「犯人は被害者の泣き寝入りをよいことに、増長してきます。本人を再三つけ狙うだけでなく、肉親にまで魔手をのばします」

道子の肩がぴくりと震えた。カマをかけたのが、見事的中したようである。犯人は、その後も道子につきまとっているらしい。彼女は犯人を知っている。

「あなたは、警察の人ですか」

道子が向き直った。

「私も被害者なのです。実は私の婚約者が、痴漢に犯された後、殺されました」

「まあ！」

道子の拒絶の表情に、軟化の兆しが現われた。味沢はここぞとばかりに踏み込んだ。

「新聞をお読みになっていれば、ご記憶にあるとおもいますが、私の婚約者は羽代新報の新聞記者で、越智朋子といいます。それが暴漢に襲われて、凌辱（りょうじょく）された後、殺されたのです」

「ああ、あの事件」

「ご存じでしたか、私は、密かにその犯人を探しているのです」

「でも、そのことがどうして私と関係あるのですか？」

「あなたが襲われたビニールハウスで栽培されていた茄子（なす）が、現場に落ちていたのです」

味沢は、茄子から道子をたぐりだした経緯を手短に話した。道子はいまや味沢の話の中に完全に引きずり込まれていた。

「ビニールハウスの茄子なんて、だれでも持ってこられます。そのことだけで、同じ犯人と決めつけられないわ」

「断定はできません。しかし、可能性はきわめて高いのです。ビニールハウスの所有者に聞いたところ、犯人はあのハウスを悪の遊び場所にしていたということです。同一のビニールハウスをタマリ場にしている悪なんて、そんなに大勢いるはずはありません。一人ではなかったとしても、同じグループでしょう。そのハウスの茄子で女性を凌辱し殺した犯人は、あなたを襲った犯人と同一人、あるいは同一グループである可能性がきわめて大きいとみていいでしょう」

道子は唇を嚙んだ。改めて、自分の無垢の体に振われた理不尽な暴力を想起したのであろう。恐怖と屈辱のおもいがよみがえり、内心怒りに震えているにちがいない。

「山田さん、おねがいします。犯人をおしえてくれませんか、あなたに乱暴を働いた犯人と、私の婚約者を殺した犯人は、必ず同一人物です。警察はまったく頼りになりません。泣き寝入りをすれば、犯人は増長して、また同じ犯行を繰り返すかもしれません。いや、必ず繰り返すでしょう。被害者の姉妹などは最も狙われやすい対象です」

「…………」

「山田さん、おねがいします。犯人をおしえてください」

「私、知りません」

「特徴だけでもけっこうです。一人だったのですか、それとも二人以上……」

「知りません」

「知らないはずはない。あなたは脅迫されているんだ。犯人はその後もあなたにつきまとっているのでしょう。あなたのそのような態度が犯人をつけ上がらせているのですよ」

「私、本当に知らないのです。私、あのことは早く忘れたいのです。あなたの婚約者はお気の毒でしたけど、私には関係のないことです」

「犯人が同じ犯行を繰り返しても関係ないのですか」

「そんなことわかりません。とにかく私は関り合いになりたくないのです。もう行かせてください」

道子はふたたび背を向けて歩きだした。その歩き方がひどく重たげである。味沢の言葉がかなりのショックをあたえた様子である。彼はその背中に未練げに、

「もしお話しする気になったら、名刺の所にご連絡してください。いつでも飛んでまいります」と呼びかけた。

どうせ一度のアプローチで埒があくとはおもっていなかった。山田道子はひどくおびえている。犯人は、おそらく初めの侵犯の実績を足がかりに、いうことをきかなければ、町じゅうの噂にしてやるとでも道子を脅かして侵犯の領土を広げているのだろう。女は侵されれば侵されるほどに弱い立ち場に追い込まれる。道子がまだ犯人を許していないのがせめてもの救いである。このまま侵されつづけているうちに、犯人の虜になってし

まう恐れが多分にある。犯人が被害者の身寄りに毒牙をのばすのも、侵犯を反復してテリトリを広げた場合の特徴である。山田道子は、味沢が推測してさしのばした誘導の鉤に、見事引っかかったのである。

　味沢は、犯人一味（おそらく複数）が山田道子にまだまといついているならば、彼女を監視しているうちに、必ずその身近に姿を現わすはずだと考えた。

　山田道子は、一週間おきに遅番になる。犯人が接触してくるとすれば、その帰途が最も可能性が高いだろう。――と考えた味沢は、道子が遅番の週、彼女の帰途を尾行することにした。

　山田道子の家は市街地からはずれた羽代川の外堤に近い、堤外新開にある。町から彼女の家まで例のビニールハウスのあるりんご畑の中を通っていくのが最も近道であるが、事件後彼女は、やや遠回りになるが、家並みのつづく住宅街の方を迂回していた。

　週末以外は、ラストショーは午後十時ごろ終る。午後十時を過ぎると住宅街もあらかた寝しずまってしまう。女性の夜の一人歩きの危険度は、りんご畑と大して変りなかった。

　だが、一週間尾行したものの、彼女に近づいて来た者はなかった。

　――そうか、侵犯の実績をつくってしまったのだから、初めて襲ったときのように、夜間、人通りの絶えたときを狙う必要はないのだ――

　味沢は、べつの可能性に気がついた。侵犯とその後の脅迫によって自家薬籠中のものとした獲物である。電話一本で易々と呼び出せるだろう。

もしかすると、山田道子は、犯人に味沢が来たことを告げているかもしれない。そのために犯人が警戒して道子を敬遠していることも考えられる。

味沢は監視の範囲を道子の遅番の帰途だけでなく、早番時の往復路や祭日にまで拡げたが、依然として怪しい者は浮かび上がらなかった。

――これはおれの見込みちがいだったか？――

さすがに自信がぐらついてきた。犯人は山田道子を一度襲っただけで、姿を晦ましてしまったのか。とすればもう一度、彼女に直接当たる以外に方法がない。

3

「頼子、映画に連れていってやろうか」

日曜日の朝、味沢は頼子に声をかけた。羽代シネマに現代の機械文明に失望した家族が、大自然の中に新天地を求めていく最近話題になった冒険映画が上映されていた。

「本当？」頼子は目を輝かした。

考えてみれば、〝父子〟がいっしょに連れ立って映画を見に行ったことはない。味沢にしてみれば、山田道子の様子を偵察に行くためのカモフラージュに、頼子を誘い出したのであるが、頼子は素直に喜んでいた。

映画は上映中のプログラムの性格から家族連れが多かった。山田道子の姿は見えなかった。従業員はかき入れ時の日曜祭日を避けて、平日に交代で休みを取るはずである。なにか急用でも起きたのかと、味沢は多少の失望と懸念をおぼえながら、頼子に手を引かれて映画館へ入った。

映画を観終ると、二人はぶらぶらと公園に歩み入った。美い天気で、映画の感動を公園の緑と、きれいな空気の中で反芻したかったのである。

「どうだい、おもしろかったかい」

味沢は満足顔の頼子に聞いた。

「うん、また連れて来て」

頼子は味をしめたらしい。

「まあ、勉強のさまたげにならない程度にね」

この少女の心の中はまったくミステリアスだが、こうして映画をいっしょに観た後などは、普通の少女となんら変るところがない。第三者の眼には、本当の父子に見えるだろう。越智朋子が健在ならば、頼子に欠落している母親の位置を遠からずして埋めるはずであった。もし頼子に母親ができれば、彼女の記憶障害や心理の屈折に柔らかな手当が施されただろう。それは味沢の望ましい方向に、頼子を回復させてくれるかもしれないという淡い望みを抱いていた。

朋子が死んでから、頼子のせっかく開きかけた心が、前以上に固く閉ざされてしまった。味沢の言うことはよく聞き、外見はよくなついているように見える。しかしそれは自分の生存にとって必要な餌をくれる主人に、野性を隠して従順を偽装する動物に似ている。従順の仮面の下に牙を隠している。それがいつどんな形で剝き出しになるかわからない。だが偽装であっても、それが維持されている間は、〝父子〟である。

晩秋の柔らかな日射しが、ベンチに腰かけた二人の上に、無量の透明な微粉のように降りかかってくる。感動的な映画の余韻と、黄金色の陽光の中に横溢して、全身を柔らかく包んでいる。頼子もいま牙を剝き出すことはあるまい。味沢の身体から構えが解けて、うとうととしかけた。

そのとき遠方から爆音がとどろいてきた。休日の午後の平穏をかき乱す耳ざわりな音だったが、自分に関係ない雑音は、あまり気にならないものである。雑音はしだいにこちらへ近づいて来るようであったが、味沢はさしのばされた睡魔の触手と快くたわむれていた。睡魔と意識の最先端が、ほんのわずかな接触によってたわむれあっているときの快さはたとえようがない。瞼の裏がとろけそうであるが、微妙なバランスがくずれれば、睡魔が離れて、意識が醒めてしまう。目を開いて雑音の正体を確かめるのも億劫であった。

突然、頼子の身体がピクリと震えた。そのまま身体を硬直させて、遠方の気配をじーっとうかがっている様子である。

爆音は一定距離を保ったまま、旋回している。頼子の緊張が伝わってきて、味沢の眠けが覚めた。

「頼子、どうした」

と問いかけると同時に、頼子が、

「お義父さん危ない！」と叫んだ。

「危ない？　何が」と問いかけたとき、旋回していた爆音がいっきに殺到してきた。

「頼子、逃げろ」頼子の手を引いてベンチから逃げ出しかけた二人を十数台のオートバイが凶暴な意志を剝き出しにして押し包んだ。

立ちすくんだ二人を取り巻いたオートバイの群は、網にかかった獲物をなぶるように、じりじりと輪を狭めてくる。いずれも黒い革ジャンにヘルメットを着けた暴走族の若者である。彼らはアパッチのように奇声をあげて二人の身体すれすれに、鋼鉄の獣を走らせていた。一台がすくみ上がった頼子のかたわらを走りぬけざま、足を出して地面に引きずり倒した。そのすぐそばを後続の車が次々に走り抜ける。

「頼子、動くな！」味沢は倒れた頼子を自分の身体で庇った。

頼子を助け起こすこともできない。少しでも動けば、猛スピードのオートバイの餌食になるきわどいところである。恐怖に居竦められて頼子は悲鳴もあげられない。砂塵が濛々と舞って視野をさまたげた。轟音が聴覚を奪った。ベンチが引っかけられて横転した。

公園に居合わせた市民が茫然として見まもっている。第一波が走り抜けた。第二波が仕掛けて来るまでに、束の間の呼吸がある。

味沢は倒れていた頼子を助けおこして走り出した。公園広場のはずれに木立ちがある。いかに暴走族でも、そこまでは追って来られないだろう。

だがあと数メートルの所で、第二波に捕捉(ほそく)された。ミュージックホーンが無駄な逃走を嘲笑(あざわら)うように鳴りひびく。

「だれか警察に知らせてくれ」

味沢は、木立ちの中に逃げた市民に救いを求めた。だが、自分の身を安全圏においた市民たちはからずも遭遇したおもしろい見せ物でも見物するように傍観者の目で見ている。中には笑いながら見ているものもいる。

「頼む！　だれか警察に……」

味沢の絶叫をふたたび襲ってきた第三波の轟音(ごうおん)がかき消した。第三波の攻撃はさらに凄(すさ)まじかった。暴走族が二人を狙っていることは明らかである。理由はわからない、味沢はこのまま嬲(なぶ)り殺しにされそうな恐怖をおぼえた。

自分一人ならば、なんとしてでも逃げられる。だが頼子を連れていてはどうにもならない。

彼がそのとき恐怖をおぼえたのは、暴走族に対してではない。二人の危難を笑いながらよい見物にしている市民たちに対して形容しようのない恐怖をおぼえた。

それは羽代市全体が敵になったような恐怖である。暴走族に嘱託して、羽代全市が味沢親子を抹殺しようとしている。そんな恐怖が味沢を鷲(わし)づかみにしていた。

「頼子、おれにしっかりつかまっていろ。突き倒されなければ、大丈夫だ」

恐怖に硬直した頼子の身体を抱きかかえて嵐が通りすぎるのを待つだけである。第三波がようやく去った。

「よし、いまだ」

二人はようやく木立ちの中の安全圏に逃げこんだ。暴走族もあきらめたらしく、奇声をあげながら遠ざかっていった。

「頼子、大丈夫かい？」

彼らが完全に立ち去ったのを確かめてから、味沢は頼子の体を気遣うゆとりが生じた。見ると膝頭（ひざがしら）から血が吹き出している。

「や、怪我をしたな」

「ちょっとすりむいただけよ」

頼子もようやく口をきけるようになった。

「何だ、もう終っちゃったのか」

近くで市民のそんなささやきが聞こえた。暴走族が暴れているという噂を聞きつけて、無責任な弥次馬（やじうま）が集まり、また散りかけていた。

彼らは、味沢親子が暴走族の餌食（えじき）にされていたとき、面白そうに見物していただけであった。おそらく二人が轢（ひ）き殺されても、知らん顔をしていたであろう。

――あいつら――

しだした発想があった。

勃然たる怒りがこみあげて爆発しそうになった直前、味沢の脳裡を閃光のように照らしだした発想があった。

あの暴走族の背後には、一つの意志が働いていたのではないのか？　朋子殺しの犯人探しを味沢に断念させるための犯人一味の恫喝ではないだろうか？　もし追及を止めなければ殺す！　あれは通りすがりの暴走族が通行人に悪ふざけを仕掛けたのではない。味沢親子を取り囲み、何波かに分れて組織的に執拗に襲って来た。一つの明確な意志の下に統率された作戦行動であった。

その意志があった証拠に、頼子の直観が、危険を予知する〝直観像〟を結んだ。その意志とは、殺意だ。殺意の背後には羽代全市の敵意がある。市民は傍観していたのではなく、味沢親子が殺されるのを願っていたのではないのか？　幸いにして頼子の〝直観像〟によって救われたが、もし、ここで二人が殺されても、羽代全市が一致しての隠蔽工作によって、いとも簡単に真の死因は闇から闇に葬られてしまうだろう。

――全市民が敵――とおもったとき、身体の芯から震えが上がってきた。それは武者震いのたぐいではなく、戦慄そのものといってよかった。

「頼子、これからは決して一人で外に出てはいけないよ。学校の行き帰りも、必ず友達と一緒にいなさい」

いまの恐怖が身に沁みたらしい頼子は、素直にうなずいた。

暴走族の背後に、犯人の意志が働いていたとすれば、犯人は、味沢が追跡していることを知っている。おそらく山田道子から味沢のアプローチを知って、犯人は味沢の動きをずっと監視していたのだ。犯人が動きだしたという事実は、それだけ味沢の追跡が正確な方向に向かって肉薄していることをしめすものであろう。

――やはり、山田道子を犯した犯人と朋子殺しの犯人は、同一人物だった――

だが犯人一味は、焦ったあまり、ここに重大な手がかりを残してしまった。それは暴走族の存在を知らせたことである。犯人は暴走族に影響力をもっている者だろう。犯人自身が暴走族かもしれない。山田道子が凌辱(りょうじょく)された現場に行き合わせた人は、「逃げ足が早い」と言ったそうだが、犯人が暴走族なら早いはずである。暴走族を追えば犯人に行きつける。

## 4

井崎明美の死体を首尾よく探り当てたものの、それは井崎照夫と奈良岡咲枝の共謀による保険金詐取目的殺人をあらわしただけで、捜査本部の意図する効果はすぐには現われてこなかった。

羽代署は面目を失ったが、それも致命的なものではない。保険金詐欺は巧妙で、安易に事故証明を出したことに軽率のそしりは免れなくとも、共謀関係にはつながらない。オイラン淵はもともと死体の出にくい場所である。そこに転落した死体が現われなくとも、死んだ情況は確定的であり、事故証明を拒否する理由にはならない。

岩手側が仕掛けた罠にまんまとはまって、死体の移動を企んだ井崎は、語らずして羽代署との癒着を明らかにしたが、当面岩手側の狙いは、井崎と羽代署の癒着を明らかにすることにはない。井崎明美の死体を羽代川堤防から見つけ出して、大場側を牽制することにある。その目的は達成したとみてよいだろう。

河川敷の買収に後ろ暗いところのある大場側は、そこから配下の妻の死体が現われて震え上がったにちがいない。味沢にも当分手をつけられないだろう。

村長たちも、自ら仕掛けた罠でありながら、こんなにも見事に獲物が引っかかったことにいささか驚いていた。これで当分味沢を泳がせる時間が稼げる。味沢よ、泳げ。そして致命的なボロを出せ。北野は味沢の影のようにぴたりと背後に張りついて、祈るようにその動きを見つめていた。

# 凶悪なる特定

## 1

そのころ、おもいがけない方角から錯綜した事件の糸が綻びかけてきた。

味沢岳史が長井頼子を引き取ったものの、まだ正式な養子縁組をしていたわけではなかった。両親を殺された頼子をとりあえず引き取った母方の遠縁は、父方の縁筋だという味沢からの頼子を養女にしたいという申し出に渡りに船とばかり託したのである。だが、その後戸籍は、長井家に残されたままであった。養女とはいうものの、味沢が里親のような形で引き取っただけであった。

村長はその後気になったので、時々、柿の木村村役場に照会していた。長井頼子は依然として長井家の戸籍に留まっていた。

味沢の容疑が濃縮するにつれて、このことは村長の心の中の懸念として容積を増やしていた。味沢は、なぜ頼子を引き取ったのか？　越智朋子と長井頼子、どちらも風道事件に関係ある人物に近づいた味沢は、捜査本部が絶対に見すごせない重要人物である。

いま越智朋子が殺され、残るは長井頼子一人が柿の木村につながりを残す者となった。味沢の頼子に対する狙いは何なのか？

捜査とは無数の無駄の積み重ねである。真相の鉱脈は、ただ一度の試掘で掘り当てられる場合もあれば、無数の徒労を積み重ねても掘り当てられないこともある。要は徒労を忌避しないことである。

どうせまた無駄骨だろうとおもいながらも、村長は念のために柿の木村村役場に問い合わせてみた。ところが今度は、戸籍法が改正になって本人および、その関係者、また強制捜査以外には、戸籍謄抄本の交付や閲覧はできないことになったという。

村長もそのことは知っていた。そのときは戸籍関係から任意にたぐれないとなると、捜査がやり難くなるとおもったが、電話で問い合わせたので、ついうっかりしていた。だが、村長はそのときの村役場の吏員の応対がどうも気になった。

長井頼子の戸籍は、単純明快である。両親きょうだいを失って、いまや長井家の戸籍の構成員は、彼女一人である。村長は、柿の木村村役場に、長井頼子の身分関係に変動があったときは連絡してくれと頼んでおいた。

これが戸籍法の改正によって、連絡ができなくなったとしても、変動がなければ、村長の問い合わせに対して法律の改正を持ち出さなくとも、「変動なし」と答えるだけでよいはずである。

大都市の役所ならばとにかく、東北の過疎村の村役場にしては、ずいぶんと融通のきかないことである。

村長は、長井頼子の身分関係になにかあったと感じた。村長は、今度は令状を取って閲覧を求めた。

その結果、長井頼子は味沢岳史の養子となる縁組届出のために除籍されていたことがわかった。ここに長井家は、戸籍内の全員を失って戸籍簿から除かれたのである。

味沢岳史は、頼子と養子縁組と同時に、分籍し、新戸籍を編製していた。これまで謎に包まれていた味沢の過去の生活史が、戸籍を手がかりにしてようやく浮かび上がってきたのである。

村長は、その手がかりにがっぷりと嚙みついた。味沢の本籍および出生地は千葉県山武郡山武町埴谷八百二十×番地で、現に両親が同所に健在である。

早速、捜査員が現地に飛んだ。出生地が判明し、身寄りを探し出せば、現在までの生活の足跡を手繰り出しやすくなる。

地元の身上調査によって味沢は地元の高校を卒業した後、自衛隊に入隊したことがわかった。

「その自衛隊も普通部隊ではなかった模様です」

味沢の出生地を洗ってきた捜査員は村長に報告した。

「普通部隊ではねがったってえ？」

村長は目を光らした。

「初めは陸上自衛隊東北方面隊第九師団八戸駐屯の第三十八普通科連隊、つまり歩兵部隊に配属されていたのですが、そのうちにべつの部署に配属がえされた模様です」

「どこさ配属がえになったのがね」

「自衛隊側が秘密にしているのではっきりとは突き止められないのですが、スパイ謀略活動やゲリラ戦を主とした秘密の特殊部隊らしいのです」

「スパイとゲリラだってえ？」

村長は、あんぐりと口を開けた。刑事警察官として、殺人や強盗などの凶悪犯罪者を追いかけることにその半生の情熱を傾けてきた村長には、スパイやゲリラが警備公安警察の管掌でありながら、べつの世界のことのようでピンとこない。

「警察庁警備局や本部の警備公安部に照会したところ、味沢は陸上自衛隊の内部に密かに設けられているスパイ謀略工作員を養成する工作学校に普通科から抜擢されて入学し、その〝特戦教育課程〟ＪＳＡＳ課程を卒業して、卒業生でつくっている秘密組織、〝筑波グループ〟のメンバーだったそうです」

## 2

村長は、捜査員の説明を黙って聞くばかりである。同じ警察でありながら村長は、情報収集や鎮圧活動を主務とする警備公安警察が好きになれない。もしそちらの方面に配属されたら、途中で転職したにちがいない。警備公安は、自由の擁護者を標榜し、民主主義体制の擁護をことあるごとに強調しているが、もともとそれは悪名高い特高（特別高等警察）の伝統を受け継ぎ、その再現ではないかと疑われている。

警備公安警察は、どんなに凶悪犯罪が多発しても、その捜査に動員されることはまずない。もっぱら「公共の安全と秩序の維持」のための情報収集と「暴力主義的破壊活動」の鎮圧に専念している。全国の警備公安警察を束ねているのが、警察庁警備局である。旧天皇制警察における内務省警務局保安課および、終戦後特高解体後、内務省警保局公安課の一係として細々と再発足した警備係が、現在全国の公安警察を指揮し、日本における情報収集と破壊活動鎮圧の総本山となった。

ここには、自衛隊、公安調査庁、内閣調査室等の収集した情報も集中してくる。それだけに体質的な秘密主義が遺伝されている。

それが村長の好きになれない理由であった。

警備公安警察が刑事警察よりも諸面において優遇されていることにいまさら不満を言うつもりはないが、権力機構が内包している、権力をもたない者に対応するための無気味な恐さが、村長の体質に合わないのである。

——民主主義は、絶えざる疑心と監視によって成立維持される制度である——と言った学者の言葉が村長の心に植えつけられている。

民主主義の理念である思想ないし言論の自由は、反民主主義的思想や、民主主義的政治体制を変革したり、破壊しようとする思想の自由をも保障するものでなければならない。そうでなければ民主主義の理念からはずれる。

それを得るために流された無量の血の上にようやくかち取った自由を悪用して、独裁者は、いとも簡単に自由を破壊してしまう。そしてひとたび自由が奪われると、それをふたたび得るためには、また無量の血が流されなければならない。民主主義は、構造的に脆さをかかえている。民主主義を維持するためには、それに反する思想や言論に対する絶えざる監視と疑惑が必要とされる所以である。

その自由の擁護者であり、反民主主義的思想の監視機関が現在の警備公安警察というわけであるが、遺伝的な反動性と秘密主義は、当然、腐敗を養う格好の培養基となる。秘密主義のベールの下に国民の政治的思想的自由を圧殺した特高の名残りの牙を隠しているかもしれない。

大規模なデモやストライキがあると、全警察官は事実上、警察庁警備局、管区警察局公安部、警視庁警備部、道府県警備部の指揮下に入って、非常事態時の編制に準じた体制に入る。

黒い戦闘服と楯とヘルメットで武装した機動隊の大群、彼らがどんな事態にも対応できるように、その獰猛な戦力を秘めてシンと待機している姿を見たとき、村長は、自分も権力機構側の一員でありながら、権力者が権力を維持するために忍ばせている牙を見たおもいがした。

民主主義においては人民が所有し行使すべき権力が、武装した機動隊を眺めるとき、素直に信じられなくなるのである。

――我々が守ろうとする民主主義は、一人一人の人間がすべての社会的な価値の根底であるという立場に立って、できるだけ各個人の自由と幸福を確保しようとすることを理想とする主義である——と宣言する警備公安警察が「各個人の自由と幸福を確保する」ためにあのようないかめしい武装と、精強な戦力をたくわえるところに、権力の存在についての疑念が生ずるのである。

民主主義に対する疑心と監視は、その主権の在所に対してもなされなければならない。反民主主義的思想に対してばかり警戒しているうちに、肝腎の主権がとんでもない所に行ってしまうような危惧が生ずる。

しかしスパイやゲリラとなると、その警備公安のほうの力を借りなければならない。

「その後、自衛隊をやめ、筑波グループからも脱けて、羽代市で現在の仕事に就いたということですが、除隊するにあたっては、柿の木村の事件が関わっているようです」

「なに、自衛隊が関係すてんのがね」

村長は口をはさんだ。自衛隊がからんでいるとなると、ややこしいことになる。

「自衛隊そのものが関係しているかどうかわかりませんが、ちょうど事件発生時と時期を同じくして、JSASが柿の木村一帯で秘密訓練をやっていた形跡があるのです」

「おめえ、それゃあ本当がね」

「自衛隊側で極秘にしているので、はっきりと証明できないのですが、警備が集めた情報によると、その形跡があります」

「秘密訓練つうと、どったらごどばすんのがね」

「自衛隊の工作学校は、旧陸軍中野学校のスパイ教育を継承すると同時に、フランス外人部隊の特別空挺隊SASの教育を自衛隊に導入するために設けられたそうです。JSAS課程とは中野学校とSASの長所を結合した特殊部隊の養成を目ざし、中野学校の旧教官、卒業生、フランスのSASの将校、および米陸軍第一特殊部隊、いわゆるグリーン・ベレーの将校などによって教育されているそうです。その内容は通常の基礎訓練のほかに、白兵格闘技術、爆破技術、ロープ、ハシゴ登り、パラシュート降下、潜水、山地潜入、密林生存術、後方心理攪乱術などで、毎年秋から冬にかけて、北海道や東北の山地において体力と精神力の限界をためすための行動訓練を行なっていますが、その場所と時期が、柿の木村一帯であり、例の事件発生前後だったらしいのです」

「ほんだば犯人は、味沢一人じゃなくて、行動訓練中の自衛隊の秘密部隊だったつうのがね」

村長は途方もない展開に驚きを隠しきれない表情である。

「行動訓練はわずかな非常食糧をもたせただけで昼夜連続一週間くらいにわたって実施されます。もちろん食糧が足りないので、自給自足です。民家からももらえないように山間僻地で行なわれるのですが、木の実草の根や、野ねずみ、兎など食えるものはすべて食糧にして限界状況での生存力を訓練するわけです。ところが餓えに耐えかねて、民家に泣きついたり、登山者から食べ物をもらったりする者も少なくないそうです。これらの餓えた隊員が、体力の衰弱から精神錯乱をおこして民家を襲う可能性もなきにしもあらずです。現に北海道の山奥の民家で、訓練中の自衛隊員らしき人間に食べ物を盗まれた事件が起きております」

村長は聞いているうちに、重大な符合をおもいだした。それは長井頼子が、記憶を失ったまま隣村の黒平村地区で発見されたとき、「青い洋服を着た人」に連れられていったと漏らした言葉である。その青い洋服とは、自衛隊員の戦闘服ではないのか？　迷彩を施した戦闘服はショックで記憶を失った少女の目には、ただ草のように青くうつったのではあるまいか。

「それが事実だとすっと大変なごどだな」

自衛隊の特殊部隊が秘密訓練中に民家に押し入って一集落を殲滅（せんめつ）したとなると一大事である。

「自衛隊がからんでいるとしても、組織的なものではなさそうです。錯乱した一隊員か、少数隊員の犯行ではないでしょうか」

「すかす、その秘密訓練に味沢が参加していだったて、どうすて彼が犯行にからんでいたと言えるのがね」

「味沢がZ種隊員だからです」

「Z種隊員？」

「自衛隊内部に警察と連係して治安情報を収集し、自衛隊内部規律の保持、脱走兵の逮捕、隊員の犯罪取締りとその予防策を任務とする警務科がありますが、そこで要注意の隊員をABCDXZ種隊員として区分しています。これが〝特定隊員〟と呼ばれる危険隊員ですが、AからX種までが現役隊員であるのに対して、Z種はすでに除隊した元隊員に対する区分なのです」

「やめた隊員をどうすて区分するのがね」

「Z種というのは、現役中自衛隊の機密に関する部署に所属あるいは関係しており、隊にとって外部に漏洩されることが好ましからざる事実あるいは情報を知り、それを外部に漏洩する危険性のある人物だそうです」

「そんだば、自衛隊の弱みば握っているっつうごどだな」

「もし味沢が柿の木村事件の犯人か、あるいは関係人物であるなら、これはきわめつきのZ種隊員ということになります」

「すかす、よくこんだけのごどを調べ出せだもんだな」

「警備のおかげです」

――こんなときは警備もありがたい――

村長は、その言葉を自分一人の胸にそっとつぶやいた。捜査が少しでも長びけば、予算や人手を容赦なくけずられてしまう刑事に対して、警備は予算も人手もふんだんにある。それがこのような際、こんな形で強みを発揮して刑事のほうを助けるとは皮肉であった。

ともかくようやく浮かび上がった味沢の異常な履歴は、事件に新たな視野をあたえるものである。この新情報をもとに会議が開かれた。

「すると味沢が長井頼子を養女にし、越智朋子殺しの犯人を単独で追っているのは、柿の木村での行為に対する贖罪のつもりでしょうか」

新たな意見が出された。

「たぶん、そうだべなあ。長井頼子と越智朋子の共通項は柿の木村だけだがらな」

村長は、答えた。

「しかし、味沢をそれだけのことで柿の木村事件の犯人あるいは関係者にするのは、早計だとおもいますね」

べつの方角から異なる意見が出た。つまり、味沢が自衛隊の特殊部隊に所属していたからといって、本事件前後に柿の木村地区での秘密行動訓練に参加したかどうかはっきりしていない。また参加していたとしても、彼が風道の住人を鏖殺した犯人であるという証拠はない。それは味沢の履歴と、特殊部隊が例年実施する訓練の地域から推測しただけにすぎないというものである。

「もし味沢が犯人あるいは事件関係者でないとすれば、彼はなぜ、長井頼子を養女にし、越智朋子に近づき、彼女が殺された後、執拗に犯人を追及しているのでしょうか？」

北野が質問をした。ここ二年余にわたって味沢の影のようになってじっと網を張っていた彼にしてみれば、仕掛けた網にようやくそろそろと近づきつつある獲物が的はずれとあっては救われない。

「それはいまのところわからない。味沢はたしかに怪しい。しかしいまのところそれはすべて情況証拠だ。それだけで彼を犯人と断定するのは危険だ」

反対意見派も譲らなかった。

# 砂利と岩石

## I

暴走族グループの調べは、当初おもったほど易しいものではなかった。まず羽代市域には、大小十数のグループがあって、それが常に分裂や吸収合併を繰り返している。また近隣の市や他県からも流れ込んで来る。

だが襲われたときの束の間の観察ながら、黒ヘルに黒の革ジャンは、市内で最大の勢力をもち、最も凶暴な「狂犬（マッドドッグ）」グループの制服（ユニホーム）であることを知った。マッドドッグはグループ員約二百五十名〜三百名で、二輪車が主体の暴走族グループである。グループ員は高校生、店員などが多く、十七、八歳から二十歳どまりの若者によって構成されている。

彼らの根拠地は市内駕籠屋町（かごや）にある「ヘルメット」というスナックである。味沢はフリの客を装って、ヘルメットに張り込みをかけた。三十平方メートルくらいの狭い店内にはカウンターと壁に沿って待合室のような造りつけの長椅子があり、黒革のジャンパーに身をかためた二十歳前の若者や髪を長くたらした少女たちがおもいおもいにたむろしている。服装はいかついが、ヘルメットを脱いだ顔はみな稚（おさな）い。

もともと隠語の多い早口でなにをしゃべり合っているのかわからなかったが、ジュークボックスから、いまはやりらしいただやかましいだけの音楽をボリュウムいっぱいに流して他のすべての音を圧倒している。その中で若者たちは叫ぶようにして話し合っている。

ビートを強調したロックンロールの変種らしく、演奏中にバイクやスポーツカーの爆音らしい音が入る。店内は、若者たちの熱気というより、目標もなくただ突っ走るだけの暴走族の狂気と騒然たる気配が充満しているようであった。

壁には二輪の重量車の写真がべたべた貼ってある。写真にはそれぞれ、MVアグスタ750Sとか、ブルタコアルピナ250とかハーレーダビッドソンFLH1200などと註釈(コメント)が入っている。

稀(まれ)に一般客がまぎれ込んで来るが、店内の異様な雰囲気に恐れをなして逃げ出してしまう。

味沢は、この店に数日張り込みをかけた。だが、マッドドッグのグループ員は、まったく味沢に対して反応をしめさない。みなてんでにそれぞれの所有するマシンやその日の行動の自慢話に熱中している。

もし彼らがだれかの命令によって味沢と頼子を襲ったのであれば、必ず彼の姿になんらかの反応をしめすはずであった。彼らはまったく味沢に関心をしめさずに、自分たちの話題に没頭している。その話題の中に、味沢たちを襲ったことは破片(かけら)も出てこない。

──これはべつのグループだったかな？──

味沢が見込みちがいかとあきらめかけたとき、店の前で凄じいエグゾースト・ノイズが凝集して停まり、二十名ほどのひときわ威勢のよさそうな一隊が店に入って来た。一走り、走って来たあとのような気配であった。店内に新たな汗のにおいと熱気が加わった。

「やっほーっ、愉快だったな」

──何を料理したんだ？──先着隊が聞く。この場合聞くのが彼らの礼儀らしい。

「また公園でよう」

──また公園かよ──

「アベックがいちゃついていやがったんでよう、一丁キュウリもみを食らわせてやったらよう、野郎が泣き出して女はたれ流しやがんの。ざまはねえの」

リーダー株が、身振り手振りで報告したので、店内がわっと沸いた。そのジェスチャーから味沢は、彼らが先日の襲撃犯人の一味であることを悟った。味沢親子に仕掛けた襲撃は、暴走族の間で無辜の通行人を脅かして遊ぶ「キュウリもみ」というゲームらしい。人間をキュウリに見たてて、バイクでもむ。一歩誤れば、無関係な人を死に引きずり込む危険なゲームを楽しんでいるのだ。

──なんてやつらだ！──

勃然たる怒りが胸の奥から衝き上げてきた。しかし、これで暴走族の背後に犯人の意志の働いていないことがわかった。彼らは独自の意志で味沢親子を遊び道具にしたのである。

そのリーダーはかつて獲物にした味沢の顔をとうに忘れているらしく、味沢の眼前で、〝戦果〟を得々として報告していた。味沢はそっと立ち上がった。それ以上その場に留まると、自分がなにをするかわからない凶暴な衝動をおぼえたからである。

暴走族グループの中に犯人がいないとなると、ふたたび山田道子の線に戻る以外になかった。だが道子は、ここ何日も、ずっと勤めを欠(やす)んでいた。勤め先にそれとなく聞いても病欠というだけで、それ以上のことはわからない。自宅は小さな雑貨屋を営んでいるが、どうも自宅にいる気配もない。

味沢は一計を案じた。近くの果物屋で適当な果物をバスケットに詰めさせると、山田家を訪問した。出て来た母親に、

「羽代シネマの者ですが、会社のほうから道子さんのお見舞いに上がりました」と果物籠を差し出しながら殊勝な顔で挨拶(あいさつ)した。五十年輩の人の善さそうな母親は、

「それは、それは、どうも有難うございます。娘がこの度は長いこと欠んでご迷惑をおかけしております」と畳に頭をつけるばかりに恐縮した。

味沢を羽代シネマの人間と信じきっている様子である。勤め先の人間までくわしく知らないだろうと踏んでうった芝居が、見事に当たった。

「それで道子さんのその後のご様子はいかがですか」

味沢は、一歩踏み込んだ。

「はあ、おかげさまで間もなく退院できるとおもいます」

――すると、病院に入っているのか、病気というのは嘘ではなかったらしい――と胸の中でうなずきながら、

「よろしかったら、病院の方へお見舞いに上がりたいとおもいますが」さらに深く探りを入れた。もし勤め先に病院名を連絡してあれば、ここで疑われる危険がある。

「いえ、お忙しいところをわざわざけっこうでございます。もう三、四日やすませていただければ退院でございますので」

母親はますます恐縮している。

「せっかくここまで来たのですから、久しぶりに道子さんにも会っていきたいですね」

「本当に、あのう、けっこうでございます。私からよく申し伝えますので。なにしろ恥ずかしがりやの娘なものですから、病気で汚なくしているところを見られるのを嫌がりますので」

母親は、うろたえ気味に謝絶した。だが、その言葉の底に、本人に対する直接の見舞いを迷惑がっている気配が感じ取れた。それは本当に娘の羞恥心をおもんぱかってのことか、それとも他の理由があるのか。

味沢は直感的に後者だと悟った。彼はさらに奥へ踏み込んだ。

「実は、私はなにも聞いていなかったのですが、道子さんのご病気は何だったのですか」

――ここで正体がバレるかもしれない――

だが、母親はやや当惑した表情で、

「実は盲腸なのです。以前から時々出ていたのですが、薬で抑えていたのを、今度、医者から切ってしまったほうがよいと言われましたので。本人が恥ずかしがるものですから」

味沢は母親の語調から、それは嘘だと確信した。盲腸ならなにも恥ずかしがる必要はない。彼女はなにか他の病気、それも表沙汰（おもてざた）にできない病気で入院したのだ。

味沢は、母親から病院の名前を聞きだすのは無理だと判断した。これ以上押すと、相手を警戒させてしまう。ちょうどそのとき「ただいま」と声がしてセーラー服の高校生が帰って来た。道子によく似たおもだちをしている。それを機に味沢が辞去しかけると、

「あのう、お名前を？」母親が慌てて聞いた。味沢はまだ名乗ってもいなかったのである。

「会社を代表してまいりましたので、それではくれぐれもお大事に」

味沢はさりげなく躱（かわ）して、山田家を出た。

味沢はいったん帰った振りをして、山田家を見張った。市域のはずれの、家並みが疎（まば）

らになるあたりでの張り込みは難しかったが、ともかく近所の住人の目を引かないようにして一時間ほど山田家を監視していると、先刻帰って来た妹が果物籠をかかえて出て来た。味沢の狙いは的中した。おそらくこれから姉の入院先へ行くにちがいあるまい。味沢は早速尾行した。

妹が行った先は、市内薬師町にある県立病院であった。妹は、まっすぐ第三病棟へ入って行った。

受付で見舞客を装い山田道子の病室を聞いた味沢は、予感が当たったのを確認した。県立病院には病棟が四つあり、第一が内科、第二が外科、第三が産婦人科および小児科、第四がその他となっている。

未婚の娘が入院先を秘すのは、たいてい産婦人科関係のトラブルである。

味沢はここでおもい当たったことがあった。山田道子に初めて対面したとき、身体がひどく重そうであった。彼女はあのとき妊娠していたのではないのか？　そしてその妊娠の原因が犯人から受けた暴行であったとしたら——家族が入院先や病名を秘匿するのもうなずける。

味沢がしばらく待合室でうろうろしていると、妹が帰って来た。果物籠だけを届けに来たのであろう。

味沢は一瞬迷った。道子の病室へ行ったところで、素直に相手の名を言うはずのないことはわかっている。おそらく家族にも話していないだろう。だから妹も姉を暴行し、入院の原因をつくった犯人を知っているとはおもえない。しかし、味沢が初めて道子にアプローチしたとき、妹も狙われるかもしれないとかけた誘導（かま）に著しい反応をしめした。ということは、犯人が妹にも、劣情の触手をのばしかけているのではないだろうか？

　この種の被害者は、肉親よりも、年齢の接近したきょうだいにわりあい素直に打ち明けるものだという話を聞いたことがある。

ためらいは一瞬のうちに消えて、味沢は心を定めた。彼は道子の妹に追いすがった。

「山田さん」

　突然呼びかけられて、妹は少しびっくりした顔を振り向けた。姉よりふっくらとして優しげなおもざしである。

「あのう、山田道子さんの妹さんですね」

「そうです」

　妹は不審そうに顔を傾けた。べつに警戒はしていない。先刻、山田家の上がり口で出会っているが、束の間のすれちがいだったので、おぼえていないらしい。

「私は、味沢と申します。お姉さんの知合いです」

「ああ味沢さん」

　妹の表情に意外にも反応が現われた。

「私のことをご存じですか」

「姉からうかがいました。あのう婚約者（フィアンセ）の方が亡くなられた……」

「そんな話までされているのですか」

「犯人を探しておられるのでしょう？　いまの果物籠も味沢さんですね。姉もそう言ってました」

妹は覗(のぞ)き込むように味沢を見た。

「あなたはお姉さんに乱暴を働いた犯人を知っているのですか」

味沢は、妹に問いかけた。ついに協力的な反応をしめしてくれる相手にめぐり合ったおもいであった。

「いいえ、姉に何度も聞いたのですが、話してくれません」

せっかくの反応がたちまち糠(ぬか)喜びになりそうであった。

「でも姉は、味沢さんのフィアンセを殺害した犯人と、姉に乱暴した犯人が同じ人物らしいと言ってました」

「それなのにどうして犯人の名前を言わないのですか」

「恐がっているのです。姉は脅迫されているのです」

「どうして警察に訴えないのですか」

「父と母が、そんなことをすれば町中の噂になってしまうから絶対にいけないと言うんです。姉もいやだと言ってます。でも私、姉をあんなひどい目にあわせて知らん顔をしている犯人が憎くてしかたありません」

妹は、激しい憎しみと怒りに塗りこめられた目を上げた。優しげなおもざしに似ず、烈しい気性の持ち主らしい。

「犯人が憎いのは私も同じです。警察はまったく頼りになりません。それで一人で探している途中で、お姉さんと行き合ったのですが、お姉さんは犯人を知っているはずなのに教えてくれないのです。お姉さんが入院されたのも、犯人に乱暴されたのが原因なんでしょう」

おおかたの推測はついていたが、確かめたかった。

「姉は子宮外妊娠をしていたんだそうです。お勤めから帰って来ると、急に激しく出血して、救急車で入院したのですが、危うく死ぬところだったんです」

おそらく彼女は子宮外妊娠がどういうものか正確には知らないはずであるが、あたかも自分がその被害者であるかのように訴えた。

「それでも犯人の名をおっしゃらないのですか」

「私も、危うく死にかけるような目にあわされてなぜ犯人を隠すのかと、何度も姉に聞いたのですが、姉は口を閉ざしています。なんだか犯人を庇っているようにさえ見えました」

「犯人を庇う？」

「おそらくひどく脅かされているんだとおもいます。犯人の名を言えば、自分だけではなく家族までも危険なめにあわせると脅かされているんでしょう」

「あなたにはまったく心当たりはありませんか、犯人らしい人物があなたにちょっかいを出してきたようなことはありませんでしたか」

「面と向かってではありませんが、おもい当たることが一度だけあります」

「ある！」

味沢はおもわず声を高くした。

「姉に電話をかけてきた男がいるのです。最初私が電話に出て、姉と代わったのですが、そのときの男がもしかすると犯人のような気がしたのです」

「どんな話をしていましたか」

「最初、私の声を姉とまちがえて話しかけてきたのですが、すぐに姉が来て代ってしまいました。姉は私がそばにいると話しづらそうにしていたので、場所をはずしてやりました。ですから、なにを話したのかまではわかりません」

「それでどうして犯人らしいとわかったのです？」

「私の直感です。口のきき方も乱暴で、下品でした。姉はまじめでそれまでそんな男の人から電話がかかってきたことはありませんでした。それに姉の態度がまるで弱みでも握られているみたいにおどおどしていました」

犯されたことは、女性にとっては最大の弱みになるだろう。味沢が考えたとおり、犯人は、被害者の弱みにつけ込んで家にまで電話をかけてきたのであろう。

「そのときの電話でなにか気がついたことはありませんでしたか」

「電話のバックにやかましい音楽とオートバイの爆音のような音が流れていました」

「オートバイ？」

味沢の目がチカッと光った。

「とても騒がしい所から電話をしていたようです。そのために私の声を姉とまちがえたのでしょう。そうそう、それから変な言葉が電話に入りました」

「何ですか、その変な言葉とは？」

「脇で他の人が話している言葉が聞こえたのですけど、キュウリもみがどうとかと言ってました」

「キュウリもみだって？」

味沢が大きな声を出したので、妹が首をすくめた。

「いや驚かせてごめんなさい。たしかにキュウリもみと言ったんですね」

味沢は興奮を抑えて確かめた。

「まちがいありません。たしかにキュウリもみと言ってました」

やはり最初につけた狙いは誤っていなかった。犯人はスナック「ヘルメット」から電話をかけてきたのにちがいない。

犯人は「狂犬（マッドドッグ）」の中にいる。朋子を殺し、山田道子を犯した犯人は、マッドドッグの中にいて、味沢父子にもキュウリもみを仕掛けてきたのである。これら三つの犯行の間におそらく計画性はないであろう。その名のごとくだれかれの見さかいなく咬（か）みついてきたのだ。

「どうかしましたか？」

立ち話をしたまま、考え込んでしまった味沢を、妹が心配そうに覗き込んだ。

「いや、なんでもありません。もしかすると犯人を探し当てられるかもしれませんよ」

「本当ですか」

「あなたのお話はとても参考になりました。またなにか新しいことがわかりましたら、教えていただけませんか。私の連絡先はこちらです」

味沢が改めて名刺を差し出すと、

「私は、山田範子です。範囲の範の字です。私にできることがあったらできるだけお手伝いをさせてください」

と初々しい女学生の顔に戻ってぺこんと頭を下げた。

「ありがとう。犯人はあなたを狙うかもしれないから、夜間や寂しい道の一人歩きはしないように」

味沢は、長い孤独の戦いの後にようやく一人の味方を得たおもいで言った。

## 2

キュウリもみはマッドドッグが発明した遊びらしい。他のグループが輸入して真似をする可能性もあるが、キュウリもみと呼んでいるのはマッドドッグだけである。だが二百五十から三百名ほどメンバーがいるという彼らの中から、どうやって犯人を割り出すか？

　味沢は再度ヘルメットを訪れた。そこにたむろしているメンバーに片端から、羽代シネマに勤めていた山田道子を知らないかと聞いてまわった。そしてその反応を見たのであるが、だれも無表情に知らないと言った。

「あんた、なんでそんなことを聞くんだい」

　険悪な表情で聞き返す者もいた。だがそれは味沢の期待する反応ではなく、彼らのたまり場にまぎれ込んで来た異分子に対する拒絶反応のようである。

「ちょっと知合いの者でね、マッドドッグのメンバーだと聞いたもんだから」

「そんな女(スケ)知らねえな、その女あんたのどんな知合いなんだね」

「友達だよ」

「友達(ダチ)ねえ、ダチにもいろいろあるからねえ」

　彼らは淫靡(いんび)な笑いを交し合って、

「あんた、この間からうろうろして目障りにおもってたんだが、まさか警察(サツ)じゃねえだろうな」と急に凄(すご)んだ。

「警察？　この私が、はは」

「何がおかしい」

　凶暴な目つきをしたのが数人、彼の周りを取り囲んだ。もし警察なら只(ただ)ではすまさないぞといった雰囲気である。

「誤解しないでくれ、私はこういう者だ」

味沢は、社名入りの名刺を出した。それを覗(のぞ)いた彼らは、

「なんだ、保険屋か。保険屋が何の用だ」

「何の用かわかるだろう。マッドドッグのメンバーなら、我々のいいお得意様だ。そうだ、きみたちもこのさいどうだろう。生命保険に入っていると安心だよ」

「おれたちが生命保険？」

一瞬きょとんとした彼らは、次に大笑いしはじめた。ひとしきり体をよじって笑った後、

「保険屋さんよ、おれたちに保険を勧めるためにここへ来ているんだったら、いくら来ても無駄だぜ。生命保険に入ってマシンぶっ飛ばすなんてサマにもならねえ」と言った。

結局、山田道子の名前に反応した者は見分けられなかった。

ヘルメットに聞き込みをして三日めの夜の帰途、朋子が殺された雑木林の付近で、味沢は突然、背後から呼びとめられた。

「あんた、味沢さんか」

木かげの闇がひときわ濃くたまったあたりに数人がうずくまっている気配であった。そうだと答えると、いきなり強い光に目を射られた。耳をつんざく咆哮(ほうこう)が空気を引き裂いて、黒い鋼鉄の獣が闇の中から味沢目がけて襲いかかって来た。身体をひねって危うく躱(かわ)すと、二匹めが来た。立ち直る隙もあたえず、三匹めがのど元を狙う。マッドドッ

グの中の犯人が、味沢を待ち伏せていたのだ。

いずれも500cc以上の大型マシンが、三台、無抵抗の味沢を囲んで交互に襲いかかって来る。味沢は彼らの殺気を感じた。この前公園でキュウリもみにあったときは、まだゲームらしい余裕があったが、今度は本気で突っかかって来ている。フルスロットルで疾走して来ると、味沢に激突寸前のところでスピンターンする。だれも通りかからなかった。通りかかったところでどうすることもできないだろう。唯一の逃げ場所は雑木林だが、攻め方が巧みで逃げ込む隙をあたえない。

味沢は追いつめられた。三台のマシンは三方から味沢を取り囲んだ。煌々たるライトの背後にいるライダーの姿は見えない。ライトの交叉する中央で味沢は立ち竦んだ。エンジンの回転が少し落ちて、正面のマシンから声がかかった。

「どういうつもりで山田道子のことを嗅ぎまわった？」

「だから知合いだと言っただろう」

味沢は答えながら、彼らが朋子殺しの犯人だと咄嗟に悟った。彼らは朋子を襲って、この場所の土地鑑がある。だから味沢の後を密かにつけて、帰路の方向を見定めたところで、地の利のよいこの場所で待ち伏せていたのだ。

「どんな知合いだ」

「友達だ」

「なにか魂胆があるな」

「魂胆などない。保険に入ってもらおうとしただけだ」

味沢は会話を引きのばしながら、なんとかつけ入る隙をとらえようとした。長い追跡の末にようやく姿を現わした犯人である。

これはまたとない機会であった。

「今度、山田道子のことを嗅ぎまわったら、ただじゃすまねえぞ」

ライダーが凄んだ。

「どうして山田道子のことを聞いてはいけないんだ？」

「うるせえ！　おれたちの気に入らねえんだよ。これからヘルメットにも近づくな。あそこはきさまの来る所じゃない」

味沢は、朋子の件を確かめようとして、危うくのど元に押し返した。味沢の本命目的が朋子殺しの犯人追及にあると知ったら、彼らは味沢を無事に帰さないだろう。

そのとき偶然が味沢に有利に働いた。遠方でパトカーのサイレンが聞こえたのである。それはこちらの方角に近づいて来る気配であった。べつの事件に急行しているのか、それとも近くの住人が暴走族が通行人にからんでいると見て、一一〇番したのか。

パトカーの気配に暴走族は急に浮き足立った。彼らはエンジンのパワーを上げて次々にスタートした。スタートと同時にダッシュをかける。

味沢はその一瞬を狙っていた。二台めのマシンがダッシュする直前、味沢の手元から光の矢のように飛んだものがある。それはライトの光芒（こうぼう）の中に一瞬キラリと光って、二台めの前輪にキリリと巻きついた。ダッシュの直前を阻まれて、マシンはつんのめった形で転倒した。アクセルグリップがフルスロットルにねじり込まれたまま、マシンは横転してはねまわった。マシンの加速力をそのまま移されたライダーは五メートルほど前方に吹っ飛び、頭から路面に叩きつけられた。そこへ三台めのマシンがもろに突っ込んで来た。

路面に叩きつけられた衝撃で動けなくなっていたライダーを、三台めのマシンは前輪で突っかけ、自らも転倒しかけたが、危うく立ち直ってフルスピードで一台めの後を追った。あとには、二重の衝撃で、死んだようになった二台めのライダーが残されていた。

駆け寄ってみると、まだかすかに息がある。ヘルメットを着用していたので、ショックをかなり緩和させたらしい。

ちょうどそこへパトカーが駆けつけて来た。

「おい、無事か」

「暴走族にからまれているという通報があったんだが」

パトカーから駆け下りて来た警官が、身構えたまま、声をかけた。

「大丈夫です。パトカーのサイレンを聞いて逃げ出すはずみに一人がハンドル操作を誤って怪我をしました」

暴走族の主力は逃げ去った後と聞いてようやく構えを解いた警官は、ライダーの怪我を見て、無線で救急車を呼んだ。警官が救急車を呼んでいる間に味沢は横転しているオートバイの前輪にからみついている鎖をはずして、ポケットの中に隠した。それは彼が暴走族との対決を予想して、密かに考案して懐中に忍ばせておいた両端に分銅をつけた細い鎖であった。ヌンチャクと鎖鎌の合いの子のような凶器である。倒された暴走族はなにが身に起きたか認識する間がないうちに意識を失い、逃げた暴走族も自分が逃げるのに忙しくて何も見ていなかったであろう。

味沢は、そのとき過去の特殊な経歴の一端を初めてちらりと覗かせたのである。それはまさに凶器そのものとなって、暴走族の一人を倒した。

3

暴走族は、羽代市民病院に収容された。彼の名は風見俊次、十七歳の高校生であった。二重のショックで頭部を強打している模様で、右の鎖骨も折れていた。エックス線撮影の結果、頭蓋内の出血はない模様である。だが頭部の怪我は微妙で、これからどのように推移するか予断を許さない。

風見俊次の両親が駆けつけて来た。父親は市内で歯科医院を経営しており、家庭は裕福であるらしい。

「末っ子で甘やかして育てたものですから、とうとうこんな事故を起こしてしまって。欲しいものはなんでも買ってやったのが、あだになってしまったのです。あの子がオートバイを欲しがったとき、私は反対したのに。通行の人にからんで、こんなことになるなんて、自業自得です」

と母親は涙を拭った。ともあれ、風見の生命に別状はなかった。

味沢は、被害者の立場でありながら、風見の救急に協力した形なので、両親から謝罪と感謝の言葉が寄せられた。

「私にも責任の一端があります。夜道を、からんでくれと言わんばかりにのそのそと一人で歩いていたのですから。あの年代は難しい年頃です。どうかご子息をあまりお責めにならないように」

ある思惑を秘めた味沢は、逆に風見を庇った。両親は彼を信頼した。味沢は、見舞いを装って風見の病室にフリーパスで出入りした。風見は味沢を恐れた。だが両親はそれを息子のわがままだとおもった。

「あんないい人はいないわよ。おまえがオートバイでいたずらを仕掛けたのに、おまえの身を案じて、毎日お見舞いに来てくれるのよ。それを嫌がるなんて、わがままの度がすぎるわ」

と母親にたしなめられても、味沢を忌避する本当の理由を告げられない。

「母さん、あの人はおれを殺すよ。病室に入れないでくれ」

風見は訴えた。頭部にはその後異常は現われないが、胸部にギブス（ギプス）をはめられて動けない。

「なに言ってるんです。殺そうとしたのは、おまえのほうじゃないの」

「個室じゃなくて、大部屋に替えてくれ」

「馬鹿ねえ、この部屋のほうが静かで早くよくなるのよ」

　と母親は取り合わない。

「おれにからまれたのを怨んで、そのうち復讐するつもりなんだ」

「からんだのは、なにもあなただけじゃないでしょう」

「いま身動きできないのは、おれだけだよ」

　両親も看護婦（師）もいないときに、味沢に襲われたら、それこそ逃れようがない。

　風見の顔には、皮膚の下からにじみ出て来る脂のようなおびえがあった。


　入院三日めの深夜、風見は激しく身体を揺すられて目を覚ました。寝起きの朦朧とした視野に人の顔がぼんやり浮かんでいる。ようやく焦点が結ばれると、そこに味沢の顔があった。愕然としてはね起きようとしたが、ギブスに固定されていて身動きできない。

「おっと、そんなに慌てふためくと、傷にさわるよ」

　味沢が、口元だけで笑うと、風見の身体を軽く押えた。わずかな力なのだろうが、重しを乗せられたような圧力がある。

「こ、こんな時間に、何の用だ」

　風見は、精一杯虚勢を張った。枕元においてある時計を覗くゆとりもないが、午前零時をまわっているらしい。静寂に深夜の重さがある。

「ちょっとお見舞いにね」

「見舞いなら昼間来ただろう」

「二度来ちゃいけないのかね」

「いまは見舞いの時間じゃない。帰ってくれ」

言いながら風見は枕元にそろそろと手をのばしかけた。そこに看護婦呼出用のブザーコードがあるはずだった。

「何を探しているんだね」

味沢がいち早く風見の指先に目をとめた。

「べ、べつに」

「あんたの探しているものは、これじゃないのか」

味沢が指先につまみ上げたのは、ブザーのコードであった。おもわず表情をひき攣らせた風見に、

「何か看護婦に用事があるなら、私が代りにしてやるよ」

「なにも用事なんかないよ！」

「そうか、それならこのブザーにも当分用はないな」

味沢は意地悪く、ブザーを風見の手の届かない位置においた。

「おれは眠りたいんだ。用がなければ、帰ってくれ」

「ちょっと聞きたいことがあってね」

「聞きたいこと？」

　風見はぎくりとした。

「先日、なぜ私を襲ったんだね？」

「理由なんかなにもねえよ。あんたがたまたまあそこを通りかかったから、からかったんだ」

「知らないよ」

「山田道子のことを嗅ぎまわるなと言ったね、なぜだ」

「私の耳がちゃんと聞いてるんだよ」

「そんなことを言ったおぼえはない」

「そうかい、だったらおもいださせてやろうか」

「本当に知らないんだ」

「山田道子とあんたはどんな関係なんだ」

「あんたにからんだのは悪かったよ。許してくれ」

「あんたの他に二人仲間がいたね。名前と住所を教えてくれないか」

「知らない」

「同じマッドドッグのメンバーなんだろう」

「ヘルメットで知り合っただけで、名前も住所も知らないんだ」

「知らないことばかりだな。よしよし、みんないっぺんにおもいださせてやるよ」

味沢はニヤリと笑って、ベッドへ近づいた。

「な、なにをするつもりだ!?」

味沢から迫る異様な気配に、風見は動けぬ身体を硬直させた。

「あんたは、頭を打って、みんな忘れてしまったんだ。ショックによる記憶障害は、新たなショックによって回復することがある。あんたの頭を、ベッドの鉄枠に二、三度ぶつけてみたらおもいだすかもしれないな」

「止めてくれ!」

「もっとも新たなショックでせっかくよくなりかけている頭の中の傷が破れるかもしれないがね、あんたの頭の中はいま非常にデリケートな状態にある。ヘルメットをかぶっていなかったら確実にあの世行きだったんだよ。いま脳の中身は、燃えがらみたいにきわどいバランスで保っているのかもしれないよ。そこに新たな衝撃を加えたら、どんなことになるか、今度はヘルメットを着けていないからねえ」

「帰らなければ、警察を呼ぶぞ」

「ほう、どうやって?」

味沢は、ブザーコードを風見の顔の前にぶら下げてゆらゆら振った。

「おねがいだ、帰ってくれ!」

「だから聞いていることに答えてくれたら帰ると言ってるだろう」

「知らないことには答えられない」

「あんたには自分の立場がわかっていないらしいな。あんたの仲間はあんたを撥ね飛ばして逃げてしまったんだよ。あんたは仲間に危うく殺されかかったんだ。それを庇う義理なんかまったくないんじゃないのかね」

「………」

「それとも、やっぱりおれにおもいださせてもらいたいかね」

味沢は、風見の頭の下に両手をさし入れてもちあげかけた。

「待ってくれ」

「やっとしゃべる気になったか」

「おれは犯ってないんだ」

「おまえたち三人組が山田道子を犯したんだな」

「でもおれは見張りをしただけなんだ。いつもおれは見張りなんだ」

「じゃあだれがやった？」

「………」

「言うんだ」

「おれが口を割ったって言わないでくれよ」

「素直に話せば黙っていてやる」

「ボスと津川さんだよ」

「ボスと津川とは、どこのだれだ」

「津川さんは自動車工場へ勤めている」

「ボスとはだれだ」

「ボスは知らないほうが、あんたの身のためだよ」

「言うんだ」

「大場さんだよ」

「大場？」

「大場市長の御曹子(おんぞうし)だよ」

「大場一成の息子がおまえのボスだというのか」

味沢は、いきなり強い閃光(せんこう)に目を射られたような気がした。

「そうだよ。マッドドッグのリーダーだ。同じ高校の三年生だよ」

「市長には息子が三人いるが」

「三番めだよ」

追いつめた獲物は大きかった。獲物自体が大きいだけでなく、その背後に巨大な一家眷属(けんぞく)がいた。

「大場の三男坊と津川の二人が山田道子を強姦(ごうかん)したのか」

「そうだ。ボスが前から山田道子に目をつけていて、誘い(バン)をかけていたんだけど、いうことを聞かないので、ビニールハウスの所で待ち伏せしていてやっつけた。ボスはおれにも突っ込めと言ったけどその気になれなかった」

「その後も山田道子につきまとっていただろう」

「山田道子の親父は、羽代交通のバスの運転手だ。ボスの兄貴が社長をしている。ボスがいうことを聞かないと、道子の親父を馘にすると脅したので、しかたなくつきあっていたらしい」

「私を襲って来たのは、山田道子が話したからか」

「ちがう。マッドドッグのメンバーがヘルメットであんたが山田道子について調べていると話してくれたので、脅すためにやった」

「あんた、さっきいつも見張りをやらされていると言ったね」

「見張りでなければ、ボスがコナかけた女の呼出役だよ。おれは女に実際に手を出したことは一度もない」

「ということは、山田道子以外にもやっているな」味沢はそろそろと核心に斬り込んだ。語るに落ちた形の風見の面に当惑の色が浮かんだ。

「でもたいていはズベ公だった」

「越智朋子はズベ公じゃない」

急所の表皮を一撫でした剣尖が、一転、核心に突き刺さった。風見の顔色が変った。

「どうした、だいぶびっくりした様子じゃないか。九月二日の夜、いや正確には三日の未明、越智朋子という女性に乱暴して殺したのもきさまらだな」

「ちがう！　おれたちじゃない。おれはなにも知らない」

強姦と、強姦殺人では罪質がちがう。山田道子の線から来たとばかりおもっていた味沢の真の狙いを知って、風見は動転していた。

「だったら、どうしてそんなにむきになるんだ」

「おれは関係ない！」

「わめくな！　きさまらがおれにからんで来た場所は越智朋子の殺されたところだ。きさまらは土地鑑があったんだ」

「偶然だ、偶然の一致だ」

「あんたが話さなくともいっこうにさしつかえない。大場の馬鹿息子と津川から聞き出すまでさ。あんたが口を割ったと言ってね」

「おねがいだ、それは止めてくれ」

「正直にみんな話せ。越智朋子を殺したのはだれだ。その場にいたのはきさまら三人か。それとも、他にだれかいたのか」

「おねがいだ。おれはリンチされる」

「しゃべらなければ、いま死ぬまでだ。もしあんたが犯人でなければ、他人の罪を背負って死ぬんだ。馬鹿らしいとおもわないか。正直に全部しゃべれば警察に頼んで保護させてやる」

「警察なんか当てにならない。羽代の警察はみんなボスの親父の子分なんだ」

「そうか、犯人はやはり大場の馬鹿息子だな」

「あっ」

「いまさら口を押えても遅い。きさまも共犯だろう」

「おれは殺してなんかいない。道端で見張っていたら、ボスと津川が顔色変えて逃げて来たので、いっしょに逃げ出した。後になって、女を殺したと知って大変なことをしでかしたとおもい、生きた心地がしなかった」

「なぜ越智朋子を狙ったんだ。山田道子のように前から狙いをつけていたのか」

「ちがう。あの夜、いつものように三人で流していたら、あそこで様子のいい女が独りで歩いているのを見かけたので、咄嗟（とっさ）のおもいつきで襲ったんだ。でも女が予想した以上に激しく抵抗したので、つい手に力が入りすぎて殺してしまったらしい。でもおれはその場から少し離れた所にいたので、よくわからないんだ。本当だよ、信じてくれ。おれには女なんか殺せない」

推測したとおり、クーデターとはほぼ関係ないことがわかった。大場の息子が犯人とは因果なめぐり合わせとしか言いようがない。

「その場にいたのは、大場と津川とおまえの三人だけか」

「そうだ。おれは道端で見張りをしていた」

「マッドドッグは三百人もいるのに、なぜ三人で流していたんだ」

「グループの行動は全員でやるけど、女（カモ）を探すときは、いつも三人でやっていた。秘密を守るためだ。一年前に偶然三人で流していたとき、一人歩きしていた女をやっつけて味をしめたんだ」

「おまえは、見張りで味をしめたのか」

「ボスが金をくれた。いいアルバイトになった」

「呆れたやつだ。金に不自由はしていないだろう」

「もっとパワーのあるマシンに買いかえたかったんだ。おやじは500cc以上は買ってくれなかったんだよ」

強姦の介助料をせっせと積み立てて、性能の高いオートバイを買おうとしている高校生。それは高度化する機械文明の中で、精神だけ未発達のまま取り残されてしまった哀れな若者の姿である。彼はせめて高性能のマシンにまたがって、精神の遅れを取り戻そうとしていたのかもしれない。

味沢はついに犯人を突き止めた。朋子は、クーデターの報復として殺されたのではないことがわかったが、大場体制と正面衝突は必至となった。たとえ相手がどんなに強大でも凌辱されて殺された朋子の無念を晴らし恥辱を雪いでやるためには、その衝突は避けて通れない。

味沢は大場と対決するためには、散開しているこちらの力を集めなければならないとおもった。大場体制の前にはどんなにこちらの力を集めたところで、巨大な岩石の前では砂が砂利になった程度のものだが、少なくとも砂よりはましである。そして使い方によってはその砂利が岩石を破壊する爆薬となるかもしれない。一つまみの爆薬でも巨大な岩石のブロックを吹っ飛ばす。

## 4

「お姉さんに乱暴した犯人がわかりましたよ」

「えっ本当⁉」

山田範子は目を見張った。味沢が散開している数少ない味方と密かに心に頼んだ一人である。

「本当です。犯人は一人ではなかった」

「いったいだれですか」

「マッドドッグの連中です。主犯はそのリーダーの大場成明(なるあき)です」

「大場？」

「そう大場一族です。大場一成の三男坊です。あとの二人はその子分だった」

「大場の一族だったんですか」

範子の身体から急に力が抜けたように感じられた。姉が犯人の名を言わなかったのも無理はないと、心の内で納得したことを表情が語っている。

「大場一族だからといって尻(しり)ごみすることはありません」

「でも大場が相手では……」

「あなたのお父さんが羽代交通に勤めていることも知っています。しかしお姉さんに乱暴した犯人は、私の婚約者を殺した犯人でもありました。私たちが共同して訴えれば、非常に強い力となります」

「証拠があるのですか」

「共犯の子分の一人が白状したんです」

「私、恐いわ」

「範子さん、恐れてはいけない。市民の中にも隠れた味方がたくさんいます。勇気を出してください」

「でも乱暴されたのは、私じゃないわ」

範子は、大場という名を聞いて急に弱腰になっていた。

「やつらはあなたも狙っていたかもしれないのですよ。表沙汰にはなっていませんが、被害者は姉さん以外にもたくさんいます。これからも被害者は出ます。いまがやつらに罪の報いを受けさせる絶好の機会なのです」

「私にどうしろとおっしゃるの？」

「なんとかお姉さんとご両親を説いて、大場成明を告訴してもらいたいのです。お姉さんに乱暴したのは、少なくとも二人以上です。この場合はお姉さん自体の訴えがなくとも、告発できますが、なんといっても、被害者本人の訴えがあったほうが強い。せっかく自供した子分もいつ言葉をひるがえすかわからない。いや警察が乗り出してきたら、必ずひるがえすでしょう。そうなったときに、本人の訴えがないと弱いのです」

「お姉さん、いやがるわ」

「だからあなたに頼んでいるんだ。ここで立ち上がらなければ犯人一味は、これからもお姉さんにつきまとうにちがいない」

味沢は、声をはげました。

「これからも？」

範子の顔色が動いた。

「そうだ。必ずつきまとう。姉さんはやつらにとっては獲物だ。せっかく手に入れた獲物を獣のようなあいつらが簡単に手放すはずがないだろう」

「…………」

「範子さん！　いまは考えているときじゃない。行動するときなんだ。きみがお姉さんを本当に助けたかったら協力してくれ」

味沢は、範子の肩をつかんで、体を揺すった。

味沢が次に訪れたのは、元羽代新報社会部デスクの浦川悟郎である。彼は事前にクーデターが発覚して停職処分をうけ、自宅に逼塞（ひっそく）していた。停職といっても、それが解けることがないことはわかっている。

もっとも、給料はこれまでどおり出ているので生活には困らない。その辺が大場の巧妙な点で、糧道を断ってしまうと苦しまぎれになにをするかわからないので、仕事だけ取り上げて飼い殺しにしておくのである。

現場を離れてまだいくらも経っていないのに浦川は完全に去勢されていた。味沢が訪ねて行ったとき、浦川は居間に寝転がってテレビを見ていた。昼間から酒のにおいをぷんぷんさせている。目が赤く濁り、表情が弛緩している。四、五日はあたっていない無精髭が、年齢よりも老け込ませている。テレビはつけているだけで、ほとんど見ていなかった。

これが、朋子を扶けて大場一成にクーデターを企てた羽代新報社会部デスクと同一人物とはどうしてもおもえない。味沢は仕事を奪われた男の老耄の速度を目のあたりにしたおもいであった。

味沢を見ても、すでにだれだか忘れてしまっている。大場の飼い殺し政策は見事に功を奏していた。

味沢は激しい失望感に耐えながら、説得をはじめた。味沢の熱っぽい言葉にも、浦川はいっこうに反応をしめさない。聞いているのかいないのかわからない。

「浦川さん、いまこそ巻き返しの絶好の機会ですよ。羽代川堤防から、井崎明美の死体が出てきたばかりだし、越智朋子さんを殺した犯人も大場の息子とわかりました。大場の息子をリーダーにした市内の暴走族グループが若い娘を輪姦した事実も露われました。これらの被害者が結束して訴え、合わせて浦川さんが、羽代川河川敷の不正をジャーナリズムに流してくれれば、大場体制を覆せます。浦川さんが立ってくれれば、説得力があります。ジャーナリズムは我々の側に付きます」

「無駄ですよ、まったく無駄です」

浦川は酒臭い息を吹きかけて、味沢の言葉を途中で遮った。

「無駄？」

「そうです、そんなことをしてもなんにもならない。この町で大場に逆らおうなんて、夢物語だ」

「夢じゃない！　あなたは羽代川堤防から井崎明美の死体が出てきたのを知っているでしょう。いま世間の耳目は羽代川に集まっている。いま河川敷の不正を公表すれば……」

「だから夢だというんだ。井崎なんとかという女の死体と河川敷問題は関係ない。たとえ関係あったとしても私ゃごめんだね、私にゃ関係ない」

「あなたに関係ないことはないでしょう」

越智茂吉の知遇を忘れたのかともう少しで言うところであった。だがそれを言ったらけんかになってしまう。

「もう終ったことですよ。みんな終ったんだ。私はね、もうこの年になってよその土地へ流れて行くのは、ごめんだ。黙っておとなしくしてさえいれば生活には困らない。これまでどおり月給をもらえる。女房も喜んでいる。それは、初めに停職になった当座は辛かった。だが、そのうちにわかってきたのさ、あくせく働いたところで、一生は一生、一分一秒のスクープに骨身をけずったところで、読者のほうでは、そんなに待ち望んでいるわけじゃない。それが証拠に、洗剤や目ざまし時計などの拡材で簡単に新聞を変えてしまう。我々が相手にしている読者なんて、所詮その程度のものだったんだ。仕事なんてご大層に言っても、所詮会社の仕事だよ。おれ一人がいなくなったって、社は少しも困らない。まじめに勤めていたところで停年になれば、おっぽり出されるんだ。どうせ同じなら、楽をして金をもらったほうがいい。おれは悟ったんだよ。いままでの家族と語る時間もない馬車馬のような生活は、人間の生活じゃない。いまの生活が本当の人間の生活なんだとね」

「ちがう。あなたはごまかしている。仕事を取り上げられた寂しさを酒をのんでまぎらしている」

「あなたと議論をするつもりはない。とにかくおれはいまの生活を楽しんでいる。革命でも反乱でも、やりたければやってくれ。だけどおれを引っ張り込まないでくれ。やりたいやつだけがやれば、いいんだ」

「浦川さん、あなたは敵から口止料をもらっておめおめと生き永らえているのが、情けないとはおもわないのか」

「口止料？」

浦川の酒に濁った目がぎらりと光ったようである。

「そうだ、口止料だ。あなたはいま大場一成から口止料をもらって、新聞記者の良心も、男の誇りも忘れてしまったのだ。忘れたのでなければ目を瞑（つむ）っている。わずかな金で人間の基本的なものを売り渡してしまったんだ」

「帰ってくれ。おれの基本的なものは、家庭といまの生活だよ。ロマンチックな正義感では生きていけない。あなたともうこれ以上話し合うことはない。帰ってくれ」

「もう一度、もう一度考えなおしてくれ。あなたは、本当にいまの生活に満足しているのか、このまま新聞記者魂を酒びたしにして、大場の不正に目を瞑っても悔いはないのか」

「悔いなんてかけらもないね。大場の不正不正と言うけれど、それを暴いて何になるのだ？　羽代がよくなるのか、ふん、いくら不正を暴いても、世の中少しもよくならないよ。かえって悪くなる。羽代は大場が握っているから平和なんだよ。大場を覆えせば、また埃がたつ。その埃をまともに浴びるのは市民だ。河川敷を大場が買い占めようと、おれたちには関係ない。売った農民だって、毎年の出水で使いものにならない土地だった。そこへ本堤を築いて一等地にしたのは、大場の才覚だよ。よその土地から来たあなたには、さらに関係ないことじゃないか。朋子さんを殺した犯人がわかったのなら、あなた一人で告発すればいい。河川敷問題と結びつける必要は少しもない。さあ、これでわかったろう。帰ってくれないか。少し昼寝をしたいのでね」

「議論するつもりはないと言いながら、ずいぶん熱心に大場を弁護しますね。それも月給、いや〝恩給〟のためですか」

　味沢の痛烈な皮肉に、浦川の面に酒の酔いとはべつの気色が浮かんだ。そしてなにか言い返そうとしたが、急に力が脱けたように、手を振って帰ってくれというジェスチャーをした。

# 窒息した仕掛

## 1

大場一成には四人の子がいる。長男の大場成太は大場企業グループの中核企業である「大場天然ガス工業」の社長、次男の成次は羽代交通の社長および傘下数社の役員、また長女の繁子は、羽代新報社長であり、大場グループの専務理事である島岡良之に嫁いでいる。

四番めの末っ子成明がまだ高校在学中だが、上の三人の兄姉がいずれも優秀で一族束ねの位置に就いているのに、彼だけが中学のころからぐれだして、不純異性交遊や、シンナー遊びなどをして度々警察から補導された。

警察も大場一成の子なので、いつも表沙汰にすることなく内密に処理していたが、あまりしばしば問題をおこすので、当惑していた。

最近は市内でマッドドッグという暴走族グループを結成して、そのリーダーにおさまっている。週末にはその機動力を駆使して、市外から県外にまで足をのばし、他地区の暴走族と抗争事件をおこしたりした。

「管轄内ならともかく、外で問題をおこすと、庇いきれなくなります」と羽代署では、大場一成に強く申し入れた。

一成も困惑して成明を呼び強く叱るのだが、そのときだけ殊勝げに振舞っても、すぐに元の木阿弥になる。

「あいつだけは、大場家のできそこないだな」

と一成は苦りきったが、不肖の子ほど可愛いとみえて、いちばん気にかけている。一成の偏愛を成明はちゃんと見すかして、ますます増長する。大場家の威勢を背負って好き勝手に振舞い、トラブルをおこすと、父の偏愛の中に逃げ込む。

大場一成は、この成明の態度がここ数日落ち着かないのに気がついた。一族が巨大化して一成の子供たちはそれぞれ一国一城、いや数城の主となって独立していたが、成明は、もう子供は生まれないだろうとおもったころにできた末っ子で、まだ親がかりである。これがこの数日、食事にも姿を現わさない。

「成明はどうした？」

一成が給仕をしている女中頭のくのに聞くと、

「ご気分がすぐれないとおっしゃって、お部屋から出ていらっしゃいません」

妻よりもむしろくののほうが成明のことをよく知っている。

「気分が悪いだと？　もう三、四日も姿を見せないじゃないか。病気なのか」

「特にご病気でもなさそうです」

「しかし、飯も食わずに部屋に閉じこもっていては、本当の病気になってしまうぞ」

「お食事は、お部屋にお持ちしておりますが、あまり召上がって、おられません」

「成明め、またなにかしでかしたな」

一成はピンときた。それも今度はかなり深刻らしい。一成は舌打ちをすると、食事を早々に切り上げて立ち上がった。他の息子はもう立派な片腕となって、大場王国を切り回してくれるが、成明には手を焼かされる。しかし、またそれだけに可愛い。成明を護るためには大場王国全力を挙げることもいとわない。

一成は成明を溺愛していた。

一成は、成明の部屋へ行った。ドアを開けようとすると、なんと中から鍵をかけている。これはますます尋常ではないと感じた。ノックをすると、中で息を殺してこちらの気配をうかがっている様子がわかった。

「成明、開けなさい。私だ」

一成は声をかけた。

「お父さん、おれはいまだれにも会いたくない。一人にしておいてください」

「いったいどうしたというんだ、いい若い者が一日中部屋の中に閉じこもって」

「いいから一人にしてくれ」

「開けなさい！」

一成は、斧で断つように言った。大場一族の総帥として、またこの巨大王国の帝王としての威圧力のある一声は、ドラ息子のはかない抵抗を、手もなくねじ伏せた。

部屋の中は乱雑をきわめ、成明はその中央に腐ったようにうずくまっていた。事実饐(す)えたようなにおいが室内に充満している。

「臭い！　臭いな、窓を開けろ。よくこんな所に閉じこもっていられるな」

一成は、眉(まゆ)をひそめながら、自ら部屋の窓を開けてまわった。改めて成明の顔を見ると、別人のように憔悴(しょうすい)している。

「どうしたのだ。病気ならすぐ医者に診せなさい」

一成は成明のやつれぶりにびっくりした。

「なんでもありません」

「なんでもないことがあるか。さあ正直に言ってごらん、何をやったんだね」

「なんにもやっていないったら！」

「成明！」

ぴしりと威圧力のある父の声を射ち込まれて、成明の身体はびくりと震えた。その一瞬の機をとらえて一成は、トーンを柔らげ、

「いいか、よく聞くんだ。おまえは私の子だ。おまえがなにか仕出かして悩んでいることくらい父親の私にはわかる。父親は子供を守る義務がある。そして私には、おまえがどんなトラブルの中にあっても救(たす)けてやれる力があるんだ」

「どんなトラブルでも……」

成明が目を上げた。怯(おび)えた目の底にすがりつくような訴求がある。

「そうだ、どんなトラブルでもだ。私にできないことはない」

大場一成の言葉には、絶対の自信があった。

「お父さん、ぼくは恐いんだ」

成明は、幼児が母親の胸に飛び込むような顔をした。成明はこの年齢で、父親コンプレックスであり、こういう表情を作れば、ますます父の庇護(ひご)を厚くすることをちゃんと心得ている。

「なにも恐がることはない。おまえには私が付いている。さあ、話してごらん」

一成は息子の肩に優しく手をおいた。こんなところは普通の父親というより、大甘の親馬鹿であった。

「風見が捕まったんです。きっとみんな自供(バラ)してしまうにちがいない」

「かざみとはだれだね」

「ぼくの子分です」

「かざみがだれになぜ捕まったんだね、バラすって何をバラすのかね。最初から順序だてて話してごらん」

一成は、成明の支離滅裂の言葉を整理させた。成明のトラブルを確かめて、一成はやや ほっとした。

そんなことだったのかという安堵(あんど)のおもいがした。娘の一人や二人を強姦(ごうかん)したぐらいなら、いくらでも金で話がつけられる。警察にも手をまわせる。だが、成明の表情はもう一つすっきりしなかった。一成にべつの不安が湧いてきた。

「おまえ、まだなにか隠していることがあるんじゃないのか」

「もう、隠していることなんかなにもありません」

「それだったら、そんな浮かぬ顔は、止めたらどうだ。風見がなにを話そうと、私がうまく始末してやる。これに懲りて、素人娘に手を出してはいかん。おまえの年齢で、女はまだ早すぎる」

後始末をすましてから、みっちりと説教はするつもりであった。いまそれをしても逆効果になるおそれがある。

「もうしません」

いつになく殊勝に頭を下げた。一成の胸の中に釈然としないままわだかまっていたものが、しだいに固まってきた。そうだ、成明の話の中にどうも聞いたような名前があった。

「成明、おまえさっき、あじさわとか言ったな」

「ええ、そいつがヘルメットで山田道子のことをしつこく嗅ぎまわっていたのです。だから、おどしをかけたのですが」

「何者かね、その男は」

「よくわかりません。山田道子になにかつながりがあるようだけど、そいつに風見がドジを踏んでつかまっちゃったんです」

「あじさわ、味沢か……おい、まさかその男、生命保険屋じゃないだろうな」

大場は心当たりの名前をおもい出して目を見ひらいた。

「ああ、そう言えばそんなことを言っていたっけ。なんでもヘルメットに生命保険の勧誘に来たと言っていたけど、どうせ嘘っぱちだとおもったので忘れていました。お父さんはあの男を知っているの？」

成明は、父が〝味沢〟にしめした反応にむしろ驚いていた。

「味沢がどうして、山田道子のことを嗅ぎまわっていたんだ？」

一成の目がにわかに緊張していた。

「知りません。でも男と女だから……」

「そんなんじゃない！」

大場一成は鋭い声で、成明の早熟た言葉を遮った。また成明が首をすくめた。彼には優しい父だが、あらゆる意味であまりにも巨大な父は、畏敬の対象でもある。一成は、成明のおもわくを見通すように、視線を当てて、

「味沢という男は、九月の初めに殺された越智朋子という娘とつき合っていた様子だ。おまえもあの事件は知っているだろう。羽代新報の記者で、越智茂吉の娘だったから、羽代新報はじめ各紙が大きく報道した。犯人はいまだにわからない。味沢が動きまわっていたとなると、この女新聞記者殺しとの関連が考えられてくる。あの事件でも被害者が強姦されていたな」

一成が語っているうちに、成明の顔から血の気が退いていった。一成はいち早く息子の変化に気がついた。

「成明、どうしたんだ。気分でも悪くなったのか?」

問われても答えずに、今度は身体をこきざみに震わせている。

「おい、いったいどうしたというのだ。おまえ、まさか!」

一成の脳裡に恐ろしい想像が走った。だがすぐにそれを打ち消した。そんなことがあろうはずはない。だが成明の様子はますます尋常ではない。

「越智の娘を襲った犯人は複数だった状況だが」

一成が記憶を溯るように半ば独り言めいて言うと、

「おれじゃない! おれはやっていないぞ!」

いきなり成明がヒステリックにわめきだした。一成は、成明の態度の豹変に絶望の確認をしたおもいであった。

「だれもおまえがやったとは言っていない」

「おれはやっていない! おれはやっていない! おれはやっていないぞ!」

成明は絶叫した。追いつめられて、自分を見失った体である。一成はひとしきり成明の感情の迸るにまかせた後、

「よし、全部話してみろ」と言った。成明は、もはや父にすがる以外に逃げ道がないのを悟った。父ならば、この窮地から救い出してくれるだろう。父にはそれだけの力があ

る。

だが成明の告白は一成に大きな衝撃をあたえていた。たいていのことには驚かないが、「殺人」となると話はべつだ。しかも、単純な殺人ではなく、被害者の女性を輪姦したうえで殺したというのでは救いがない。そして一成の息子が主犯だと自ら告白したのである。

いかに羽代署が大場の私警察だとしても、大場一族の一人が強姦殺人の犯人と知れば見すごしにはできまい。見すごしたくともできない。他の警察の手前もある。だいいち、強姦殺人犯となれば、羽代署だけの裁量で処理できなくなる。

「その現場に、風見もいたのか」

一成は、絶望の終止符を打つようなつもりで質ねた。

「どうした、いたのか、いなかったのか」

一成はたたみかけた。

「い、いました」

成明はかすれ声で辛うじて答えた。

「いたのか」

事態は予想した以上に深刻である。風見がすべてをしゃべったら、万事休すである。いやもうすでにしゃべってしまったかもしれない。だからこそ、成明は食事ものどに通らないほど心配していたのであった。これが警察の耳に入っていたら、なんらかの情報がくるはずである。それがまだこないということは、——大場一成の頭脳はめまぐるしく回転した。

「お父さん、ぼくはどうしたら？」

父に告白したので、重荷を下ろしたようにさばさばした表情で、成明が聞いた。

「馬鹿者！　当分、この部屋で謹慎していろ」

一成の本格的な雷が初めて落とされた。

一成は、ともあれ中戸多助を呼んだ。このような際に最も頼れるのは、やはり中戸である。

「それでは成明様が越智朋子を」

さすがの中戸も意外な犯人に驚いている。

「ほかにも悪仲間が二人いたそうだが、首謀者は成明だ」

「これは困ったことになりましたね」

「あの馬鹿めが、とんだことをしおって。下手をすると、わしの、いや大場一族の命取りになりかねない。河川敷の買収問題や、その堤防から出て来た井崎明美の死体の一件もあることだしな。この際、成明の不始末はなんとしても伏せなければならん」

「味沢が動きまわっているのが気になりますね」

「風見が味沢に口を割るとまずい。いや口はすでに割ってしまったかもしれないが、味沢が風見を証人として訴え出ると、防ぎようがなくなるぞ。なんとかうまい手はないか」

「風見の口を封じたらどうでしょう」

中戸は、なんでもないことのように言った。

「それはわしも考えた。しかし、危険が大きすぎる」

「風見の口をそのままにしておくほうが、もっと危険が大きいでしょう」

「おまえが、その気ならまかせよう。しかし絶対にわしに迷惑がかからないようにしてくれよ」

「いままでにそんなことが一度でもございましたか」

「ない。だからおまえを呼んだのだ」

「一つ、この一件は私におまかせいただきましょう」中戸は自信のほどを覗かせた。

大場一成の許を辞した中戸は、直ちに風見俊次の身辺を探らせた。俊次は市内の歯科医風見明広の次男で、羽代高校の二年生である。学校の成績は中位であるが、内向的な性格で、一人ではなにもできない。もっぱら大場成明の腰巾着となって動きまわっていたらしい。

成明ともう一人の子分と組んで味沢にからんだとき逃げ遅れ、オートバイのハンドル操作を誤って転倒し、市民病院に入院している。

「市民病院とは、うまい所に入ってくれたもんだ」

中戸は、にんまりと笑った。それは大場一成の完全私立病院である。そこに風見俊次は頭部強打と鎖骨の骨折で入院している。意識のほうには障害がない。

問題は風見の病室に、味沢が入り込んでいるということであった。

「まずいな」

部下の報告を聞いて、中戸は舌打ちした。これはもう一刻も猶予がならない。

「味沢は、むしろからまれた被害者の立場でありながら、逃げ遅れた風見が怪我をしたのを救ったということで風見の両親の信頼をかったようです。しかし、味沢がなにかを企んでいることはたしかですね」

支倉という、中戸の懐刀が調査報告をした。支倉は、中戸一家の中核たる中戸興業の調査部長の肩書をもっているが、これが、中戸の悪業の執行機関であり、彼はその長であった。中戸一家が大場一族の私兵であるなら、さしずめ支倉は、その斬込隊長というところである。

「企んでいる？」

支倉の報告に、中戸の表情が動いた。

「味沢は、危うく風見に轢かれかけたのですから、素直に病気見舞に来るはずがありません」

「なるほど、そうか。こいつは使えるな」

中戸の目が輝いた。

「彼の企みを逆用するとすれば、急いだほうがよろしいでしょう。頭の怪我はエックス線撮影の結果、異常はなく、骨折のほうも若いから癒りが早いそうです」

支倉は、敏感に、中戸の〝企図〟を悟っている。あるいは、中戸より前に、味沢の逆用を胸に温めていたのかもしれない。

「頭の怪我というのは微妙だそうだな。いったん快くなりかけたように見えながら、後になって、急に悪化することがあるそうだ」

中戸は、この意味がわかるなと言うように、支倉の目を覗き込んで、

「方法はきみにまかせる。風見俊次は急に頭の怪我が悪化した」

「かしこまりました。一両日中に〝吉報〟をお届けいたします」

支倉は、忠実な猟犬のように、主人の前に頭をさげた。

## 2

浦川悟郎は、味沢が帰ってからしばし呆然としていた。自分を失っていたようだが、味沢の言葉に触発されて心の中にしだいに煮つまってくるものがある。

「口止料か、ひどいことを言いやがる」

浦川は、味沢が帰りしなに投げつけていった言葉を反芻した。

「いや、口止料どころか、恩給と言った」

それは心の中の苦い澱となって、しだいに存在主張を強くしてくる。味覚の中で最も強く感ずるのが苦い味であるが、味沢の言葉は、浦川の胸の苦汁となって、そのスペー

スを占めた。多少の抵抗も、その苦汁が塗りつぶし、押しつぶした。

たしかにいまのままおとなしくしていれば、生活の安定は保証される。もはや一分一秒のスクープに骨身をけずる必要もない。妻と穏やかに寄り添って生きていける。これが本当の人間の生活だ、いままでの生活がまちがっていたのだと、強いて自分を納得させようとするのだが、わずかな〝恩給〟と引きかえに、新聞記者魂を酒びたしにして大場の不正に目を瞑(つむ)っていると言った味沢の言葉が、苦汁の領域を胸の内に広げている。その水位と圧力の拡張は、圧倒的であった。

――しかしおれにどうしろと言うのだ。おれにはなんの力もない――

（本当にそうか？　越智朋子の遺書のような羽代川河川敷の不正を全力を出してジャーナリズムに乗せようとすれば、できるのではないか。いまなら羽代新報、元社会部デスクとしての余韻がある。この余韻があるうちに、以前の同業者に〝朋子の遺書〟を流せば……）

大場の勢力の及ばないジャーナリズムに流せば、十分取り上げられる可能性はある。ニュースバリュウは高いし、記事の具体性は申し分ない。遺書(ネタ)を流した新聞社が、興味を抱いて独自の調査をすれば、もっと深い根を掘りおこせるだろう。

そうなれば、もうしめたものだが、そこへ行くまでに危険がある。羽代市内にも大場の直接的影響力のない全国紙の支社や通信局がある。しかしその中にはたいてい大場のシンパがいるのである。浦川の流したネタが取り上げられる前に、これらのシンパの目に触れれば、そこで阻止されてしまう。単に阻止されるだけでなく、浦川の生命の安全は保障されなくなるだろう。浦川は一度反乱を企てて失敗し、大場の温情で〝飼い殺され〟ながら生き永らえたのである。今度裏切ったらもう許されない。これまでの大場のやり方を見ても、巧妙な抹殺の触手がどこへ逃げようとのびてくるだろう。自分一人ならそれも恐くない。だが老いて、自分だけを頼りにしている妻まで巻き込みたくない。

一度反乱に失敗した浦川は、その分だけ臆病になっていた。

〝裏切者〟として浦川が厳しい監視下におかれていることがわかる。そんな状況下にあって、他の新聞社にタレこめば、必ずわかってしまうだろう。それらの本社に〝直訴〟しても、一地方都市の不正としてニュースバリュウがだいぶ低くなってしまう。まず、ローカルで取り上げてもらい、地ならしをしたうえで、建設省と組んでの大規模な不正と盛り上げてこそ初めて、大場体制を揺すぶれる大波となるのである。

いや本社へ持ち込むとしても、それまでに阻止されてしまうだろう。いまの状況では、浦川が羽代から脱出することすら困難なのだ。――

浦川は、不可能な理由ばかりを次々に数え上げて、自分を納得させようとした。

――もうおれは越智茂吉前社長に対する義理も十分に果たした。これ以上家族と自分の生活を犠牲にしてなにをしろと言うのだ――

（だれに対する義理でもない。それでおまえは、納得していられるのか？）

と問うた声は味沢のものではなかった。それはもう一人の浦川の内なる声であった。

浦川は、もう一人の自分の声が高くなってきた。それは、彼の酒びたしになった新聞記者魂が、泥酔の中からよろめく足を踏みしめて、辛うじて立ち上がったのである。いまにもまた地面に倒れそうな千鳥足ながら、ともかく浦川は歩きだした。

彼は、味沢が説得のための一材料として漏らした、大場の息子一味に輪姦されたという娘を訪ねてみようとおもった。それが事実なら、たしかに大場を揺さぶる有力な武器となる。

そういうスキャンダラスな事件にはマスコミが食いつきやすいことを浦川は経験から知っている。スキャンダルを餌にしてというより、それと抱き合わせで本命の不正事件をタレこむ。朋子を犯して殺したのも、大場の息子だそうだ。こちらのほうは被害者が死んでしまったが、輪姦された被害者は生きている。越智朋子と同様手口で犯された被害者の証言があれば、大場の息子の立場はきわめて不利になるだろう。そこへ羽代川河川敷の不正をドカンと流す。これは意外に効果があるかもしれない。――と浦川は考えたものの、いまだに及び腰であった。だから、いつでも逃げ帰れるように、味沢には連絡せず、輪姦の被害者に自分だけでアプローチを試みたのである。

被害者の名前と住所は味沢が、言い残していった。被害者本人よりも妹のほうが積極的であるとも聞いていた。すぐにどうこうしようというのではないが、浦川はまず、この妹に会って、自分の今後とるべき態度の〝参考〟にするつもりであった。

# 3

「お義父さん、お義父さんったら」

明け方の最も快い眠りを、味沢は頼子に揺すられて、目を開いた。目を開いたものの、頭の芯はまだ眠っている。

「いったいどうしたんだい」

味沢は寝ぼけ眼で聞いた。頼子は白く醒めた顔をしていた。もうだいぶ前から覚めていた様子である。

「お義父さん、お姉さんの声が聞こえるの」

「お姉さん？　朋子さんの声がか？」

「うん、遠くの方からお義父さんを呼んでるよ」

「はは、それは幻聴といって、耳の錯覚なんだ。いくらおまえの耳がよくても、死んだ人の声が聞こえるはずがない」

味沢は大あくびをした。

「本当よ、本当に聞こえるよ」

「そうか、そうか、それじゃあなんて言ってるんだい」

「電話をかけろって言ってるよ」

「電話？　この真夜中にどこのだれに」

「だれでもいいから、お義父さんの知ってる人に電話をかけろって」

「はは、頼子、寝ぼけたね。こんな夜中に用事もないのに電話なんかかけたら、相手がびっくりしてしまうよ。さあ、もうすぐ夜が明ける。寝そびれると、明日、いや、もう今日だな、寝不足になるぞ」

味沢は枕元においてある目覚まし時計を覗いて言った。午前四時になるところである。

「でも本当にお姉さんがそう言ったんだけどなあ」

頼子はいくらか自信をなくしたようである。彼女もはっきりと朋子の声を聞いたわけではないらしい。きっと夢の中の声を延長させたのだろう。直観像素質者は想像力が盛んだというから、夢を空想に発展させて、幻影と会話を交したのかもしれない。

この部屋に電話はない。幻聴と対話するために、大家を叩き起こして電話を借りられるものではなかった。

頼子の直観像に度々救われていた味沢だったが、このときは眠けと、頼子の自信のない態度から、つい彼女の異能が発した警告を軽視してしまった。


「お姉さん、味沢さんという人また来たわ」

妹の範子の言葉に、山田道子は目をみはった。

「ノリちゃん、味沢さんを知ってるの？」

「知ってるわよ。味沢さんは、お姉さんに乱暴した犯人を教えてくれたわ」

「本当よ。大場成明、大場市長のドラ息子、どう当たったでしょ」

「いったい、どうしてそれを」

道子は激しく喘いだ。味沢の探索ルートを知らない道子にとって、それは衝撃的な驚きであった。

「やっぱりそうだったのね」

「味沢さん、何しに来たの」

「犯人を訴えろって言いに来たのよ。黙っていたら犯人はつけ上がってこれからもお姉さんにつきまとうって」

「ノリちゃん、まさかそんな言葉を真にうけて訴えたりしないでしょうね。そんなことされたら、私、恥ずかしくて生きていられないわ」

「お姉さんが恥ずかしがることないでしょ」

「ノリちゃん、おねがいよ」

「お姉さんは、私があいつらから乱暴されてもかまわないの」

「あなたが乱暴されるわけないでしょ」

道子は、はっと胸を衝かれた表情になった。

「味沢さんは、あいつらが私も狙っているかもしれないと言ったわ」

「嘘よ！　そんなこと」

「どうして嘘と言いきれるの。犯人一味が私に電話をかけてきたことがあるのよ」

「ノリちゃん、それ本当？」

「本当よ、味沢さんは他にも大勢被害者がいる様子だと言っていたわ。このまま泣き寝入りをすれば、これから被害者は増える一方だわ」

「どうして私が訴えなければいけないのよ」

「お姉さんが表に現われているからよ」

「表になんか現われていないわよ。ねえノリちゃん、そんなことをしたら、私もう一生お嫁に行けなくなるわ。近所からも後ろ指をさされるし、だいいちお父さんが会社を馘になってもいいの」

「お姉さんって案外古いのね」

範子は鼻の先で笑った。

「古い？」

「そうよ。べつにお姉さんの意志でふしだらをしたわけではあるまいし、狂犬に嚙みつかれたような事故でしょう。それでどうしてお嫁に行けなくなったり、人から後ろ指をさされたりするのよ。お父さんだって、悪いことをしたのは向うなのに、馘にしたら、それこそ逆怨みで、世間が許さないわ。私、新聞に投書してやるわ」

「だからノリちゃんは、まだ子供なのよ。狂犬に嚙まれたら、女にとって致命的なのよ。この羽代では、大場が世間だわ。大場に絶対逆らえないのよ。私のためをおもうなら、黙っていてちょうだい。お姉さんの一生に一度のおねがいよ」

姉の保身と妹の社会的正義感は、いくら話し合っても噛み合わなかった。範子は、姉と話しているうちに、味沢から鼓吹され、動揺していた心がしだいに定まってくるのを感じた。姉は必ずしも犯人の脅迫に屈したわけではない。犯人を憎むことを忘れかけているのだ。ただ自分の保身のために、いっさいの波乱を避けようとしている。平穏な内海に、碇泊していられるなら、たとえそこの水が澱んで腐っていても意に介さない。犯人の凌辱によって、精神まで腐蝕してしまったのである。

範子は、犯人よりも、そんな姉の心のありようを憎んだ。範子は、姉の意思に関係なく、味沢に協力しようと決心した。そんなとき、彼女は浦川の訪問をうけたのである。それはどちらにとってもよいタイミングであった。あるいは、悪いタイミングであったかもしれない。

範子が帰ってから道子は、電話機のそばまで歩いて行って一連のナンバーをダイヤルした。まだ勝手に歩きまわることは禁じられていたが、どうしても連絡しなければならない切羽つまった用件であった。幸いにも先方は電話口に出た。道子の連絡に先方は驚いたようであったが、すぐ「うまくカタをつける」と答えた。

「おねがい、妹には乱暴なことをしないでね」

道子は電話をかけてから直ちに後悔した。

「大丈夫だよ」

相手は、鼻で笑って一方的に電話を切った。道子は、電話が切れてから大変なまちがいを犯したのを悟った。

彼女は、いま妹の行動を阻止したいあまりに、つい大場成明に連絡してしまった。妹が訴え出れば、自分の汚辱が表沙汰にされることだけを恐れて、その汚辱を自分になすりつけた犯人に相談をもちかけてしまったのである。

——なんという馬鹿なことを——と激しく悔やんだがもう遅い。大場成明は、妹の行動を阻止するために手段を選ばないだろう。自分に強制したと同じ汚辱を妹に強いるかもしれない。いや必ず強いるだろう。成明はもともと範子にも低劣な関心を抱いていたのである。

妹に同じ辱めをうけさせてはならない。しかし、妹を救うためには、どうしたらよいか？　途方に暮れた道子の脳裡に味沢の顔が動いた。

この際、大場成明を阻止できる者は、味沢以外にいない。羽代で大場一族に敵対しようとする人間は、味沢だけである。味沢は名刺を残していった。

道子は、名刺のナンバーをダイヤルした。だが味沢は折悪しく外出していた。何時に帰るかもわからないということである。山田道子は、自分の名前だけ電話口の相手に伝えて電話を切った。

# 4

羽代市民病院外科病棟夜勤の鳴沢恵子は、朝の定時見回りに出た。あと二時間ほどで、長く苦しい深夜勤務から解放される。

午前八時には日勤の看護婦が出勤してくる。夜勤者は恵子を含めて三名、これで約八十人の患者を午前零時から日勤者に引き継ぐまで担当する。民間会社の宿直とちがって一睡も取れない。病室を定期的に見回りして患者の容体に備える。どんな急変が生じても即座に対応しなければならない。

一病棟にだいたい七、八十床あるから急変が同時多発することも稀ではない。付随して事務的な仕事も多い。深夜勤務が重なると、若い看護婦もくたくたになってしまう。この夜勤が月十回ぐらい回ってくるのだから、看護婦は、うっかり恋愛も結婚もできない。

鳴沢恵子も時には、どうして選りに選って看護婦なんかになったのだろうかと考えてしまうことがある。

なんの特技がなくとも、身体だけオフィスへ運んでいって給料がもらえる、学校と結婚の橋渡しのような気楽なOLに鞍がえしようかとおもったことも一度や二度ではない。

だが、人命を預かる使命感が、彼女を支えていた。使命感がなければぱっとまらない仕事は、またそれだけ生き甲斐がある。

それでも朝の見回りは、夜勤の看護婦がほっとするときである。長く孤独な夜勤が明けて、朝の爽やかな光の中に患者が目ざめている。重症の者も軽症の者も、とにかく今日という新しい一日を迎えたのだ。

病室を回って行くと、待ちかねたように患者が挨拶をしてくる。挨拶のできない患者も看護婦の最初の訪れを待ちかねている。

寝ることに退屈した患者は、みな一様に朝に餓えていた。挨拶とともに検温をする。そのとき看護婦と交す二言三言の会話が、患者にとって健康な社会からの消息なのである。看護婦は閉鎖された病院と広い外界をつなぐ患者の〝長崎の出島〟のような存在でもあった。

恵子は担当病室を一室ずつ覗いては声をかけ、体温計を預けた。

320号室のドアを開いたとき、恵子はふと違和感をおぼえた。そのときは違和感を気のせいかとおもった。

「風見さん、お早う」

恵子は違和感を振りはらうように、努めて明るく声をかけた。返事は来なかった。

「あら、今日はお寝坊ね」

恵子は、ベッドのそばへ歩み寄った。頭部強打と鎖骨骨折で入院しているが、頭部はエックス線撮影や脳波にも異状所見は現われず、もっぱら骨折の治療につとめている。

若いから退屈して、ギブスに固定されていなければ、すぐにも退院したそうである。身体の自由がきけば病院から逃げ出してしまうかもしれない。いつもは彼のほうから声をかけてくる。

「まあまあ、よくお寝みね。夕べ隠れてなにか悪いことでもしたんじゃないの。さあ、目をさまして。朝の検温よ」

恵子は、揶揄的に言いながら風見の顔を覗き込んで、息をのんだ。看護婦だけに、風見の顔に生色がないのを一瞥のうちに見て取った。

「風見さん、どうしたの!」

本能的に肩に手をかけてから、念のために脈をみた。完全に停止している。彼女は手遅れなのを悟った。

――大変!――

驚愕はあとからきた。午前二時ごろ深夜見回りをしたときは、健康な寝息をたてていた。だから急変があったとすれば、午前二時以後であろう。原因はまったくわからない。

ともあれ恵子は夜勤の主任看護婦内藤鈴枝に報告するために看護婦室へ引き返した。ちょうどそこに病棟婦長の佐々木康子が出勤して来た。

佐々木康子を経由して報告をうけた担当医師前田孝一は、押取刀で風見俊次の病室に駆けつけて来た。医者も一見しただけでは、死因がわからなかった。考えられるのは、頭蓋内に微妙な傷（閉鎖性頭部外傷）があり、受傷後無症状であったのが、時間の経過にしたがって少しずつ悪化して、にわかに致命的な症状を現わしたケースである。

頭部に衝撃に耐えられる以上の外力を加えれば、頭の中に出血が起きる。出血が少なければ、安静を保つことによって吸収されてしまうが、二十ccから二十五cc以上になると、血腫となって、脳幹を圧迫し、呼吸や循環の中枢を麻痺させ、死に至らしめる。

頭蓋内血腫は、受傷後急激に生じるものから、徐々に出血をつづけて血腫をつくるケースまである。三週間以上経ってから症状を現わすケースもある。この場合、中間に清明期と呼ばれる意識のはっきりした時期がある。

しかし、風見は前日まで、呼吸、脈拍、血圧などにもまったく異状は見られず、脳波テストの結果も正常であった。

頭部に新たな外力が加えられた痕跡も認められない。前田医師はなおも詳細に死体を検するに、風見の口唇と歯齦にかすかな表皮剝脱と皮内皮下出血を認めた。さらに前の上歯に嚙みちぎったらしいビニール破片が引っかかっていた。

前田はそれを指先につまみとって観察しているうちに、一つの恐ろしい可能性におもい当たって顔色を変えた。

「昨夜、夜勤者以外にこの病室へ入った者はあるかね」

前田は、婦長と鳴沢恵子の顔を半々に見比べて聞いた。その緊迫した口調に、二人は事態が容易ならないことを悟った。

「私以外には入らないはずですが」

鳴沢恵子がおずおずと答えた。

「それはまちがいないか」

前田からただならぬ形相で問いつめられて、恵子は泣きだしそうな表情になって、

「私以外にだれも入るはずはないとおもいます」

「先生、いったいどうしたのですか」

佐々木康子がとりなすように口を出した。

「この患者はもしかすると殺されたのかもしれない」

「殺された！」

前田の途方もない言葉に、その場に駆け集まって来た人々は愕然として言葉を失った。

「解剖してみないと断定できないが、死体は窒息死の所見を呈している。急死体の一般的所見は窒息死と共通しているところがあるので、窒息の手段方法がわからない場合は速断できないが、前歯に付着していたのは、ビニールの切れ端だ。これを睡眠中、いきなり鼻口にかぶせて窒息死させた状況だよ。患者の上体はギブスで固定されていたから、赤ん坊のようにたやすく窒息させられてしまっただろう。口唇や歯齦の傷が、その状況を裏書している」

「で、でも、先生、いったいだれがそんなことを？」

佐々木康子がようやく言葉を押しだした。人命を救うべき病院で殺人事件とは、途方もない。だが犯人がその気になれば病院くらい無防備な所はない。出入りは自由だし、夜間でも、急患と看護婦の見回りのために病院はオープンである。各病室に鍵もかけない。

「私にもわからない。とにかくこれはもう警察の領域だよ。すぐ一一〇番しなさい」

外科部長も兼ねている前田は、自分の判断で命じた。病院からの連絡によって間もなく警察が臨場してきた。

当然のことながら、昨夜の夜勤で、風見の担当看護婦の鳴沢恵子に質問の集中砲火が浴びせられた。

犯人は、彼女の見回りの間をついて犯行を演じたにちがいない。

――怪しい者の出入りを見なかったか――

質問の核心はそこにおかれた。だが鳴沢恵子にすれば「なにも見なかった」と答える以外にない。事実彼女は、なにも見ていなかったのである。夜勤者の取調べと並行して、病室内が厳重に検索されたが、特に犯人の遺留品らしい物は発見されなかった。内藤鈴枝と、鳴沢恵子といっしょに夜勤をした他の二人の看護婦も事情を聴かれた。内藤鈴枝と、牧野房子である。

内藤の答えは鳴沢と同じであったが、最後に呼ばれた牧野房子が、捜査官におずおずと話しだした。

「恐ろしい事件にうろたえて忘れていたのですが、昨夜、風見さんの病室のあたりから廊下へ出て来た人がいます」

捜査官は緊張してそれはだれかと問うと、

「午前四時ごろだったとおもいます。定時見回りを終えてから、カルテを整理してお手洗いに立った帰りに、廊下の端に人の影を見たのです。チラリと横顔を見ただけでしたが、たしか320号室によく見舞いにくる味沢さんという人でした」

——あじさわ？　だれですか、その人は——

「風見さんの病室へよく来られる人です」

——付添人ではないのですか——

「完全看護ですから、付添いはありません」

——そのあじさわという人が何の用事で午前四時ごろ、病室へ来たのです？　——

「知りません。ただ私は見かけただけです」

そこへ風見の母親が割って入って来た。

「そうだわ、あの男が俊次を殺したにちがいない。俊次はいつも味沢を恐がっていた。味沢に殺されると言っていたわ。味沢はやっぱり復讐したんだ。刑事さん、あの男が俊次を殺したんです。早く味沢をつかまえて！」

風見の母親は半狂乱になってわめいた。

——まあまあ奥さん、どうか落ち着いてください。あじさわは何のためにあなたの息子さんに復讐するんですか。詳しく話してください——

捜査官に諭されて母親が語り、父親が補足した話の内容は、味沢の容疑をきわめて濃縮するものであった。

味沢岳史は、もともと羽代署にチラチラしている人物であった。井崎照夫の保険金目的妻殺害事件において、警察の事故証明に満足せず、秘かに探索していた模様である。結局、岩手県警のおもわざる介入によって、井崎明美の死体が発見されて、羽代署は面目を失した。その事故を担当した竹村警部は、井崎照夫との共謀を疑われて懲戒免職になった。

だが、大場一族や、中戸一家と癒着している羽代署において、こんな形で槍玉にあげられた竹村は、スケープゴートにされたようなものであった。いまの状況下では、岩手県警の手前もあって、竹村の救済は難しいだろう。羽代署や大場としては竹村を救ってやりたいが、これでは骨も拾ってやれないかもしれない。言わば味沢岳史は、真っ向から羽代署に敵対し、その最も有力な戦力を葬り去った憎むべき相手であった。

その味沢が、風見俊次を殺した濃厚な疑いがある。羽代署は意外な容疑者の浮上に最初びっくりし、次にこおどりした。

風見俊次の死体は、同日午後、同病院において解剖に付された。その結果、一、窒息死の内部所見の特徴とされる血液が暗赤色で凝固性がない、二、粘膜下、漿膜下に溢血点、三、内臓に静脈性鬱血、の三大特徴が認められた。死亡時間は午前三時〜四時の間と推定された。

ここに羽代署では味沢をまず任意に呼んで取調べることにした。だがこの任意取調べには大きな罠が仕掛けられていたのである。

# マリオットの盲点

## 1

味沢が帰社すると、山田道子から留守中、電話があったという伝言があった。時間は二時間ほど前になっている。味沢はメッセージに残された番号をコールバックした。取り次がれて間もなく道子の声が出た。もう電話口に出られるほど快くなったらしい。

「味沢ですが」

「あ、味沢さん、私、どうしよう」

道子の声がおろおろした。

「落ち着いて。どうしたんです」

「私、話してしまったんです。つい、自分のことばかり考えて」

「さあ、何を話したというんですか」

「妹が、大場を訴えると言い張るものですから、ついそのことを大場に」

「大場に!? 成明に話したんですか」

味沢はおもわず声を高くした。

「ごめんなさい」

「それで成明は何と言ってましたか」

「そのう……うまく決着をつけると言ってました。味沢さん、心配だわ。大場は妹になにか仕掛けないかしら」

「妹さんは、いつごろそこへ来られましたか」

「味沢さんに電話した直前に帰りました。もう二時間ほどになります。でもまだ家へ帰っていないのです」

「なに！　まだ帰っていない」

不安が確実に水位を増していた。

「味沢さん、私、どうしましょう？」

「とにかく、これからそちらへ行きます。それまでは、だれにも言わないように」

味沢は、途方に暮れている道子を制して、着いたばかりの椅子から立ち上がった。

味沢が支社を出ようとしたとき、目つきの鋭い中年と若い男の二人連れが、彼を前後からはさむようにして歩み寄った。

「味沢岳史さんですね」

年輩のほうが声をかけた。どうやら待ち構えていた様子である。

「そうですが」

「警察の者ですが、ちょっとおうかがいしたいことがありますので、本署までご同行ねがいます」

言葉遣いは丁寧だが、一寸の妥協もない。

「警察？　警察がいったい何の用事ですか」

「お越しいただければわかります」

「私はいま忙しいのですが、あとにしてもらえませんか」

「いますぐお越しください」

「強制ですか」

「強制はしませんが、拒むと非常に不利な立場になりますよ」

ニタリという感じで年輩刑事が笑った。刑事の態度には自信があった。背後で若いほうの身構えている気配がわかる。味沢は、自分が深刻な立場に立たされているのを悟った。山田範子の身が気にかかるが、とにかくこの場は彼らの言うとおりにすることにした。

羽代署に同行すると、ものものしい雰囲気が味沢を押し包んだ。

――これは容易ならないことらしいぞ――

彼は心身を構えなおした。

「味沢さんですね。捜査課の長谷川と申します。早速お質ねしますが、昨夜の、いや今朝未明の四時ごろはどちらにおられましたか」

竹村の後釜らしい捜査課長が前おきぬきでいきなり聞いた。その余裕のない態度が、そのまま彼らの自信につながるのであろう。

「今朝の四時？　もちろん家で寝ていましたよ。そんな半端な時間に、どこへも行ってやしません」

味沢は妙なことを聞くとおもった。

「その言葉に嘘はないでしょうな」

長谷川は、味沢の目に見入った。味沢も悪びれずに見返しながら、

「嘘ではありません」

「おかしいですなあ、その時間にある場所でたしかにあなたを見たという人がいるんだが」

「だれです、そんなことを言った人間は？　私は家でぐっすり眠っていましたよ」

「それを証明できますか」

「娘がいっしょにいました」

「娘さんでは、証明になりませんなあ」

「いったいどうしたっていうんです、まるでアリバイ調べじゃないですか！」

と声を放ってから、味沢は自分の言葉にはっとなった。ふとおもい当たったことがあったのである。風見を吐かせてようやく朋子殺しの犯人を突き止めた。犯人は大物であった。だが、大場一族にとっては、致命的な弱みを握られたことになる。

大場一成の息子が強姦殺人の犯人とあっては大場一族のはなはだしいイメージダウンにとどまらず、大場王国の破綻口にもなりかねない。それだけに大場にとっては、ぜひ

ともみ消したいところだろう。

いまのところ、証拠は風見俊次の自供だけだ。風見の口さえ封じてしまえば、補強の証拠はなにもないのだから、もみ消せる。しかしまさかそこまではやるまい。――

「どうしました、なにか心当たりがありそうですね」

「まさか、まさか」

味沢は、自分の不吉な想像にうめいた。

「まさか、どうかしたのですか」

「風見俊次の身になにか起きたのではないでしょうね」

「ほう、よくご存じですな」

長谷川の目に皮肉な色が浮かんだ。

「教えてください。いったい何があったんです」

「そいつはあんたがいちばんよく知ってるんじゃないかな」

長谷川の口調がくずれた。

「いったい何があったんだ？　風見は無事か」

「あんたも役者だね。そこまでとぼけられれば大したものだ。風見は今朝未明、三時から四時ごろの間に殺されたよ。ビニールで鼻口をマスクされてね」

「殺された！」

味沢は唇を嚙んだ。犯人に対してでなく、自分の迂闊さが口惜しかった。このことは当然予測すべきであった。風見は大場一族のアキレス腱だった。一族と成明を守るために、また大場体制の確保のために、彼らが風見に触手をのばすことは、予測の範囲であった。

それにもかかわらず、敵にとってはアキレス腱、我にとっては決定的な武器となる風見を裸のまま放り出しておいた自分の迂闊さが歯がみするほど口惜しい。

「なにもそんなに驚くことはないだろう。あんたが殺ったくせに」

「おれが殺っただと？」

「今朝四時ごろ、風見の病室から出て来るあんたを見た者がいるんだよ」

「嘘だ！　でっちあげだ」

「ほう、あんたが殺ったんでなければ、だれが殺ったというんだ。いいか、あんたは風見のオートバイに轢かれかけて、復讐のチャンスを狙っていたんだ。風見はあんたに殺されるって恐がっていたそうじゃないか」

長谷川にたたみ込まれて、味沢は、巧妙な仕掛けを悟った。敵は、単に風見の口を封じただけではなく、その封栓に味沢を使ったのである。味沢はいまになって、昨夜の、いや今朝未明の頼子の奇異な振舞の意味を悟った。彼女は朋子の呼ぶ声が聞こえると言って、しきりにだれかに電話をかけろと勧めた。それは彼女の異能がこの罠を察知して、味沢にアリバイを用意させようとしたのだろう。あるいは朋子の霊が彼を救うために、頼子に呼びかけたのであろうか。

あのとき頼子の勧めに従っていれば——と悔やんでも遅かった。あと一歩というところで、敵は、鉄壁の安全圏の中に逃げ込んでしまった。代ってこちらが崖っ縁に立たされていた。

「いつまでシラを切っても無駄だ。おまえが殺ったことはわかっている。なにもかも吐き出してすっきりしたらどうだ」

長谷川は勝ち誇ったように押しかぶせてきた。完全に彼の犯行と信じきっている様子である。だが、それほど自信があるなら、なぜ逮捕しないのか？　味沢はふとその点に気がついた。

——もしかすると、彼らは逮捕できるほどの強い材料をまだ握っていないのかもしれない——

味沢を疑わせたのは、風見に轢かれかけて彼を怨んでいたかもしれないという状況と、今朝未明の推定犯行時間帯に風見の部屋から出て来るのを見たという目撃者の証言であろう。どうせ目撃者は仕立て上げられたものだ。

——これはおもったほど絶望的な状態ではないかもしれない——味沢はおもいなおした。

敵は、風見を消してアキレス腱を取り除いたつもりだろうが、偽目撃者という新たなアキレス腱をつくってしまった。さらに、成明には風見の他に、津川という共犯者がいる。ここにも攻め口は残っている。

ともかくこの窮地から逃れられれば、また反撃の機会をつかめるだろう。味沢は忙しく頭を動かしていた。

「風見のほうは片づきました」

中戸多助の報告に大場一成は満足そうにうなずいて、

「ご苦労。うまいこと味沢をはめたな」

「もう逃れようがないでしょう」

「うん、逮捕状が出ないのが、もう一つもの足りないところだが」

「それも時間の問題です。やつがあがけばあがくほど罠はしまってきます」

「証人の看護婦のほうは大丈夫か」

「その点はご心配なく。味沢には証人がだれか知らせないようにしてあります」

「津川は？」

「金をやって、九州の私の舎弟分の所へ行かせました。こちらはご安心ください。当人も少しでも裏切りの気配を見せたらどうなるか、身に沁みて知っていますから。それにどこへ行っても、私の舎弟どもの目が光っています」

「すると、あとは味沢の料理だけだな。まったく今度ばかりはこのわしともあろう者が、あんな雑魚に肝を冷やされたわい。それというのもおまえらの責任だぞ。多年の平穏無事に馴れて、心身がたるんできとるから、ああいった手合いが入り込んで来る」

「はっ、まことに申しわけありません」

中戸は、平身低頭した。

## 2

味沢岳史が、風見俊次殺害容疑で羽代署に呼ばれたというニュースは、柿の木村大量殺人事件の捜査本部にショックをあたえた。

「いったいこりゃどういうごどだべ」

村長警部は、頭をかかえた。ここまで追いつめて来た容疑者が別件の殺人容疑で他警察の取調べをうけている。容疑はかなり濃厚で、逮捕状の出る直前にあるという。

同一犯人が動きまわってあちこちで罪を累(かさ)ねるのは、べつに珍しいことではない。しかし、岩手側がマークしていた味沢は、まったく罪を累ねる状況になかった。

この際羽代署と合同して、一気に味沢をしめ上げることはできる。だが、羽代署のやり方には、同じ警察のサイドから見ても、どうも胡散(うさん)臭いところがある。

「味沢は、風見を足がかりにして朋子殺しの犯人に迫ろうとしていたようでした。味沢にとっては、風見は大切な生き証人でした。その風見を味沢が殺すはずがありません」

北野刑事も困惑していた。

「風見は越智朋子を殺した犯人の一味だったんだべが」

「その疑いが濃厚です。味沢は風見を責めて、犯人の正体を知ったか、あるいは有力な手がかりをつかんだ様子でした。その点、まだ確認が取れていませんが、風見は大場一派に口を塞がれたのだとおもいます。そして味沢がその犯人にでっちあげられた」

「ちょっと待ってけろ。風見は暴走族だべ。すっと、暴走族が、朋子殺しにからんでだんだべが」

「そういうことになります。輪姦して殺したのは、いかにも暴走族の仕業らしいじゃないですか」

「すかす、朋子は、大場がクーデターば未然に防ぐために殺すた状況が強いがべ。暴走族が大場の指示の下に動いたことになるべ」

朋子の死因に味沢ほど迫っていない村長たちにとっては、それはいかにも突飛な組み合わせに見えた。

「朋子殺しの犯人は、まだ大場とも暴走族とも確定していません。ただ、風見が犯人に関して重大なことを知っていたために消された可能性は強いと考えます」

「風見を消すて、味沢ば犯人にでっちあげだ手並みは、暴走族のものどはおもえね、風見殺すの裏にはどうも大場の意志が動いでたような気がするな」

「すると、暴走族の風見が大場にとって都合の悪いことを知っていたことになりますね。それは朋子殺しの犯人に関することにちがいありません。そして犯人は暴走族とも、大場一派とも考えられるのですが、大場にとっても都合の悪いこととなると、やはり大場と暴走族の間につながりがあるとしか考えられなくなります」

「それだよ、味沢は、元羽代新報社会部デスクや暴走族に乱暴されだらしい山田道子っう女性の所ばしょっちゅう歩きまわっていだそんじゃねえが」

「共同して暴走族追放のキャンペーンでも張るつもりではなかったのでしょうか」

「浦川は、クーデターが失敗して、馘か停職になったんだべ」

「コネは残っているでしょう」

「大場ににらまれだら、すったらコネ役にも立たねべ。味沢の狙いは他にあるんでねえがなあ」

「それはなんですか」

「羽代川だよ」

「すると羽代川河川敷の不正」

「んだ。浦川は越智朋子と組んで、羽代川河川敷の不正ばタネに、大場一成へのクーデターを企んだ。それは事前に発覚すて失敗すたが、あのタネは不発のまま残ってるべ。味沢はそれば引っ張り出すべどすてたんでねがべが」

「浦川がその気になれば、タネをジャーナリズムに流せるかもしれませんね」

「んだ。ここで山田道子の役割が気になる」

「どうしてですか」

「羽代川河川敷ど、山田道子は関係ねえはずだべ。味沢は、なしてこの二人を同時に引っ張り出そうとすたんだべ？」

村長は、一同の顔を見まわした。彼の表情は、すでに自分なりの答えをもっていることを語っている。朋子殺しの犯人一味に関する検討が、こんな方角に傾いたことにも意味があるらしい。

「ということは、浦川と山田の二人になんらかのつながりがあるということですな」

佐竹がうっそりとつぶやいた。

「うんだ、うんだ」

村長が我が意を得たりというように大きくうなずいた。

「朋子殺しの犯人は、大場一派の疑いが強い。河川敷の不正をもみ消すために、朋子を殺し、浦川を飛ばした。だから味沢が朋子の弔い合戦に浦川をもう一度引っ張り出そうとしているわけだ。一方、山田道子は暴走族の牙（きば）にかけられた犠牲者だ。彼女が浦川と共同作戦を張って戦力となるのは、敵が共通のときだけだ」

「共通の敵？」

佐竹の独り言めいた推理によって、一同の目に新たな視野が入ってきたようである。

「そうさ、共通の敵だ。風見はもともと暴走族だ。風見に味沢がしきりに接近していたのは、風見が朋子殺しについて重大な事実を知っていたからだ。味沢の探索ルートを忠実になぞると、それ以外には考えられない。つまりだな、朋子殺しに大場と暴走族が重（ダブ）ってきている。ここで、浦川と山田道子が出てきた。浦川は羽代川河川敷の、そして山田道子は暴走族に対する当て駒（ごま）だ。これを共同戦線にするのは、大場と暴走族が共通の敵として重なっているときだけだ。つまり、大場と暴走族は、同じ穴の貉なんだよ。いや暴走族の中に大場一族がいるんだろう。そうでなければ、風見を消して味沢を犯人に仕立てるなどという大がかりな工作をするはずがない」

「暴走族の中に大場一族が、なあるほどそうが！」

村長も、目から鱗が落ちたような顔をした。そう考えれば、山田道子の役割も、一見突飛に見えた大場と暴走族の組み合わせもすっきりとする。

「そうなると羽代署もでっちあげに加担というより、主役をつとめているでしょうから、味沢は逃げられませんね」

北野刑事の面は救い難い失望の色で厚化粧されていた。執念深く追いかけてきた容疑者が、別件の殺人事件に巻き込まれ、容疑者自身が探偵役に変身して犯人追及に乗り出しているうちに、犯人側の罠にはめられてしまったのである。しかも罠の仕掛人は、とてつもなく巨大である。地方都市ながら、日本の一方のコーナーとも言える大都市を掌中におさめ、封建の君主さながらに君臨している。

ここでは大場自身が法律と言ってよかった。味沢は健気にも蟷螂の斧を振り立てて大場に歯向かっていったが、抵抗むなしく、その牙の中にがっちりと捕えられてしまった。

村長らの立場と心境は複雑である。味沢は本来、村長らが追っている獲物であった。羽代署は、共通の獲物を追い、捕えた。言わば追う同志であった。この際、羽代署に申し入れて、合同して味沢を攻めることはできる。そのほうが手っ取り早いかもしれない。たとえでっちあげで捕えたにしても、味沢にそんな余罪のあることがわかれば、羽代署としては大喜びだろう。でっちあげだからこそ、余罪によって味沢の〝悪性〟を補強する必要がある。

だが、岩手側にしてみれば、決め手のつかめないまま、他警察のでっちあげに便乗して本命事件の解決をはかることになる。それは邪道であり、どんなに近道でも、とるべき道ではなかった。

しかし、羽代署と合同できないとすればどうするか。みすみす本命の容疑者を、他署のでっちあげに食われてしまうことになる。

「この際、方法は一つしかありませんね」

佐竹が例の刃物のような目を村長に当てた。

「またがね」

村長がうんざりした表情で言った。佐竹の言外の意味を一同は了解した。前回、味沢の身を守ってやるために、羽代川の堤防から井崎明美の死体を探し出した。そのため、大場としては、当座の間、味沢に手を出せなくなった。ここで味沢がおとなしくしていればよかったのだが、朋子殺しの犯人を追って、大場の足元まで追ったものだから、ついに罠を仕掛けられてしまった。

味沢を救う方法は一つしかない。罠の仕掛けを露わすことである。ともあれ、味沢を羽代署の罠から救い出したうえで、こちらの本命の追及をしようということである。

村長らは、いま、自分の仇討ちの相手を、本懐をとげる日まで生かしておくために守っているような、倒錯した心理に陥っていた。だが味沢を羽代署のでっちあげの餌食にさせてはならないという点では、確固たる意志をもっていた。

## 3

「私は家にいた」

味沢は言い張った。

「それを証明できるか」

長谷川警部は詰め寄った。

「午前四時に家で寝ていたことをいちいち証明できない。それより、いったいだれがそんなでたらめな証言をしたんだ」

「あんたは風見を怨んでいた状況にある。そこで風見が死んだから、あんたが疑われているんだ。疑いを晴らすためには、あんたはアリバイを証明しなければならん」

「だから、おれを病院で見たと証言したやつに会わせてくれ。でたらめの証言だということを証明してやる」

「いずれ裁判になったらたっぷり会わせてやるよ」

「どうしていま会わせないのだ」

「大切な証人だ。あんたに脅かされて口を閉ざされたくないからね」

長谷川はせせら笑った。だが彼のほうも苦しい立場にある。目撃者の証言は確定的なものではない。味沢と対決させれば、くずされてしまいそうな脆さをかかえている。そして警察はその脆さをよく知っている。

この場合のアリバイの挙証責任の所在が、微妙なところにあった。潔白な者がいちいちアリバイを証明する必要はない。容疑濃厚な者だけが、警察側が蒐めてきたクロの資料を覆す反証としてアリバイを証明するわけである。

警察側の資料としては、目撃者だけである。人間の感覚は、曖昧なもので、そのときの環境条件や体調などで、どのようにでも変る。甲羅を経た容疑者と対決すれば、いっぺんに突きくずされるおそれがある。

また、味沢の動機だが、風見に轢かれかけたのを怨んでの復讐としては、解せない点が多い。風見はすでに回復しかけていた。ビニールでわざわざ窒息死させなくとも、入院直後まだ意識が回復していないころに、いくらでも機会はあったはずである。またそのころを狙えば、症状の悪化と見られて、疑いをまねく危険が少なかった。

クロの資料が、曖昧な目撃者だけというのは、いかにも弱い。警察側は、ひとまず味沢を帰宅させることにした。

「味沢が〝釈放〟されたというのは、どういうわけだ？」

大場一成は激怒した。

「釈放ではなく、一時帰宅をしただけで」

中戸多助が釈明しかけるのを最後まで聞かず、

「帰宅も釈放も同じだ。なぜそのままぶち込んでしまわないか。味沢は風見を殺した。殺人犯を野放しにしておくのか」

一成は、味沢が帰宅した事実よりも、自分の意志が十分に履行されなかったことに、腹を立てている。羽代でそのようなことがあってはならないのである。

「それが、こちらで仕立てた証人の態度が曖昧なものですから、警察が逮捕に踏み切らないのです」

「なぜそんな曖昧なやつを仕立てたのだ。いや証人などどうでもよい。羽代署に早く逮捕させろ。署長にそう言え！」

「羽代署がその気になりましても、地裁が逮捕状を出しませんので」

「地裁か」

一成はうなった。彼の威勢も裁判所までは及んでいない。いや及んではいたが、警察ほど十分に浸透していなかった。

最近は、羽代地裁にも青法協の影響があって、逮捕状の発付が厳格になっている。

「私の仕立てがやや甘かったのです。申しわけありません。目撃者がいれば十分と考えたので看護婦に無理強いしたものですから、証言態度が曖昧になったのでしょう」

「いまさら言い訳を聞いてもはじまらん。味沢はうるさいやつだ。この際、いっきにぶち込んでしまわないと、またなにをするかわからん。風見の口をすでに割らせているかもしれんのだぞ。なんとか方法を考えろ」

「方法はすでに講じてございます」

「なに、講じてあるだと」

「味沢が帰宅を許されたのは、クロの資料が薄弱なのと、居所が定まり、逃亡するおそれがないからです。もし彼をして逃亡せざるを得ないような羽目に追い込めば、裁判所も逮捕状を出します」

「なるほど、しかしどうやって逃げ出すようにしむける？」

中戸は、周囲にだれもいないのに、一成の耳に口を近づけて、何事かささやいた。不機嫌だった一成の表情が、しだいに柔らいできて、

「よし、逃がすのはよいが、羽代から一歩も外へ出すんじゃないぞ」

「その点は、ご心配なく。そんなまねのできるはずのないことは、会長もよくご存じでしょう」

4

警察からひとまず解放されて帰宅した味沢は、なにはともあれ、気がかりだった山田範子の安否を確かめた。彼女は無事に帰宅していた。

「よかった。病院からの帰りが遅いので、心配していたのです」

味沢は、電話口に出た範子に安堵（あんど）の吐息を漏らした。

「浦川さんという方が訪ねて来られて、帰り道で話していたんです」

「浦川⁉　元羽代新報に勤めていた浦川さんですか」

「そうです」

「その浦川があなたに何を？」

「味沢さんから姉さんの事件を聞いて、協力して大場を訴えるために、事実を確かめに来たと言ってました」

「協力して訴えると言ったんですね」

「ええ」

「よかった」

「は？」

「いや、浦川さんが味方についてくれれば、百万の味方ですよ。大場成明を必ず懲らしめられます」

「私も浦川さんのお話を聞いているうちに、その気になってきました。私、姉がいやだと言っても大場を訴えます」

「そうですか。それを聞いてぼくも嬉（うれ）しい。あなたは当分、身辺にくれぐれも注意してください。大場らが何をするかわかりませんから」

「十分注意します」

「風見が死んだことは、まだ知らないのですか」

「風見が⁉」

「殺されたのですよ、成明に」

「まあ、なんて恐ろしい」

「彼に生きていられるとお姉さんに乱暴したことや、越智朋子さんを殺した生き証人にされるので、口を塞いだのです。しかもその犯人を私にしようとして画策しています」

「味沢さんを犯人に！」

「そうです。証拠が不十分なので、逮捕を免れましたが、あいつらは自分の身を守るためにはなんでもします。くれぐれも注意してください」

「でも、まさか私までに」

「お姉さんが、あなたが訴えようとしていることを成明に教えてしまったのです」

「姉が！　本当ですか」

「本当です。お姉さん自身が成明に話した後で後悔して私に言ってきたのです」

「ひどいわ、ひどいわ。お姉さんのためにやっていることなのに」

「とにかくこうなったからには早いほうがよい。明日すぐに被害届を出してください。あなたが届ければ、入院中のお姉さんは否定できなくなります。私は成明のもう一人の共犯者の津川という男を探します。明日学校へ行く前に被害届を出せませんか。私が迎えにまいります」

「おねがいします」

「今日はもう外へ出ないように」

範子に釘を刺してから、浦川に連絡した。さすがに浦川は新聞記者だけに、風見の死とそのからくりを悟っていた。

「味沢さん、大変なことになりましたな」

浦川の語調が先日訪ねて行ったときとは変っていた。

「もう一人証人が残っています。そいつを追ってみますよ」

「風見を消したほどですから、もう一人の共犯にもちゃんと手は打ってあるはずです。そいつがあなたに口を割っては、風見を消した意味がありませんからね。私はむしろあなたがよく帰って来られたと感心しているくらいなのですよ」

「仕掛けが甘かったのです。しかし、必ず巻き返して来るでしょう。私のことより、浦川さん、山田範子に会ったそうですね」

「あなたから被害者の妹さんが積極的だと聞いていましたのでね」

「ということは、羽代川河川敷の不正を公にする決心をされたのですか」

「決心というほどの大袈裟なものじゃありませんが、あんな稚い女子高校生が大場を相手に戦おうとしているのですからね、私ももう一度、稚い正義感を振りかざしてみようとおもいまして」

「有難うございます」

「あなたが礼を言うことはありません。これはもともとこの羽代の問題なのです。それに忘れていましたが、ある方面からも河川敷問題を探っているらしいのです」

「ある方面と言いますと」

「岩手県の宮古署の刑事という人が来て、河川敷のことをいろいろと聞いていきました」

「岩手県の宮古署！」

味沢は、一瞬顔色を変えたが、電話なので浦川には見てとれない。

「お心当たりがありますか、刑事はあなたと朋子さんにも興味をもっていたらしい。いや、朋子さんを殺した犯人を探しているあなたに最も強い関心をもっていた様子でした。宮古署でも独自の立場からその犯人を追っているようでした。なぜ岩手の警察が、管轄ちがいの羽代の殺人事件を追っているのか、捜査の秘密とかで教えてもらえませんでしたが、少なくとも羽代の警察よりも信用できそうなので、知っていることは、すべて話してやりました」

「岩手県の警察が来たのですか」

味沢は、まだ、岩手から刑事が来たという衝撃から立ち直れないでいる。

「そうです。その刑事は、羽代川河川敷の買収にかなり興味をもった様子でした。他県警察ながら、そちらの方面から働きかけてもらえば、県警の捜査二課が動きだすかもしれません」

「宮古署の刑事は、越智美佐子さんのことは言っていませんでしたか」

「越智みさ子？」

「朋子さんの姉さんです」

「ああ、そう言えば朋子さんには姉さんがいましたな。たしかハイキングに行って殺されてしまった。ちょっと待てよ、そうだ、私としたことがうっかりしていた。あの姉さん、たしか岩手の山奥で殺されたのだった。するとあの刑事はその件で来たんだろうか」

浦川は途中から自分の思考の中にはまり込んでしまった。

「越智美佐子さんのことを聞かなかったとすると、別件で来たとおもいます。そうだ、ほら先日、羽代川の河童流れの堤防から保険金目的で殺されたホステスの死体が、岩手の警察によって発見されたでしょう。おかげであの保険を担当していた私は、面目を施しました。あのとき、岩手県で捕まった殺人犯人が、被害者を羽代川の堤防に埋めたと自供して捜索した偶然の副産物だったそうですが、宮古の刑事はたぶんその一件で来たんだとおもいます」

味沢は、自分から聞いたことだが、巧みに誘導して、浦川の関心を越智美佐子からそらした。

## 5

そのころ、北野刑事は、「味沢の犯行」の目撃者の割出しに必死になっていた。なぜか羽代署は、目撃者の名前を伏せている。警察同士がセクショナリズムから、たがいの手の内を伏せるのはよくある例だが、目撃者を伏せるべき理由はなにもないはずである。

それにもかかわらず伏せているところに、作為が感じられる。

「午前四時の目撃者というからには、見舞客は、考えられない。まず夜勤の看護婦、次に同じ病棟の入院患者だ」

「しかし、入院患者が味沢を知っているか？」

「風見の病室によく出入りしていたというから、顔をおぼえていたかもしれない」

「それにしても、午前四時だ。ちょっとすれちがった程度のうろおぼえの顔を即座に識別できるものかどうか、はなはだ心もとない。患者よりは、看護婦のほうが可能性が大きい。それに市民病院は、大場の息がかかっている。一般患者より、看護婦のほうが抱き込みやすいだろう」

ということになって当夜の三名の夜勤看護婦がマークされた。まず風見の病室の担当、鳴沢恵子は、事件の発見者である。発見者と目撃者の一人二役を兼ねさせることはできるが、仕掛けとしては弱い。もし彼女が目撃者なら、そんな時ならぬ時間に風見の病室から出て来た味沢を見かけた時点で担当として不審をおこし、彼に対してなんらかの問いかけをしたはずである。

主任看護婦の内藤鈴枝にしても事情は同じである。すると残る牧野房子が最も臭い。

三人は全部当たるつもりであったが、北野は、その順位を、牧野、内藤、鳴沢にした。

牧野房子が非番のときを狙って看護婦寮へ訪ねて行くと、彼女はすでに顔色を変えていた。内藤鈴枝も鳴沢恵子も正看護婦であるが、牧野房子は准看護婦である。中学を卒業して准看護婦養成所を出て間もない十八歳のほやほやの看護婦であった。

突然、見知らぬ刑事の訪問をうけて、牧野房子は、おどおどしていた。北野はそれを十分な〝反応〟と見てとった。

初対面の挨拶がすむと、北野は質問の核心に斬り込んだ。

「風見さんが亡くなったとき、あなたは味沢さんがその病室から出て来るのを見たそうですね」

「そうです」

牧野房子は目を伏せたまま答えた。

「どうして味沢さんだとわかったのですか」

「だって、味沢さんだと思ったからです」

「あなたが味沢さんを見かけたのは、看護婦室の前あたりからだと言いましたね」

「はい」

「風見さんの病室は、病棟のいちばん奥の方です。棟央にある看護婦室から、棟奥までかなり距離があります。それも夜の不十分な照明の下でよく味沢さんだと確認できましたね」

「そ、それは、人の顔なんて、はっきり見なくとも、輪郭や姿形の特徴などからわかります」

北野の鋭い追及に牧野房子はたじたじとなった。

「すると、あなたは味沢さんの顔をはっきり見たわけではなく、顔の輪郭や姿形から味沢さんらしいと見当をつけたのですか」

「そう言えばそうでしょうけど、人間の観察なんて、だいたいそんなもんじゃないでしょうか」

房子は面を上げて辛くも切り返してきた。そのとき北野は彼女の目が光をうけた角度によってキラリと光ったように感じた。そのことが北野に一つのヒントをあたえた。

「牧野さん、つかぬことをうかがいますが、あなたの視力はどのくらいですか」

「目の視力ですか」

唐突に聞かれて、房子は面喰(めんくら)ったらしい。

「そうです」

「右が0.1、左が0.3です」

「あまり良いとは言えませんね」

「その視力で、棟の奥までは見えなかったはずだとおっしゃりたいのですね。でもコンタクトを入れて、左右とも1.2に矯正してあります」

北野が認めた房子の〝眼光〟は、コンタクトレンズの光だったのである。しかし牧野房子が矯正されていると言い張る以上、それを否定できなかった。

翌朝、山田範子は味沢の来るのを待った。登校前に警察へ寄って被害届を出すつもりである。そのために多少の遅刻は覚悟している。両親に知らせると、とめられることがわかっているので、あえてなにも話さない。

範子は、いま羽代市の帝王、大場一族に反旗を翻すことに興奮していた。浦川の話によると、羽代川河川敷とやらの不正事件をつかんだということである。範子の届けと呼応してその不正事件を暴露すると浦川は言った。範子の訴えが、大場一族を引っくりかえす導火線となるかもしれない。

範子は、いま自分がドラマのヒロインになったような昂揚(こうよう)した気分になっていた。被害届を出すにあたっては、味沢がエスコートしてすべてやってくれるそうである。

家を出る時間が迫った。味沢と約束した時間でもある。そのとき、彼女と同年輩くらいの少女が家の前に立った。見かけない顔であった。

彼女は家の出入口で出かけるばかりにしていた範子に、

「山田範子さんですね」と問いかけてきた。そうだとうなずくと、

「味沢さんに頼まれてお迎えに来ました」

と言った。

「味沢さんに？」

「ええ、味沢さんがお待ちしています。なんでも急な用事とかで」

範子は、彼女の言葉を信じて後に従った。

「こっちです」

少女の案内した横丁へ入っていくと数台の車が停まっていて、頭をリーゼントスタイルにした若者が数人たむろしていた。範子がはっと身構えたときは遅かった。少女が「連れて来たよ」と急にくずれた声で呼びかけると同時に、若者がばらばらと範子の周囲を取り囲んだ。

「あなたたちだれ！　いったいなにをするつもりなの」

範子が身構えて咎めたのを、リーダー株のにきび面の若者が、せせら笑って、

「ちょっと、いっしょに来てもらえばわかる」

「なにすんのよ、私は学校に行くのよ」

「その学校へ行く人が味沢と言うと、いそいそと従いてきたのは、どういうわけだい」

「あなたたちには関係ないわ」

「関係あるかないか、ゆっくり聞かせてもらうよ、それ！」

リーダー株は、子分共に目配せした。五、六人の子分が殺到すると、範子を車の中へ押し込んだ。

「止めて！　なにするの。警察を呼ぶわよ」

範子は精一杯抵抗したが、多勢に非力でたちまち車の中に押しこめられてしまった。範子を乗せると、若者たちは、それぞれの車に分乗して走りだした。その間数分のことである。通行人もなく、この朝の誘拐劇の目撃者はいなかった。

それより少し前、範子の家へ向かおうとした味沢の許（もと）に一本の電話がきた。大家から取り次がれて呼出電話に応答した味沢の耳に、聞きおぼえのない声が、

「味沢さんか、山田範子は預かったぜ。無事に返してもらいたかったら、訴えようなんて考えは止めるこったな」

「なに！　きみは大場成明か」

「だれだっていいだろ。本人が訴えたがっていないのに、他人のあんたが余計な口出しはしねえこった」

「範子さんをどうするつもりだ」

「どうもしやしねえよ。あんたが訴えさせようなんてお節介を止めるまで大切に預かっておくぜ」

「そんなことをすれば誘拐だぞ」

「どういたしまして。本人の意志で来ているのさ。学校にも家庭にもちゃんと報（しら）せておくよ」

相手は電話口でうすく笑った。

「待て。電話を切るな。話し合いたい」

味沢の言葉を途中に、電話は先方から一方的に切られた。

「ヘルメットだ」

味沢は、とにかく、マッドドッグのたまり場のヘルメットへ行ってみようとおもった。ついに、大場成明が範子にまで触手をのばしてきた。ヘルメットへ行けば、彼らの動静がわかるかもしれない。

味沢が家を飛び出しかけると、登校の支度を終えた頼子が呼びかけてきた。

「お義父さん、どこへ行くの？」

「すぐ帰って来るから、頼子はお友達といっしょに学校へ行きなさい」

「お義父さん、行かないで」

頼子の直観像がまた危険を予知しているのかもしれないとおもったが、ともかく範子を救うためにはヘルメットへ行かなければならない。

「大丈夫だよ、頼子」

「頼子、いっしょに行く」

味沢は、一瞬ためらったが、「いいから学校へ行きなさい」と強く命じた。

## 6

北野は、牧野房子が仕立て上げられた証人という確信を強めた。彼女は買収されたか、あるいは脅迫されて偽の目撃者にさせられたにちがいない。彼女の証言は虚偽である。

だからこそ絶対の迫力に欠けて、敵も味沢を一気に逮捕できないでいるのだ。ぐずぐずしていれば、彼女の偽証言を基礎にして次々に虚偽材料をでっちあげ、味沢を逮捕してしまうのは目に見えている。

その前に、牧野房子の嘘を見破らなければならない。

北野は、現場を丹念に検べた。風見が入院していた320号室は、外科病棟の個室で、棟の最も奥まった位置にある。棟央にある看護婦室から約三十メートル、風見の病室の前に立った人物を見分けられない距離ではなかった。

これが夜間ならどうであろうか。房子が味沢を目撃したと言い張っているのは、午前四時ごろのことである。北野は、同じ条件下で現場を観察するために、午前四時にその場所に立った。病棟全体はシンと寝静まっているが、照明は十分明るく、看護婦室の前から、風見の病室の前までよく見えた。天井には直付けの蛍光灯が五メートル間隔ぐらいに配置されていて、320号室の前は特に明るい。

北野は現場見分までしたが、牧野房子の偽証を崩せなかった。房子の態度には曖昧なところがある。だが言葉そのものには矛盾はない、1.2に視力が矯正されていれば、320号室の前に立った人物の顔は、看護婦室の前から十分に見分けられる。

現に北野の視力は左右ともに同じ1.2であり、自分の目でそのことを確かめた。

しかし北野の心にどうも引っかかっているものがあった。それがなにかよくわからない。たしかに見ていながら、大きなものを見落としているような違和感が残る。見落とされたものが心のフレームに引っかかって、精神の曖気現象をおこしている。原因がわからないだけにいらだたしかった。

味沢が刻々と追いつめられている気配はわかる。彼を横奪りされてはならない。味沢はおれの獲物だ――と北野は歯ぎしりしたが、岩手側も苦しい立場に追い込まれていた。

彼らは、行方不明者の捜査と称して羽代に乗り込んで来た。本命は味沢であるが、そのことは隠している。彼らが発見した井崎明美は、あくまでも予期せざる〝副産物〟で、表むきの捜査対象はまだ発見されていないことになっている。それを羽代に留まっている理由にしているが、そういつまでも居坐れるものではない。

現に羽代署は、井崎明美を見つけ出した後、いっこうに捜査らしい捜査をせずに羽代に居坐っている岩手側に胡散くさい目を注ぎかけている。よその警察の管内に来て、たとえ〝副産物〟だとしても、地元警察が事故として処理した事件の死体を引っ張り出して、「殺人」にしてしまった。そのため羽代署では暴力団との癒着を暴露されて捜査課長の首が飛んだ。羽代署としては導火線に火をつけた岩手に、好感をもてるはずがない。

だいたい、よその土地の警察に自分の管内で動きまわられるのは、いい気分のものではない。まして弱みをかかえている羽代署としては、岩手に一刻も早く出ていってもらいたいところであった。

前とちがって正体を明らかにしてしまったので潜行捜査もできない。岩手側も早い決着を迫られていた。

北野は市民病院の前から市内循環バスに乗った。ちょうど朝の出勤登校時間で、車内はサラリーマンや学生で満員である。

ちょうどテスト期間中らしく、友人同士で出題し合っている。

「マリオットの盲点とは？」

「視細胞のないところ。白紙に十字と円を左右に並べて描き、約二十五センチの距離から左眼を閉じて、十字を見つめると円が見えなくなる……」

停留所について学生たちはにぎやかに下りていった。

「マリオットの盲点か」

北野は学生たちが下りた後の急に広くなった車内で姿勢をのばしながらつぶやいた。北野にも盲点があるにちがいない。その盲点に光があたって違和感をおこしているのだ。次のバス停は図書館前であった。北野はふとおもいついてそこで下車した。

その足で図書館へ入って百科事典を索(ひ)いた。「マリオットの盲点」は「目(め)」の項目にあった。それによると、――網膜の視神経乳頭の部分には視細胞が存在しないため、光が当たっても光覚をおこさない。したがって視野のなかでこの部分に相当するところは見えないことわりである。この生理的な視野欠損部を盲点という。これは Edme Mariotte（一六二〇～八四）によって発見され、ふつうマリオットの盲斑(もうはん)（または盲点）とよばれる。盲点の位置は視野の中心から、耳側約十五度でやや下方にあり、大きさは縦約七度、横約五度の楕円形をしめす——中略——白紙に小十字とその右方五〜十センチのところに小円を描き、両者の間隔の約三・五倍の距離から左眼を閉じて小十字を注視すると、小円が見えなくなることでわかる。なお、視野中に盲点のあることから転じて「案外、気のつかない所」という意味に使われている。——ジャンルジャポニカ『医学』

「案外、気のつかない所か」

北野は百科事典に目を向けたままつぶやくと、そこに図示されてあった黒地白ヌキの十字と円に向かって自らの目で実験をしてみた。

「本当だ。見えなくなる」

北野は、円が視野から消えたのでびっくりした。

——盲点とはここからきたのか——改めて感心した北野の瞼で、マリオットの実験図と、市民病院の病棟の光景が重なり合った。

五メートル間隔ぐらいに蛍光灯が天井直付けされている。風見の部屋の前の灯だけが特に明るかった。あれはなぜか？

北野は弾かれたように百科事典を書架へ戻すと、市民病院へ駆け戻った。外科病棟の320号室の前に立って、天井灯を凝視した。ちょうど通りかかった看護婦を呼びとめて、

「この部屋の前の灯は特に明るいけれど、どうしてですか」

看護婦は胡散くさげに北野を見たが、その真剣な表情に圧されて、

「ああ、そこは電灯が切れたので、最近替えたのです」

「替えたのはいつですか」

「昨日かおとといだったとおもいます」

「正確に教えてください」

「さあ備品部の人に聞いてみないとわかりませんわ。どうしてそんなことを……」

「あ、失礼しました。警察の者です。備品部はどこですか。ある事件の参考に、電灯を替えた日をぜひ知りたいのです」

北野がしめした警察手帳に、看護婦は表情を改めて、彼を別棟にある備品部へ案内した。この備品部において、病院内に必要な資料はすべて調達しているということである。

北野の質問に、係は出庫伝票を調べて蛍光灯を交換したのが昨日の朝であることを教えてくれた。

「蛍光灯は寿命がくると、チカチカと点滅することがありますが、交換した古い蛍光灯もそんな風になっていましたか」

「いや外科病棟の320号室の前は、それを通り越してまったく消えたままでしたよ」

それこそ北野が期待していた答えであった。

「320号室の前の天井灯のスイッチはどこにあるのでしょう」

「看護婦室にまとめられていて、リモコンスイッチになっています」

「すると、320号室の前の電灯だけ消すにはどうしたらいいのですか」

「そうですね、灯を器具からはずす以外にありませんね」

「まことにお手数ですが、日が落ちてから、外科病棟の320号室の前の天井灯をはずしていただけないでしょうか。いやちょっと消すだけでけっこうです。捜査にぜひとも必要なのです」

日が暮れるのを待ちかねて北野は〝実験〟に取りかかった。風見の病室の前の廊下の天井灯がはずされた。それは正式には熱陰極予熱形蛍光放電灯と言われる種類で、灯管の両端末の口金ピンを少しねじるだけで簡単にはずせる。照明が消えて、廊下のその部分だけがうす暗くなる。

「これでよろしいでしょうか」

「けっこうです。すみませんが、320号室の前に立って、こちらを向いてくれませんか」

北野は、備品係を廊下に立たせて、看護婦室の位置から凝視した。そこを照らすのは、五メートルほど離れた隣りの天井灯の光である。〝隣りの光〟は乏しく、顔を読み取れない。

北野は、事件当夜、風見の病室の前の天井灯が寿命が尽きて消えており、看護婦室の距離からでは、320号室の前に立っている人間を見分けられないことを確かめたのである。

彼にヒントをあたえたのは「マリオットの盲点」であった。十字と円が並んでおり、十字を注視することによって、円が盲点に入って消える。黒地に白で抜かれた十字と円では、円のほうが格別に明るく輝いていた。だれしも一見したかぎりは、貧弱な十字が残って明るい円が消えるとはおもわない。

明るすぎるのが曲者であった。その明るさに北野は、風見の病室の前の天井灯を重ねた。同じワット数で他の電灯よりも明るいということは、新しいということである。とすれば、「古い灯」と交換されたのはいつか、古い灯下では廊下はどうなっていたか？

マリオットの盲点が「新しい灯」と重なって消えた後に、牧野房子の偽証のからくりが骨格を露わしていた。

だが北野がヒントを得たマリオットの盲点には、もっとべつの重大な意味があったのである。

# 追いつめた野性

## I

味沢がヘルメットへおもむこうとした矢先、昨日来た刑事のペアが、彼の前に立ちふさがった。まるで張り込みでもしていたような出現であった。いやきっと張り込みをしていたにちがいない。彼らは、味沢に据えた疑惑を決して解いていないのである。

「どこへ出かけるつもりかね」

昨日の刑事がいやな笑いを頬に刻んで言った。

「あ、刑事さん、ちょうどよいところへ来てくれました。誘拐です。女学生が暴走族に誘拐されたんです」

味沢はわらにもすがるように頼んだ。

「誘拐？　いったい何のことかね」

刑事はびっくりした顔をした。

「山田範子という女学生が、マッドドッグに攫（さら）われたんだ。急がないとどんな目にあうかわからない。とにかく相手は異常だから手遅れにならないうちに手配してくれ」

「朝っぱらからなにを寝ぼけているのかね。手配されそうなのは、マッドドッグではなくあんたのほうなんだよ。さあいっしょに来るんだ。まだいろいろと聞きたいことがあるのでね」

「先に、ヘルメットに行かせてくれ」

「何だね、それは」

「マッドドッグのたまり場だ」

「だめだね」

「逮捕状が出ているのか」

「逃げたければ、逃げてもいいんだぜ」

刑事は唇だけでうすく笑った。

「それはどういう意味だ？」

「ふふ、あんたが自分で考えるんだね」

刑事が言ったとき、けたたましい爆音が背後に湧いて、黒皮のジャンパーにヘルメットを着けたマッドドッグの一団が十数台オートバイを連ねて彼らのかたわらをすり抜けていった。すり抜けざま、奇声とミュージックホーンを投げつけていく。

「あいつらデモをかけているんだ。刑事さん、山田範子が危ない！」

「さあ何のことかね？」

刑事は、シャラッとした表情で、そっぽを向いた。

「おれはヘルメットへ行く」

「同行を拒否するのか」

「拒否はしない。まずヘルメットへ行って、山田範子の安否を確かめるだけだ」

「我々は同行拒否と認めるぞ」

「わからずやめ！　なんとでも勝手に解釈しろ」

味沢は、刑事を押しのけて歩きだした。刑事はあえて阻止しようとしなかった。味沢がかなたへ歩み去ってから、年輩刑事はにやりと笑って若い相棒に向かい、

「きみ、すぐ本署へ連絡だ。味沢岳史は逃亡した。直ちに逮捕状の発付を請求するようにと。おれはヘルメットへ行く。きみもあとから来てくれ」

「承知しました」

味沢が勝手な方角へ立ち去るのを拱手傍観した口惜しさをいま埋め補うように、若い刑事は走りだした。


「お義父さん」

味沢は後方からいきなり呼びかけられて、びっくりした。

「頼子、おまえ学校へ行かなかったのか」

ヘルメットへ範子の安否を確かめに行くために刑事の任意同行の求めを振り切って来た味沢は、そこに登校姿の頼子を見出した。

「お義父さんが心配だったの」

頼子はいまにも泣きだしそうな顔をして道の中央に立ちすくんでいる。

「しかたのない子だな。お義父さんは心配ないと言ったろう」

「でもこの間、トラックに轢(ひ)かれかけたわ」

「またトラックが襲って来るというのか」

「わかんない。でもなんとなくいやな感じがする。だから連れてって」

頼子の目は真剣であった。彼女の直観像に再三救われている味沢は、

「それじゃあ今日だけだよ。お義父さんの用事が終ったら、遅刻してもいいから、学校へ行くんだよ」

「うん、行くよ」

頼子はうなずいた。


「ヘルメット」は閑散としていた。平日でもあり、朝の早い時間なので、マッドドッグのメンバーはまだ集まっていないらしい。それでも店の前に数台のバイクが駐(と)めてあり、店はすでにオープンしていた。

頼子を店の外に待たせて、店内へ入って行くと、カウンターの内側にいたバーテンダーが、白眼がちの目のはしでじろりと見た。いわゆる〝蛇目〟と言われる首を動かさずに、目の玉だけ回して見る視線である。その目つきを見たとき、バーテンダーが味沢の来るのを予期していたのを悟った。彼も大場成明の一味だ。おそらく店も成明の息がか

かっているにちがいない。

「ちょっとお質ねしますが、今朝ここに山田範子という女子高校生は来なかったですか？」

味沢は下手に質ねた。

「さあ、スケバンは家には来ないよ」

バーテンダーは少しも首を動かさずに答えた。

「女子高校生です。スケバンじゃない」

「スケバンじゃなければ、なおさら来ねえよ」

「大場成明や、津川は来ませんか」

「だれだね、その人は」

バーテンダーはとぼけた。

「マッドドッグのリーダーです。津川はたぶんサブリーダー格だとおもう」

「でけえ口をたたくじゃねえか」

いつの間に入って来たのか、マッドドッグの〝制服〟を着けた若者が数名、背後に立っていた。精々、肩をいからしているが、顔つきは、みな稚い。だが彼らが身辺に漂わせている凶暴性は、本物である。それぞれがなんらかの凶器を隠しもっているはずである。

店のどこかに隠れていたのが、バーテンダーの合図で出て来たらしい。

「ああ、きみたちマッドドッグの人たちだな。リーダーに会わせてもらいたい」

「リーダーに会ってどうするつもりだよ」

ブーツに拍車のような特殊な仕掛けがしてあるらしく、床を歩くたびにチャリッと鳴る。

「山田範子を返してもらいたい」

「知らねえな。そのスケ、おっさんの何なのさ」

暴走族の一人は、衆の力を頼んで味沢に顔を寄せて彼の鼻の頭を人さし指で上へ押し上げた。

「友人だ。今朝あなた方のリーダーから電話で預かっていると通告してきたんだ」

「おいみんな、聞いたかよ。おっさんのお友達だってよ。羨しいねえ」

彼が妙な抑揚をつけて言ったのでどっと沸いた。

「おねがいだ。リーダーに会わせてもらいたい。話し合いたいのだ」

「知らねえな」

暴走族はまたブーツをチャリッと鳴らした。

「大場成明に伝えてくれ。もし山田範子の身体に指一本でも触れたら、おれが許さないとな」

味沢の声が急に凄みを帯びた。彼をなめ切って、罠にかかった獲物を玩弄するようになぶっていた暴走族は、急に凶暴な素顔を現わした味沢の変貌にぎょっとなった。こうなるとプロとアマのちがいがある。殺人プロ集団に属して、殺人のためのありとあらゆる技術を学んだ味沢から発する凄じいばかりの殺意の放射をうけて、マシンにまたがって走りまわるだけが取り得の暴走族はすくみ上がってしまった。

それは一種の貫禄負けといってよかった。

「な、な、なんでえ」

それでもマッドドッグは必死に虚勢を張った。まともに顔もあげられないほどの威圧をうけながらも、相手が一人ということと、マッドドッグの面子から、彼らは辛うじて味沢に対抗していた。

「ち、ちくしょう!」

味沢から吹きつけられる威圧をはね返そうとして、正面にいた一人が飛出しナイフを取り出した。それに勇気づけられて、それぞれ鎖やらヌンチャクやら得手を取り出す。

「あんたたち、止めな。喧嘩巻くために来たんじゃないんだろう。あんたたちの役目はメッセンジャーだ。早く大場の所へ行って伝えろ。山田範子に手を出したら絶対に許さないと」

「しゃらくせえや!」

ブーツの金具を鳴らして、ナイフを構えた。バーテンダーの姿は、いつの間にか消えていた。

「聞き分けのない子供だ」

味沢が舌打ちをして身構えたとき、数台のパトカーが、店の前に停まった。サイレンを消して忍び寄っていたらしい。

「危い」

暴走族が逃げようとしたときは、一足遅く、警官たちが飛び込んで来た。だが彼らは暴走族には目もくれない。警官の後から、すでに顔なじみになった刑事が嬉しそうに入って来た。

「味沢岳史だな」

彼は、知っているくせにゆっくりと問いかけた。味沢が黙っていると、

「殺人容疑で逮捕する。逮捕状だ」

と、一枚の紙を手の中でひらひらさせた。

「逮捕状だと？」

「そうだ。地裁の判事の出したれっきとした逮捕状だよ」

「ま、待ってくれ」

「待つ？　何をだね」

「山田範子をマッドドッグから救い出すまでだ。彼女はマッドドッグに誘拐されたんだ」

「まだそんな寝ぼけたことを言っているのか。どこからも誘拐されたなんて訴えは出ておりゃせんよ。そんなことよりあんたの立場のほうが深刻なんだよ」

「でっちあげだ。おれはそんな不当な逮捕には応じられない」

「なんだと！　抵抗するのか」

味沢の抵抗を予期していたらしく、警官隊は、店の出入口をがっちりとかためていた。

味沢は一瞬の判断に迷った。このままおとなしく逮捕されて、法廷で争うべきか。それともこの場はいったん逃げて、成明を捕え、でっちあげを突きくずすべきか。

羽代署は大場の私警察同然である。いったん捕えられれば、敵のおもうがままに料理されてしまうだろう。法廷闘争へ持ち込んでもとうてい勝ちめはない。

しかし、この場を逃れたら、指名手配されて、羽代署だけでなく、全警察から追われる。従うべきか、逃れるべきか。ためらっている間にも、警察は、包囲の輪を縮めてきた。

「お義父さん、こっちよ」

突然、背後から頼子の声が聞こえた。

「おまえ、いつの間に？」

「こっちに裏口があるよ」

味沢はもはや迷う間もなく、頼子の後に従った。カウンターの背後に小さな通路があってそこから裏の通りへ出られた。警官もこちらには回っていない。裏口にも二、三台バイクが駐まっている。

その中の一台にキイが付いていた。

「しっかりつかまっているんだぞ」

味沢は、頼子を荷台に乗せると、押しがけにしてまたがった。背後で追手の騒ぐ気配をエグゾースト・ノイズが吹き消した。

## 2

北野をはじめ岩手側は、激しい失望の中に突き落とされた。ようやく牧野房子の偽証を突きくずしたところで、味沢が逃亡してしまったのである。

このため逮捕状発付にいま一つの決め手を欠いていた羽代署に格好の口実をあたえて、味沢は指名手配された。大場側の仕掛けた罠の中にすっぽりとはまり込んでしまったのだ。

岩手側ではまだ味沢は容疑者の段階で、逮捕状発付までに至っていない。今後、味沢を捕えても、まず羽代側に引き渡さなければならない。

——いったい何のために今日まで苦しい捜査をしてきたのか？——という憤懣と疑問が一同の胸に渦を巻いた。

「味沢を羽代の手に渡したら、やつらの獲物にされてしまう」

「しかし羽代の手に落ちる前にどうやってこちらで捕えるのか？」

そこに岩手側の悩みがある。味沢の所在がわかったとしても、岩手側には味沢を捕えるべき根拠がない。

だがなんとしても羽代側に渡したくない。それは警察間の功名争いではなかった。岩手側の本命の獲物を羽代側が罠を仕掛けて横奪りしてしまったのである。しかも岩手側はそれを表立って抗議もできない。羽代側は味沢が岩手側の獲物であることすら知らない。

「この際、羽代が仕掛けたように我々も味沢に仕掛けて、なにかボロを引っ張り出し、こちら側で押えてしまったらどうでしょう」

北野が強引な意見を出した。

「何ば仕掛げるんだね」

村長が目を向けた。

「味沢は、いまこそ殊勝なマスクを着けて、恋人殺しの犯人を追っていますが、マスクの下に凶暴な素顔を隠しています。そいつを剝き出させれば、しょっぴけるでしょう」

「だがらどうやってそのマスクを引っぺがすのがね」

「そのことについては私もまだ漠然たる考えしかもっていないのですが、味沢は柿の木村でなにかのきっかけによって突然の狂気に襲われたのだとおもいます。いまでは、自衛隊をやめ、善良な市民の衣装をつけておとなしく暮らしていますが、その化けの皮の下には自衛隊特殊部隊で養われた殺人プロフェッショナルの本性が眠っています。柿の木村と同じ様な環境と条件の下に彼を追い込めば、本性を剝き出すのではないでしょうか」

「柿の木村ど同一の環境ど条件なんてあるがね？」

「いまがそれに似ているような気がするのです。味沢は追われている。しかも羽代市からは一歩も出られない。羽代警察と中戸一家が出口はすべて固めているでしょう。また羽代から出ても指名手配されているから逃げられないし、越智朋子を殺した犯人を捕えるために逃げたのですから、味沢も羽代から出るつもりはないでしょう。彼は羽代のどこかに潜伏している。しかし、羽代で大場に歯向かったのですから、全市が敵です。子供を連れているから目立つ。捕まるのは時間の問題です。それにもかかわらずいまだに隠れ潜んでいられるのは、自衛隊時代の訓練のたまものでしょう。山岳や密林の中で自給自足をする、体力と精神力の限界まで耐える訓練が、全市を敵に回して彼を生きながらえさせている。しかし彼は確実に追いつめられています。頼子を連れているだけに、味沢にかかる負担は大きいはずです。体力の衰弱から精神錯乱をおこして、柿の木村を襲ったように、追いつめられた彼がいつ狂気を爆発させるかわからない。いま味沢は柿の木村のときとまったく同じ様な事情にあると考えられませんか」

「ま、そう言えばそんだけども、味沢の狂気を爆発させるつうごどは、また柿の木村のように大量殺人をさせるっつうごどがね」

「囮（おとり）としても、途方もない囮だという表情を、村長はした。

「もちろんその直前で阻止します。味沢の本性を見届ければ、それを証拠にできます」

「情況証拠としてはね」

沈黙を守っていた佐竹が意地の悪い声をだした。

「風道の全住人および越智美佐子の十三人を一人でみな殺しにするという芸当はだれにもできるものではありません。味沢にそのような狂気と実行力があることを証明すれば、決め手になりませんか」

「場合によるだろうね。風道の再現は、事実上不可能だ。それも忠実に再現しないことには決め手になり得ない」

実りのない会議をつづけているうちに一同は、自分たちがわけのわからない狂気に駆り立てられているような気がしてきた。

たとえおもいつきであるとしても、決め手をつかむために風道の再現を考えるということ自体がすでに狂気である。だがいま一同は、味沢が虐殺の斧を振りかざして羽代市全市民を相手に戦っている図をまざまざと瞼に描いていた。それは恐るべき想像であったが、風道と羽代が、その中で完全に重なっていたのである。

## 3

「味沢に逃げられたと?」

大場一成は怪訝な顔をした。

「はい、逮捕状を執行直前に、一瞬の隙を突かれまして」

羽代署長の間庭敬造は大柄の身体をすくめるようにして報告していた。

かたわらに、中戸多助が神妙な表情でひかえている。

「しかし、逃げたから逮捕状が取れたのだろう」

「はい、おおせのとおり、山田範子の身柄を押えて、通告させたところを狙って同行を求めましたら、拒否してヘルメットへ走りました。ここで逮捕状を取り、執行におもむきましたところ……」

「そこで逃げられたんだな」

「まことに申しわけありません。直ちに指名手配いたしましたから、どこへも逃げられません」

「羽代から外へ出しはせんだろうな」

「はい、その点は」

中戸も間庭と同調してうなずいた。

「それならべつに指名手配することもなかっただろう。羽代市内にいるかぎり袋のねずみだ」

一成が意外に機嫌がよいので、二人はほっと全身の緊張を抜いた。

「しかしだな、指名手配というのは、逮捕状が発せられている被疑者の逮捕をよその警察に依頼して、もし逮捕したら身柄の引渡しを要求することだろう」

「さようでございます」

「絶対によその警察の手に捕えさせてはならん、指名手配は万一の歯止めにして、味沢は羽代の中で捕えろ」

「捕まるのは時間の問題でございます」

「味沢というやつなかなかすばしこそうだから、後手に回らないようにな」

一成はそこで間庭にもう帰ってもよいというジェスチャーをした。間庭が立ち去ったのを確かめてから一成は、中戸多助の顔に視線を当てて、

「ところで味沢の居るところだが、きみは、彼がどこに隠れているとおもうかね」

「味沢が狙うとすれば、まず成明様ですね。次に津川」

「津川はきみの九州の舎弟とやらに預けたんだろう」

「さようでございます」

「そのことを知っている者は？」

「私とごくかぎられた幹部だけです」

「幹部から漏れることはあるまいな」

「絶対に」

「すると、あとは浦川の所か」

「彼の家も厳重に監視しております」

「わしがいま最も恐れていることはこれから味沢が逃亡中に浦川と連絡を取り合い、越智朋子殺しと羽代川河川敷を結びつけて、騒ぐことだ。そんなことのないように風見殺しの罪で味沢を引っくくり、遮二無二ねじ伏せてしまえ。浦川は味沢がいなければなに

もできない人間だ」

「その点、ご心配なく。いまの間庭を見てもわかりますように羽代署はひりひりしています。それより成明坊っちゃまに勝手に歩きまわらないように、会長からくれぐれもご注意なさってください。味沢は追いつめられた狂犬です。なにをするかわかりませんからね」

「うん。まったく成明には手を焼かされる。今度のことも、もとはと言えば、あいつから発している」

大場一成は舌打ちした。彼は考えれば、考えるほど忌々しくてしかたがない。もともと味沢などという風来坊は〝大場城下〟にふらりとまぎれ込んで来た野良犬にすぎない。その野良犬が井崎照夫の保険金詐取目的殺人をきっかけに越智朋子と結んで羽代川河川敷の買収問題を嗅ぎつけ、朋子殺しを執拗に追跡して不動の大場体制に激しい揺さぶりをかけている。

とうとう罠にかけて逮捕状を取ったものの、どたん場でするりと抜けて、いまなお地下のどこからか反撃の機会をじっと狙っているのであった。

「今度捕まえたら逃がさんぞ」

大場一成はのどの奥で唸った。彼自身が法律である大場王国内で、いかようなリンチもおもいのままであった。

　だが、味沢と頼子の行方は杳として つかめなかった。ヘルメットから逃亡して以来、三日経ち、五日経ちしてもどこにも姿を現わさない。羽代にいるかぎり、そんなに潜伏していられるはずはなかった。どこかで大場の網に引っかかるはずである。味沢一人ならとにかく、頼子を連れて、冬の迫った羽代のどこに隠れたのか。食物もいるだろうし、夜はとても野宿などできない。

　当初、逮捕は時間の問題と考えていた羽代署や大場側もしだいに焦ってきた。

「すでに市外へ出てしまったのではないか」

　という意見も出てきた。

「そんなはずはない。すべての道路は封鎖しているし、到る所で検問をしている。駅も厳しく監視している」

「羽代を通過する長距離便でヒッチハイクすれば、あるいは逃げ出せたかもしれない」

「その可能性はきわめて少ないだろう。子連れの殺人犯としていち早く手配して、荷物をすべてチェックしている」

「市内に潜んでいるとすれば、味沢に隠れたシンパがいるかもしれない」

「浦川悟郎、山田道子、越智朋子の母親の家は厳しく見張っているが立ちまわっていない。あとは勤めの関係だが、味沢は外務員で社員じゃない。外務員仲間にも特に親しくしていた人間はいない。下手に味沢に味方したら、羽代で生活できなくなることを知っているから、かくまうはずがないね。いちおう見張っているが、こちらにも姿を現わしていない」

「いったいどこに消えちまったんだ」

「こっちが聞きたいね」

味沢の立ちまわりそうな場所はすべて当たってみたが、彼ら〝親子〟の影もなかった。こうなると、やはり味沢に隠れたシンパがいるとしか考えられなくなる。大場体制に反感をもっている市民は少なくない。だが彼らにしても、大場のおかげで羽代が繁栄し、自分たちの生活が保証されていることを知っている。彼らのアンチ大場意識はあくまで心情的なものにすぎず、自らの生活を賭けてまで味沢に味方する者がいるとはおもわれない。そのことは越智茂吉が反乱を企んだときに証明されている。

そう見ていたのだが、味沢が地下に潜りつづけていると、強力なレジスタントがいて味沢を密かに支援していると考えざるを得なくなった。

## 4

「頼子、寒いか」

味沢は彼女の小さな身体を上衣の中にしっかりとかかえこんでやった。だがそんなことで、羽代の冬に近い寒さをしのげるものではない。頼子の身体は小きざみに震えを止めない。

「がまんするんだ。明日になったら、家へ帰れるぞ」

味沢は、ヘルメットを逃げ出してから、例のビニールハウスに隠れていた。すでに日は落ちて寒気が厳しくなっている。とりあえず次の行動に移るにしても、いまは動きが取れない。逮捕状が出たのを振り切って逃げて来たのであるから、羽代全市に手配されているだろう。

あのときの行動が果たして適切であったかどうかわからない。羽代で大場に反抗して逃げ出しても動きがつかないことはわかっている。しかしおとなしく捕えられても、大場のおもうがままのリンチにあうだけだろう。逡巡（しゅんじゅん）に決着をつけさせたのは頼子であった。

その限りにおいて頼子の出現はタイムリーであったと言える。だがこれから先、頼子を連れていてはどうにもならない。味沢はいまや子連れの、〝お尋ね者〟になったのである。

頼子を預かってくれる所はない。羽代に身を寄せるべき味方は一人もないのだ。浦川や、山田範子の所にも厳しい監視が注がれているにちがいない。先行きを考えると絶望の終止符しかない。

しかし、捕まるにしても、なんとか大場に一矢報いてやりたい。朋子を殺した犯人を突き止めながら、敵の罠にかかって返り討ちにあっては、死んでも死にきれない。なんとか打つ手はないか。味沢は追いつめられあがきつづけた。

「お義父さん、お腹空いたよ」

頼子が訴えた。そう言えば、逃げはじめてから、ほとんどなにも腹に入れていない。途中で買ってきた菓子パンも食いつくしてしまった。ハウスに栽培されている茄子を生のままかじったが、そんなものは空腹の足しにならない。茄子以外には食べられるような作物はなかった。

りんごはすでに収穫された後であった。

「なにか買ってきてあげるから、もう少しがまんしなさい」となだめたものの、下手な場所で買えばそこから足がついてしまう。味沢は途方に暮れた。自分一人ならば、木の根草の根を嚙んでもなんとかしのげるが、頼子はそうはいかない。

――これまでかな――

味沢はあきらめかけた。〝自首〟して出れば、少なくとも頼子には暖かい食物とベッドがあたえられるだろう。

「お義父さん。あのときと同じだね」

頼子がまた呼びかけた。

「あのときって何のことだい」

「お義父さんが青い洋服をきていたときだよ」

「なんだって!?」

味沢は不意打ちを食ったように全身を硬直させた。

「いや！　そんな恐い顔をしちゃあ」

頼子は身を少し引いた。だが目は味沢を凝視しつづけている。

「頼子、おまえ」

「お義父さんはあのとき青い洋服をきて、いまみたいに恐い顔をしていた」

「頼子、おまえなにか勘ちがいしているんだろう」

「ううん、お義父さんだ。お義父さんの顔が見えるもん」

頼子は、凝然として味沢の顔を見つづけていた。頼子は記憶を回復しつつある。それは恐ろしい記憶である。回復した後にどうなるか味沢にもわからない。

「お義父さん、あのとき斧をもっていた」

「頼子、なにを言うんだ」

「血だらけの斧よ。斧を振りかぶるたびに血が飛ぶよ。恐い！」

頼子は惨劇の様子をまざまざと瞼に再現させているらしく、顔を手で被った。

「頼子、つまらないことを考えるんじゃない。お腹が空いたからそんな妄想が湧くんだ。お義父さんがなにか美味しいものを買ってきてあげよう」

必要に迫られて味沢は、そのときただ一軒だけ彼らを庇ってくれるかもしれない家をおもいだした。その家なら敵も気がつかないだろう。だが、その家が味沢の言葉を信じてくれるかどうかわからない。彼は当たって砕けることにした。

幸いにビニールハウスから少し歩いたところに公衆電話があった。味沢は頼子を小脇にかかえて、片手で電話機を操った。先方が応答した。

味沢は深呼吸をしてから名乗った。

「なに、味沢だと！　味沢岳史だというのか」

相手は信じられないというような声をだした。

「そうです」

「いったいなんのつもりだ。きさまいまどこにいるのだ」

「市内のある場所です。お話ししたいことがあります」

「話すことなんかなにもない。人殺しめ！」

「私は殺してなんかいません。話を聞いてください」

「すぐ警察をやる。いまどこにいるのだ」

「どうか落ち着いてください。私が越智朋子さんと婚約していたことはお話ししましたね」

「それがどうした？」

「ご子息はマッドドッグのメンバーで、リーダーの大場成明の下で婦女子に乱暴を働いていました」

「でたらめを言うな」

「本当です。もっともご子息はいつも見張り役で犯行には加わらなかったそうです」

「そんな話は聞きたくない」

「どうか電話を切らずに、もう少しお聞きください。成明の毒牙にかけられた犠牲者の中に越智朋子がいたのです」

「なんだと？」

「大場成明は、越智朋子を殺したのです。そしてその犯行現場にあなたのご子息もいっしょにいたのです」

「息子を殺しただけではあき足らず、人殺しの罪まで着せようというのか」

「ちがいます。私は婚約者を殺した犯人を探していただけです。ご子息の俊次さんは犯人が大場成明であることを知っていました。そのために口を封じられたのです。そして犯人は私にその罪を着せたのです」

「嘘もそのくらいになれば大したものだ」

「嘘じゃありません。危険を冒してあなたに電話しているのがなによりの証拠です」

相手の気勢がふとためらった気配が感じ取れた。

「成明の他にその場に津川という自動車工場の工員がいたそうです」

「津川が！」

どうやら心当たりがあった様子である。

「もし、あなたがご子息を殺されて口惜しいとおおもいなら犯人について警察の言葉を鵜呑みにしないでください。羽代警察なんて大場に雇われているようなものです。大場たらそれこそ俊次さんは浮かばれませんよ」

　味沢のその言葉は効いたらしい。

「あんたが犯人ではないという証拠はあるのか」

「私も罠にはめられました。直接の反証はありません。しかし、俊次さんが亡くなった翌日、羽代新報の元社会部デスクの浦川悟郎という人と、成明に乱暴された犠牲者の山田道子という女性と共同して成明を訴える手筈がついていたのです。大場一成は羽代川の河川敷買収においても大きな不正を働いているのです。彼らは、我々に訴えさせまいとして、山田道子の妹を誘拐してしまったのです。俊次さんは我々にとって大切な証人でした。その大切な証人を私が殺すはずがありません。浦川氏と山田道子に私から聞いたと言って確かめてみてください。電話番号をお教えします」

　味沢は風見俊次の父親に確認させるためにいったん電話を切った。風見が確認する気になったのは、それだけ傾いた証拠である。もしかすると浦川や山田の許に盗聴の手が打たれているかもしれない。だがそれは博奕であった。多少なりともチャンスがあるかぎり、この際賭ける以外にない。

　少し時間をおいて、味沢はセカンドコールした。今度は逆探知が仕掛けられているかもしれないので、あまり長く話せない。

「だいたいあんたの言ったとおりだった。ただ山田道子の妹は無事に帰って来たということだ」

　風見の声はだいぶ柔らいでいた。

「それは、私に任意同行を拒否させて逮捕の理由をつくるための手だったのです」

「勘ちがいしないでもらいたい。まだあんたを完全に信用したわけじゃないんだ。あんたが電話をかけてきた狙いはなんだ」

「かくまっていただきたい」

「かくまう？　あんたを」

　風見は啞然として、言葉を失ったようである。

「そうです。私はいま羽代に身の置き所がない。このまま捕れば恋人の仇を一矢も報いずに、大場のリンチにかけられます。羽代ではやつらのおもうがままに罪をでっちあげられる。捕まる前に成明を引きずり落としてやりたい。あなたのご子息は大場成明に殺されたのにまちがいない。だから手を組んでやつに反撃してやりたいのです」

「あんた、だれにものを言っているのかわかっているのか」

「よく承知しています。いま羽代ではあなた以外に頼っていく所がない。私が俊次さんを殺した最有力の容疑者にされているからです。だからこそあなたにすがったのです。あなたが私を犯人と信じて、真犯人を野放しにしていられるなら私をどうぞ捕えてください。しかしほんの一片でも私が犯人であることに疑いをもたれたら、私を納得のいくまで調べて、それから大場なり警察なりへ引き渡しても決して遅くはないはずです」

「わかった。とにかくきみに会いたい。どうすればよいのか」

「堤外新開にビニールハウスがあります。その中に子供と潜んでいます。車で迎えに来てくれませんか」

「二十分で行く。そこから動かないでくれ」

電話は切れた。これで風見の父親が警察へ通報すれば、万事休すである。しかしやるだけはやった。あとは賭けるだけであった。

ひとまず風見家にかくまわれた味沢は、風見と今後の対策を検討した。

「俊次さんを殺したのは、大場の手の者にまちがいありません。当夜私を見たという目撃者は買収されたのです。しかし彼らもまさか私があなたの家に潜んでいるとはおもわないでしょう。つまり敵は、あなたを信用している。あなたが私を息子を殺した犯人として憎んでいると信じている。ここに我々の乗ずる隙があるわけです」

「誤解しないでもらいたい。まだきみに対する疑いを解いたわけじゃない。様子を見ているだけだ」

「わかっています。ですからこれからの行動によって疑惑を解くつもりです。そこでまずその方法ですが、彼らは私に逃げられて警戒を固くしているはずです。特に成明は、私がいつ復讐に現われるかとびくびくしているでしょう。ですから一週間ほど動かずに待ちます。そのうちに彼らは、私が市外へ逃げたとおもって警戒を解くでしょう。その時期を狙ってあなたに成明を呼び出してもらいたいのです」

「呼び出す？　どうやって？」

「口実はなんとでもつくでしょう。そうだ、俊次さんの法事はいかがですか」

「法事には親戚も呼ぶし、騒ぎをおこしたくないな」

「法事では、相手も来にくいかもしれませんね、とにかく自分が手を下しているのですから。俊次さんの友人ということで形見分けのようなことはどうでしょう」

「それならいい」

「まず成明を呼び出したら、私が彼に口を割らせます。そして浦川さんに新聞記者を集めてもらっておいて、その前で自供させます。犯人の記者会見です。大場の息子が殺人の自供をするとなればマスコミが集まりますよ。俊次さんに対するなによりの供養になります」

「相手は大場だ。そううまくことが運べばよいが」

「大丈夫です、必ずうまくいきます」

味沢は力強く言った。彼にしても自信があったわけではない。だがいまの場合、この唯一の庇護者に一片の不安も抱かせてはならなかった。

5

北野も味沢の潜伏に焦燥をおぼえていた。しかし、味沢が朋子殺しの犯人を放り出したまま、ぬれ衣を着せられておめおめ逃げ出したとはおもえない。逃げたところで指名手配の網にいずれは引っかかってしまう。どうせ捕まるなら、羽代に踏みとどまって最後まで大場に対抗するにちがいない。

北野は、すべての気配を消してなにかを企んでいるにちがいない味沢が無気味であった。

味沢は、なにをするつもりか？ 大場に完全に封じこまれて、もはや身動き一つできないはずなのに、地下にじっと身をすくめて機会をうかがっている味沢の気配を感じ取っていた。

だが大場側は、七日経ってもこそとの気配もたてない味沢にようやく、身構えを解きはじめた。

「味沢はやはり羽代から脱出したのだろう」

という意見がふたたび有力になってきた。

その時期を狙っていたように、大場成明の許に一本の電話がきた。死んだ風見俊次の母親だという電話の主に、護衛の者も気を許して取り次いだ。成明も風見の母には二、三度会ったことがある。うしろめたいおもいを隠して電話口に出た成明に、

「俊次の遺品を調べていたら、あなた宛の手紙が出てきたので、お渡ししたい」という。

「ぼく宛の手紙？ いったいどんなことが書いてあるのですか」不安がずんと胸に湧いた。

「封書ですので、なにが書いてあるかわかりません。それから俊次の遺品がだいぶあります。家においていてもおもいだすばかりですから、親しかったお友達にお分けしたいのです。一度ぜひお越しいただけませんこと？」

そんな形見はまったく欲しくないが、〝遺書〟は気になった。いったい俊次のやつおれになにを書き残したというのか。変なことを書き残して、人目に触れたらまずい。

しかし、俊次が死んだとき、殺される意識はなかったはずだ。たとえ死の直前にその意識をもったとしても、そのときはものを書ける状態にはない。

――大丈夫。これは殺人の告発書ではない――

と自分に言い聞かせるのだが、不安をねじ伏せられない。ともかくその手紙を見ればわかることだ。

「けっこうです。おうかがいいたします」

成明は先方の指定する時間に行くことを約束した。

そのころ北野が羽代での基地にしている旅館に一人の訪問者が来た。浦川悟郎である。

彼はもしかすると尾けられているかもしれないと言った。北野がそれとなく外の様子をうかがったが、張り込みのいる気配は感じられない。

刑事ならば、張り込みの場所のツボはだいたいわかる。そのツボに張り込みの気配がないのだから、まず安心してよいだろう。

浦川は、味沢や山田道子と共同して、羽代川河川敷の不正をマスコミに暴露する予定だったが、リーダー格の味沢が追われる身となり、自分も大場から厳しく監視されるようになったので、身動きできない。しかし、大場の不正を見過ごしにすると新聞記者魂が泣く。――

「そこで、あなたにおねがいですが、管轄ちがいかもしれませんが、事件(こと)は建設省もからむ大規模な不正です。あなたのほうから県の捜査二課や警察庁を動かして探ってくれませんか」

と言って、事件の詳細なデータを託したのである。当面追っている事件ではないが、それは元来、味沢が嗅(か)ぎ出したデータであった。

北野は、承諾した。これだけ大がかりな事件なら、検察も動かせる。村長もすでに県警本部の捜査二課の耳に入れており、そちらの方から内偵の手が伸びはじめているはずであった。

浦川は満足して帰りかけた。部屋を出かけたところで、彼はふとおもいだしたように、

「そう言えば先日、妙な問い合わせがありました」

「妙な問い合わせ？　だれからどんなことを問い合わせてきたのですか」

北野は聞き咎(とが)めた。

「それが名乗らないのですよ。ただ味沢さんから聞いたと言い張るばかりで、私が味沢さんと協力して大場の悪事を暴こうとしているという話は、本当かと聞くのです」

「それでなんと答えたのですか」

「私も相手の正体がわからないのでどう答えたものか黙っていると、実は自分の息子が大場に殺された疑いがあるので、もしその話が本当なら味沢さんに協力するつもりだと言ってました」

「息子を大場に殺された疑いがあると言っていたのですね」

「そうです。嘘をついているようには聞こえなかったので、全部本当だと答えてやりました。大場側のトリックだとしても、これ以上にらまれようがありませんのでね」

「風見だ！　風見の父親だ」

「は？　いまなんとおっしゃいました？」

「味沢……さんは、風見の親元にかくまわれているのですよ。そうか風見の家とは気がつかなかった。これは盲点でした」

「風見？　この間死んだ？　そして味沢さんが犯人として疑われている……まさか」

「そうです。まちがいありません。いいですか、味沢は、あくまでもでっちあげられた犯人です。風見の親も味沢を犯人として素直に信じられなかったのでしょう。そこに味沢が近づいて説得した。そこで確認のためにあなたに問い合わせてきた。まちがいありません。味沢は風見家にいます」

北野は、味沢に敬称をつけるのを忘れていた。

「なるほど風見家ですか」

「まったくうまい隠れ家を見つけたものです。ここなら、大場側も気がつかない。まさか息子を殺された親が犯人をかくまっているとは、だれも夢にもおもわない。しかしその犯人がでっちあげと気づけば、親は真犯人を探すために偽犯人を庇(かば)いもするし、協力もする。羽代で最も味沢を憎んでいるとみられる風見家が、いまや味沢の唯一の最も心強い味方になっているのです」

「味沢さんも考えましたね。ところで以前から気になっておったのですが、あなたはどんな関係で味沢さんに関心をもっておられるのですか」

「そのことは、いずれお話しできる時期がくるとおもいます」

北野は、いま話してもよいとおもったが、どうやら味沢に好意を抱いているらしい浦川に、味沢が未曾有(みぞう)の大量殺害事件の容疑者であることを告げてショックをあたえたくなかった。それに現在は協力して味沢をたすけなければならない立場にある。味沢のシンパの浦川の協力をいま失ってはならない。

「それは越智美佐子さんが殺された事件に関係がありますか」

しかし、浦川はほぼ正確な推測をしてきた。

「それも真相を突き止めてからお話しいたします」

「捜査の秘密ならば仕方がありませんが、もし味沢さんがその事件で疑いをかけられているとしたら、なにかのまちがいだとおもいますね。あの人は正義感が強く、悪を憎む気持が人一倍強い。彼は人を、しかも婚約者の姉を殺すような人間じゃない」

「当時は、まだ知り合っていませんでしたよ。いやともかくこの際、味沢のぬれ衣を晴らしてやらなければなりません」

危うく語るに落ちかけた北野は、話題をそらして、

「それから、味沢が風見家に潜んでいることは、絶対に漏らさないようにしてください。最悪の場合は、味沢も消されてしまうおそれがありますから」

と口どめをした。

## 6

大場の家のある「堀の内」から中町にある風見家は近い。堀の内が旧羽代城下の上級武士、中町が中級武士の居宅があった所である。それだけに成明も、庭先にちょっと出るような気易さでガードマンも連れずに家を出た。

歩いて行っても大した距離ではないが、どんなわずかな距離でも歩いては大場家御曹司の沽券にかかわる。彼は最近仕入れた輸入のGTカーを駆った。一千万を越えるいわゆるスーパーカーと呼ばれる車である。まだ日本に何台も輸入されていない車で、もちろん羽代では一台しかない。単車はグループの行動日以外は乗らない。

スーパーカーは、あり余った機能性の捌け口にもだえるように、あっという間に風見家に着いた。玄関に両親が丁重に迎えた。成明はあたかも家臣の家にでも来たかのような大きな態度で案内されるままに奥へ通った。

導かれた部屋で少し待っていると、一人の男が入って来た。その男の顔を一目見た成

明は、驚愕の叫びを漏らして腰を浮かした。

「私は初対面ですが、どうやら私を知っておられるようですな」

味沢は唇だけでうすく笑って、成明の前に位置を占めた。吹きつけるような威圧感が成明を射すくめた。成明がお山の大将を気取っているマッドドッグのチンピラどもには決してないプロの迫力である。

「だ、だましたな!」

虚勢を張りながらも、腹の底から震えが這い上ってくる。

「いったい、なにをだましたというのです」

問わず語りに落ちて、成明は次の言葉に詰まった。

「お、おれは、手紙をもらいにきただけだ」

「手紙ならここにある」

味沢は用意しておいた一枚の封筒を手にひらひらさせた。

「よこせ」

「いいとも、もともとおまえ宛のものだ」

味沢は案外素直に成明に手紙を渡した。

成明が手にしたまま味沢の前でどうしたものかためらっていると、

「どうした、読まないのか。それとも恐くて読めないのか」

と挑発するように、味沢が顔を覗き込んだ。

「どうして恐がる必要があるんだ」

成明は精一杯強がった。

「そうか、それはけっこうだ。私も俊次君の遺書には興味がある。さしつかえなかったら読ませてもらいたいな」

成明は、味沢の前で封を開いた。中には一枚の便箋（びんせん）が入っていて文字が二、三行書いてある。

成明はその文字に目を落として顔色を失った。

「なんと書いてある？」

味沢がうながした。だが成明は声を出せない。

「読め！　声を出して読むんだ」

味沢がじりっと詰め寄った。彼の身体から面も上げられないような凶暴な殺気が放射されてくる。返答しだいによってはなにをするかわからない凶悪な気配が、凄（すさま）じい火力を秘めた銃口のようにぴたりとこちらの胸に擬されている。

「嘘だ！　ここに書いてあることは、でたらめだ」

成明は殺気に抗して辛うじて声をだした。額にびっしりと脂汗が浮いている。

「でたらめならどうしてそんなに汗をかいているんだ。どうした、読めないのか、読めないなら、おれが代りに読んでやろう」

「こんなことをしていったいなんのつもりだ。おれをだれだとおもってるんだ。大場成明だぞ」

成明は声を出すことによって恐怖をまぎらそうとした。だが日ごろは絶大の効果を発揮した恫喝がまったく役に立たない。

「あんたは大場の馬鹿息子だよ。そして、俊次君を殺した真犯人だ。手紙には犯人はあんただと書いてある」

「嘘だ！」

「嘘じゃない。そればかりではない。きさまは越智朋子も犯して殺した」

「でたらめだ。証拠があるのか」

「俊次君が私にみんなしゃべった」

「そんなことは証拠にならない。俊次は死んでるんだ」

「他にも証拠があるよ」

「証拠が他に？　そんなものあるはずがない。あったら見せてもらおう」

萌した不安をねじ伏せて、成明は肩をそびやかした。

「これをみろ」

味沢は白い小石の破片のようなものを突きつけた。よく見ると、それは歯であった。前歯の一本らしく、扁平な歯冠が歯頭部で折れている。自然に脱落したものではなく、外力を加えられて折損したもののようである。

成明が訝しげに目を上げたのに、

「見おぼえがないか。きさまの歯だよ」

「おれの歯だって⁉」

「そうだ。まぎれもなく、きさまの歯だ。忘れているならおもいださせてやろう。きさまは以前に津川と俊次君をかたらって越智朋子を襲ったことがある。もう少しで目的を達しようというところで邪魔が入った。それがおれだよ。そのときおれのストレートがリーダー株の顔面に命中して折れた歯がこれだ。おれは後日の証拠にと大切に保っておいたが、まさかきさまの歯だとはおもわなかった」

「そんな歯は、おれは知らない！」

「この期におよんでまだとぼけるのか。きさま、折れた歯をだれに入れてもらったんだ」

　成明は、その歯のもつ重大な証拠価値を悟った。

「俊次君のお父さんにおれに折られた歯を入れてもらったとは、めぐり合わせだな。この歯は、きさまの歯型にぴたりと合った。きさまはそのとき邪魔が入って目的を果たせなかった越智朋子を狙いつづけて、とうとうあんな無惨な目にあわせた。そしてきさまの悪行を知っている俊次君の口を塞ぐために殺したか、だれかに命じて殺させたのだ。どうだ、言うことがあるか」

　一気にたたみ込まれて、成明は、がくりと首を折った。「折れた歯」は、越智朋子や風見俊次殺しの直接の証拠にはならなかったが、追いつめられて錯乱した頭は、抵抗力を失ってしまった。

そこに、隣室で様子をうかがっていた風見夫妻が出て来た。

「やっぱり、きさまが俊次を殺したんだな」

俊次の父親が、憎しみに塗りこめられた目で成明を見た。

「人殺し！」

息子を殺された母親の怨(うら)みがいっせいに迸(ほとばし)り出ようとして、もみ合い軋(きし)り合い、後の言葉がつづかない。

「来るんだ」

味沢が、成明の胸ぐらをつかんで引き立てた。

「警察へ連れていくのか」

風見が聞いた。警察へ行って、否認されれば折れた歯の証明力の弱いことを知っている。

「いや、まだしなければならないことがあります」

味沢が頬にうすい笑いを刻んだ。その笑いに含まれた酷薄な表情に風見は、不吉な予感をおぼえた。だがそのときの味沢からはなにものも遮ることのできない凄じい殺気が放射されているようであった。

味沢の、触れればめらめらと火を発しそうな凶暴な気配に、完全に射(と)すくめられた成明が、意志を失った人形のように従(つ)いて行った。風見家の表に駐めてあった成明の車のかたわらへ来ると、味沢は顎で乗れと命じた。

「ど、どこへ連れて行くつもりだ」

ようやく恐怖を呼び醒まされた成明が、歯の根の合わない声でたずねた。

「茄子を食わせてやるよ」

味沢は奇妙なことを言った。

「茄子を？」

「いいから車を出せ」

味沢に凄みのある声で言われて、成明は慌てて、イグニションスイッチを入れた。

## 7

竹村はくさりきっていた。井崎照夫に事故証明を出したのが、井崎明美の死体が現われるにおよんで、保険金目的殺人の共謀の疑いをもたれて免職になった。いちおう殺人には関係ないとされたが、井崎との癒着が露われて警察へ復帰する可能性はなくなった。羽間庭署長は、大場一成のほうからいずれなんらかの沙汰があるはずだから、ここは羽代署のために忍んでくれと言った。ところがあれから三か月近くも経つのに、なんの沙汰もない。これでは羽代署のスケープゴートにされて骨も拾ってもらえそうもない雲行きであった。

羽代署の連中もみんな竹村を敬遠している気配である。現役時代は、市内どこへ行っても恐持てしたものだが、職を退いた（それも不名誉な形で）となると、とたんに世間の風が冷たくなった。

「手の掌を返すとはこのことだな」

竹村は、世間のげんきんさを呪ったが、おもいきって羽代から出ていくことができない。

これまで大場の番犬としてずいぶんつくしてきた。だから彼がいずれ救済の手をさしのべてくれるだろうという希望を捨てられないのである。この際大場のおかげで吸えた甘い汁のことは忘れている。

羽代から一歩出れば、これまでの大場に対する忠勤は、逆に警官の面汚しとして、経歴の汚点となってしまう。羽代にいればこそ、現役の威光は消えたものの、ともかく石を投げつけられずに生きていける。

竹村は、馘になって、初めて警官というものの権威とそれから派生するさまざまな有形無形のメリットがいかに大きいものであったかを実感した。

家にいても退屈するばかりなので、呉服町の繁華街へ出て、日ねもすパチンコをして暮らす。羽代署で泣く子も黙ると言われた捜査課長が、行き場所がなくて、真昼間からパチンコで時間をつぶしている。情けなかった。

そのパチンコにしても、現役時代は――めったに来なかったが――入りもしないのに、玉がジャラジャラと景気よく出てきた。裏で機械を操って、玉の特出しサービスをしているのである。

それがいまは、パチンコ機までが彼に背いている。いつも機械にはずれた。竹村は、持ち玉を全部摩った後、床に落ちている玉を拾い集めている自分に気がついて、激しい自己嫌悪に陥った。

しかし、拾った玉を捨てようとはしなかった。

結局、パチンコ屋にもいられなくなって店を出た。だからといってどこへも行く当てがない。家へ帰れば、細君がいやな顔をする。竹村はあてどなく繁華街をぶらついた。歩いているうちに中戸一家の幹部にでもぶつかれば、昔のよしみで、煙草銭くらいはもらえるだろう。

竹村は、そんなさもしい考えに取りつかれていた。だが中戸一家の方も会えばたかられるのを知っていて避けているらしい。チンピラ一人やって来ない。

竹村はますます増悪する自己嫌悪を嚙みしめながら、結局、家へ帰る以外にないと悟った。そのとき彼はすれちがった通行人の中に、偶然知った顔を見出した。それは元羽代新報の浦川悟郎である。彼は大場一成にクーデターを企んで、馘か、出勤停止になったと聞いた。

以前は、敵味方だったが、いまは、浪人同士である。

――あいつも大場体制を護持するための犠牲者だな――とおもうと、急に妙な連帯感が湧いた。声をかけようとして、本能的に抑えた。浪人にしては、しっかりした足取りで歩いている。あれは脇目もふらずといった歩き方である。そのために、竹村とすれちがいながら気がつかなかったのだ。

――やっこさん、いったいどこへ行くつもりだろう？――竹村に多年職業で培われた興味がわいてきた。それに自分が行く当てがなく、ほっつき歩いているのに、同じ浪人でありながら、確固とした目的に向かって歩いているような浦川に嫉妬もおぼえた。

竹村は、咄嗟に尾行の態勢に入った。尾行ならば、実戦で鍛えられている。浦川は尾けられているとも知らずに、呉服町から細工人町、寺町と抜けて、しだいに山手の方へ向かっている。これから上手の方へ行くと、羽代氏のころの上級、中級武士の居宅のあった堀の内や中町になる。

竹村がますます不審を強めて尾行をつづけていると、浦川は中町の「風見歯科医院」と表示の出ている家の前で立ち止まった。家の前に派手な赤い色のスポーツカーが駐まっている。

――なんだ、歯の治療か――

竹村は、一瞬気を抜きかけたが、こんな山手まで来なくとも途中にいくらでも歯医者があったのに気づいて、もう少し様子を観察することにした。

浦川は、すぐには風見歯科の中へ入らずに表で中の気配をうかがっている。入ろうか入るまいかためらっている様子であった。

――いったいなにをしているのか？――

竹村が興味をそそられて見まもっていると、風見歯科医院の中から二人の男が出て来た。彼らの顔を認めた竹村は、おもわず驚愕の声を発した。それは大場成明と味沢岳史である。

味沢は現在、殺人容疑で指名手配中である。その彼がなぜ大場成明といっしょにいるのか？　疑問を追う間もなく、二人は駐車してあったＧＴカーに乗った。そこへ浦川が駆け寄った。味沢の名を呼んだらしかったが、高性能車の腹にひびくような排気音が消した。エンジンの回転が高められ、排気音がかん高くなる。突然タイヤが鋭く悲鳴をあげて、車は弾かれたように飛び出した。後には砂埃と排気ガスの中に浦川が茫然と立ちすくんでいる。

さすがに竹村は浦川より早く我に返った。竹村は、一瞥の観察ながら、いまの二人の様子から異常を感じ取った。大場成明はどうやら味沢から強制されて車を操っていた様子だった。

そうでなければ、味沢と成明が車に同乗することはあり得ない。竹村は異常を悟ると、素早く行動に移った。近くにあった公衆電話を取り上げると、一一〇番した。赤いＧＴカーのナンバーを告げ、それに手配中の味沢が乗っていることを告げた。

職業的本能によるのではなく、大場一成に忠義立てをして、社会復帰をうながそうとする打算からである。

味沢は裏道ばかりを選んで走らせた。ただでさえ目立つＧＴカーを、成明を扼して走らせるのである。途中、警官に咎められたら、一気に振り切るつもりであった。

彼らは間もなくバイパスに出た。山手の中町から羽代川方面へ行くには、バイパスを経由したほうが早い。バイパスに出たところで、味沢がハンドルを奪った。

「いったいどこへ行くつもりだ」

成明は不安に耐えかねて聞いた。

「だから茄子を食わせてやると言ったろう。逃げようなんて気をおこすんじゃないぞ」

味沢はニヤリと笑って、いったん停めた車を三千回転でクラッチをつないだ。車は弾かれたようにスタートした。ワイドタイヤが小気味よく舗装を嚙む。一速をレッドゾーンまで引っ張って、素早く正確な手さばきでシフトアップする。

一速で、七十キロまでのびた。シフトアップする都度、タイヤが舗装に悲鳴をあげる。アクセルの反応は抜群によく、うっかり踏み込むと、ありあまる馬力が後輪を空転させる。

味沢は、シフトアップして、四速三千五百回転、百二十キロの巡航速度にもっていった。

バックミラーに三台のバイクがうつり、黒ジャンパーに黒のヘルメットを着けたマッドドッグが追いすがって来た。

彼らは、味沢が運転する成明の車に不審をおこしたらしい。ＧＴカーの前と左右を囲

むと、

「カシラ、どこへ流すんですか」

「そいつはヘルメットによく姿を現わしていた保険屋ですね」

と声をかけてきた。成明は仲間の姿に恥も外聞もなく、

「たすけてくれ！」と叫んだ。マッドドッグは、成明の悲鳴のような声を聞きつけると、たちまち凶暴性を剝きだしにして、

「野郎！　カシラをどこへ連れていくつもりだ」

とGTカーと競りはじめた。このあたりから道幅は広くなり、フラットな片側二車線の舗装路がストレートにつづく。マッドドッグが好んで流すコースであり、他の地区からも暴走族が集まって来て、技を競ったり、デモンストレーションをしたりする。

三人のマッドドッグは、いずれも二百五十ccクラスの軽量車である。味沢は、彼らのからむにまかせたまま、進路妨害する前車をアウトに誘っておき、素早くインコースに寄った。ギアを三速に落として、アクセルを床に踏み込む。身体にG（重力）がかかってバックシートに背中がのめり込む。マッドドッグの三台のバイクは、たちまち後方から強い引力によって引き戻されるかのように置き去られた。追越車線に立ちふさがっていた一台のインコースを猛然とすり抜けたとき、風圧でよろめいて危うく分離帯のフェンスに弾き飛ばされそうになった。

わずか三秒に充たぬ間に二百キロを越えている。マッドドッグは一瞬の赤い閃光とな

って遠ざかるGTカーを啞然として見送っていた。彼らは、すでに戦意を喪失していた。

それはまさに高速に餓えた鋼鉄の猛獣であった。巨大なP7のワイドタイヤを包容する前後のオーバーフェンダー、前部には大型のチンスポイラーを備え、ダイナミックに仕上げられた外観は、高速に絶えず挑む重戦車というところである。

エンジン型式ミッドシップV型八気筒、バルブ型DOHC（ダブル・オーバーヘッド・カムシャフト）最大出力二五五馬力／七、七〇〇回転、変速機型式ポルシェタイプ五速、サスペンションはストラットの四輪独立、全輪にベンチレーテッドディスクブレーキ、最高速度は三百キロ以上といわれている。

また無類の気難しやで、なかなかその性能を引き出せない。重厚なステアリング、渋いペダル類の操作には、かなりの膂力が要求される。そして、コックピットは、凄じいエンジンの咆哮の坩堝である。

だが味沢は、たちまちこのじゃじゃ馬を乗りこなし、マシンのもてる性能をフルに引っ張り出してしまった。

成明が、ご機嫌とりとり、おっかなびっくり乗せてもらっていたマシンを味沢は完全に支配し、マシンと一体となった新たな生命体に生まれ変らせて、極限の跳躍を試みていた。

成明は、ただ茫然としているばかりであった。

# 野性の証明

I

浦川を送り出してから、北野はどうもいやな予感に襲われつづけた。味沢の居所がわかったものの、直ちにどのような行動をとってよいかわからない。もちろん、羽代署に通報する意思など毛頭ない。

現在、北野一人を羽代に残して、村長たちは岩手に帰っている。村長の指示をあおいでも仕方がない。北野らにはいま味沢をどうこうすることはできないのである。なにかするとすれば、逮捕して羽代署へ引き渡すだけだが、ここまで来て、自分の獲物をよそへ渡したくない。

北野がどうしたものか迷っていると、先刻味沢の消息をもたらしてくれた浦川から電話がきた。声が切迫している。

「ああ、北野さんですか、いてくださってよかった」

「いったいどうしたのですか」

「いや実は、さっきあなたをお訪ねした足で風見歯科へ来たのです。勝手なまねをして申しわけありませんでしたが、味沢さんの様子を見たいとおもいましてね。ところが家の表まで来ると味沢さんと大場成明がいっしょに出て来て、家の前に駐めてあった車に乗ってどこかへ行ってしまったのです」

「味沢が成明といっしょにですか⁉」

北野は、この奇異なコンビをどう解釈すべきか束の間当惑した。

「どうも、成明は、味沢さんに脅迫されて、無理矢理に車に乗せられていた様子でした」

「脅迫されてですか、なるほどそれならわかる。風見俊次は成明の子分でしたから、おびき出されたんでしょう。どこへ行ったかわかりませんか」

「わかりません。下(南)の方へ走って行きました。そのときの味沢さんの様子が異常だったので、心配になって、あなたに連絡したのです」

「異常？　どう異常だったのです」

「私が話しかけたのに、目もくれず、なにかおもいつめたような表情で、成明を引っ立てて行きました。成明に対して、リンチでも加えなければよいのですが」

「その危険性は大いにある。味沢は成明に対して怨みを重ねています。リンチは未然に防がなければならない。あなたが声をかけたとき、一言も答えなかったのですか」

成明をリンチにでもすれば、もはや北野らの出る幕はなくなってしまう。北野は焦った。こうしている間も味沢は北野の手の及ぶ範囲の外へ遠ざかりつつある。

「そう言えば、私に言った言葉ではありませんが、成明に茄子を食わせてやるというようなことを言っていたようでした」

「ナス？　植物の茄子ですか」

「そうだとおもいますが、はっきりしません。距離がありましたので」

「ビニールハウスだ！」

「は？」

「ご連絡有難う。味沢の行った先がわかりました。私は彼のリンチを防ぐために、すぐにそちらへ行きます」

浦川がまだなにか問いかけているのに、北野は電話を切って行動をおこしていた。北野は味沢の足跡を忠実にトレースして、農業技術研究所の酒田博士から、「花火の基地の近くのビニールハウスから来た茄子」の存在を聞いていた。

そのビニールハウスがどこにあるか、まだ正確に突き止めていないが、「花火の基地の近く」であれば、範囲は限定できる。

間に合えばよいが、間に合わなければ、これまでのすべての苦心は水泡に帰して、味沢は羽代署の餌食になってしまう。

そんなことをさせてたまるか。

――そうだ、あれをもっていこう――

そのとき北野が味沢を追いつめる武器として柿の木村からもってきておいた〝証拠物件〟を携えたのは、すでに北野自身の中に狂気が忍び込んでいたせいかもしれない。

北野がタクシーを停めて、羽代川の河原へ行けと命じていると、まるで全市のパトカーが集まってきたかのようにサイレンもけたたましく次々に走り抜けていった。北野は味沢が非常線に引っかかったのを悟った。おそらく緊急配備の網の中を追いつめられたねずみのように絶望的に逃げまわっているのだろう。あるいはすでに捕まってしまったか。

「あのパトカーの行く方向へやってくれ」

北野は命令を変更した。

## 2

「下りろ」

堤外新開のビニールハウスの前で車を停めた味沢は、いまの暴走族とのデスレースで気死したようになっている成明の身体を押した。重くたれこめていた空から白いものが舞いはじめていた。今年初めての雪である。

「ど、どうするつもりだ」

成明はようやく車から下り立ったが、膝頭(ひざがしら)ががくがくして身体を満足に支えられない。恐怖に心臓をわしづかみにされて、声帯も十分に動かない。

「ビニールハウスの中へ入れ」

「許してくれ」

「中へ入れと言ってるんだ」

味沢はなんの凶器ももっているわけではなかったが、全身が凶器と化したかのような凄然たる気配に充ちている。触れるものすべてを切断してしまうような、面も向けられない殺気が凝縮されていた。成明はビニールハウスの中に追い立てられた。

「よし、そこで停まれ。茄子を捥げ」

「茄子を？」

「いいから捥げ」

成明は止むを得ず、温室栽培の茄子を一個捥ぎ取った。

「食え」

「え？」

「茄子を食わせてやると言っただろう。それを食え、食うんだ！」

味沢に凄まれて、生まの茄子を口に運んだ。どうにか一個、のどに通すと、

「もう一つ捥げ」

「もう食えないよ」

成明は泣き声をだした。なんの味もない、樹から捥ぎ取ったばかりの生ま茄子を、そんなに食べられるものではない。

「食うんだ！」

殺気が洪水のように殺到した。成明はともかくその殺気から逃れるために新たな茄子

を無理矢理にのどへ押し込んだ。

「茄子を捥げ」

どうにか二個めの茄子を腹中におさめたのを見て取った味沢は、非情に命じた。

「もうだめだ、なんと言われてももう食べられない。おれは茄子なんて食ったことがないんだよ」

成明は本当に泣きだした。

「食うんだ。このビニールハウスの中の茄子を全部食うんだ」

「そ、そんな無茶だ」

「きさまは、この茄子で越智朋子を辱めたうえで殺した。だからその罪を償うために茄子を全部食え」

「許してくれ、おれが悪かった。なんでもする。そうだ、金をやろう。親父に話せばいくらでも出す。仕事が欲しければ、おれがいい仕事を世話してやるよ」

「言うことはそれだけか」

「親父のどこかの会社の重役にしてやる。いや社長にだってしてやれるよ。羽代で大場家ににらまれたら生きていけないことを知ってるだろう。おれに恩を売っておくと絶対に損をしない」

「茄子を食うんだ」

成明は、どんな美餌も、大場家の威勢も、まったく通用しない相手であることをようやく悟った。泣きながら、四個の茄子をのどに押し込んだ。四個めのときは苦し涙を流していた。五個めを押し込んだとき、吐いた。いままで食べた分もすっかり戻してしまった。

「今度はそいつをとって食え」

味沢はハウスの地上に派手にばら撒かれた吐瀉物を指さした。

「こんなもの、とても食えないよ」

「自分の腹から出したものだ。嚙む必要がなくていいだろう」

と言ったとき、エグゾースト・ノイズが近づき、ビニールハウスの前で停まった。

「いたぞ、こんなところにいやがった」

「カシラもいるぞ」

味沢に吹っ飛ばされた暴走族が成明を救い、仲間の復讐をするためにようやく駆けつけて来たらしい。

　マッドドッグの中でも特に獰猛な成明の親衛隊グループである。

いままで泣いていた成明がいっぺんに元気を取り戻した。彼はビニールハウスの中に駆け込んで来たマッドドッグの親衛隊の背後に素早くまわり込むと、

「味沢、それを食うのはきさまだ。こういう筋書になっているとも知らずに、でかい口をだいぶ叩いたじゃないか。全部オトシマエをつけてもらうぜ。まず、おれの吐いた茄子を食え」

成明は、さんざん虐げられた怨みを一挙に晴らせる喜びに酔っていた。恐怖の背後にすくんでいた生来の残忍性が、安全圏に逃げ込んで頭をもたげてきたのである。

だが味沢は少しもひるまない。ひるまないどころか、そこにいる十数人の暴走族がまったく眼中にないかのように、成明を手まねきして、

「来い、ここへ来るんだ」

「きさま、自分の立場がわかっているのか」

「いいから、痛い目をみないうちにここへ来い」

「野郎、ふざけやがって」

無視されたことでよけい怒りを煽られた親衛隊は、チェーン、ブラックジャック、ヌンチャク、木刀など、手に手に得意の武器をもって味沢を取り囲んだ。それに対して味沢はまったく素手である。舞いはじめた雪は、速やかに密度をましていた。

「そうか、あんたたち、やる気か」

味沢の目がぎらりと光った。そのとき成明はじめ圧倒的優勢を誇るマッドドッグの最強メンバーが総毛立つような凄風を浴びたような気がした。彼らは実際に全身鳥肌立った。相手にしているのが人間ではなく、もののけのように感じられたのである。

「ここでは足場が悪い。表へ出よう」

味沢が言ったのを幸いに、人目がなければそのまま逃げ出したかった。

「やっちまえ」

マッドドッグは、恐怖をまぎらすために、喊声をあげて襲いかかった。相手はたかが一人でなんの武器ももっていない。ここで臆したら、マッドドッグの名がすたる。

ビニールハウスの前に雪片が渦を巻き、人影が激しく動いた。次の瞬間、二個の人影が地上に倒れて苦痛のうめきをもらしていた。親衛隊の中でも特に勇敢で凶暴な二人が、一瞬の間に倒されて戦闘力を失っていた。

味沢が何をして二人がどこをやられたのかわからない。マッドドッグは、あまりの早業に、目の前で倒された二人がふざけているのかとおもったほどである。

だが、二人倒されたとはいえ、圧倒的優勢は変らない。

「相手は一人だ、早いとこ、片づけろ！」

成明に叱咤されて、また争闘の渦が生じた。地上に倒れた人影は四つに増えていた。だが味沢も呼吸を荒く弾ませている。なにかの凶器が顔面をかすったとみえて、頬から血がしたたっている。傷はそこだけではないらしく、身体の動きが目立って鈍くなった。

「やつは弱ってきたぞ。押しつつんで一気につぶせ」

成明は、親衛隊の背後から、自分は指一本もあげずに指図していた。

ちょうどそこへ羽代署の一隊が駆けつけて来た。直接追尾して来た暴走族より、竹村の通報をうけてから、成明の車を探したので、駆けつけるのが、一歩遅れたのである。

警官隊は、味沢とマッドドッグの闘争があまりに凄じいので、すぐには近寄れない。ようやく勇敢な警官の先鋒隊が割って入ろうとしたのを、指揮をとっていた長谷川警部が抑えた。

「なぜです」

はやり立つ若い警官に、

「あれが見えないのか」

長谷川は地上に倒れている暴走族を指さして、

「たった一人でなんの武器ももたずに、もう四人ものばしている。味沢というやつ、ただのねずみじゃないぞ。このまま逮捕を強行すると、こちらに怪我人が出る」

「しかし、あのままではマッドドッグが」

「やらせておけばいい。どうせ世の中に迷惑ばかりかけている連中だ。味沢とかけ合わせて大いにエネルギーを費わせろ。味沢が弱ったところでおれたちが出れば、それこそ一石二鳥だろう」

長谷川は、唇だけで笑った。警官隊が遠巻きにする中で、戦いはつづいた。地に這ったマッドドッグは六人に増えていた。その上を雪が白くまぶしていく。だが味沢もその分だけ傷つき、疲労していた。肩で息をしながら、流れる血で視力も妨げられている。そこを狙って、チェーンがうなりをあげて飛び、木刀が走った。

「味沢は殺されてしまいます」

「よし、もういいだろう」

長谷川がようやく命令を下そうとしたとき、一個の人影が味沢に近づいて、

「味沢、使え！」

となにかを手渡した。味沢がそれを受け取ったとき、木刀を振りかぶって暴走族が飛び込んできた。味沢は木刀を避けもせず、手渡されたばかりの物体を横なぐりにはらった。凄まじい悲鳴とともに、一同はそこに赤い飛沫がほとばしったのを見た。

味沢が手にしていたものは、一丁の斧であった。味沢の斧の横なぐりを腹部の最も柔らかい箇所にうけたマッドドッグは、血のプールの中でのたうちまわっている。すでに地上にうすいベールを敷いた雪によって赤い色彩をむごたらしく強調されている。血と雪は攪拌されて、より多量の血が流されたように視覚効果を強めている。味沢も返り血を浴びて、彼自身の太い動脈から出血しているように見えた。

凶暴な殺戮の凶器を握った味沢に、マッドドッグは浮き足だった。素手で六人を倒した彼が、見るだに凶悪な斧を得たのだから、どんなことになるかわからない。一瞬の気遅れを衝いて、味沢は反撃に転じてきた。

チェーンも、ヌンチャクも木刀も、味沢の操る斧にはね飛ばされ、へし折られ、叩き伏せられた。ある者は頭を割られ、胸を抉られ、ある者は、手足を折られた。味沢自身、血の海にザブ漬けになったようになった。

一人が仲間の血だまりに滑って転倒した。その体に足をとられてさらにもう一人が身体のバランスを失う。そこへ味沢の斧が避けも躱しもできない勢いで振り下ろされる。人間が薪のように無造作に割られた。

一丁の斧が味沢の手の中でそれ自体獰猛な生き物のように荒れ狂っていた。

「助けてくれ」

恐怖に駆られて警官隊の方へ逃げ出したマッドドッグも許されなかった。追いすがりざま、ぶーんとうなりを生じた一撃が背骨に飛ぶ。

「いかん、やめさせろ」

凄惨な発展に動転した長谷川が命じたときは、すでに警官隊が怖気だって逃げだしていた。

「あいつ狂ってる！」

「化け物だ」

警官は凄惨な殺戮の嵐の風圧にはね飛ばされ、自らがその嵐に巻き込まれないようにすることで精一杯であった。

だがその血の颶風を、冷酷に見まもっている目があった。

——とうとう見届けたぞ、きさまの正体を。これがきさまの本性だ。殺人プロフェッショナル部隊で培われた野性だ。きさまのいま使っている斧こそ、きさまが柿の木村で十三人を殺した斧だよ。風道の再現のために本部から借り出しておいたものが役に立った。きさまはその斧が使いたくてたまらなかったんだろう。長い間、化けの皮をよくがまんしてかぶっていたな。おれは、きさまを柿の木村と同じような環境と条件の中に追い込めば、きっとその化けの皮を脱ぐとおもった。よく脱いでくれた。見事な斧の使いっぷりじゃないか。そんな斧の使い手は何人もいるもんじゃない。そうだ、そのようにしてきさまは柿の木村の村人を殺していったのだ。頭を割り、胸を抉り、手足を折り、背骨を叩き割った。そうだ、その調子だ。一人ずつ完全に殺していけ。いまきさまが殺している一人一人が、柿の木村殺人事件の証拠となる。殺すんだ。手を休めてはいけない。一人も生かすな。みな殺しにしろ——

3

味沢は、いま虐殺の嵐の中心にあって一つの光景をまざまざとおもいおこしていた。

自衛隊工作学校の秘密訓練を岩手の山中で実施中、偶然、越智美佐子に出会った。味沢は、すでに数日の訓練で食糧を食べつくし、餓え渇いていた。自給自足したくとも木の実や草の根もない。小動物もつかまらない。

精魂つきかけたところで美佐子に行き合ったのである。美佐子は最初びっくりして逃げ出したが、追いついてわけを話すと、快く食べ物や飲み物を分けてくれた。味沢は生き返ったおもいであった。

別れようとしたとき、頭を叩き割られた犬の死骸を見つけた。山中には味沢の仲間が行動している。餓えた彼らが犬を食おうとして殺したのだとおもった。

味沢は山中で美佐子が仲間に遭遇した場合を考えた。餓えて精神錯乱状態になった彼らが美佐子と出会ったら、なにをするかわからない。

味沢自身も美佐子が食糧の分与を拒んだら殺しても奪い取ったかもしれない。まして美佐子は魅力的な娘であった。狂犬のような秘密訓練中の工作隊員が横行する山中に放せない。

味沢は美佐子に事情を話した。ハイキングを中止して帰るか、工作隊が通過するまで柿の木村に一両日滞在して待つようにと忠告した。

美佐子は忠告を容れて引き返した。味沢は美佐子と別れたものの、彼女の面影が瞼に焼きついてしまった。わずかな時間であったが、森の中から突然姿を現わして、餓え渇いた自分に飲食物を恵んでくれた彼女が、森の妖精のように感じられた。会いたかった。もう一度ぜひとも会いたかった。

会いたいと思うと同時に不安にもなった。柿の木村へ引き返す途中で仲間たちに出会うかもしれない。なぜ自分はそこまでエスコートしてやらなかったのか。そう考えると、矢も楯もたまらずに美佐子のあとを追った。不安も彼女に会うための口実になった。

だが、風道の集落で味沢は進行中の恐ろしい事件に際会した。発狂した村人の一人が斧を振って集落の全住人を虐殺していたのである。

なぜそんなことになったのか味沢にはわからない。食事中突如発狂したらしい犯人は、まず自分の家族を血祭りにあげて村人を次々に葬りさったのだ。

味沢が風道へ着いたときは、すでに虐殺の嵐はあらかた終っていた。そして、越智美佐子も巻き添えを食ってその生命を奪われていたのである。

味沢は、一大虐殺場と化した過疎村に立って茫然とした。だが全員虐殺されたとみえた村の中にただ一人生存者がいた。それが長井頼子であった。彼女は突如発狂して斧を振いはじめた犯人を見て恐怖のあまり意識を失った。その上を犯人は通過していった。

虐殺の嵐が一まわり吹き荒れて、犠牲者を全部餌食にした犯人が、一息ついているところに、頼子は意識を取り戻した。死んだとばかりおもっていた頼子が生きていたのを知った犯人は、血まみれの斧を振りかざして迫って来た。犠牲者の最後の血の一滴までも絞りつくさなければおさまらないのである。

そこへ来合わせたのが味沢であった。頼子は味沢の背後に逃げ込んだ。

犯人は、自分の獲物の前に立ちふさがった新たな獲物にいっそう猛り立った。犯人をやらなければ味沢がやられた。自衛の戦いを越智美佐子を殺された怒りが積極的にうながしていた。

殺人プロとしての訓練された技術が、消耗した体力を補い、狂気の犯人との戦いを伯仲させた。命をかけた死闘が三十分もつづいた。

ついに味沢の若い体力と、プロとしての技術が狂気に打ち克った。犯人の斧を奪い取り、犯人の体に叩きつけた。そのとき頼子が「やめてけろ」と味沢にしがみついてきた。頼子の体をはね飛ばして、犯人に二撃三撃を加えて、ついに息の根を止めてしまった。と同時に、頼子の記憶が抑圧された。発狂した犯人は、頼子の父の長井孫市だったのである。自分の実の父親が目の前で殺されるという恐ろしい光景に、幼い無地の魂が耐えられなかった。それまでにも、母親やきょうだいを父親に殺される現場を目撃している。味沢の行為が、とどめを刺した形になった。

犬を殺したのは、長井孫市だったが、犬に爪を嚙みちぎられた右手中指を、事件の後村に集まってきた野犬の群が、いちじるしく損傷したために、見分けがつかなくなってしまった。

長井は犬を殺した時点ですでに、狂気の引き金が引かれていたものとおもわれる。みな殺しの村に、頼子と味沢だけが残っていた。頼子はどこまでも味沢に従いて来た。帰れと言っても従いて来る。味沢は、彼女を捨てられなくなった。村には血のにおいを嗅いで野犬の群が集まってきていた。そんな中に残していけば、事件が発見されるまでに頼子自身が餌食にされてしまう。

ともかく、人里まで連れていこうと、歩きだしたが、動転していたために道に迷ってしまった。山中を何日かいっしょにさまよい歩いた。ようやく小さな山里のそばへ出たので、頼子が眠っている間に、一人そこへ残した。風道の事件はすでに報道されていた。頼子といっしょに名乗り出れば、自分が全村虐殺の犯人にされてしまうことは明らかである。長井孫市を同じ凶器で殺した味沢の正当防衛は通らないだろう。それに自衛隊の秘密訓練も明るみに出てしまう。それは絶対に伏せなければならないことであった。

味沢はともかく上司に報告すべく訓練の集結地に急行した。味沢の報告をうけた工作学校は困惑の極に立たされた。あらゆる状況が味沢が犯人であることを指している。世間は、彼を犯人として疑わないだろう。〝第二のソンミ事件〟としてマスコミが大々的に取り上げることは、火を見るより明らかである。ことは自衛隊の死活問題に関わる。

幸い味沢の存在は、だれにも知られていなかった。自衛隊は、事件を秘匿することにした。要するにこの事件には、自衛隊はいっさい関係ない。味沢も、風道にはまったく立ち寄っていない。秘密訓練も実施されなかった――ということで自衛隊は徹底して事件と無関係を押し通した。

だが味沢は、越智美佐子のおもかげと凄惨な事件現場の光景が瞼に焼きついて離れなくなってしまった。越智美佐子は、あのとき味沢が引き返すように勧めなければ、命を失わずにすんだはずである。

また長井孫市を自衛のためとは言え殺害したとき、「やめてけろ」と泣きわめきながら、自分の腕にすがりついてきた頼子の手の力が、いつも心にかかる負担となった。長井孫市の身体に斧を叩き込んだとき、迸った血飛沫は、頼子の目に飛んだ。彼女は視野と同時に記憶を失った。頼子の行末を見届けるのは自分の義務だとおもった。

こうして隊をやめて、頼子を引き取り、美佐子の妹の朋子のいる羽代へ新しい生活の方途を求めてやって来たのである。だが羽代でもまた朋子を殺され、犯人を探して羽代全市を相手に戦う羽目になったのは、因果と呼ぶべきか。

味沢は、いま殺戮の颶風に乗ってなにものもとどめることのできない勢いで突っ走りながら、柿の木村の虐殺の狂気が、自分に乗り移っていることを悟っていた。

そうだ。長井孫市の怨霊がいま自分の体に乗り移り、あの狂気を再現進行させているのだ。
新たな犠牲者を求めて斧を振り上げたとき、瞼に越智朋子の顔が浮かんだ。それはたちまち越智美佐子のおもかげと重なった。

まなかひ（目と目の間）に幾たびか　立ちもとほつたかげは
うつし世に　まぼろしとなつて　忘れられた
見知らぬ土地に　林檎の花のにほふ頃
見おぼえのない　とほい晴夜の星空の下で

その空に夏と春の交代が慌しくはなかつたか
――嘗てあなたのほほゑみは　僕のためにはなかつた
――あなたの声は　僕のためにはひびかなかつた
あなたのしづかな病と死は　夢のうちの歌のやうだ

こよひ湧くこの悲哀に灯をいれて
うちしほれた乏しい薔薇をささげ　あなたのために
傷ついた月のひかりといつしよに　これは僕の通夜だ

おそらくはあなたの記憶に何のしるしも持たなかつた
そしてまたこのかなしみさへゆるされてはゐない者の——
《林檎みどりに結ぶ樹の下におもかげはとはに眠るべし》
——角川文庫「立原道造詩集」より——

かつて学生時代に愛唱した立原道造の「みまかれる美しきひとに」がよみがえった。越智美佐子も朋子も、もうこの世にはいない。国を守ろうとして自衛隊に入り、自分が若い骨身をけずって習得したものは、この日このときの殺戮(さつりく)のためであったか。自分がこんなことをしても、美佐子も朋子も喜ばないことはわかっている。瞼(まぶた)のうらから彼女らは悲しげに、いやいやと首を振っている。しかし止められない。自分の狂気はもっと深い所から発しているのだ。

「あの人、お父さんを殺した犯人だわ」

そのとき頼子の声が聞こえた。味沢を説得するためにだれかに連れて来られたのか、頼子の姿が警官にはさまれて見えた。降りしきる雪の中に頼子の身体だけうすい光沢を帯びて浮かび上がっているように見えた。

「頼子」

おもわずそちらの方角に足を踏み出しかけると、彼女は味沢をまっすぐに指さし、

「あの人、お父さんを殺した犯人です」ときっぱりと言いきった。その目はいつものように遠方を見てはいなかった。はっきりと味沢を見つめ、そして味沢に対する憎しみで厚く塗りこめられていた。

味沢は、頼子が記憶を完全に取り戻したのを悟った。味沢が斧を振るう姿が、風道の惨劇と重なり合って、抑圧された記憶を引っ張り出したのだ。

記憶を回復すると同時に、頼子は、これまでの味沢との生活史を忘れた。いまや味沢は彼女にとって義父でも保護者でもない。父を殺した憎むべき犯人であった。

味沢は、その事実を知ったとき、視野が暗黒になった。

力つきて警官隊に捕えられた味沢は、精神錯乱の徴候ありとして精神科の精密検査をうけた。その結果、味沢の頭蓋内に腫瘍が生じていることがわかった。さらにこの脳腫瘍からエルウィニア菌が分離されたのである。

エルウィニア菌は白菜やキャベツに軟腐病をおこす病原菌である。人間や動物は植物よりはるかに高い体温があり、動物と植物の病原細菌は生活に必要な栄養分がまったくちがうので、植物の病原細菌は人体や動物の体の中では生きていけないと考えられている。

ところが、エルウィニア菌の一種は、人体、動物にも取りついて病変をおこすと報告されている。

味沢岳史は、柿の木村での犯行当時、同村のキャベツ類に軟腐病が発生していたところから、エルウィニア菌を移されたのかもしれないと専門医は、意見を言った。だが医師は長井孫市を含む同村住人が同じ確率でエルウィニア菌の汚染をうけていた可能性についてはおもい至らなかった。

味沢岳史は犯行当時、精神の障害によって事物の理非善悪を弁別する能力、またはその弁別にしたがって行動する能力のない状態にあったと認められて、刑法第三十九条によって責任を阻却され、精神衛生法第二十九条にもとづき精神病院に措置入院させられた。

だが、味沢を発狂させたものは、果たしてエルウィニア菌であったろうか？　彼は自衛隊の工作学校において、決して使用されることのない殺人のためのありとあらゆるテクニックを教え込まれた。全身がきわめて効率のよい凶器と化したように、殺人プロフェッショナルとして仕立て上げられたにもかかわらず、現在の状況からみて、それが役立つ日がこようとはおもわれない。役にも立たない殺人技を、骨身をけずって習得しなければならない馬鹿馬鹿しさと虚しさ、味沢はそれに気づいて隊をやめた。

だが隊を去っても、身体に叩き込んだ殺人の技と、野性は抜けない。いつの日かそれを使うために、鞘に納めた刀身のように、安全装置をかけた火器のように、善良な小市民の衣装の下に眠らせておいた。

それを一度も使わずに、虚しく老い、死んでしまったら、いったい自分の青春の情熱の悉くを燃やして蓄えたものは、どうなってしまうのか？　彼の体内の野性が外に出たがってしきりに騒いだ。

平和な世の中で飼育された殺人鬼、人間のだれもがもっている野性を組織的に訓練され、助長され、しかもかつ絶対の歯止めをかけられた者の悲劇、それを味沢は身をもって証明したのではあるまいか。

ともあれエルウィニア菌が人体にあたえる影響は、医学的にもまだ未開の分野である。

味沢をとらえた狂気が、エルウィニア菌によるものか、あるいは野性の顕現か、さらにあるいは、その両方か証明するすべはなかった。

味沢の犠牲になった暴走族は、死者六名、重傷者八名、軽傷者三名で、無傷の者はまったくいなかった。

なお、味沢に凶器を渡した宮古署の北野刑事も言動に異常が見られたので、専門医が検査したところ、味沢と同種のエルウィニア菌を血液と骨髄から証明した。

捜査陣の中で北野だけが感染したのは、不幸なくじを抽いたとしか言いようがない。

柿の木村大量殺人事件の真相は、味沢の発狂とともに、永遠に闇に封じこめられてしまった。味沢の背後に真犯人も隠れた。彼が背負った野性の十字架の背後に、真相はマリオットの盲点となったのである。その後の長井頼子の行方を知る者はない。羽代川河川敷の不正が明るみに出たのは、それから約半年後のことであった。

# 解説

高木彬光

森村氏のデビュー直後から、私は同氏に対してふしぎな親愛感を感じていた。

その理由は、つまらないことだといわれればそれまでの話だが、私の本名が高木誠一というからなので、乱歩賞応募作品の「高層の死角」の生原稿を見た瞬間からおやと思ったのである。題も私の「白昼の死角」とよく似ていたし、選者として私が他の応募作よりもかなり鋭いつっこんだ読み方をしたのも自然な感情だといえるだろう。

もちろん、現在の森村作品にくらべれば、若干の生硬さはまぬがれないが、その密室トリックには大きな独創性があった。その背景となっている近代大ホテルの内部の描写にも「よくここまで調べあげたな」と感心させられたところがあった。その時点では私は森村氏の経歴はぜんぜん知らなかったから、当時の選評にも、

「もしこの作者が、ホテルマンでなかったとしたら、その調査力の鋭さは恐るべきものがある」

というような主旨の文章を書いたおぼえがある。その直後ホテルマンの出身者だったと聞いて、これはと思ったものなのだが、その後の諸作品を読んで見ても、ほかの分野

に対する調査力の鋭さには感心せざるを得ない。それはたとえば、この作品の「茄子の異常着色」のあたりによくあらわれている。これなどはほんの一例にすぎないが、ほかの作品を読んで見ても、なるほどと感心することは多いのだ。しかし、一般論としていうならば、調査力の鋭い作家の作品には、調査の対象に惚れこみすぎ、その内容を全部活かそうとして、かえって小説としての面白さをそこなっているものも少なくない。その節度という点では森村氏の場合は過不足がない。それも私が敬服を惜しまぬ森村作品の長所なのだ。

次に、一般論から入らせていただくが、推理小説の世界には、「文学派」とか「ハードボイルド派」だとか、「本格派」「社会派」とかいう細かな分類がある。私はそういう分け方を全面的に否定するものではないが、一人の作家を、たとえば、

「彼は本格派の作家だから、こういう社会派的な題材は場ちがいなのだ」

というようなきめつけ方をする批評家の態度には真向から反対したくなる。

本来、作家というものは、自分がもっとも興味を持った題材に情熱を燃やすものなのだし、それをどういう手法で作品化するかは、各自の自由であり、ふつうの職業的批評家の理解できないような要素も多分に含まれている。私の例をひいて恐縮だが、私が「白昼の死角」を発表した当時には、

「作者はこれを本格的な手法（犯人をかげにかくし、名探偵を前面におし出してという意味なのだろう）で書くべきだった。また高木氏ならとうぜんそれも可能だったろうし、

作者のために惜しまれる」

という主旨の批評もあった。しかし、私はその時点から今日まで、天才的な犯人を前面におし出した「現代悪党小説（ピカレスク）」の手法を採ったのは、この題材を活かすためには最善だったと信じている。

話はちょっと横道にそれたが、私は心あり才能のある作家なら、○○派というようなレッテルをはられて満足することなく、××流というような独自の作風を確立すべきだと思うのだ。

私は森村氏の作品を単行本になったものは全部読もうと考えているのだが、数年来の病気のためにまだ読みきってはいない。しかしそのいくつかを読んだかぎりでは、「森村流」というような独自の作風はしだいに完成されつつあるように思われる。特に前々作「人間の証明」から、この「野性の証明」にかけて、私はいままでの日本の推理小説になかったような、「ある新しさ」を感じたのである。

これは、私の大胆な推量で、森村氏は否定されるかも知れないが、作家がある新しい道を進もうとしている場合には、その終着点がどうなるかわからず、ただデモンとでもいうような眼に見えない力にかりたてられて、がむしゃらに書き続けていることが多いのだ。おそらくこれはその過渡期の一つの試みともいうべき作品ではあるまいか。

それはもちろん、この「野性の証明」が失敗作だというようなつもりではない。故江戸川乱歩先生のよくいわれた「眼高手低」――つまり、ねらいが高すぎて、力量不足のためにそのねらいを活かしきれなかったという作品とはまったく違う。

劇作の世界では、「一つのT（ティ）と二つのS（エス）」という言葉もあるそうだが、これはそのまま推理小説の世界にも通じるものではないかと私は思っている。

スリル、サスペンス、サプライズ――これが「一つのTと二つのS」なのだが、名作といわれるすべての推理小説には、この三つが完全にそなわっていると言っても過言ではあるまい。そして、この「野性の証明」には、この三つの要素が完全にそなわっている。

森村氏の作家歴はまだ若いのだし、その短期間にこれだけの成功をおさめられたのは、ごく初期からその才能を信じていた私としても御同慶にたえないのだが、「森村流」の完成にはいま一歩の距離があるのではないかと思われる。

その一歩には、あるいは数年の時間を要するかも知れない。どんな大作家にもスランプやトンネルのような一時的停滞、あるいは病気というような事故も考えられるのだから。

しかし、森村氏なら案外早くその一歩をふみ越えるかも知れない。そういう意味で私は次の「十字架」シリーズを、読者諸君といっしょに注目して見まもりたいと思うのだ。

なお、私事で恐縮だが、私は昨年末から病状が悪化し、入院直前の状態に追いこまれ、医者からいっさいの仕事を禁じられた。幸いその後体調もしだいに回復しつつあるが、まだドクター・ストップの命令は解除されていない。

そういう状態での執筆だけに、読みも筆もいささか足りない感じだが、その点は森村氏ならびに読者諸君にすなおにおわびを申しあげる。

ただ最後に一言申しあげるならば、

「とても面白い作品です。とにかく読んでごらんなさい」

と言うほかはないのである。

昭和五十三年二月二日

（昭和五十三年三月、角川文庫初版刊行時の解説を転載しました）

# 作家生活五十周年記念短編
# 深海の隠れ家

真美は東京が好きだった。特に東京の夜が好きである。昼も嫌いではないが、トワイライトを挟んで、海のような東京の街衢が落日の残光に染まり、遠方から黄昏を呼び寄せ、街角にグラデーションの夕闇が墨のように降り積もっていく。

足下は薄暗くなっているのに、手を伸ばせば指の先が夕映えに染まるような錯覚をおぼえるのも、この時刻である。

夕日が地平線の彼方に没しても空はまだ明るい。夕映えに染色されて、茜色から紅色、そして退紅色へと変色していく。昏れまさるトワイライト、ビルの谷間から華やかな電飾が立ち上がり、紫紺の空に鏤められて間もない星の瞬きを消していく。

昼と夜が素早く交代する地方の夕昏れ時と比べて、東京の夜は人工照明によって、せっかく残照と交代したばかりの闇を駆逐してしまう。

だが、星を消すほどのイルミネーションや、街衢を埋める無数の光点も間隙に闇がある。人工照明の谷間に澱んでいる闇はミステリアスである。

高層ビルから見おろす東京の夜景は、まさに光の破片の海である。光彩をさらに引き立てるための闇が光の海の暗礁のように見える。光が明るければ明るいほどに暗礁の奥は謎を含み、不気味である。だが、東京の夜はニューヨークや上海のように、悪の温床になるほど恐くはない。よほど危険な箇所に近づかない限り、東京の夜は優しい。

地方の短大を卒業した真美は、夢を追って上京した。両親は反対したが、東京に夢を追う真美の決意は堅かった。

短大の先輩の紹介で渋谷区内の新興中型ホテルの面接試験を受けて、採用された。できれば超一流のホテルや会館に入社したかったが、書類選考ではねられてしまった。真美は、そのホテルで「グリーター」という部署に配属された。フロントカウンターの脇にあるデスクを拠点にして、客の質問や案内に応対する役である。

ぽっと出の田舎者は「習うより馴れろ」式のホテルの配属に仰天したが、これがホテル側の正社員採用試験と知って、真美は頑張った。

ここで試験に合格しなければ、真美は東京にいられなくなる。両親や親しい友人たちに餞別をもらって上京しながら、入社試験に落ちては、郷里へ帰れない。一刻も早く東京化するために歯を食いしばって頑張った成果として、入社試験をパスした。

こうして彼女は、東京にとにかくいられる拠点を得たのである。東京に一時的にいることは許されても、根を下ろすのは難しい。まだ根を下ろしたとはいえないが、一応の橋頭堡だけは築いたつもりである。

　こうして、真美の東京の暮らしが始まった。

　真美はホテルのグリーターの仕事が気に入った。

ホテルは人間の見本市のようである。人が集まるところはホテルだけではない。駅や、デパートや、警察や、病院や、劇場など、いくらでもあるが、ホテル以外は、集まる目的がおおかた決まっている。

　ホテルの客は年齢、性別、国籍、宗教、職業等、千差万別であり、宿泊や飲食以外、さまざまの目的を持って集まって来る。つまり、人生の寄せ鍋のようである。

　もともと東京は人間の寄せ鍋であり、ホテルは寄せ鍋の中身がさらに凝縮されている。あらゆる国の言葉が飛び交い、集まる客はほとんど一日単位で変わる。一期一会の出会いであり、サービスであった。

　田舎では毎日、知った顔に出会い、住人の生活環境は狭いスペースに限定されている。顔馴染だけに、それも累代重ねていると安全で気安くもあるが、未知数はほとんどない。若者にとっては、未知数のない生活環境は退屈である。生まれたときから、ほぼ自分の人生コースが定まっている。そして未知の地平線の彼方へ、未知数を探して旅立つ。

　東京は未知数の海であり、知人に出会うのは天文学的確率になる。未知数の中にはどんな凶悪な悪魔が潜んでいるかもしれない。

　未知の者は敵性とおもえ。それが東京に集まった者の原則である。警戒の鎧を着て、相互無関心である。

だが、真美は四六時中、知っている顔に監視されているような郷里から脱出して、見知らぬ人(エトランジェ)が集まった〝人間の海〟東京で、初めて自由を得たような気がしたのである。

住居も北新宿の古いアパートに確保した。田舎にいるころ、おもい描いていた、一流の会社に入り、東京タワーの見えるアパートに入居して、夜は一人でワインを飲む、そんな生活に憧(あこが)れていた。

東京タワーは見えなかったが、真美の部屋から新宿副都心の超高層ビルが、満楼に光を競って林立しているのが見える。憧れていた東京の暮らしは、ほぼ満たされている。

職場からの帰途、仕事の興奮を鎮めるために、繁華街から放れた路地の奥に、隠れるようにうずくまっている小さなバーを見つけて、立ち寄るようになった。

アパートの部屋の窓から西新宿の光を塗(まぶ)した超高層ビルを眺めながら、一人グラスワインを傾けるのも悪くはないが、「燈影(ほかげ)」と名付けられた小さな酒場は、隠れ人の巣のようで居心地がよかった。

仄暗(ほのぐら)い間接照明のインテリアは、店名の「燈影」そのものである。決して豪勢ではないが、洗練された空間に適当な距離(ボディテリトリー)をおいて融和している客は、初老のバーテンダーが作る好みの味を、ゆったりと楽しんでいる。

客同士が言葉を交わすこともほとんどない。その日の疲労とストレスを、グラスの酒に溶かしているようである。

酒で盛り上がるという雰囲気の店ではなく、客同士が大切な隠れ家として、暗黙裡にその所在を必死に隠しているようである。

年齢も、服装も、それぞれがまとっている雰囲気も、みな異なるエトランジェ同士が、ゆったりと流れる、豊かな時間の中に人生の疲労を癒している。

店の外ではそれぞれがなにをしているのか、謎を含んだ客ばかりである。妙齢の女性客は、真美一人であったが、べつに注目するでもない。さすが〝人間の海〟東京の隠れ家らしい。

真美はぞくぞくした。彼女はこういう隠れ家的店を探していたのである。

田舎ではみな顔馴染、だれがなにをしているか知り尽くしている。酒場はもちろん、喫茶店でも顔が揃えば高歌放吟、盛り上がって、静かに隠れるどころではない。

都会に潜む洗練されたミステリーが、この店にはある。

こうして、真美は燈影の常連となった。

燈影の常連は、いずれもミステリアスである。時折、顔が合い、目を合わせて会釈したり、微笑を交わしたりするようになったが、言葉は交わさない。

男の客が多いが、女も時どき来る。カップルで来る客はない。

この店の客は、一人でいるのが癒しなのである。

その中でも特に気になる客がいた。三十代半ば、彫りの深い細面に、スポーツで鍛え上げたような引き締まった身体をポール・スチュアートのスーツに包み、ノータイ、男性用のブルガリプールオム（男の香水）がかすかに忍び寄る。彼のグラスに満たされる酒は、いつもマティーニである。

ポール・スチュアートの男に、真美は燈影でよく出会った。言葉は交わしていないが、会釈を交わす程度になっている。

その彼と意外なところで再会した。彼が、真美の職場のホテルへ客としてチェック・インしたのである。

グリーターデスクに坐っていた真美は、逸速く彼を見つけたが、若い女性連れであったので、素知らぬ顔をした。彼も、真美に気づいていたかもしれない。

真美は、彼の秘密の一部を垣間見てしまったような気がして、その日は勤務が終わった後、「燈影」に寄らずに、直帰した。

その翌日、「燈影」に寄ると、彼がすでに〝指定席〟に着いていた。女性の連れはいない。二人は黙礼を交わした。

真美が自然に決まっている自分の指定席に着くと、珍しく彼が話しかけてきた。

「昨日は失礼しました」

「とんでもない。私のほうこそ失礼いたしました」

お連れさまがいたので遠慮しました、とは言えなかった。

「まさかあなたにお会いしようとは、おもいませんでした」

「私もです。とても嬉しかったです。クラスメイトに会ったような気がして……」

「私もですよ。それも遥かな母校のクラスメイトのように……」

二人の会話は、周囲の客に邪魔にならない程度に弾んだ。

客はいずれも独自の透明なカプセルの中に入っている。

「私は、こういう者です」

彼は名刺を差しだした。真美も自分の名刺を返した。

彼の名刺には入江高明、身心バリヤー推進センターボランティアと肩書きがついている。肩書きの意味はわからなかったが、要するに障害のある人を助けているのであろう。

その名刺から連想して、ホテルにエスコートして来た若い女性の身体の動きが、少し変わっていたのをおもいだした。

真美が入江に声をかけるのを遠慮したのは、二人の関係を誤解したのかもしれない。だが、いまさら謝っても意味はない。

ホテルでの再会をきっかけに、真美と入江は急速に接近した。時には、あらかじめ連絡を取り合い、食事を共にしてから「燈影」に行くこともあった。

食事を共にしながら、入江がぽつりぽつりと自分の身上について話し始めた。

「実は推進センターに参加する前に、ホストクラブにいました」

「ホストクラブ……」

「ホストクラブとは女性が客で、男がかしずく。女性主体のバーと正反対です」

「雑誌で読んだことがあります。人気ホストに、お客がスーパーカーや一流ブランド品のプレゼント競争をして、トップホストは一千万円以上の月収があるそうですね」

「その通りです。そのためにホストは女性に体を売らなければなりません。普通の男女関係とはまったく逆の世界ですよ」

入江は自嘲するように言った。

「でも、逆の世界で月収一千万とは、凄いですね」

「だから嫌になったのです。男の売春です。しかも、お客の女性は必ずしもリッチではありません。店内でのサービスは主客交代しただけですが、店外では女性の生き血を吸っているようなものです。こんなことをつづけていては自分が駄目になるとおもって、店を辞め、センターに入りました」

ホストクラブは、ホストと客が店外でなにをしようと店は関知せず、としている。

女性の生き血を吸った補償として、障害のある女性を支援するボランティアになったのであろう。

ボランティアによる支援は無料である。被支援者が謝礼を差し出しても受け取らない。受け取れば売春と同じになってしまう。

真美は入江の転身に感動した。男の売春は、男が女性にぶら下がる紐の一種である。紐に嫌気がさして、障害のある女性の支援ボランティアになった入江の転身は、尋常な覚悟ではないとおもった。

その夜は、入江の前半生について語っただけに終わった。

真美が上京して来た理由は、すでに語っている。東京に憧れ、夢だけを背負って上京して来た者、人間の海の凄まじい生存競争に敗れて、ドロップアウトする者が多い。

その中で、真美はラッキーカードを引き当てたといえよう。

だが、その後、入江が語った後半生の現推進ボランティアの内容に驚いた。

「社会には一度も性行為を行わずに、生涯を終える人が多数います。身体的、あるいは精神的な障害に妨げられて、セックスができないのです。その支援団体があることを聞いて、一度限りの人生、せめて一度の性行為の支援をしてやりたい、というおもいから、支援センターに参加したのです。

それが女性の生き血を吸って生きてきた前半生の償いだとおもったのです。ただ一度の性行為のエスコートで、別人のように生き生きとなった女性から感謝されて、私はこのボランティアに生き甲斐をおぼえました。体力のつづく限り、ボランティアをつづけたいとおもっています」

（入江は凄い。東京は凄い）

と、真美は痛感した。

東京であればこそ、セックスのボランティアがいる。地方では考えられないボランティアである。

真美は入江を改めて見た。

数日後、「燈影」で出会った入江から、驚くべき誘いを受けた。

「真美さんを見込んで、あえてお願いします。性行為障害者は男にも多数います。真美さんも支援センターに参加してもらえませんか」

と、入江は真剣な表情をして言った。真美は返す言葉に詰まった。

「女性のボランティアが絶対的に不足しています。真美さんを見ただけで、障害者のバリヤーが治るかもしれません」

と、入江はつづけた。真美は答えられなかった。

郷里の短大を卒業して、直ちに上京した真美は、性的な経験はない。未知の東京に根を下ろすために全力を出しきっていたので、他人の支援は考えたことがなかった。真美には入江のような前半生のプロとしての経験はない。返答に困ったというよりは、言葉が出てこなかった。

「いきなりこのようなことを切りだしても、二つ返事は無理でしょう。ごめんなさい」

入江は率直に詫びた。

その夜を境に、真美は「燈影」に行かなくなった。性体験のまったくない真美にとって、入江から誘われたボランティアは重すぎた。彼女は自分自身がバリヤーを持っているような気がしてきた。

そして数ヵ月が経過した。彼女は東京の〝人間の海〟の深さを知った。ボランティアをしながら、経験を重ねていく勇気が出なかった。

自分には重すぎる誘いを入江に断るために、真美は久しぶりに燈影へ行った。

確かにあったはずの場所に燈影がなかった。自らの存在を隠すようにして路地の奥にうずくまっていた燈影は跡形もない。煙と匂いと、賑やかな客の声を周囲に憚ることなく撒き散らして、強い存在主張をしているような焼肉屋に変わっていた。

新たに造り替えたような建物でもない。

真美はおずおずと焼肉屋に入って、従業員に、

「以前ここに、燈影というバーはありませんでしたか」

と問うと、従業員は、

「燈影なんてありませんよ。昔から焼肉屋です」

と答えた。

「そんなはずはな……」

真美は問い返そうとしてやめた。

いまにしておもえば、燈影はボランティア推進センターの本拠であったのかもしれない。

学生時代に読んだ小説の中に、こんな場面があったような気がした。

（これがきっと東京のミステリーなんだわ。ほぼ同じ位置にありながら、私が通った燈影は深海にあり、いま訪ねた焼肉屋は、平面的には同じ位置の浅い海にあるのかもしれない。東京の深海。私はきっと深海の隠れ家の招かれざる客であったのね）

と自分に言い聞かせたとき、酔い乱れ、千鳥足のサラリーマン体の男が、

「お嬢さん、私の運命の女性だ」

と、ろれつの回らぬ口調で話しかけてきた。

※この作品はフィクションであり、実際の支援団体やボランティアとはなんの関係もありません。

本書は二〇〇四年七月刊の角川文庫を改版したものです。

「深海の隠れ家」は『小説 野性時代』二〇一五年二月号に掲載されました。

本作品はフィクションであり、実在のいかなる組織・個人ともいっさい関わりのないことを附記します。また、地名・役職・固有名詞・数字等の事実関係は執筆当時のままとしています。

# 野性の証明

森村誠一

平成27年 2月25日　初版発行
令和5年 9月5日　8版発行

発行者●山下直久

発行●株式会社KADOKAWA
〒102-8177　東京都千代田区富士見2-13-3
電話　0570-002-301(ナビダイヤル)

角川文庫 19032

印刷所●株式会社KADOKAWA
製本所●株式会社KADOKAWA

表紙画●和田三造


ISBN978-4-04-102714-1　C0193

◆◇◇